ハヤカワ・ミステリ

ABIR MUKHERJEE

カルカッタの殺人

A RISING MAN

アビール・ムカジー
田村義進訳

TOKYO HAYAKAWA BOOKS

A HAYAKAWA
POCKET MYSTERY BOOK

装幀／水戸部 功

父サチエンドラ・モハン・ムカジーの愛に満ちた思い出に

カルカッタには〝勢いのある者〟があふれている。
――『恐怖に満ちた夜の街』ラドヤード・キップリング

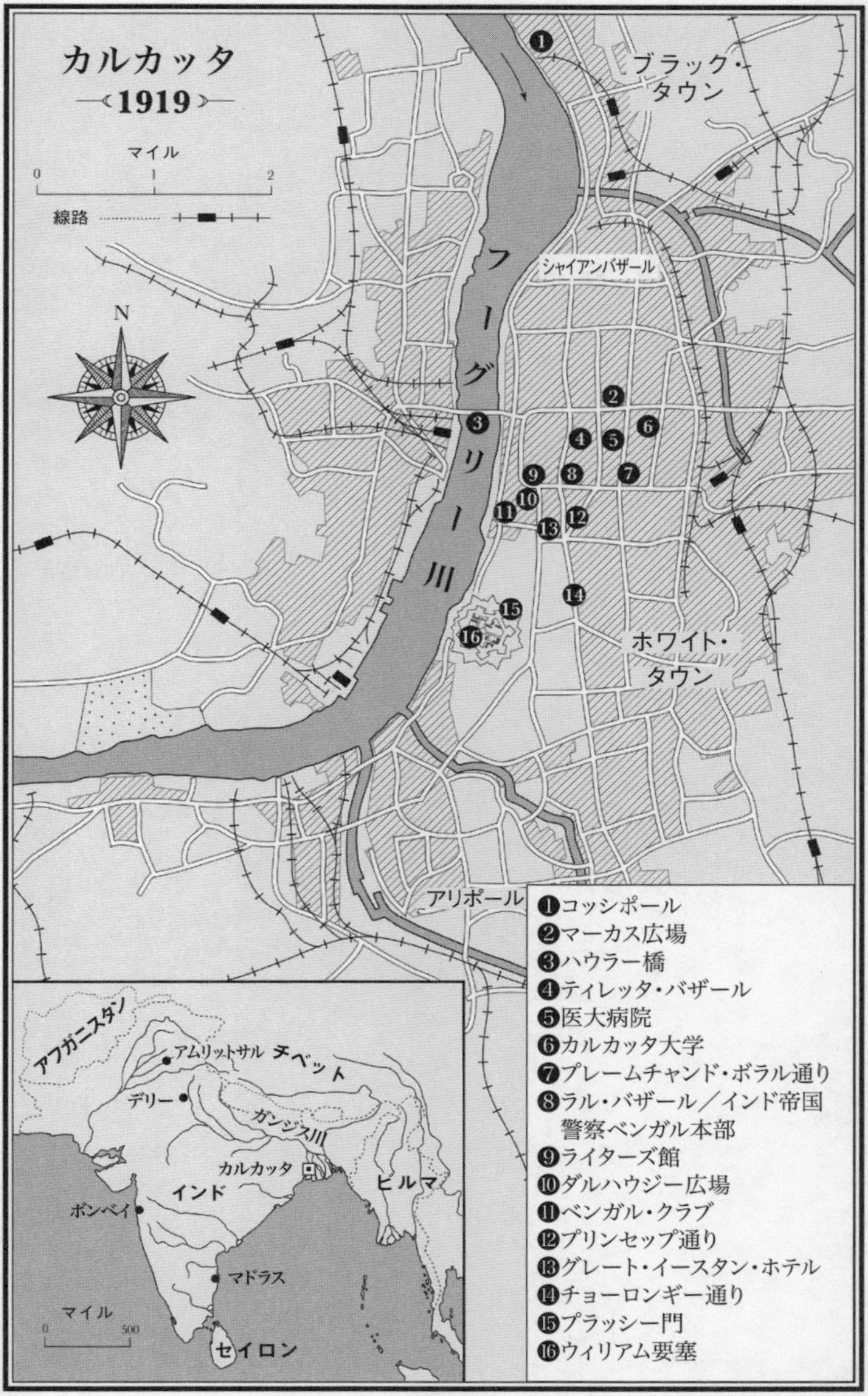
カルカッタ
1919
マイル
0
1
2
線路
N
ブラック・タウン
シャイアンバザール
フーグリー川
ホワイト・タウン
アリポール
アフガニスタン
アムリットサル
チベット
デリー
ガンジス川
カルカッタ
インド
ビルマ
ボンベイ
マドラス
マイル
0
500
セイロン
❶コッシポール
❷マーカス広場
❸ハウラー橋
❹ティレッタ・バザール
❺医大病院
❻カルカッタ大学
❼プレームチャンド・ボラル通り
❽ラル・バザール／インド帝国警察ベンガル本部
❾ライターズ館
❿ダルハウジー広場
⓫ベンガル・クラブ
⓬プリンセップ通り
⓭グレート・イースタン・ホテル
⓮チョーロンギー通り
⓯プラッシー門
⓰ウィリアム要塞

カルカッタの殺人

登場人物

サミュエル(サム)・ウィンダム……インド帝国警察の警部
サレンダーノット
(サレンドラナート)・バネルジー……インド人の部長刑事
ジョン・ディグビー……………ウィンダム警部の部下。警部補
チャールズ・タガート卿…………警視総監
アレグザンダー・マコーリー………事件の被害者。ベンガル州行政府の財務局長
アニー・グラント………………マコーリーの秘書
グン……………………………スコットランド教会の牧師。マコーリーの友人
ジェームズ・バカン……………実業家。ジュート王
ステュワート・キャンベル卿………ベンガル行政府副総督
ドーソン大佐……………………軍情報部H機関の責任者
ベノイ・セン……………………革命組織ジュガントルのリーダー
テビット夫妻……………………ゲストハウスのオーナー
バーン…………………………織物会社のセールスマン。ゲストハウスの宿泊客
ボース夫人………………………売春宿のオーナー
デーヴィー………………………売春婦
スティーヴンズ…………………マコーリーの後任で元補佐官
ダニエルズ………………………タガート卿の秘書
ヴィクラム………………………ディグビーの情報屋
サルマン…………………………人力車の車夫

1

一九一九年四月九日　水曜日

少なくとも、身なりは整っている。タキシード、黒い蝶ネクタイ、その他もろもろのアクセサリー。殺されるときには、できうるかぎり威儀を正したほうがいい。

異臭が喉を刺激し、わたしは咳きこんだ。あと数時間もすれば、臭いはカルカッタの魚屋ですら吐き気をもよおすくらいひどいものになる。キャプスタンの箱を取りだし、煙草を一本抜きとって、火をつけ、甘い煙で肺を浄化する。死臭は熱帯地方はいちだんと耐えがたいものになる。どんなものでもだいたいそうだ。

死体を発見したのは、警邏《けいら》中の小柄で痩《や》せた巡査だった。見つけたときには、恐怖に縮みあがったにちがいない。一時間たったいまでもまだ震えている。そこはグリーと呼ばれる薄暗い袋小路で、三方をいまにも崩れ落ちそうな建物に囲まれていて、目を真上に向けないと空が見えないような場所だ。こんな薄暗いところで死体を見つけるとは、よほど目がいいにちがいない。あるいは、臭いをたどっているうちに行きついただけかもしれない。

死体はねじれ、顔は上を向き、溝《どぶ》に半分ほど浸かっている。喉を掻き切られ、手足は不自然な角度に曲がり、糊のきいた白いドレスシャツには赤黒い大きな血の染みがついている。片方の手はずたずたに切り裂かれ、数本の指が失われている。片方の目は眼窩《がんか》からえぐりとられている。この最後の蛮行は、いまも屋根の上から恨《うら》めしげに見ている大きな黒いカラスの仕業にちがいない。いずれにせよ、白人《ブラ・サーヒブ》のお偉方の最期《さいご》にしてはいささか威厳を欠いている。

　これだけならまだいい。きわめつけはメモが残っていたことだ。丸められた血まみれの紙切れが、コルクの栓のように口に押しこまれている。興味深い、そして目新しい趣向だ。これまであらゆる悪行を見てきたと思っていたのに、殺人者に驚かされることがまだあったとは、世のなか捨てたものではない。

　人だかりができている。通りがかりの野次馬とか、物売りとか、主婦とか。死体を見るために、押しあいへしあいしている。話が伝わるのは早い。いつだってそうだ。殺人は世界共通のエンターテイメントだ。ブラック・タウンでは、白人の死体を見るためなら、有料でもみな喜んでチケットを買う。わたしの視線の先で、ディグビーが規制線を張るよう大声で地元の巡査たちに命令している。それを受けて、巡査たちが人だかりに向かって大声を張りあげはじめる。嘲りや罵《ののし》りの声がかえってくる。巡査たちは悪態をついて、竹の警棒《ラーティ》を振りあげ、振りまわしはじめる。人垣は少しずつ後ろにさがっていく。

　シャツが背中にへばりついている。まだ九時になっていないというのに、陽のあたらない路地にいても、すさまじく暑い。死体の横に膝をつき、服をチェックする。タキシードの内ポケットが膨《ふく》らんでいる。そこに手をさしいれ、中身を引っぱりだす。黒い革の財布、数本のキー、小銭。キーと小銭を証拠品袋に入れてから、財布をチェックする。使いこんで革がくたくたになり、ところどころ擦《す》り切れているが、買ったときはけっこうな値段がしたにちがいない。なかには、長年持ち歩いているものらしく、皺《しわ》だらけになり、四隅が折れた女の写真が入っていた。年はおそらく二十代。

服装からすると、かなりまえに撮られたもののようだ。裏には、〝フェリーズ＆サンズ　ソーキーホール通りグラスゴー〟というスタンプが捺《お》されている。それを自分のポケットにしまう。それ以外、財布のなかにめぼしいものは何もなかった。数枚の領収書が入っていただけで、現金も名刺もない。身元を示すものは何もない。財布を閉じて、証拠品袋に入れる。次は被害者の口に押しこまれた紙だ。死体の現状をできるだけ変えないようそっと引っぱると、簡単に抜きとることができた。良質の紙で、厚みがある。高級ホテルの便箋に使われているような種類のものだ。広げると、片面に三行の走り書きがあった。わたしには読むことのできない言葉が黒インクでつづられている。

　わたしはディグビーを呼んだ。ほっそりとした身体、大英帝国の息子然としたブロンドの髪、軍人風の口ひげ。生まれついての支配者のオーラが滲《にじ》みでている。一応はわたしの部下だが、そんなに気安く部下と呼べるような男ではない。インド帝国警察勤続十年のベテランであり、少なくとも自分では現地の人々の扱いに精通していると考えている。てのひらの汗を制服の上着で拭《ぬぐ》いながら、こちらへやってくる。

「この地区で白人の他殺死体が見つかるなんて、めったにあることじゃありません」

「カルカッタのどこであろうが、白人の他殺死体が見つかるなんて、めったにあることじゃなかろう」

　ディグビーは肩をすくめた。「案外そうでもないんですよ、警部殿」

　わたしは紙切れをさしだした。「これをどう思う」

　ディグビーは心得顔で紙切れの両面を見てから答えた。

「ベンガル語のようですね……サー」

　最後の一言は無理やり付け加えたみたいだった。気持ちはわかる。昇進を見送られるのは、誰にとってもつらいものだ。しかも、その地位をロンドンから赴任してきたばかりの者にかっさらわれたのだから、なおさらだろう。でも、それはあくまでもディグビーの問題だ。わたしの知ったことではない。

「読めるか」わたしは訊いた。

「もちろんです。こう書かれています。〝これは最後通告だ。通りにはイギリス人の血があふれるだろう。インドから出ていけ!〟」

ディグビーは紙切れをかえした。「テロリストの仕業のようですね。それにしても大胆だ」

たぶんそうなのだろう。だが、結論に飛びつくまえに事実関係を把握しなければならない。少なくとも、最初からそんなふうに決めつけることはできない。

「とにかく、この地域を徹底的に調べてくれ。被害者が誰かも知りたい」

「それならわかります。名前はマコーリー――アレグザンダー・マコーリーです。ライターズのお偉方です」

「ライターズ?」

ディグビーはひどくまずいものを飲みこんだような顔をした。「ライターズ館。ベンガルを含むインドの大部分を管轄する行政機関が置かれているところです。マコーリーはそこのトップのひとりで、副総督の側近中の側近でした。そういう意味でも、やはりこれは政治がらみってことになるでしょうね」

わたしはため息をついた。「いいから現場の検証作業を続けてくれ」

「わかりました」ディグビーは答えて、敬礼をした。そして、周囲を見まわし、袋小路に面した建物の二階の窓を見あげていた現地の若い刑事に向かって言った。「バネルジー部長刑事!こっちへ来い」

バネルジー部長刑事は振り向いて気をつけの姿勢をとると、早足にやってきて、敬礼をした。

ディグビーは言った。「紹介します、ウィンダム警部。サレンダーノット・バネルジー部長刑事です。帝国警察の優秀な新人で、採用試験ではじめて上位三名に入ったインド人です」

「ほう。それはたいしたものだ」わたしは言った。ひとつには実際そう思ったからであり、もうひとつにはディグビーがそう思っていないようだったからだ。言われた本人は照れくさそうな顔をしている。

ディグビーは続けた。「行政の全部門において現地人の採用を増やすという政府の方針が実を結んだということです。けっこうなことといえば、けっこうなことです」

わたしはバネルジーのほうを向いた。痩せた、端整な目鼻だちの小柄な若者で、四十代になっても青年のように見えるにちがいない面体をしている。見た目はおよそ刑事らしくない。生真面目《きまじめ》で、神経質そうに見える。艶《つや》のある黒い髪をきっちり横分けにし、金属縁の丸眼鏡をかけている。そのせいもあって、印象としては本の虫といったところで、刑事というより詩人といったほうがぴったりくる。

わたしは言った。「検証作業には細心の注意を払ってくれ、部長刑事」

「わかりました、警部」バネルジーはサリー州の名門ゴルフコースで耳にするようなアクセントで答えた。わたしよりよほどイギリス人らしい。「ほかに何かあるでしょうか」

「ひとつだけある。さっきは何を見あげていたんだね」

「女性です。こっちを見ていました」

「やれやれ」ディグビーは言って、人だかりのほうに親指を向けた。「こっちを見ている者は百人からいる」

「たしかに。でも、その女性は怯《おび》えていました。ぼくを見ると、身をこわばらせ、次の瞬間には家のなかに引っこんでしまいました」

「わかった」わたしは言った。「検証作業が一段落したら、わたしといっしょにそこへ行ってみよう。その女性から話を聞けるかもしれない」

「それはどうかと思いますよ」ディグビーが口をはさんだ。「インドには、われわれが知っておかなきゃならないしきたりが数多くあります。女性にむやみに話しかけるのはご法度《はっと》です。へたすりゃ、暴動が起きかねません。ここはわたしにまかせてください」

バネルジーがもじもじしている。

ディグビーは顔をしかめた。「何か言いたいことがあるのか、部長刑事」

「いいえ」バネルジーは申しわけなさそうに言った。「ただ、われわれがあそこへ行っても、暴動は起きないと思います」

「どうしてそう思うんだ」

「それは、警部補、あそこは売春宿だからです」

一時間後、わたしとバネルジーはマニクトラー小路四十七番地の玄関前に立っていた。建物は二階建てで、いまにも崩れ落ちそうになっている。ブラック・タウンに不足していないものがあるとすれば、それはいまにも崩れ落ちそうになっているあばら屋だ。まわりには同じような家が密集し、人々がひしめきあっている。ディグビーに言わせれば、〝掃きだめ〟ということになるが、実際のところは、貧しいながらも、活力に満ち、ホワイトチャペルやステップニーといったロンドンの場末に似ていなくもない。

壁は元々鮮やかな青色に塗装されていたが、容赦ない陽の光とモンスーンの雨との戦いにはとうに敗れている。いまではすっかり色褪《あ》せ、往時を偲《しの》ばせるのは、黴《かび》に覆われた灰緑色の漆喰《しっくい》にうっすらと残る淡青い筋しかない。その漆喰もところどころ剝《は》がれ落ち、古い小豆《あずき》色の煉瓦壁がむきだしになっていて、亀裂が入ったところには雑草が生えている。建物の二階からはバルコニーの残骸が折れた歯のように突きでていて、鉄の手すりには蔓《つる》が絡まっている。

玄関のドアは節《ふし》くれだらけの板をはぎあわせたもので、建てつけも悪い。やはり塗料が剝がれ、黒ずんだ虫喰いの木がむきだしになっている。

そのドアをバネルジーが竹の警棒で叩いた。

応答はない。

バネルジーはわたしのほうを向いた。

わたしはうなずいた。

バネルジーはもう一度ドアを叩いた。「警察だ！　あけろ！」

ようやくなかからくぐもった声が聞こえた。

「アシー、アシー。ちょっと待ってくだせえ」

物音がし、足を引きずる音が近づいてきた。それから南京錠《なんきんじょう》をあける音がし、薄い木のドアががたつきながら少し開いた。出てきたのは、皺だらけの老人だった。ぼさぼさの白髪頭で、背中はクエスチョン・マークのように曲がっている。褐色の肌は羊皮紙のように薄く、枯れ枝のような身体《からだ》から垂れさがっていて、籠《かご》のなかの衰弱した鳥といった感じだ。バネルジーを見ると、歯のない口を歪めて微笑んだ。

「なんのご用かね、ババ」

バネルジーはわたしのほうを向いた。「ここはぼくが現地語で話したほうがいいかと思います」

わたしはうなずいた。

バネルジーは話しかけたが、老人は耳が遠いみたいだったので、声を張りあげて繰りかえさなければならなかった。老人は薄い眉を寄せ、訝《いぶか》しげな顔をしたが、徐々に表情が緩み、しばらくして口もとに笑みが戻ってきた。それから後ろにさがり、ドアを大きくあけた。

「アシュン」と、バネルジーに言い、それからわたしに向かって言った。「お入りくだせえ。さあ、どうぞどうぞ」

老人は先に立って、足を引きずりながら暗く長い廊下を歩いていった。そこの空気はひんやりとしていて、まわりには香の匂いが立ちこめている。われわれは磨きこまれた大理石の床にブーツの音を響かせながら、あとに続いた。みすぼらしい外観とは裏腹に、屋内は驚くほどの美しさで、豪華といっていいくらいだった。たとえるなら、ロンドンのマイル・エンドの裏道を通り抜けて、メイフェアのお屋敷に入っていったようなものだ。

　老人は廊下のはずれで立ちどまり、優美なしつらいの広い応接室にわれわれを導きいれた。きらびやかなロココ調のソファー、東洋のシルクのクッション。奥の壁ぎわには、赤いビロード張りの長椅子。その上にかけられた額縁からは、宝石で飾りたてられたインドの王子が白馬にまたがり、周囲を睥睨《へいげい》している。天井には円卓サイズの緑の扇《パンカー》が取りつけられている。中庭から光がさしこんでいる。

　老人はそこで待つようにと手で合図をして、静かに姿を消した。

　別の部屋から時計の音が聞こえてくる。こういうところで一休みできるのはありがたい。この地に赴任して一週間になるが、身体がまだ完全には慣れていない。暑さのせいだけではない。ほかにも何かある。漠然としていて、うまく説明できないが、それが後頭部の痛みと胃のむかつきとなってあらわれている。もしかしたら、カルカッタという都市の瘴気《しょうき》にあてられたのかもしれない。

　数分後、ドアが開いて、中年のインド人女性が部屋に入ってきた。そのすぐ後ろから、先ほどの老人が忠実なペットのようについてきている。わたしとバネルジーは立ちあがった。女性は年のわりには艶やかで、二十年前はさぞかし美人だっただろうと思われる。大柄で、コーヒー色の肌、コールと呼ばれる墨を入れた褐色の目。真ん中で分け、後ろでまとめた髪。額には赤い粉をつけている。縁に金の鳥が刺繍《ししゅう》された、きらびやかな緑のシルクのサリーと、へその上までの丈の同色のシルクのブラウスを着ている。手首にはいくつもの金色のバングルをはめ、首には小さな緑の石をちりばめた、目もあやな金のネックレスがかかっている。

「ナマスカール」と、両手をあわせて挨拶《あいさつ》し、バングルが小さな音を立てる。「どうぞおかけになってください」

わたしはバネルジーに目で問いかけた。さっき窓べにいたのはこの女か？　バネルジーは首を振った。女はミセス・ボースと名乗り、この家の主《あるじ》だと告げた。

「応対に出た者の話だと、何かお訊きになりたいことがあるようですが……」

ボース夫人は長椅子の前に歩いていって、そこにゆったりと腰をかけた。それが合図であったかのように、天井の扇が動きはじめ、心地よい風が運ばれてくるようになった。すぐ横の壁に取りつけられた小さな真鍮《しんちゅう》のボタンを押すと、メイドが音もなく戸口に姿を現わした。

「お茶はいかがですか」ボース夫人は尋ね、だが返事を待たずにメイドに命じた。「ミーナ、お茶を」

メイドはやってきたときと同じように音もなく立ち去った。

「では、ご用件をうかがいましょう」

「わたしはウィンダム警部。こちらはバネルジー部長刑事です。ご存じかと思いますが、すぐ横の路地でちょっとした厄介ごとがありましてね」

ボース夫人は品よく微笑んだ。「警察沙汰《ざた》になっていたので、おっしゃるような厄介ごとがあったことはわかっていました。実際のところ何が起きたのか説明していただけませんか」

「殺人事件です」

「殺人事件？」ボース夫人は眉ひとつ動かさなかった。

「なんて恐ろしい」

わたしはこれまで〝殺人事件〟という言葉を聞いた

だけで気付け薬が必要になるイギリス人女性を何人も見てきた。ボース夫人はなかなか気丈な女性のようだ。

「はばかりながら、刑事さん、この界隈では毎日のようにひとが殺されています。けれども、こんなに多くの警官がやってきて、道路を封鎖するなんてことは、いままで一度もありませんでした。しかも、イギリス人の警部さんまでご登場です。いつもなら遺体はさっさと安置所に運ばれ、それでおしまいです。今回はどうしてこれほどの大騒ぎになるんでしょう」

大騒ぎになるのは、殺されたのがイギリス人だからだ。だが、ボース夫人はすでに知っているように思える。

「わたしのほうから訊かせてください、マダム。昨夜そこの路地で何か不審なものを見るか、気になる音を聞くかしませんでしたか」

ボース夫人は首を振った。「気になる音は毎晩のように聞こえてきます。酔っぱらいの喧嘩《けんか》とか、犬のうなり声とか。ですが、人殺しかもしれないと思うような音が聞こえたかというと、答えはノーです」

突き放すような言い方であり、わたしはそのことに違和感を覚えた。これまでの自分の経験からすると、中流家庭の中年女性はだいたいにおいて殺人事件の捜査に協力的なものだ。それは生活に刺激をもたらしてくれる。なかには、捜査の役に立ちたいあまり、ゴシップや風聞をヨハネの福音書のように得々とまくしたてる者までいる。けれども、ボース夫人の反応は、目と鼻の先で殺人事件が起きたことを知らされた女性のものとはやや異なっている。もしかしたら何かを隠しているのかもしれない。もちろん、それは事件とかかわりのあるものとはかぎらない。このところ何かにつけて当局の取締りが厳しくなっているので、本件とはまったく関係ないことを隠そうとしている可能性もある。

わたしは訊いた。「この近くで、不穏な動きとか集まりとかはありませんでしたか」

ボース夫人は出来の悪い子を見るような目をわたしに向けた。「あっても不思議はないでしょうね、刑事さん。ここはカルカッタですから。百万のベンガル人は暇さえあれば革命を論じています。だから、あなたたちは首都をデリーに移したんじゃありませんの。うら寂しい不毛の地に住む従順なパンジャブ人のほうが、危険なベンガルの扇動家より、ずっと扱いやすいでしょうから。もっともベンガル人がみな議論以上の何かをするというわけじゃありませんけどね。とにかく、あなたのご質問への答えはノーです。不穏な動きや集まりはありませんでした。少なくとも、あなたたちが金科玉条《きんかぎょくじょう》のようにしているローラット法に触れるようなことは何も起きていません」

ローラット法――先月、可決されたばかりの法案で、それにより、テロや革命運動にかかわった疑いのある者は誰でも問答無用で逮捕し、裁判なしで二年まで拘《こう》留《りゅう》できるようになった。権力の側からすれば、手間が省けてありがたい。もちろん、インド人は激しく反発しているが、それはむしろ当然のことだろう。われわれは自由の名のもとに大戦を戦ったはずなのに、ここでは不穏当と見なしたらいつでも誰でも令状なしで逮捕したり、拘留したりすることができるのだ。名目はなんだっていい。無許可で集会を開いたとか、イギリス人を見る目つきが悪いとか。

ボース夫人は立ちあがった。「お役に立てず申しわけありませんね」

攻略法を変えるべきときが来たようだ。

「もう一度考えなおされたほうがいいかもしれませんよ、ミセス・ボース。連れの刑事は、あなたの生業《なりわい》に疑問を抱いています。思いすごしだろうとわたしは思っていますが、念のために、いまから三十分以内に風俗課の刑事十人を呼んで、ことの真偽をたしかめさせることもできます。家宅捜索は隅々まで徹底して行なわれます。場合によっては、署までご同行願うことになるかもしれません。独房で一晩か二晩過ごしていただく可能性もあります。どんなことでも当局の思いのままです……もちろん、ご協力いただけるなら話は別です」

　ボース夫人はわたしのほうを向いて微笑んだ。意外にも、おじけづいたようには見えない。それでも、次に発した言葉は慎重だった。「ウィンダム警部、何か誤解されておいでじゃありませんの？　協力したいのはやまやまなんですよ。でも、正直なところ、昨晩これといったものは何も見たり聞いたりしていないのです」

「だとしたら、そのとき家にいたほかの者から話を聞いてもかまいませんか」

　ドアが開いて、メイドがミドルクラスの証《あか》したる茶器一式を載せた銀のトレーを持ってきた。そして、それを女主人の脇にあるマホガニーの小卓の上に置き、すぐに部屋から出ていった。

　ボース夫人はポットと銀の茶こしを手に取り、三つのカップに紅茶を注いだ。「どうぞどうぞ。誰とでもお話しください」

　真鍮のボタンを押すと、メイドがまたやってきた。現地の言葉が交わされ、メイドは姿を消した。

　ボース夫人はわたしのほうを向いた。「ところで、ウィンダム警部、あなたはいつインドへいらしたんですか。まだいくらもたっていないように見えますが」

「よくわかりましたね」

　ボース夫人は微笑んだ。「そりゃ、わかりますとも。まず第一に、お顔の日焼け具合です。あなたはこの街の暮らしでいちばん大事なことをまだ学んでいらっしゃらない。正午から午後四時までは外出を控えるべきです。もうひとつは、お国の方がインド人に対して示す尊大な態度をまだ身につけていらっしゃらないことです」

「ご期待にそえなくて申しわけない」

「だいじょうぶですよ」ボース夫人はこともなげに言った。「単に時間の問題ですから」

わたしが言葉をかえすまえに、ドアが開き、四人の若い娘とメイド、そして先の老人が部屋に入ってきた。娘たちは起きたばかりのようで、身ごしらえもすんでいない。ボース夫人とちがって、化粧はしていないが、素《す》のままでも美しい。それぞれ淡い色の飾り気のない木綿のサリーを身に着けている。

「紹介します、ウィンダム警部」ボース夫人は言って、まず老人を指さした。「ラタンはもうご存じですね。こちらはメイドのミーナ。あとは、サラスワティー、ラクシュミ、デーヴィー、シータ」

娘たちは名前を呼ばれると、それぞれ手をあわせて挨拶をした。どことなくおどおどしているが、それは仕方がない。ロンドンの娼婦も、警察官に職務質問をされたら、たいていはどぎまぎする。

「全員が英語を話すわけじゃありません」ボース夫人は言った。「さしつかえなければ、わたしのほうからヒンディー語で質問をお伝えしましょうか」

「どうしてベンガル語じゃなくて、ヒンディー語なんです」

「カルカッタはベンガルの州都ですが、ベンガル人でない者も大勢います。シータはオリッサの出で、ラクシュミはビハールの出です。ヒンディー語はいってみれば混成語《リンガ・フランカ》のようなものなんです」ボース夫人は自分の言いまわしに満足げに微笑んだ。そして、バネルジーを指さして訊いた。「そちらの方はヒンディー語をお話しになるんですか」

わたしはバネルジーのほうを向いた。

バネルジーは答えた。「錆《さ》びついていますが、一応は」

「よろしい」わたしは言った。「では、ミセス・ボース、昨夜、路地で何かを見たり聞いたりしたかどうか訊いてください」

ボース夫人はみなに質問をし、だが老人には聞こえていないみたいだったので、大きな声で繰りかえした。わたしはバネルジーを見た。バネルジーの視線はデーヴィーに注がれている。

返事は全員が〝ナヒーン〟だった。

どうも納得がいかない。「昨夜ここに七人いて、誰も何も見聞きしていないというんですか」

「そのようですね」ボース夫人は答えた。

わたしはひとりずつ検討を加えていった。ラタンは老人で、耳が遠いので、たぶん何も聞いていないだろう。メイドのミーナは聞いたかもしれないが、何かを隠しているような様子はない。ボース夫人は食えない女であり、何かを知っていたとしても、うかつなことは言わないだろう。商売柄、警察の職務質問対策は万全のはずだ。では、四人の娘はどうか。夜の商売なので、みなほぼ一晩中起きていたはずだ。ひとりぐらい何か目撃していてもおかしくない。とすれば、ボース夫人ほど巧みにすっとぼけることはできないはずだ。

わたしはバネルジーのほうを向いた。「四人の娘にひとりずつ同じ質問をしてくれ」

バネルジーは言われたとおりにし、わたしは娘たちが答える様子を観察した。サラスワティーとラクシュミは即座に「ナヒーン」と答えた。デーヴィーは少しためらってから、目をそらし、「ナヒーン」と答えた。このためらいを待っていたのだ。

バネルジーは最後の娘にも同じ質問をした。答えは同じで、ごまかしているようには見えなかった。デーヴィーとはどうしても話をする必要がある。だが、いまここで、ではない。ほかの者が誰もいないところで。

「残念ですが、どうやらお役に立てないようです、警部」ボース夫人は言った。

「そのようですね」わたしは答えて、ソファーから立ちあがった。バネルジーもあとに続いた。ボース夫人は心のうちで安堵《あんど》したかもしれないが、顔にはまったく出ておらず、そこには池に咲く蓮《はす》の花のような穏やかさがあった。引きあげるまえに、わたしはもう一押ししてみることにした。「最後にあとひとつだけお訊きしていいでしょうか」

「もちろんです」

「ご主人はどこにいらっしゃるんです」

　ボース夫人はいたずらっぽい笑みを浮かべた。「おかしなことをお訊きになりますわね、警部。このような商売では、人さまに見くびられないようにすることが大事なんです。夫はいませんが、いることにしておくと、それだけで面倒なことが起きるのを避けることができます」

　家を出ると、ふたたび猛暑が待っていた。死体はまだそこにあり、本当ならもうすでに運びだされていてもおかしくないのに、汚い防水シートをかぶせたままになっている。ディグビーはどこかへ行ったみたいで、探したが、見つからなかった。

　路地は窯《かま》のようだというのに、人だかりは減るどころか逆に増えてきている。そのなかには黒い大きな傘をさしている者もいるので、混雑には余計に拍車がかかっている。カルカッタの住民の多くが傘を持ち歩くのは、雨除けというより日除けのためだ。ボース夫人の忠告に従い、午後はできるだけ屋内にいるようにしたほうがいい。

　遠くからクラクションの音が近づき、オリーブ色の救急車が混雑した狭い通りをこっちに向かってきた。その前で、自転車に乗った巡査が、野次馬の群れに向かって道をあけるよう大声で叫んでいる。その巡査は規制線の前まで来ると、自転車から降りて壁に立てかけ、急ぎ足でわたしのほうにやってきた。

　そして、敬礼をした。「ウィンダム警部でしょうか」

わたしはうなずいた。

「タガート総監から伝言をことづかっています。至急来てくれとのことです」

警視総監チャールズ・タガート卿――わたしをカルカッタに呼び寄せた人物である。

わたしが礼を言うと、巡査は自転車に戻った。救急車は規制線の前でとまり、そこからふたりのインド人が降りてきた。バネルジーと二言三言ことばを交わしたあと、死体を担架に乗せて救急車に運びこんでいく。

わたしはまたディグビーを探したが、やはりどこにも見あたらなかったので、かわりにバネルジーを連れていくことにした。路地の入口にとめた車の前まで歩いていくと、ターバンを巻いたシク教徒の運転手が敬礼をして、後ろのドアをあけた。

車はブラック・タウンの狭く混雑した通りをのろのろと進んだ。運転手はクラクションを鳴らし、道をふさぐ歩行人や人力車や荷車に怒声を張りあげている。

わたしはバネルジーのほうを向いて言った。「どうしてあの家が売春宿だとわかったんだい、部長刑事」

バネルジーは照れくさそうに微笑んだ。「現場にいた地元住民から近辺の家のことを訊いてまわっていたんです。そのなかのひとりの女性が、四十七番地でどういう種類の商売をしているかをしたり顔で話してくれました」

「きみはボース夫人のことをどう思う」

「興味深い人物です。どうやらイギリス人には好感を抱いていないようです」

たしかにそうなのだろう。だからといって、事件に関与しているということではない。ボース夫人はあくまで商売人であり、わたしの経験からいって、あのような人物は政治に時間を割くようなことはしないものだ。もちろん、それが利益を生むなら話は別だが。

「窓べで見かけた娘というのは？」

「デーヴィーと自称していた娘です」

「本名じゃないというのかね」

「断定はできませんが、デーヴィーというのは女神という意味です。ほかの三人もみなヒンドゥー教の女神の名前です。偶然の一致とは思えません。あの種の女性が偽名を使うのは珍しいことじゃないと思います」

「なるほど。それにしても、きみが娼婦のことに詳しいとは思わなかったよ」

バネルジーは耳を真っ赤にした。

「それで、その娘は何かを見たと思うか」

「本人は否定しています」

「ああ。でも、きみはどう思う」

「嘘をついていると思います。あえて言うなら、あなたも同じ考えだと思います。なのに、どうして問いつめなかったんです」

「忍耐だよ、部長刑事。何ごとにも、それにふさわしい時と場所がある」


ようやくホワイト・タウンのはずれにあるチットプール通りまで来た。広い通りの両側には、豪壮な邸宅が立ち並んでいる。木綿から阿片までの多岐にわたる取引で財を成した商人たちの居宅だ。

「ところで、きみの名前なんだがね」わたしは言った。「サレンダーノットというのは、そうそうある名前じゃない」

「それは本名じゃありません。本名はサレンドラナートといいます。神々の王インドラの別名です。残念ながら、ディグビー警部補にはその発音がしづらいらしく、それでサレンダーノットと言っているんです」

「そのことについて、きみはどう思っているんだい」

バネルジーはもじもじと身体を動かした。「もっとひどい名前で呼ばれたことは何度もあります。イギリス人の多くは、一音節以上ある外国人の名前の発音を苦手にしています。それを考えると、サレンダーノットというのはそんなに悪くありません」

それからしばらく沈黙の時間が続き、だんだんその状態が気詰まりになってきた。そして、わたしはこの若者についてもっとよく知りたいと思うようになってきていた。下僕や下級役人を除けば、インドに来てはじめて出会った生粋《きっすい》のインド人でもある。それで、その身の上について尋ねてみることにした。

「生まれ育ったのはシャイアンバザールです」と、バネルジーは答えた。「その後、イギリスの寄宿学校と大学に通いました」

父親はカルカッタで弁護士をしていて、三人の息子をイギリスに送りだし、ハロー校やオックスフォードおよびケンブリッジ大学で教育を受けさせた。バネルジーは末っ子にあたる。兄のひとりはリンカーン法学院で弁護士資格を取得し、父親と同じく法曹界入りした。もうひとりの兄は著名な医師だ。バネルジーについていうなら、父親は高等文官としてキャリアを積んでもらいたいと考えていたが、本人は一生机にかじりついて仕事をするのを厭《いと》い、エリートコースを歩むことを拒否して、警察官になることを決意したという。

「お父さんはどう思っただろうね」

「あまり喜んではいませんでした。父は自治同盟の運動を支持しています。帝国警察の一員として働くことは、イギリス人のお先棒をかつぎ、同胞を抑圧することだと考えています」

「きみ自身の考えは？」

バネルジーは少し考えてから答えた。「ぼく自身は、いつかインドの自治が実現する日が来ると考えています。もしかしたら、イギリスがインドから完全に撤退する日が来るかもしれません。いずれにせよ、そうなったからといって、ガンジー氏が言うようにインド人にすぐに平和と親愛がもたらされるとは思いません。もちろん、殺人事件もなくならないでしょう。イギリス人が去ったときには、それによって空いたポストをインド人が埋めなければならず、その能力が問われることになります。もちろん法執行機関も例外じゃありません」

なにも大英帝国に対する熱烈な支持を期待していたわけではない。だが、ひとりのイギリス人として、たとえインド人のなかに友好的な者もいれば敵対的な者もいるということをわかっていたとしても、少なくとも帝国警察に奉職した者なら人並み以上の忠誠心があってしかるべきだと思うのは当然のことだろう。なんといっても、警察は体制を維持するための組織なのだ。それだけに、少なくともそのひとりがこのような曖昧《あいまい》な感情を抱いているとわかったのはショックだった。

正直なところ、カルカッタに着いて最初の一週間はいらいらしどおしだった。じつをいうと、インド人と行動をともにしたのはこれがはじめてではない。戦争中にはいっしょに戦いもした。忘れもしない一九一五年イーペルの戦いでのことだ。ランゲマルクという寂《さび》れた小さな村で、将軍たちは玉砕《ぎょくさい》覚悟の無謀な反撃命令を出した。第三ラホール師団のシク教徒とパシュトゥーン族を中心とするインド人傭兵《ようへい》は、負けいくさと知りつつ勇猛果敢に突進したが、ドイツ兵の陣地を見ることすらできなかった。みな決然として死んでいった。そして、いま、ここカルカッタで、彼らの祖国で、彼らの同胞に対するイギリス人の仕打ちを見るのは、決して気分のいいものではなかった。

「あなたはどうなんです」と、バネルジーは訊いた。「どうしてカルカッタに来られたんですか」

一瞬、言葉に詰まった。

いったいなんと答えればいいのか。

先の戦争で兄弟や友人を失ったが、自分は生き残ったから？　負傷して帰還し、病院に運びこまれ、怪我がなおったとき、妻がインフルエンザで死んだと聞かされたから？　イギリスを信じられなくなり、もうたくさんだと思うようになったから？　どれもインド人への説明としてふさわしいものとは思えない。それで、みんなに言っていることをここでも告げることにした。

「雨に飽きたんだよ、部長刑事」

2

六歳のときに母が亡くなった。父は田舎の学校の校長で、地元ではそれなりの名士だったが、逆に言うと、それ以上のものではなかった。しばらくして父が再婚すると、わたしは厄介者扱いされるようになり、イングランド西部の誰にも顧《かえり》みられることのない僻遠《へきえん》の地にある小さな寄宿学校に入れられた。

名前はハダーリーといって、その州のあちこちに点在する二流どころのパブリック・スクールのひとつだ。地理的には片田舎で、校風は旧套墨守《きゅうとうぼくしゅ》。それでも、一通りの教育と上《うわ》っ面《つら》の世間体ぐらいは得ることができる。さらに大事なのは、なんらかの理由で厄介者扱いされている中流家庭の子弟の一時預かり所として利用できる。わたしはそのことをなんとも思っていなかった。寄宿学校での暮らしはまんざらでもなかった。少なくとも家にいるよりはよかった。少しでも長くそこにいたいくらいだった。親の都合で休暇中も仕方なく寄宿舎に残る級友たちをどれほどうらやましいと思ったことか。その学校には、親が遠い異邦に赴任し、現地で白人としての務めを果たし、大英帝国の事業を支えている者が何人もいた。

実際のところ、大英帝国の担い手は中産階級であり、その人材の供給源となっているのがハダーリーのような学校だ。そこから続々と送りだされる清新で勤勉な若者の多くは、帝国の車輪を回す潤滑油《じゅんかつゆ》として、植民地で公務員、警察官、聖職者、収税官などになる。彼らはやがて結婚して子供をつくる。その子供たちは本国へ戻され、親と同じ学校に入り、親と同じ教育を受け、次世代の植民地の行政官に仕立てあげられる。そうやって帝国の車輪は一回転する。

十七歳のとき、わたしはハダーリーを去った。その前年に父が病《やまい》に倒れ、経済状態が急速に悪化し、学費どころではなくなったからだ。だからといって、父を恨《うら》みはしなかった。べつに珍しい話ではない。問題はこの先の身の振り方だった。大学へ進みたいという思いはあったが、それは論外だった。かわりに選んだのは、未来への展望も金もないが、元気だけは人一倍ある若者が、みな昔からしてきたことをした。ロンドンへ向かったのだ。

幸いなことに、ロンドンにはイーストエンドのマイル・エンド通りのそばに住んでいる伯父がいた。地元の下級判事で、あちこちに顔がきき、わたしに警察官の仕事を勧めてくれた。ほかにあてがあったわけではないので、それでいいと思った。応募すると、ステップニーに本部を置くロンドン警視庁H管区で巡査の職を得ることができた。余談になるが、ロンドン警視庁は世界最古の警察組織と思われがちだが、実際はちがう。たしかに、ボウ・ストリート巡察隊という萌芽状《ほうがじょう》のものは古くからあったが、本格的な警察組織ができたのはパリが最初である。さらに言うなら、ロンドン警視庁はイギリス最古の警察でもない。その栄誉に浴する都市はグラスゴーであり、そこに警察組織ができたのは、ロバート・ピールがロンドンに同様のものをつくろうと提案する三十年前のことだ。いまでもロンドン以上に警察を必要とする街があるとすれば、それはグラスゴーだろう。

だからといって、ロンドンの治安がいいというわけではない。とりわけステップニーやイーストエンドはそうで、そこでの殺人事件の件数はほかの地域を大きく上まわっている。が、それでも、タキシード姿の死体が見つかることはまずない。そこまでひどくはない。仲間たちは〝ブルドッグ〟と呼ばれる短銃身リボルバーを頼りにし、重宝していたが、わたし自身は一度も引き金をひくことはなかった。銃口を相手に向けるだけでも、望みどおりの効果を得ることができた。

転機は二年後に訪れた。ウェストフェリー通りで、凄惨《せいさん》な殺人事件が起きた。殺されたのは商店主のファーローとその妻で、死体は早朝ロージーという若い店員によって発見された。犯罪小説から抜きだしたような光景に直面して、娘のとった行動は正しかった。声をかぎりに悲鳴をあげたのだ。たまたま近くを巡回中だったわたしは、悲鳴を聞いて、誰よりも早く現場に駆けつけた。家に押しいった形跡はない。実際のところ、荒らされたあとはほとんどなかった。ただ、店の上階の住まいで、パジャマ姿のふたりが喉を切られて死んでいただけだ。まもなくほかの警官がやってきて、規制線が張られた。犯行現場の検分が行なわれ、ファーローのベッドの下から、蓋のあいた空の現金箱が見つかった。

新聞記者が押し寄せ、現場周辺は騒然となった。捜査はすぐに犯罪捜査部に引き継がれたが、それでもわたしはお役ごめんにならなかった。犯行現場に最初に到着した警官だし、土地勘もあるので、役に立てるはずだと言って無理やり認めさせたのだ。

目撃者がいるかもしれないと思って訊いてまわると、数人が名乗りをあげた。その日の朝、怪しげなふたりの男が建物から出てくるのを見たという。そのふたりの身元も判明した。ガラが悪いと思われている同地域でもひときわガラが悪いことで知られている、アルフレッドとアルバート・ストラットフォード兄弟だ。すぐに連行して取調べたが、当然ながらふたりは全面否認した。なんでも、犯行時刻には教会にいたらしい。

その後、目撃者はみな急に及び腰になり、供述を一変させた。暗くて、はっきり見えなかったとか。別の日だったかもしれないとか。結局、決め手となるものは何もなくなり、ストラットフォード兄弟は釈放された。犯罪捜査部の刑事たちは、もしかしたら何か見逃しているものがあるかもしれないと思って、最後にもう一度犯行現場を調べたが、やはり何も見つからなかった。わたしはひとり署に残った。そのときに、ふと思いついて、証拠物の保管用ロッカーに行った。捜査が終結すれば、わたしの犯罪捜査部での任務も終了する。それで見おさめにと思ったのだ。証拠物はいくらもなかった。血まみれのパジャマ、懐中時計、空の現金箱……そのとき、現金箱の蓋の内側のへりに、薄赤い染みがあることに気がついた。犯行現場で見つかったときには、ばたばたしていたので見落としたにちがいない。それが何なのかも、さらに重要なことには、それが何を意味するのかもすぐにわかった。わたしは階段を一足飛びに駆けあがり、震える手で現金箱を担当の刑事にさしだした。それで、創設まもない指紋局の出番となった。その結果、採取された指紋はストラットフォード兄弟の親指の指紋と完全に一致することが判明した。それが動かぬ証拠となって、ふたりは逮捕された。わたしは犯罪捜査部への転属を申請し、受理された。

ストラットフォード兄弟は両名とも絞首刑に処された。

それからの七年間、わたしは犯罪捜査部で過ごし、普通の人間なら食事が喉を通らなくなるような数々の凶悪犯罪の捜査にあたってきた。しばらくして、そういった仕事に疲れを感じはじめた矢先、一九一二年の終わりに公安課に転属になった。当時の同課の主要な任務は、ロンドンで活動するアイルランドの秘密結社フェニアンの動行に目を光らせることだった。いまでは知る者も少なくなったが、発足当初その部署はアイルランド公安課と呼ばれていた。名称は変わったが、任務はいまも変わっていない。

一九一四年の夏に大戦が勃発《ぼっぱつ》した。わたしはクリスマスのまえの七面鳥とちがって浮かれて大騒ぎする気になれなかった。すでに多くの死を見てきて、それがいかに陰惨で、無意味で、高邁《こうまい》なものとは程遠いか身に沁《し》みていたからだろう。開戦当初、嬉々《きき》として徴兵事務所に向かう若者たちの熱狂にはどうしても同調できなかった。そのころは誰もが年内に決着がつくと楽観していた。ちょっとそこまで行って、カイザーをこらしめてやれば、それで一件落着と考えていた。ドイツ帝国陸軍の近代的な兵力をなめてかかり、植民地戦争で槍《やり》を持って突進してくる現地人を蹴散らすのとどれほども変わらないとタカをくくっていた。

それでも、わたしは志願した。王と国のためといえば聞こえはいいし、それはそれで尊いものだろうが、実際はひとりの女性のためだった。これには少しばかり複雑な事情がある。

はじめてサラに会ったのは、一九一三年の秋のある朝、マイル・エンドを走るバスのなかでだった。世間では、一目《ひとめ》惚《ぼ》れの瞬間には、バイオリンの調べが流れ、花火が打ちあがるとよく言うが、わたしの場合には、軽い心臓発作のようなものに見舞われた。イギリス人が頭に思い描く典型的な美人で、そのような女性がホワイトチャペル通りを走るバスのなかにいるのが、もっと言うなら、そこから半径五マイル内にいるのが不思議なくらいだった。しばらくしてようやく我にかえったときには、その女性はすでにバスから降りて、雑踏のなかに姿を消していた。数日後に同じバスでふたたび顔をあわせなかったら、それっきりになっていただろう。バスに乗る時間を一致させるのは、そんなにむずかしいことではなかった。公安課の監視術はアイルランド人の尾行以外にも有効だった。

それからの数週間は朝の通勤が楽しくてならなかった。彼女を見ているときには心が躍り、見ていないときには心が沈んだ。ある日、バスがひどく混雑していたとき、席を譲った。彼女にすれば、親切なひとぐらいにしか思っていなかっただろうが、わたしはそれを話しかけるきっかけとして利用した。

時とともにいろいろわかってきた。サラは学校の教師で、才気煥発《かんぱつ》な女性だった。年はわたしより二つか三つ上。最初はその美貌に魅《ひ》かれたが、恋に落ちたわけはその知性だった。偏見がなく、考え方は開明的で革新的だった。男のなかには、頭のいい女性を敬遠する者もいるが、わたしはちがう。そのころが人生でいちばん幸せなときだった。サラは自然をこよなく愛していたので、日曜日の午後には、たとえ凍《い》てつくような寒空の下でも、ふたりでよく王立公園を散策した。いまも公園を歩くたびに、そのときのことを思いださずにはいられない。

けれども、真の愛への道のりは決して平坦ではなく、わたしたちの場合も、山あり谷ありの険路をたどることになった。第一の問題はサラに入れこんでいるのはわたしひとりではないということだった。崇拝者は掃《は》いて捨てるほどいた。主として知的な左翼急進主義者で、なかにはどこの国の者とも知れない男もいた。サラが引きあわせてくれたのだ。みなひたむきで、生真面目で、きらきら輝く新しい理想と擦り切れた古いコートを身にまとい、コーヒーショップにたむろして、労働者階級の同志的団結とかプロレタリア独裁とかを熱く語りあっていた。もちろん、他愛もないざれごとだ。連中がそこにいるのは、蛾《が》が炎に群がるのと同じで、そういう意味ではわたしとどれほども変わらない。サラの愛を勝ちとるためなら、みな喜んで仲間の背中をナイフで刺していただろう。同志的団結が聞いて呆《あき》れる。連中を結束させるものがあるとすれば、それはただひとつ——わたしに対する不信の念だ。わたしが警察官だとわかると、その不信の念は倍化した。

もちろん、グループのなかにはほかの女性もいたが、サラはいつも一等光り輝いていた。本人もそういう自分の立場をわきまえ、誰に対しても公平に接していた。ここで親しげな言葉をかけたら、あちらでは優しい眼差しを向けるといった具合に。特定の誰かに気があるようなそぶりを見せることも、逆に邪険にすることもなかった。

わたしが入隊したのは、ほかの男たちとはちがうことを示すためだった。反体制を標榜《ひょうぼう》する者の多くがそうであるように、たいていは口先ばかりで、なんの行動も起こさない。サラが延々と続く議論にうんざりしていることに気づいてすらいない。わたしが入隊したのは、サラがどんなに進歩的な考えを持っていたとしても、内心では男らしい男を求めていることを知っていたからだ。それだけサラを愛していた。プロポーズをしたのは当然のことだ。

わたしは一九一五年一月に入隊し、ほかの二十数名とともに三週間の基礎訓練を受けた。サラとは二月下旬に結婚し、その二日後にはフランスに向けて出航した。

そして、いきなりヌーヴ・シャペルの戦いの最前線に駆りだされた。はじめての戦闘で大勢の仲間を失った。そのころは死亡による欠員を補充するため、現地昇級が普通に行なわれていた。刑事だったわたしは士官の資質ありと見なされ、入隊後いくらもたたないうちに少尉になった。そして、その後も昇級を重ねた。しぶとく生き残っていたからだ。仲間たちはひとりまたひとりと死んでいった。家族も同様だった。腹ちがいの弟チャーリーは、一九一七年にカンブレーで戦死した。〝行方不明のため戦死と推定〟というわけだ。二年前にはわたしの結婚式に列席してくれたのだが、今度はわたしがその葬式に参列することになった。そして、それが父と顔をあわせた最後の日になった。そのすぐあとに他界したのだ。結局、同期で入隊した二十数名のうち、生き残ったのはわずか二名で、正気を保っていたのはわたしひとりだけだった。だが、本当に正気を保っていたかどうかは判然としない。

タガート卿とはじめて会ったのは戦争のさなかのことだった。わたしは前線での任務を解かれ、サントメールでタガートの指揮下に入るよう命じられた。タガートは第十フュージリア連隊の少佐の記章をつけていたが、実際には軍情報部に所属していることはすぐにわかった。なんでも、わたしのファイルを読んで公安課の経歴に目をとめ、使ってみようという気になったらしい。そのとき、わたしに与えられた任務は、カレーに行き、敵国と通じていると思われるオランダ人を監視することだった。それで、数週間にわたって尾行を続け、ドイツ人との接触の事実を突きとめ、その結果、港でわれわれの兵站《へいたん》情報を集めていたスパイ組織を一網打尽《いちもうだじん》にすることができた。

タガートから今後も情報部で仕事を続ける気はないかという打診があった。迷いはなかった。そこではわずか一カ月で、塹壕《ざんごう》にうずくまって過ごした二年間を上まわる成果をあげることができた。仕事はやりがいがあり、うまくやってのける自信もあった。アイルランド人に比べたら、ドイツ人はアマチュアだった。ドイツ人のスパイ活動に対する認識は、イギリス人の値段交渉に対する認識とよく似ている。それは卑《いや》しい行為であり、ほかの人種にまかせておけばいいというわけだ。

　わたしの戦争は一九一八年の夏の第二次マルヌ会戦で終わりを迎えた。ドイツ軍はそこで最後の賭《か》けに出たが、結果的には持っていたすべてのものを失うことになった。それでも、集中砲火は二週間にわたって続き、そのうちの一発がこっちに飛んできて、わたしが偵察任務についていた塹壕を直撃した。だが、ツキは残っていた。わたしは医務兵に発見され、野戦病院へ運ばれ、一週間後にはイギリスに移送された。しばらくのあいだ生死をさまよう状態にあった。痛みどめのモルヒネを投与され、薬漬けの朦朧《もうろう》とした日々が続いた。それからしばらくして、わたしの精神状態が安定したという診断が下されたとき、サラの死を告げられた。死因はインフルエンザで、国内で大流行したため多数の犠牲者が出たという説明があった。そんなふうに言えば、わたしがその事実を受けいれやすくなると思ったのだろうか。

　フランスには戻されなかった。戻る必要はなかった。十月には終戦が動かしがたいものになっていた。わたしは除隊し、市民生活に戻ることになった。だが、愛する者たちがみな墓で眠るか、フランスの野辺で朽《く》ちはてているときに、生きる意味がどこにあるのか。自分に残されたのは、思い出と罪の意識だけだった。だから、生きる目的を見つけだすために警察に戻った。いまは抜け殻のようになっているが、慣れ親しんだ場所に戻れば、少しは元気を取り戻すことができるかもしれないと思って。だが、無駄な試みだった。サラの死とともに、わたしは自分のほとんどすべてを失ってしまった。昼間は虚しく過ぎていくばかりで、夜は死者の叫びで満たされていた。一時的にではあれ、それを消すことができるのはモルヒネだけだった。モルヒネが手に入らないときには、阿《あ》片《へん》に頼った。効果は充分とはいえないが、イーストエンドで鳴らした警察官なら、阿片を入手するのは簡単だった。ライムハウス地区だけでも知っている阿片窟は数ヵ所ある。

十二月の底冷えのする夜、よろよろとした足どりでナロー通りを歩いていたときのことだ。テムズ川に流れこむ運河の前まで来たとき、わたしはここですべてを終わりにしようと思った。それは少しもむずかしいことではない。暗い水面《みなも》はすぐ先にある。冷たさは痛みを麻《ま》痺《ひ》させてくれるだろう。時間はいくらもかからない……

そのときふと、ワッピングの水上警察の巡査と言い争ったことを思いだした。もしここでわたしの溺死《できし》体《たい》が引きあげられたら、やつはきっと膝を叩いて喜ぶだろう。それだけのことで、わたしは飛びこむのを思いとどまった。

わたしはちっぽけな人間だ。

しばらくしてタガートから電報が届いた。そのときにはインド帝国警察ベンガル本部の総監になっていて、優秀な刑事を探しているので、カルカッタに来ないかというのだ。イギリスになんの未練もなかったから、三月のはじめ、わたしは波止場の近くでサラの父親に別れの挨拶をし、ペニンシュラ&オリエンタル社のベンガル行きの汽船に乗りこんだ。そのときにはモルヒネの錠剤を持っていた。ベスナル・グリーンの警察署に行って、証拠物の保管用ロッカーから盗みだしたものだ。証拠物の紛失は毎度のことなので、気にすることは何もない。これは単なる噂だが、ワッピングの警察官のなかには、給料より禁制品を売りさばいた金のほうが多い者が何人もいるという。わたしの気がかりは、くすねとった錠剤で三週間もつかどうかということだった。たぶん、ぎりぎりでなんとかなるだろう。浪費しなければ、カルカッタまでもつはずだ。

残念ながら、運命の女神は時として気まぐれだ。地中海で悪天候に見舞われ、船旅が一週間近くのびたので、ベンガルの海岸線が視界に入る数日前に、モルヒネの錠剤は尽きてしまった。

ベンガル――緑したたる豊穣《ほうじょう》な未開の地。湿気、ジャングル、マングローブの森。陸地より広い面積を占める沼沢地。気候は地球上の多くの場所がそうであるように過酷をきわめている。灼熱《しゃくねつ》の太陽が大地を干あがらせる乾季、モンスーンの雨でいたるところが水びたしになる雨季。それが交互に訪れる。そしてマラリア。どうやら神様が不機嫌なときに、イギリス人がもっとも嫌う自然条件ばかりを選んで、この呪われた地にお与えになったにちがいない。してみれば、海岸線から八十マイル内陸部に入った、フーグリー川の濁流《だくりゅう》の東岸に広がる湿地に、英領インドの首都カルカッタをつくったのは、むべなるかなである。イギリス人は試練を好む民族だ。

一九一九年四月一日、わたしはそこにはじめて足を踏みいれた。エイプリルフールの日だ。船は川をさかのぼっていった。ジャングルは次第に野原や泥壁の集落へと変わっていき、しばらくして川は急に湾曲し、船がそこを曲がると、何百という工場の煙突から出る黒い煙の下に、巨大都市が姿を現わした。

カルカッタに着いたとき、薬が切れていたせいで、浮き浮きした気分にはとてもなれなかった。もちろん、暑さのせいもある。うだるような、容赦のない暑さで、息苦しくさえある。だが、いちばんの問題は暑さではない。何よりもこたえるのは湿気だ。

川は船舶で埋まり、巨大な外航船が波止場で陣取り合戦を繰りひろげていた。川が都会の動脈だとすれば、船は血液だ。それは種々の産品を世界へ送りだしている。

ともすれば、カルカッタは古代都市のように思われがちだが、じつはニューヨークやボストンなどといったアメリカの多くの主要都市より新しい。ただ、そのような都市とちがって、そこで希望に満ちた新しい生活を始めようとする者はいない。その地の誕生には、もっと功利的な理由が絡んでいる。要するにそこは交易の拠点なのである。

カルカッタ——われわれはこの街を〝宮殿都市〟とも、〝東洋の星〟とも呼んでいる。かつてジャングルとシュロ葺《ぶ》き屋根の小屋しかなかったところに、イギリス人は瀟洒《しょうしゃ》な邸宅や記念碑を建て、街をつくった。そのために血の犠牲を払いもした。だから、ここはイギリス人の街だと言う者もいる。だが、そうでないことは、この地に五分もいればわかる。ただ、だからといって、インド人の街というわけでもない。

要するに、カルカッタは特異な街なのだ。

3

ラル・バザール十八番地には、東インド会社の栄光の時代に建てられた、威風堂々とした殿宇がある。当時は、機を見るに敏な頭と目を持つイギリス人なら、無一文でやってきても、うまく立ちまわれば、王子のような生活を送ることができた。もちろん、金儲《もう》けのためなら、手段を選ばないという非情さも必要だっただろう。この館を建てたのもそういった類《たぐい》の男であり、裸一貫でやってきて財を成し、だが結局はそのすべてを失ったらしい。館は誰かに売られ、それからまた別の誰かに売られ、次に政府に売られ、いまではインド帝国警察ベンガル本部となっている。

　建築様式はコロニアル・ネオクラシックと呼ばれるもので、円柱やコーニスや鎧戸《よろいど》つきの窓などが特徴となっている。塗装色は臙脂《えんじ》。もしイギリスのインド統治に色があるとすれば、まさにこの臙脂だろう。警察署から郵便局に至るまで庁舎の大半が、この色で塗装されている。おそらく、マンチェスターかバーミンガムあたりの小ざかしい塗装業者が、インド統治政府のすべての建物を臙脂色に塗る契約をとりつけて、がっぽり稼いだのだろう。

　わたしとバネルジーは、敬礼するふたりの歩哨《ほしょう》のあいだを抜けて、ざわついたロビーに入り、階段のほうへ歩いていった。壁には、百年におよぶ植民地の法執行機関の種々の記念物や、銘板や、額入りの写真が掲げられている。

　タガート卿の執務室は四階にあり、そこに行くには隣接する控えの間を通らなければならない。そこには、ダニエルズという名の小柄な個人秘書がいる。コッカースパニエル犬のように忠実で、仕事熱心、その生涯の目的はただひとつ、主人に仕えることであるように思える男だ。ドアをノックし、バネルジーを二歩後ろに従えてなかに入ると、机の向こうで立ちあがった。重要人物に仕える秘書のつねとして、青白い顔をしていて、腰が低く、身長はボスより数インチ低い。「こちらへどうぞ、ウィンダム警部」と言って、わたしを両開きのドアのほうへ導いていく。「総監がお待ちです」

わたしはなかに入った。バネルジーは戸口で立ちどまった。

「何をしているんだ、部長刑事。総監を待たせちゃいけない」

バネルジーは深呼吸をし、それからわたしのあとに続いた。総監室はツェッペリン飛行船の格納庫もかくやと思えるような広さがあり、フランス窓からさしこむ陽光が、高い天井にかけられたシャンデリアにきらきら反射している。警察官のオフィスとは思えない豪華さだ。けれども、考えてみれば、大英帝国の重要な、だが数々の問題を抱える直轄領で、法と秩序の番人の長を務める者の執務室なのだから、それはむしろ当然のことかもしれない。部屋の奥の壁には、等身大のジョージ五世の肖像画がかけられ、その下には手漕ぎのボート・サイズの机が置かれている。そして、机の向こうの椅子には警視総監がいて、手前の椅子にはディグビーがいる。わたしは驚きを顔に出さないように努めながら前に進みでた。

タガートは椅子にすわったまま言った。「かけたまえ、サム」

言われたとおり、わたしはディグビーの横の椅子にすわった。この部屋に椅子は二脚しかなく、バネルジーは砲弾が飛び交う戦場にいた兵士たちと同じ困惑のていでまわりを見まわしている。

ディグビーは顔を真っ赤にして言った。「ここをどこだと思っているんだ、部長刑事。ハウラー駅か？

きみのような――」

　タガートが手をあげて制した。「いや、ここにいてもらおう。現地の人間が少なくともひとりはいたほうがいい」そう言って、ドアのほうを向いた。「ダニエルズ！　椅子をもう一脚持ってきてくれ」

　ダニエルズがやってきた。最初は驚いたウサギのような顔をしていたが、何も言わず、すぐにうなずいて、部屋から出ていった。そして、椅子を持って戻ってくると、わたしの横に置いて、すぐまた部屋から出ていった。バネルジーは礼を言ったが、その言葉は聞こえていないみたいだった。

　バネルジーは椅子にすわり、床に視線を落とした。ディグビーは卒倒しそうな顔をしている。

　わたしはタガート卿に注意を戻した。五十代で、背が高く、司祭のような柔和な顔をし、悪魔の護符を身につけているように見える。

「さて、サム」タガートは立ちあがって、ゆっくり歩きはじめた。「今回のマコーリー事件のことだが、さっき副総督から電話がかかってきた。われわれがどう対処しようとしているか知りたいそうだ」

「ずいぶん早耳ですね」わたしは言って、苦々しげな顔をしているディグビーにちらっと目をやった。「死体が見つかってからまだ何時間もたっていません」

　ディグビーは肩をすくめた。

「カルカッタのことをもう少し学んだほうがいい、サム」タガートは答えた。「法と秩序を守るのはわれわれだけじゃない。副総督は独自の情報源を持っておられる」

「秘密警察ということでしょうか」

　タガートは顔をしかめた。椅子に戻って、漆《うるし》塗りの万年筆を手に取ると、それで机をいらだたしげに叩きはじめた。「別筋の者ということだ」

　思わず口もとが緩んだ。〝秘密警察〟を持っているのはよその国だ。われわれイギリス人は〝別筋の者〟

を使う。

「どんな話を聞いたのかは知らんが、副総督はいたく心配しておられる。帝国の高級官僚であり副総督の側近である人物が殺されたという話が外部に漏れたら、状況は予断を許さないものになる。過激派はここを先《せん》途《ど》と騒ぎたてるだろう。図に乗って、どんな無茶をしでかすかわからない。何があったのかおおよそのところはディグビーから報告を受けたが、念のためにきみの意見も聞いておきたい」

話すことはいくらもなかった。「捜査はまだ始まったばかりですが、わたしの意見はディグビー警部補と同じです。政治がらみのような気がします」

タガートは手で顎《あご》をこすった。「目撃者は？」

「いまのところはひとりもいません。その点についてはもう少し調べてみようと思っています」

「今後の捜査の進め方は？」

「いつもどおりです。まずは犯行現場の指紋を採取し、関係者から話を聞くことから始めるつもりです。知っておかねばならないことは数多くあります。最後に目撃されたのはいつかとか。昨夜、オペラを観にいくような格好をして、ブラック・タウンで何をしていたのかとか。上司の副総督からも話を聞きたいと思っています」

ディグビーが鼻を鳴らすような音を立てた。

タガートはため息をついた。「さあ、それはどうだろう。副総督は二週間後にダージリンへ向かう予定になっている。きみのために時間を割くのはそんなに簡単なことじゃないかもしれん。でも、頼むだけは頼んでみよう。この事件の重要性を考えたら、十五分ぐらいはなんとかなるかもしれない。もちろん、あたるべきところは、ほかにもいろいろあるはずだ」

「とりあえずはマコーリーの秘書から始めようと思っています。秘書がいたらの話ですが」

ディグビーが答えた。「いると思いますよ。ライターズには秘書やら書記やらの類がわんさといます」

「よろしい」タガートは言った。「では、そこから始めてくれ。報告を待っている。それから、ディグビー、きみはブラック・タウンで情報収集にあたってくれ。何か知っている者がいるかもしれん。とにかく、ふたりとも、捜査に全力を尽くしてくれ」

「わかりました」わたしは答えた。

「それから、もうひとつ」タガートは言って、バネルジーのほうを向いた。「部長刑事、きみの名前は？」

「バネルジー。サレンダーノット・バネルジーです」

ディグビーとバネルジーを連れて部屋を出たあとも、わたしはずっとタガートと交わした会話のことを考えていた。どうも釈然としない。

「きみはどう思う、ディグビー」

「熱いジャガイモの上に降り立った感じ、といったところでしょうか」

簡単に言えば、ひじょうに厄介な問題を抱えこんだということだ。

「まずはきみの情報源をあたってくれ。何かわかるかもしれない」

ディグビーは口をあけて何か言いかけたが、途中で思いなおしてやめた。

「ほかにいい考えがあるのか」

「いいえ、なんにも。あなたはスコットランド・ヤードの叩きあげです、警部殿。あなたのやり方で進めましょう」

そこで話を打ち切り、ディグビーが自分のオフィスへ戻っていくと、わたしはバネルジーに犯行現場で情報を集めてくるように命じた。バネルジーは敬礼をして、下級刑事の詰め所のほうへ歩いていった。いまわたしが必要としているのは考える場所だ。

ラル・バザールには、本館のほかに、厩舎《きゅうしゃ》や駐車場や行政機関のオフィスとして使われている別館がある。

そのふたつの建物のあいだには、インペリアル・ポリス・ガーデンと呼ばれる中庭があり、芝が張られ、ベンチが置かれ、花壇がしつらえられ、数本の細い木が植えられている。大仰な名前の割りには小ぶりだが、庭にはちがいなく、わたしにはそれで充分だった。

庭は幸せだったころの想い出をよみがえらせてくれる。戦争中には三年間、塹壕のなかで、サラといっしょにロンドンの公園を歩いた日々のことを思いつづけた。いまも芝生や花を見ながら、サラといっしょにいたときのことを夢想している。夢は夢でしかないが、庭はつねに喜びをもたらしてくれる。なんといっても、わたしはイギリス人なのだ。

ベンチに腰をおろし、そこで考えを整理することにした。総監に犯行現場から呼び戻されたはいいが、結局は事件の重要性を念押しされただけだった。これだけでもおかしい。まるで手術の最中に外科医の手をとめさせて、患者の命を救うのがいかに重要であるか言って聞かせるようなものだ。

気になることはほかにもある。副総督の手の者はなぜこんなに早く事件のことを知ったのか。警邏中の巡査が死体を見つけたのは七時ごろ。巡査が警察署へ行って、そのことを報告するのに要した時間は約十五分。地元の警官が現場に駆けつけ、蝶ネクタイにドレスシャツ姿の白人が溝《どぶ》に浸かり、片目をくりぬかれて死んでいるのを見つけ、巡査の報告が戯言《たわごと》でなかったことが判明したのは、七時半ごろ。われわれが犯行現場に着いたときには八時半近くになっていて、その後の十五分間は死体がマコーリーのものだということすらわかっていなかった。にもかかわらず、そのわずか一時間後、地元の巡査がラル・バザールに戻るようにとの命令を伝えにきた。警察署から自転車で犯行現場へ来るのに十五分かかったとすると、副総督は死体の身元が判明してから四十五分もたたないうちにそのことを知ったことになる。それで、副総督はすぐにタガート卿に連絡をとり、なんらかの聞き捨てならない話をし、その結果、捜査にあたっていた刑事が犯行現場から引き戻された。ウェストハムがサッカー・リーグで優勝したように、ありえないことではない。だが、よくあることでもない。

ほかの選択肢も考えてみた。もしかしたら、犯行現場に駆けつけた刑事や巡査のなかに、副総督の秘密警察の協力者がいて、わたしとバネルジーが売春宿でボース夫人やその使用人から話を聞いていたときに、連絡をとったのではないか。可能性はある。カルカッタに来てまだ間もないが、少なくとも規律の甘さという点では、インド帝国警察がロンドン警視庁と互角の勝負をすることは間違いない。

もちろん、それ以外の可能性もある。副総督の手の者は巡査が死体を見つけるまえからそのことを知っていたのかもしれない。とすれば、副総督がこれほど早く事件のことを知ったわけは容易に説明がつく。だが、それにしても疑問は残る。連中はマコーリーを尾行していたということか。だとしたら、暴力沙汰になったときに、どうして助けようとしなかったのか。なんといっても、インド帝国の高級官僚なのだ。そのような人物が襲われているのに、ただ見ていただけだとしたら、イギリス人はさっさと荷物をまとめ、オフィスをたたみ、部屋の鍵をインド人に渡したほうがいい。

あるいは、副総督の手の者がマコーリーの死体を見つけたのは、殺されたあとだったのかもしれない。こちらのほうが可能性は高い。だが、だとしたら、なぜ死体を放置したまま、誰かがそれを見つけるまで待っていたのか。なぜ自分たちで報告を入れなかったのか。さらに言うなら、なぜこの不祥事を秘密裏《ひみつり》に処理しなかったのか。要人の変死を揉み消した経験がないわけではなかろうに。そういえば、南アメリカの某国の駐英大使が、ロンドンのシェパード・マーケットのパブの上階の部屋で、首の縄以外は何も身につけず、口もとに微笑みを浮かべて窒息死していたことがあった。けれども、後日報じられたところによると、この大使はベッドの上で眠っているときに穏やかに死亡したらしい。

駄目だ。どの可能性も筋が通らない。カルカッタに来てはじめて手がける事件なのに、どうにも勝手が悪い。この種の事件はこれまで一度も扱ったことがない。単にインド人の居住地区で白人が殺されたというだけの話ではない。インド帝国の高級官僚を殺害したのは、現地のテロリストかもしれないのだ。少なくとも、行きずりの犯行ではない。

思案をめぐらしているうちに、いつのまにかサラのことを考えていた。故国から何千マイルも離れたところで、捜査の指揮をとっている自分を、サラはどう思うだろう。誇らしく思ってくれるだろうか。神よ。サラに会いたい。

どれくらいそこにすわっていたのだろう。気がついたときには、陽が傾き、影は消えていた。身体には汗が噴きだしていた。仕事に意識を集中することが、次第にむずかしくなりつつある。モルヒネか阿片が手に入るなら、一ヵ月分の給料を使ってもいい。でも、いまは解決しなければならない事件がある。それに給料もまだもらっていない。

ゆっくりオフィスに向かうと、バネルジーが外の廊下の椅子にすわって考えこんでいた。

「邪魔をしたかな、部長刑事」

よほどびっくりしたにちがいない。バネルジーは急に立ちあがって敬礼をし、その拍子に椅子を後ろに倒してしまった。椅子とはとことん相性が悪いようだ。

「い、いいえ。すみません」

バネルジーはわたしのあとに続いてオフィスに入った。その顔の表情からすると、どうやら悪い知らせがあったようだ。その知らせをもたらした者をわたしが撃ち殺すのではないかと心配しているようにも見える。

でも、わたしはそんなに怒りっぽくない。もしそうなら、いまごろはひとりの部下もいなくなっていたはずだ。

「何か言いたいことがあるようだな、部長刑事」

バネルジーは足もとに視線を落とした。「コッシポール署から電話がありました。現場の検証作業は軍が担当することになったそうです」

「なんだって？　民間の事件なのに、どうして軍がしゃしゃりでてくるんだ」

「憲兵隊じゃなく、軍情報部です」バネルジーは両手を揉みあわせながら言った。「以前にも同じようなことがありました。去年、爆弾事件の現場に駆けつけたときのことです。民族主義者がハウラーの北の線路を爆破したんです。大勢の軍人を乗せたトラックがやってきて、数時間のうちにわれわれは追い払われました。誰にも何も言うな、命令にそむいたら処分するとのことでした」

「よく話してくれた。軍情報部について、ほかにはどんなことを知っている」

「知っていることはいくらもありません。その種のことは自分のような下っ端には無関係です。でも、軍情報部のなかに秘密の部局が存在することは、少なくともラル・バザールでは周知の事実です。H機関という名称で、副総督に直接報告を入れています。副総督が政治がらみと考えた事件はすべてH機関の管轄下に置かれます」

「それは法律にもとづくものなのか」

バネルジーは悲しげに微笑んだ。「たぶんそのような法律はないと思います。でも、そんなことは問題じゃありません。イギリス国王陛下の植民地統治を万全のものにするためであれば、副総督は広範囲にわたる裁量権を自由に行使できます」

「なんでも望みどおりにできるということか」

バネルジーは困惑顔で微笑んだ。「そう言っていいと思います」

　わたしから捜査権を取りあげたのがどこの誰かはわからない。けれども、それを見つけだす方法はある。新しい任務につく際には、みずからの行動規範を早いうちから明確にしておくことが重要だ。何を受けいれ、何を拒否するのか。要するに、譲れない一線を引くことだ。これまでの経験から学んだことだが、少なくとも上司なら、とりわけ自分を雇ってくれた上司なら、忌《き》憚《たん》のないところを話してもたいていは許されるものだ。

　わたしは黙って立ちあがり、バネルジーをそこに残したまま、部屋から出て、ふたたび階段をあがった。ダニエルズが驚いて制止しようとしたが、無視して、総監室につかつかと入っていく。

　タガートが机から顔をあげた。驚いたようには見えない。

「きみが何を言おうとしているのかはわかっているよ、サム」

「わたしはマコーリー事件の捜査からはずされるんでしょうか」

　ダニエルズは呆気《あっけ》にとられて見ている。タガートは手振りで穏やかに椅子を勧めた。

「失礼ながら申しあげます。いったい何が起こっているんでしょう。一時間前には全力を尽くすようにと言われたのに、いまはかかわりを持つことすらできなくなってしまいました」

　タガートは眼鏡をはずし、それを小さなハンカチで拭き、そしてため息をついた。「落ち着け、サム。わたしもいま知ったばかりだ。いいかね。この事件はいまもきみたちのものだ。副総督は軍の力を借りて秩序を維持したいと考えているだけだよ。テロリストたちにこの状況を利用されたくないからね。現場周辺には夜間外出禁止令が出されている。あとはわたしにまかせてくれ。軍がきみの捜査の邪魔をしないよう、できるだけのことはするつもりだ」

「犯行現場への立ち入りを認めていただけるでしょうか。まだ凶器も見つかっていないんです」

「できるだけのことはする。一日か二日はかかるかもしれないが」

　そのときには、犯行現場は一ルピーの価値もなくなっている。戦時中のフランスでそうであったように、必要なものはすべて軍情報部がおさえ、誰とも共有しないことは目に見えている。胆汁が喉にこみあげてきて、それを呑みこむのはそんなに簡単なことではなかった。ほかに言うことはなかったので、わたしは部屋を出て、階段へ向かった。少なくとも、事件はまだわたしの手中にある。

　バネルジーはわたしのオフィスで待っていた。タガートのところへ行くまえに、帰っていいと言うのを忘れていたのだ。わたしが戻らなかったら、いつまで待っているつもりだったのだろう。たぶん何時間でも待っているにちがいない。

　でも、いまはやってもらう仕事がある。取り急ぎしなければならないのは、マコーリーの死体を安置所へ搬送することだ。死体がまだあそこにあるとすれば。

4

数本の電話をかけて、マコーリーの秘書の名前がわかった。男性ではなく、ミス・グラントという名の女性だった。マコーリーのような高い地位にいる者が女性の秘書を雇っているとは思わなかった。やはり時代は変わりつつあるのだ。本国でも、多くの女性が前線に送りこまれた男たちの仕事をし、戦争が終わっても、すぐに家庭へ戻ろうとはしない。それは悪いことではないと思う。野戦病院で看護婦に世話をしてもらった経験がある者なら、職場に女性が進出することに諸手《もろて》をあげて賛成するはずだ。

ミス・グラントとは午後四時にライターズ館で会うことになっていた。ラル・バザールからは徒歩五分の距離なので、歩いていくことにしたのだが、それが間違いの元だった。午後も遅い時間だというのに、熱気は鉛《なまり》のように肩にのしかかり、ダルハウジー広場に入ったときには、汗だくになっていた。もしカルカッタに心臓があるとすれば、それはダルハウジー広場だ。ロンドンのトラファルガー広場と同じく、優美というにはあまりにも大きすぎる。いくら公共の施設だからといって、ここまで大きい必要はないと思うのだが。広場の中央には、バナナの葉のような色をした、大きな矩形《くけい》の池がある。ディグビーの話だと、昔は多くのインド人が洗濯や沐浴《もくよく》や修行の場として使っていたらしい。だが、五七年の暴動以降はそういった姿が見受けられることはまったくなくなった。すべて禁止されたのだ。いまは人影もなく、暗緑色の水が午後の陽光にきらめいている。そして、そのまわりにいるインド人は、ボタンダウンのシャツにスーツ、フロックコートにブーツといういでたちの者だけで、英語とベンガル語で〝公序良俗に反し、池のなかに入る者は、厳罰に処す〟と記された警告板や鉄の柵から充分な距離をとりながら、うつむいて、打ちあわせや待ちあわせの場所へ急いでいる。

広場の両側には、イギリスの行政機関の庁舎が立ち並んでいる――中央郵便局、電話局、そしてもちろん、壮麗な石造りのライターズ館。ビハールからビルマ国境に至るまでの一億人を超えるインド人の生活がそこで管理されているのだから、帝国内のどの建物より大きいとしても、けだし当然のことであろう。それでも、〝大きい〟という表現はかならずしも適切とはいえない。この大伽藍《がらん》をもっともうまく言いあらわす言葉は〝威風あたりを払う〟だろう。見る者――主としてインド人に、畏敬《いけい》の念を覚えさせること。それがこの建物の存在理由なのだ。もちろん、大きいのは大きい。四階建て、幅約二百ヤード、巨大な台座と太い石柱。その上部に刻まれた神々の像。インドの神々ではない。ギリシャかローマかわからないが、そのどちらかであるのは間違いない。

カルカッタとはこういうところだ。イギリス人がこの地につくった建造物は、すべて古典様式であり、すべてが必要以上に大きい。オフィスも、住居も、記念碑も、すべてがこう叫んでいる。〝われわれがつくりあげたものを見よ！　われわれはまさしくローマ帝国の後継者なのだ！〟

それは支配を意味する建造物であり、心なしか馬鹿げて見える。石柱と破風《ペディメント》を持つパラディオ風の建物、古代ローマの外衣《トーガ》をまとったイギリスの偉人の彫像、副総督官邸から公衆トイレに至るまで、いたるところに記されたラテン語の碑文。これを見た者が、カルカッタを植民地にしたのはイギリス人でなく、イタリア人にちがいないと思ったとしても、少しも不思議ではない。

広場は活気に満ちていた。路面電車や自動車からは、この暑いのにネクタイにスーツ姿の白人やインド人の公務員が次々に降りてくる。ライターズ館の広い柱廊《ポルチコ》玄関には、大勢のひとがせわしなげに出たり入ったりしている。

　建物のなかで用件を伝えると、受付係は名簿を調べ、それから大理石のカウンターの上の真鍮のベルを鳴らした。ターバンを巻いた案内係の従僕が現われると、職員は目下の者に対する小役人にありがちな横柄《おうへい》な口調で指示を与えた。案内係は媚《こ》びるような笑みを浮かべて、手招きをした。われわれはロビーを横切り、〝専用〟という表示のあるエレベーターの前まで行った。案内係は格子のドアをあけ、わたしをなかへ通した。ボタンはなかった。案内係はポケットから鍵を取りだし、真鍮のスロットにさしこんで回した。エレベーターはガクンと一揺れし、それからスムーズに上昇しはじめた。案内係はにこっと笑った。「直通エレベーターです、サーヒブ」

　エレベーターは四階でまたガクンと揺れてとまった。オークの羽目板張りの壁の廊下には、小さな犬なら埋もれて窒息しかねないほど分厚いブルーの絨毯《じゅうたん》が敷かれている。廊下の両側には、番号表示のない、同じような多くのドアが並んでいる。案内係はそのひとつの前で立ちどまって、またにこっと笑った。なかから、タイプライターを打つ音が聞こえてくる。わたしが礼を言うと、案内係はインド式にてのひらを合わせて挨拶をし、廊下を戻っていった。

　わたしはノックをして、なかに入った。小さな机の上に、大きなタイプライターと電話と書類の山が並んでいる。その向こうに、若い女性がすわっていた。一心不乱にタイプを打っている。

「ミス・グラント？」

　秘書嬢はとまどいがちに顔をあげた。目の縁が泣きはらしたように赤くなっている。

「ウィンダム警部です」

「え、ええ。お待ちしていました」ミス・グラントは顔にかかった褐色の髪を払って立ちあがりかけたが、その拍子に書類の束を床に撒き散らしてしまった。「すみません」と言って、あわてて腰をかがめ、書類を拾いはじめた。

見ないようにしようと思ったが、その脚はあまりにも美しく、そこから目をそらすのは簡単なことではなかった。美しいものは美しい。そう思ったとき、彼女の視線を感じ、とまどいを隠すために床に膝をついて、そこに落ちていた数枚の書類を拾った。そして、それを手渡したとき、指と指がかすかに触れ、香水の匂いがした。花ではなく、土のような素朴な香りだ。ミス・グラントは微笑み、礼を言った。素敵な笑顔だ。カルカッタへ来て以来、これほど素敵なものを見たことはない。ブラウスのボタンをいくつかはずし、胸もとがあいているので、薄茶色の滑《なめ》らかな肌がのぞいている。イギリス人にしては黒く、インド人にしては白い。おそらく混血だろう。祖先のひとりに、インド人の血が混じったにちがいない。いわゆる、アングロ・インディアンだ。境遇としては、ひじょうに中途半端で、厄介きわまりない。イギリス人でもなければ、インド人でもないのだ。

「どうぞおかけになってください」ミス・グラントは椅子を勧めた。「お飲み物はいかがです。紅茶とかは？」

わたしは水を頼んだ。

「いいんですか。ここの水のことはご存じのはずです。よろしかったら、ジン・トニックをおつくりしますけど。そのほうが安全です」

ここがオフィスであり、話すことが殺人事件についてであったとしても、ジン・トニックを一杯というのは、そそられるものがある。でも、いまは勤務中だ。

「水でけっこうです。ありがとう」

サイドボードの上に、デカンターと数本のボトルが置かれていた。ミス・グラントが二個のグラスに水を注ぎ、そのひとつをさしだした。

「今朝ニュースを聞きました」ミス・グラントは言って、水を一口飲んだ。「副総督の友人が電話で知らせてくれたんです。ミスター・マコーリーの死体が見つかったということでした。本当なんですか」

「ええ、残念ながら」

目に涙があふれだす。泣きだされては困る。女性に感情をあらわにされると、どうしていいかわからなくなる。結局、このような状況になったときにいつもしているように、煙草を勧めた。ミス・グラントがそれを受けとると、自分用にもう一本取りだし、二本の煙草に火をつけた。

煙草を深く一喫《す》いすると、ミス・グラントは少し落ち着きを取り戻したみたいだった。「それで、ご用件は？」

「いくつかの質問に答えていただきたいんです、ミス・グラント」

ミス・グラントはうなずいた。「アニーと呼んでください」

いい名前だ。

「まずはマコーリーについて知っていることを教えてください。いつあなたを雇ったのかとか、どんな仕事をしていたのかとか、交友関係とか」

ミス・グラントは——いや、アニーは思案顔で煙草をもう一喫いした。煙草の先端が赤く輝く。それから、煙草を唇から離し、いらだたしげに煙を吐いた。

「マコーリーはベンガル州行政府の財務局長でした。でも、それ以外の仕事もありました。副総督の側近グループのひとりとして、あらゆる懸案事項に対して毎日のように助言をしていました。郵便局の職員の給料から、列車の運行の円滑化に関してまで」

一言一句、暗記しているような口調だった。

「わたしがお仕えしている期間は三年になります。一六年の終わりからです。その年に、前任の秘書が国と国王のために戦地に赴《おもむ》くことを決意し、バグダードの近くの砂漠で戦死したんです」アニーは言って、煙草をもう一喫いした。「マコーリーについて言えば、カルカッタに来て二十五年以上になるそうです。ベンガル・クラブの常連で、ほぼ毎晩通っていました」壁に話しかけているかのように、その視線はわたしを通り越している。「友人はあまり多くなかったようです。そういうタイプのひとじゃありませんでした」

わたしはマコーリーに奇妙な親近感を覚えた。わたしにも友人はいくらもいない。かつての友人はみな死んでしまった。

「では、どんなタイプだったんです」

「どれだけ自分のためになるかという点から、ひとと付きあうようなタイプです。相手がお金持ちなら、取りいろうとします。そうでなければ、見向きもしません」くすっと笑う。「そうやって、うまく立ちまわり、有力者とお近づきになっていました」

「有力者というと、たとえば？」

「そうですね。まず第一に副総督です。でも、仕事上のつながりだけで、友人ではなかったと思います。インド総督の補佐官であり、ベンガルの副総督なんです。マコーリーがどんなに役に立つ人間であったとしても、親しく付きあうようなことはないはずです」

「どういうふうに役に立っていたのです」

「マコーリーは副総督の懐刀《ふところがたな》だったんです。労働者階級の出身で、気性が激しく、迅速に粛々《しゅくしゅく》と問題を処理し、その過程で誰がどんなに傷つこうが眉ひとつ動かしませんでした。そのような人間は、副総督のような政治家にはとても役に立つものです」

わたしは黙って話の続きを待った。たいていの者は、沈黙の時間ができると、みずから進んでそれを埋めようとする。だが、アニーは例外で、部屋には沈黙が垂れこめたままだった。

「副総督のほかには？」

「ジェームズ・バカン」それですべてがわかるというような口調だった。それからわたしの顔の表情を読みとり、口もとをほころばせた。「カルカッタにいらしてまだ日が浅いようですね、警部さん。バカンはジュート王と呼ばれる実業家で、カルカッタでも一、二を争う大富豪です。そして、マコーリーと同じスコットランド人です。東インド会社の時代から一世紀にわたって先祖代々、ジュートとゴムを生業にしていました。以前は、本国に工場をいくつか所有していたそうです。いまでも川を下れば、舷側に〝バカン製作所――ダンディー〟と記された荷船を見ることができるはずです。当時は、ジュートの原糸を東ベンガルからカルカッタ経由でスコットランドまで船で運び、そこでロープから貨車用の防水シートまでいろいろなものをつくっていました。バカンに先見の明があったとすれば、それは工場をスコットランドのダンディーからインドに移し、この地で生産を始めるようにしたことです。以前はスコットランドでつくられていたすべてのものが、いまはベンガルの産品になっています。ここでは経費を大幅に削減することができます。その結果、利益は一挙に三倍になったという話です。それで巨万の富を築くことができたのです。カルカッタから川を十マイルほどさかのぼったところにあるセランポールという街に工場をつくり、マハラジャの宮殿と見まごう大邸宅をかまえています」

「そこへ行ったことがあるんですか」

アニーはうなずいた。「その街は実質的にバカンの領地です」

「ほう？」

「お金にものを言わせているんです。役人も、おそらくは警察もバカンの言いなりです。イギリスではどうか知りませんが、ここではお金を積めば、なんでも思うがままです。町でしかるべき地位についている者はみな、大なり小なりバカンの力を借りています。工場には、スコットランドから数百人の技術者が連れてこられています。そういうこともあって、そこはフーグリー川のダンディーと呼ばれています。日曜日の午後、チョーロンギーへ行ってみてください。通りをふんぞりかえって歩いている者の半分は、セランポールから来たバカンの工場の技術者です。本国ではしがない労働者ですが、ここでは召使いも雇えるし、領主のようにふんぞりかえって歩くこともできます」

「チョーロンギーというのは、公園の向かい側の通りのことですか」

「あら。いったいいつここに来られたんです。チョーロンギーというのはカルカッタのいわばピカデリーです。紳士淑女の遊興の場になっています」少し間があった。「よろしかったら、いつかご案内しますわ」

願ってもない。このような女性となら、どこに行ってもいい。だが、すぐにそう思ったことを後悔し、みずからを戒《いまし》めた。わたしはまだ喪に服している最中なのだ。それにしても、イギリスでもこれほど積極的な物言いができる女性は多くない。もっとも、アニーはイギリス人ではないのだが。

集中しなければならない。「ふたりはどんな関係だったのでしょう」

「マコーリーはよく言っていました。自分はバカンが全幅《ぜんぷく》の信頼を寄せている唯一の人物だと。出身地が同じだったからかもしれません。ふたりの関係にひびが入ったことは一度もありません。よくいっしょにお酒を飲み、正体がなくなるほど酔っぱらっていました。そういったときには、次の日の出勤はいつも十時か十一時でした。バカンは大盤振るまいが好きなようです」

「ふたりはずいぶん親しかったようですね」

アニーは一瞬考えこんだ。「さあ、それはどうでしょう。副総督より親しかったのは間違いありません。

でも、バカンはマコーリーを自分と同等に扱っていませんでした。自分の家来と見なしているような節がありました。マコーリーはバカンのために種々の便宜をはかってきました。ここで認可を与えたり、あそこで条例を変えたりといった具合に。だから、バカンはマコーリーと昵懇《じっこん》にしていたんじゃないでしょうか。もちろん証拠はありませんけど」

「ほかに友人と考えられる者は？」

「思いつきません。先ほども申しあげたように、あまりひとに好かれるタイプじゃありませんでしたから……そうそう。牧師さんがいます。ダンとかガンとかいった名前の。マコーリーが信心深かったとは思いませんが、とにかく六カ月ほどまえから頻繁《ひんぱん》に会っていました。その牧師さんはカルカッタに来たばかりだったようです。よくある話です。褐色の肌の小さな魂《たましい》を地獄の劫火《ごうか》から救うために、神の使いとしておいでになったというわけです。わたしに言わせれば、狂信者以外の何ものでもありません。ここで孤児院を運営しているそうです」アニーは煙草の火を机の上のブリキの灰皿で揉み消した。「マコーリーはときどきその孤児院へ手伝いに行っていました。わたしを含め、まわりのひとはみな狐につままれたような顔をしていました。二カ月前からは教会へ通うようになり、罪や救済について話すことが多くなりました。心のなかで何かが変わりはじめたんでしょうね。まるで別人になったかのようでした。おかしなものです」唇には小さな笑みが浮かんでいる。「世俗の塵《ちり》にまみれて生きてきた者が、死ぬ間際に神を見つけだしたんですから。白紙に戻せ、さらばすべての罪を許されん。そんなことってあっていいんでしょうか」

　喉を掻き切られた死体が排水溝で見つかるといったことはあっていいかもしれないと指摘することもできたが、いまは質問を続けたほうがいい。

「敵はいましたか。マコーリーが死ねば利益を得られる者は?」

アニーはくすっと笑った。「この建物にいる者の半分はマコーリーを憎んでいました。でも、殺すとは思いません。有力者に取りいるために破滅させた者はほかにも大勢いると思いますが、名前まではわかりません」

「インド人はどうです。インド人のなかに敵はいませんでしたか」

「いたでしょうね。バカンの便宜をはかるためにしたことで、多くのインド人の地主やジュート業者が破産しました。いうまでもなく、カーゾン卿によるベンガル分割は、多くのインド人の反感を買いました。命令を出したのはカーゾン卿ですが、その筋書きを書いたのはマコーリーです。十五年もまえの話とはいえ、そのことを忘れていないベンガル人はいまも大勢います。なかには、それを許していない者もいるでしょう」

でも、それが動機になりうるだろうか。ベンガル分割令が出されたときのカルカッタの抗議運動については、新聞で読んだことがある。当時の総督だったカーゾン卿は、ベンガルを二分割することを決めた。ベンガルはあまりにも広すぎて、効率的な統治ができないという理由からだ。たしかにその言い分には一理ある。ベンガルはフランスより広く、人口は二倍近くある。しかし、インド人はそれを分割統治の手段ととらえて、怒りをあらわにし、激しく抵抗した。だとしても、それから十五年もたったいま、なぜその復讐をしなければならないのか。東洋人は昔のことを忘れないとよく言われるが、これほど長く待てる者なら、裏通りで喉を掻き切るのではなく、もっと手のこんだ殺し方をじっくりと考えると思うのだが。

注意力がそれはじめた。それが前兆であることはよくわかっている。あと数時間もすれば、冷や汗が出てくる。集中しなければならない。

「親しくしていた女性はいましたか。愛人とか」

「わたしの知るかぎりでは、いなかったと思います。そんなに魅力のある男性じゃありませんでした」

　そうだったのだろう。とりわけ目をえぐりとられたあとでは。

「独身主義者であることはみな知っていました。浮いた話を聞いたこともありません。この三年間、マコーリーのスケジュールを管理していますが、ディナーの予約や花束の手配を頼まれたことは一度もありませんでした」

　わたしはマコーリーの財布に入っていた写真を取りだした。「この女性はどうです。見覚えはありませんか」

　アニーは首を振った。「ないと思います。それは大事なことなんでしょうか」

「さあ、どうでしょう。可能性はあります。昨日、誰かと会う約束はありましたか」

　アニーは机の引出しをあけ、小口が金色の手帳を取りだして、ページを繰った。

「午前十時に副総督と会っています。このところは頻繁に会っていました。毎年この時期はそうです。副総督の一行がダージリンへ行くので準備に大わらわなんです。それから、地主組合のゴドフリー・ソームズ卿と昼食をとっています。場所はグレート・イースタン・ホテルです。四時ごろオフィスに戻ってきましたが、そのときにはけっこう酔っていたみたいです。それからいくらもたたないうちにまた出ていきました。おそらく、一眠りするために家に帰ったんだと思います。そのあとは、午後九時にベンガル・クラブに行く予定になっていました。バカンが主催するパーティーだと思います」

「バカン主催のパーティーはよくあるんですか」

　アニーは机の上の鉛筆を手に取った。「ええ。たいていは月に一回か二回。どうやら気温とスコットランド人気質に関係しているようです。水銀柱が三十度に達すると、箍《たが》がはずれ、お酒を飲み、大騒ぎをするんです」

　そのような生活も悪くはない。昨夜、バカン主催のパーティーに参加していたとすれば、死体で見つかったときの服装も納得がいく。だが、ベンガル・クラブから何マイルも離れたブラック・タウンで何をしていたかは、依然として不明のままだ。

「昨夜コッシポールに行った理由に思いあたる節はありませんか」

　アニーは首を振った。「まったくありません。よほどの理由がないかぎり、インド人の居住地区に足を踏みいれるようなことはないはずです。訪れることがあるとすれば、例の牧師が運営する孤児院だけです。コッシポールじゃなく、ダムダムにあります」

「ダムダム？」どこかで聞いたような名前だ。

「ここから十マイルほど離れた、新空港の近くの町です。ダムダム弾をつくっている軍需工場があるので、聞いたことくらいはあると思います」

「ええ、まあ」

　思いだした。スコットランド・ヤードの射撃場で行なわれた演習を見たことがある。ダムダム弾というのは、世界で最初に開発された軟頭弾《ソフト・ポイント》で、命中すると、弾芯がつぶれて傷口が拡大する。的《まと》に突き刺さるというより、的をつぶしてしまうのだ。戦前は、アフリカでの部族紛争を鎮圧するためにしばしば使われた。のちに国際会議で使用を禁止されたが、イギリスの将軍のなかには、それを不服とする者が何人かいたと聞いている。

「いずれにしても、マコーリーがゆうべ孤児院へ行く理由はありません」

　もしあったとしても、黒い蝶ネクタイ姿では行かないだろう。

「今日の予定は入っていましたか」

「九時に、来期の予算について副総督と打ちあわせをすることになっていました。お昼には、地元の銀行の頭取と会食の予定が入っていました。ほかにはありません」

「九時の打ちあわせにマコーリーが姿を現わさなかったのに、副総督のオフィスから問いあわせの電話はかかってこなかったのですか」

少し考えてから、アニーは首を振った。「いいえ、かかってきませんでした。わたしは八時からずっとここにいました。副総督のオフィスから電話がかかってきたのは十一時ごろです。そのときに、マコーリーの死体が見つかったという話を聞いたんです」

「軍情報部との関係は？　マコーリーは軍情報部となんらかのかかわりを持っていましたか」

目が大きく見開かれる。「たぶん持っていなかったと思います。持っていたとしても、わたしには言わなかったはずです」

必要なことはこれですべて訊いた。どうでもいいようなことならいくらでも訊けるが、長居は無用だ。無駄に時間を費やせば費やすほど、本心を見透かされる可能性が高くなる。わたしは時間を割いてもらったことに礼を言って、立ちあがった。アニーも立ちあがり、戸口まで送ってくれた。

「何かお手伝いできそうなことがあれば、いつでも連絡してください、警部さん」

わたしはあらためて礼を言い、薄茶色の脚にもう一度ちらっと目をやった。そして、次の瞬間には、こう言っていた。「先ほどの話がまだ有効なら、ご厚意に甘えたいと思います。チョーロンギー通りを案内していただけるでしょうか」

アニーは微笑んだ。「もちろんです、警部さん。楽しみにしていますわ」

建物の前の石段の上で、わたしは煙草に火をつけて、遠いかなたに視線をやった。太陽は西の空で真っ赤に輝き、気温もさがりはじめている。だからといって、快適というわけではなく、ただ暑さがほんの少し和《やわ》らいだだけだ。ここでは夕暮れどきがいちばん過ごしやすいと言われているが、その時間は長く続かない。熱帯地方では、夜のとばりはすとんと石のように落ちる。まぶしい光から暗闇に変わるまで一時間もかからない。

一群れの鳥が飛んできて、広場の中央にある池に舞いおりた。わたしは道を横切り、低い柵《さく》にもたれかかって、水面を見やりながら、アニーから聞いたことを整理した。ダンディー出身のスコットランド人、アレグザンダー・マコーリーはインドに移り住んで二十五年になるというのに、家族はなく、友人もほとんどいない。有力者のお先棒かつぎで、多くの敵がいた。要するに、いやなやつで、秘書にさえ良く思われていなかった。それが数ヵ月前にとつぜん神を見つけ、別人のようになった。

けれども、その死を願っていた者がいたかどうかはわからない。わたしは煙草の吸い殻を投げ捨て、それがジュッという音を立てて水のなかに落ちるのを見ながら思案をめぐらした。結局のところ、マコーリーとバカンの関係があきらかになったことと、マコーリーが死体で見つかったときタキシードを着ていたわけがわかったこと以外には、どれほどの収穫も得られなかった。もちろん、アニー・グラントと知りあえたことを別にすれば、だ。が、もしかしたら、それはロンドンを離れて以来、いちばんの収穫かもしれない。

街灯がともりはじめる。光はオレンジ色になり、それから明るい白に変わっていく。庁舎や商館は活動を停止し、多くの役人や商売人が建物から薄暗がりのなかに吐きだされる。そんななかをわたしはラル・バザールへ向かった。歩道は帰宅途中の勤め人でごったがえし、路面電車のなかでは、乗客がぎゅう詰めになって押しあいへしあいしている。

ラル・バザールには明かりがついていて、鎧戸の隙間から黄色い光が漏れている。オフィスに入ると、机の上に、バネルジーからのメモが残っていた。それで、下級刑事の詰め所に電話し、当直官が出ると、オフィスに来るようにバネルジーに伝えてくれと頼んだ。

数分後にノックの音がし、バネルジーが部屋に入ってきた。敬礼し、大きなおもちゃの兵隊のように気をつけの姿勢をとっている。

「ここは閲兵場《えっぺいじょう》じゃない、サレンダーノット」

「えっ？」

「気を楽にしろ。入ってくるたびに、敬礼する必要はない」

眉間《みけん》に皺が寄った。「わかりました、警部。申しわけありません。新たにわかったことをお知らせしておこうと思いまして。ご指示どおり、死体を安置所に運び、見張りをつけました。許可を得た者以外、死体には近づけないようになっています」

「よろしい。それで、検死は？」

「明日の午後の予定です。監察医がひとりしかいなくて、順番待ちをしなければならず、数週間かかると言われたので、本件の緊急性と重要性を強調し、最優先にしてくれと必死に訴えました。監察医は話半分にしか聞いていないみたいでしたが、結局、今回かぎりということで明日の予定に組みこんでくれました」

「素晴らしい説得力だ」

「何度か警視総監の名前を出しました。それが功を奏したのかもしれません」

「だろうな。きみが総監とファーストネームで呼びあうような仲になっていたことを忘れていたよ。ほかには？」

「ディグビー警部補があなたを探していたので、マコーリーの秘書から話を聞くためにライターズ館へ行ったと伝えておきました。明日の朝また来ると言っていました」

「なんの用件だろう」

「どうやら手がかりをつかんだようです」

ちょっとショックだった。同僚が点数を稼ぐと、わたしはいつも奇妙なほろ苦さを感じる。それが捜査の進展につながるかもしれないという期待感には、他人の手柄のせいで自分の努力がかすんでしまうという腹立たしい思いがかならずついてまわる。たぶん、それは生まれついての競争心のせいだろう。あとは、自信のなさのせいでもあるにちがいない。

「だったら、どうしてここで待っていないんだろう。どうして今夜のうちに報告しないんだろう。少なくとも、メッセージくらいは残しておくべきだと思うんだが。ディグビーはいまどこにいるかわかるか」

バネルジーは肩をすくめた。「わかりません、警部」

「だったら仕方がない。会うのは明日の朝にしよう。ところで、バネルジー、明日はしなきゃならないことが山ほどある。まずはジェームズ・バカンという男から話を聞かなきゃならない。どこにいるか調べて、会う約束をとりつけてくれ。マコーリーを知っているほかの者からも話を聞く必要がある。身のまわりの世話をしている者とか、職場の同僚とか。名前と住所を調べてくれ。それからもうひとつ。ガンとかダンとかいった名前の牧師のことを知りたい。ダムダムで孤児院を運営しているらしい」

バネルジーは胸ポケットから手帳と鉛筆を取りだし、ささっと指示を書きとめた。「了解しました、警部。すぐに取りかかります」


今夜もうだるように暑い。湿度が高く、空気はじっとりと湿っている。それでも、宿舎まで一マイルほどの距離を、人力車は使わず歩いていくことにした。人間が引いて走る車があるのはインドではカルカッタだけだが、あっていけないものとは思っていない。人力車に乗るのはそんなに好きではないが、かといって毛嫌いしているわけでもない。人力車を引くのは恥ずべきことではない。それが仕事なのだから。仕事はひとに尊厳を与え、テーブルに食べ物をもたらす。わたしが歩くのを選んだのは、警邏巡査なら誰でも知っているように、街を知るには足を使うのがいちばんであるからだ。

　ふと思いたって迂回路《うかいろ》をたどることにした。少しのあいだボウ・バザールを歩き、それから左に折れて、兎《うさぎ》小屋のような本屋が並ぶカレッジ通りに入り、医大病院の漆喰塗りの柱廊玄関《ポルチコ》の前を通ってマックァ・バザール通りへ向かう。そこにはカルカッタ大学があり、門標には、〝一八五七年設立　アジア最古の大学〟と記されている。たぶんそうなのだろう。ただし、ヨーロッパ人がつくったもののなかでは。それに相当するアジアの教育機関は数千年前からある。

　ロイヤル・ベルヴェデーレ・ゲストハウスはマーカス広場にあって、イギリスの海辺にあるゲストハウスの雰囲気を醸《かも》しだしている。気候温暖なボーンマスの作法がそのまま暑さ厳しいベンガルに持ちこまれているのだ。ただし、〝ロイヤル〟というのはもちろん名前だけで、王室とはなんの関係もない。それでも、清潔だし、通勤にも便利だし、おまけに賃料は格安ときている。タガート卿の部下が一カ月間の仮住まい用に借りておいてくれたのだ。それだけの時間の余裕があれば、きちんとした住まいをゆっくり探すことができる。

　ゲストハウスのオーナーは退役軍人のテビット大佐とその妻で、数多くの煩瑣《はんさ》な規則が設けられている。朝食は六時半から七時半まで、夕食は七時から八時半まで。食事は軍隊の配給食でさえサヴォイ・ホテルのグリルルームの料理かと思わせるような代物で、食後は胃のなかに石の詰まった袋が入っているような気がすることが多い。門限は十時。けれども、先の大戦での武勲と帝国警察での地位のおかげで、わたしは特別に自分自身の鍵を持たせてもらっている。

わたしはまっすぐ自分の部屋に入った。修道士の独居房かと思うほど狭くて、質素だが、宗教的な小道具の類は何もない。ベッド、ワードローブ、洗面台、机、椅子。壁にはイギリスの田園風景の複製画がかけられている。窓からは隣の家が見える。わたしの所持品は、がらくたの山に毛が生えた程度のもので、ひとつのトランクに余裕で全部収納できる。トランクは戦地へ赴くまえにサラがハロッズで買ってくれたパッカ社製のもので、大きくて、なかに多くの仕切りがあるので、外国へ行くときには重宝する。それに頑丈だ。ドイツ軍の砲弾に直撃されても、なかの衣服は皺ひとつ寄らないだろう。

ベルトとホルスターをはずして、椅子の背にかけると、洗面台の前に行って、蛇口をひねり、生ぬるい水で顔を洗う。

上着を脱いで、ベッドに仰向けに横たわる。手がぶるぶる震えている。阿片がほしい。でも、もう少しの辛抱だ。あと数時間だけ我慢すればいい。うつぶせになり、両手を枕の下に入れ、自分はここで何をしているのだろうといつものように思案をめぐらせる。

事前にカルカッタを理解するために役に立ったものは、おそらくは戦争を除いて、何もなかった。煙草の煙が立ちこめるペルメルの刑事部屋でインド帰りの同僚から聞いた悪口雑言《あっこうぞうごん》も、ジャーナリストや小説家がものした記事や書物も。さらには、アレクサンドリアやアデンを経由する五千マイルの船旅ですら。いざカルカッタに到着してみると、そこはイギリス人が想像できる範囲を遙かに超えた別世界だった。かつてのインド総督ロバート・クライヴはカルカッタを〝世界でもっとも邪悪な場所〟と呼んだが、それは好意的な評価のひとつだ。

この地には何かがある。単なる暑さでもなければ、ひどい湿気でもない。それは人間そのものに関係する何かではないかといまは考えはじめている。カルカッタに住むイギリス人には、独特の傲慢《ごうまん》さがある。それはほかの大英帝国領では見られないものだ。もしかしたら、それは慣れから来るものかもしれない。結局のところ、イギリスは百五十年にわたってベンガルの支配者でありつづけていて、インド人を、特にベンガル人をわけても卑しい人間と見なしているように思える。テビット大佐は昨夜の夕食時にそのことについて次のような持論を開陳していた。「大英帝国領の民族のなかでも、ベンガル人は最悪だ。忠誠心がまったくない。パンジャブ人とはえらい違いだ。パンジャブの兵士は勇猛果敢で、命じられたら、喜んで死地に飛びこんでいく。でも、ベンガル人はちがう。身のためにならないくらい賢《さか》しらすぎる。つねに抜け目なく、謀《はかりごと》に長《た》け、そしてよくしゃべる。一言で足りるところを、百万言を費やさずにはいられない。それがベンガル人なんだよ」

パンジャブ人については、たしかにそのとおりだ。実際のところ、命じられたら、喜んで死地に赴く。わたしはそれをこの目で何度も見た。だが、肌の色のいかんにかかわらず、上官の気まぐれな命令ひとつで、みずからの命を犠牲にすることには、大いに抵抗がある。ベンガル人はそれほど献身的ではないというのなら、それはそれでいいとわたしは思う。さらに言うなら、警察官としては、戦うより話すことを好む者のほうが断然好ましい。

しかしながら、テビット大佐の意見を信じるならば、イギリスのインド統治に対する脅威は、数十人のシク教徒やパシュトゥーン族の武装集団より、印刷機を持った十人のベンガル人のほうが大きい。わたし自身も人心を惑乱する言葉の力を過小評価してはいない。これまでにも多くのプロパガンダを見てきたので、そのあたりのことは充分にわかっているつもりだ。もちろん、今日《こんにち》でさえ、イギリスの検閲官がアイルランド独立派の書物を発禁処分にしたり、新聞記事を大々的に改竄《かいざん》しているという事実は、決して望ましいものではない。けれども、インドはアイルランドではない。ここではもっと強い姿勢で臨む必要がある。今回のマコーリーの一件でも、その口に押しこまれた紙切れは言葉の力のあからさまな隠喩《いんゆ》と言っていいかもしれない。

　食事室から漂ってくる魚のフライの匂いに、わたしは思案から覚めた。腕時計の針は八時二十分をさしている。夕食は抜きにして、二杯のウィスキーで間にあわせるのも手だ。ベッドの下に転がっているタリスカーのボトルには、まだ中身がたっぷり入っている。けれども、酒を飲めば、またサラのことを思いだしてしまう。それに、二杯で終わるという保証はどこにもない。

　仕方がないので起きあがり、シャツを着ると、意を決して食事室に向かった。ふたりの滞在者が細長い食卓を囲み、いちばん奥にすわったテビット大佐がその場を仕切っていた。わたしは遅れたことを詫《わ》びた。テビット夫人が料理を取りわけるために立ちあがった。「お気になさらないように、ウィンダム警部。お忙しいことはわかってます。お料理はいっぱい残っていますよ」

　テビット夫人は何かにつけてわたしによくしてくれる。イギリス人の警察官はどのゲストハウスにもいるというわけではない。ゲストハウスの客の大半は、地方まわりのセールスマンや商人だ。夫人はわたしの皿にくすんだ色の魚ともっとくすんだ色の野菜をたっぷり盛った。どうやってそれを食べたらいいのかと考えながら、わたしは礼を言った。

　真向かいの席には、昨夜の夕食時にはじめて会った、バーンという赤毛のアイルランド人がすわっている。マンチェスターの織物会社のセールスマンで、地元の小売り業者との商談のためインド中をまわっているという。カルカッタでの二週間は一年でいちばんの書きいれどきらしい。右側にすわっているのは、ピーターズという華奢《きゃしゃ》な身体つきの事務弁護士で、高等裁判所での審議のためにパトナから来ているという。ふたりはわたしに会釈《えしゃく》をしてから、それまでしていた会話に戻った。

「ぜひ訪れてみてください」バーンは熱心な口調で勧めた。「何マイルも何マイルも茶畑が広がっているんです。見渡すかぎり茶畑です」それから、わたしのほうを向いた。「ウィンダム警部、わたしはこの金曜日にアッサムへ行くんですがね。いまちょうどピーターズにその話をしていたところなんですよ。ダージリンの茶畑とはまったくちがう。そう。アッサムでは、丘の上ではなく、低地で栽培されているんです。ブラフマプトラ川の両岸に一面の茶畑が広がっている」それから、魚を野菜の下に隠すことに夢中になっているピーターズのほうにまた向きなおり、にっこり微笑んだ。「驚かされることはまだある。時間です」わざとらしく腕時計に目をやって、「ここカルカッタはいま八時半ですよね。ボンベイもカラチもデリーも同じです。もちろん、アッサムもそうです。でも、茶畑ではちがう。ええ、そうなんです。そこではいま何時になるかわかりますか」

ピーターズはあまり興味がなさそうだった。

「九時半です！」バーンは得意げに言った。「そう。ほかより一時間遅いんです。俗に言う〝茶畑時間〟ってやつです」

「どうしてですの、バーンさん」テビット夫人は言いながら立ちあがり、魚をもう一切れピーターズの皿に載せた。どうやら、ロンドンの社交界でも充分に通用する完璧な女主人《ホステス》をきどり、食事の席では客の会話を盛りあげるのが自分の役割と考えているようだ。

「いいですか、ミセス・テビット、問題は日照時間なんです。茶摘みの作業時間は日の出から日の入りまでです。でも、アッサムはインドの東のはずれにあるので、カルカッタでは真っ暗な午前四時に、陽がのぼる。そして、陽が沈むのは午後四時半です。茶畑の経営者にはこれが悩みの種なんです。正式のインドの時間だと、作業員を夜中に起こすことになりますからね。だから、そこでは時計を一時間早めているんです」

テビット夫人はわたしのほうを向いた。「このことについて、あなたはどうお考えになります、警部」

知ったことじゃないが、慣習上、本音を口にするのは不作法とされている。仕方なしに一呼吸おき、口当たりのいい言葉を選んだ。少なくとも、この日の魚より口当たりがいいのは間違いない。

「利口な解決策だと思います」

「ばかばかしい」テーブルの奥で、テビット大佐が鼻息を荒げた。「冗談じゃない。いったいどこが利口なんだ。甘すぎる。大甘だ。わしの若いころは三時に起きろと言われても、なんとも思わなかった。それが近頃はどうだ。たるんどる。こんな調子じゃ、この国に未来はない」

テーブルのまわりがしんと静まりかえる。バーンとピーターズはうなずいている。同意しているようにも見えるし、老人を黙らせるためにそうしているようにも見える。どちらにしても、利口な解決策だ。

夕食後、テビット夫妻が自室に引きあげると、バーンとピーターズから談話室で一服つけないかと誘われたが、それは辞退した。戦争以来、どんなに気分のいいときでも、付きあいはあまりいいほうではなかった。いまはそれより何より阿片だ。わたしはさっさと自分の部屋へ戻り、ドアに錠をかけ、天井の扇風機のスイッチを入れた。靴を脱ぎ捨てて、ベッドに横たわると、両手を頭の下にまわし、扇風機の羽根がけだるげにまわるのを見つめた。眠るつもりはなかった。部屋は蒸し暑く、神経は擦り切れそうになっている。それから腕時計を百回は見たにちがいない。家のなかにいる者全員がベッドに入るまで、少なくともあと一時間はかかるだろう。

　時間はゆっくり進んでいく。阿片がほしい。心も身体もそれを求めて叫んでいる。阿片がないと、いつも同じ悪い夢を見る。塹壕。やむことのない砲撃。負傷した兵士の悲鳴。頭の上から砲弾が落ちてくる。わたしは吹き飛ばされ、塹壕の底に仰向けに倒れる。淀《よど》んだ黒い水の下に身体が沈んでいく。なんとか立ちあがろうと必死にもがくが、どうにもならない。泥に足をとられ、ますます深く沈んでいく。死に物狂いで手足をばたつかせる。だが、手も足も何にも引っかからない。そこには、悪臭を放つ柔らかい泥があるだけだ。力が尽きはじめる。肺が破裂しそうだ。喉のまわりに死が忍び寄るのがわかる。塹壕の底で、自分は腐臭を放つヘドロに溺《おぼ》れて死んでいく。視界がかすむ。闇が迫ってくる。もがいても仕方がない。諦《あきら》めるしかない。いや、諦めるのではなく、折りあうのだ。死は救いだ。もう息が続かない。口をあけ、それで終わりにしよう。と、そのとき、二本の逞《たくま》しい手につかまれ、引っぱりあげられ、ヘドロの上に顔が出た。喉は詰まっている。でも、まだ生きている。砲弾はいまも飛び交っている。自分の身体は塹壕の壁に無造作にもたせかけられている。助けてくれた者の顔はわからない。大きく息をつく。横に誰かが横たわっている。顔は泥にまみれている。恐怖が湧きあがる。その身体のほうに這っていく。狂ったように顔から泥を拭いおとす。サラが生気のない冷たい目でわたしを見つめている。

5

そろそろいいだろう。

ベッドから身体を引き離し、よろめきながら流しの前へ行って、顔の汗を洗い流す。できるだけ地味なシャツとズボンを選んで身に着けると、そっと部屋を出て、階段をおり、玄関を抜け、外から鍵をかける。広場の隅に、人力車の車夫がたむろし、何やら熱心に議論をしている。わたしが歩いていくと、目に警戒の色を浮かべて、会話を途中で打ち切った。

「英語を話せるか」わたしは訊いた。

「話せますよ、サーヒブ」痩せているが屈強そうな若い男が答えた。黄ばんだシャツを着て、赤い格子柄の腰布《ルンギ》を巻いている。

わたしは若者を観察した。黒い目、褐色の肌。ヤニがついた二本の指にはさんでいる葉巻き煙草《チェルート》と同じ色だ。それを口にくわえて、長く深々と吸う。頬がへこみ、あばただらけの細い顔が余計に細く見える。

「タングラへ行きたいんだが」わたしは言った。

ほかの車夫たちが笑い、わたしには理解できない現地語で言葉を交わした。若い車夫は首を振りながら微笑んだ。悪い知らせを伝えるときのインド人の表情だ。

「タングラは遠いですよ、サーヒブ。人力車じゃ行けません」

わたしは毒づいた。なんて馬鹿なんだ。人力車で五マイル先のタングラまで行けないことぐらい誰にだってわかる。まともに頭が働いていないのはあきらかだ。けれども、そう簡単に諦めるわけにはいかない。とりわけ阿片が絡んでいるときには。

「だったら、馬車《タンガ》の乗り場まで連れていってくれ」

若い車夫はうなずき、わたしが人力車に乗りこむのを手伝ってくれた。人力車はすぐに動きだし、マーカス広場の前の通りを勢いよく走りはじめた。

　車夫は人力車を引きながら訊いた。「こんな時間にタングラへなんのご用ですか、サーヒブ」

「チャイナタウンに用があるんだ」

　ヨーロッパ人が真夜中にチャイナタウンへ行く理由はひとつしかない。だが、インド人がそのことをあからさまに口にするようなことはない。

「小さなチャイナタウンへならお連れできますよ、サーヒブ。クールートラの近くのティレッタ・バザールというところにあります。そこにはなんでも揃ってます。中国の食べ物やら、中国の薬やら……」

　この若者は馬鹿じゃない。

「わかった。そこへ連れていってくれ」

　わたしは心のなかで笑った。ゲストハウスのいちばんの賓客がこんな時間にどこへ行こうとしているかを知ったら、テビット夫人はどんな顔をするだろう。けれども、わたしに言わせれば、彼女にも多少の責任がある。玄関の鍵を持たせてくれなかったら、わたしはいまもベッドのなかにいただろう。

　いや、それは嘘だ。阿片への欲求はあまりに強すぎる。もし鍵を持たせてもらえなかったら、ほかの方法で家を抜けだしていただろう。たぶん窓から。シーツと排水管を使って。イギリスの寄宿学校に入って実際に役に立つことのひとつは、どんなところでもこっそり出入りできるようになるための高等教育を受けられることだ。

　いずれにせよ、テビット夫人が目くじらを立てるのは筋違いというものだ。わたしがこれからしようとしていることは違法ではない。インド在留のイギリス人が罪に問われることはめったにない。阿片窟へ行くことも、もちろん違法ではない。違法行為の対象になるのはビルマの労働者だけだ。インド人でさえ、身元が確認できれば、問題は何もない。中国人に対しても、それが違法であるとはとても言えないだろう。中国で阿片を売りさばく権利を得るために、二度にわたって戦争をしたのだから。そして、実際に売りさばいたのだから。中国の全男性の四分の一を阿片中毒にするまで。その伝でいくと、ヴィクトリア女王は史上最大のヤクの売人ということになる。

この時間の街は静かだ。カルカッタにしては、という前提つきではあるが。南へ進むほどに道は狭くなり、家はみすぼらしくなっていく。裏通りには、野良犬と船員の姿がやたらと目立つ。船員は安酒場から売春宿へと千鳥足《ちどりあし》で歩いている。どんなにツケがたまっていても、次の満潮時に船出してしまえば、全部踏み倒せる。

人力車はこれといった特徴もない裏通りに入り、古ぼけたドアの前でとまった。窓も看板もなく、ドアの横に中国の提灯《ちょうちん》がひとつかかっているだけだ。わたしは人力車から降り、車夫に金を払った。話をしている心の余裕はない。頭はほかのことでいっぱいになっている。車夫はうなずき、両手をあわせて挨拶してから、ドアの前へ行ってノックし、大きな声で何か言った。ドアをあけたのは、小太りの中国人の男だった。薄汚れたシャツを着て、カーキ色の半ズボンをはいている。半ズボンの下には、ぽっちゃりとした膝があり、年をくったボーイ・スカウトのように見える。

男はわたしを上から下まで睨《ね》めまわし、老いぼれ馬を射殺するかどうか決めようとしている農夫のように値踏みし、それからなかへ招きいれた。

「早くしろ。早く」と、わたしの背後の通りに目をやりながら、まるで会話すること自体が面倒だと思っているかのような口調で言う。この一週間、インド人の阿諛追従《あゆついしょう》にずっと付きあわされてきたので、その物言いは奇妙に新鮮だった。

男の後ろについて、薄暗い玄関の間を抜け、狭い階段をおり、短い廊下に出ると、その奥に色褪せた暖簾《のれん》がかかった戸口があった。樹脂と土が混じりあったような甘い匂いが空気中に垂れこめている。阿片の煙の匂いだ。わたしの脳内で何かがはじけるのがわかった。あと少しの辛抱だ。

　男が手をさしだす。相場がわからないので、汚れた紙幣の束をさしだす。男は紙幣を数えて、微笑んだ。そして、「ここで待ってな」と言って、暖簾の向こうへ消えた。数分が過ぎ、わたしはじっとしていられなくなった。暖簾をあげて、なかを覗《のぞ》く。ちらちら揺れるカンテラの明かりに、むきだしの壁と、木と麻縄でつくった小さな寝台が浮かびあがっている。ここは金持ち相手の阿片窟ではない。シルクの寝台も金ぴかのキセルもなく、美女もはべっていない。生きる気力も何もない、本物の中毒者のための場所だ。わたしにはおあつらえ向きといえる。もちろん自分が阿片中毒だと思っているわけではない。阿片を使うのは眠るためであり、言ってみれば医療用だ。そういう目的であれば、高級店よりも、場末の掃きだめのようなところのほうがいい。美女がはべっている必要はない。高級店で困るのは阿片の質だ。良質すぎるのだ。純度の高い阿片を吸うと、身体に力がみなぎってきて、高揚感を得ることができる。わたしはそんなものを必要としていない。感覚を麻痺させたいだけなのだ。そのためには安物のほうがむしろいい。この種の店で出すような、灰やら何やらをたっぷり混ぜた、純度の低い粗悪品だ。それを吸うと、感覚が鈍り、麻痺し、やがてなくなる。阿片に祝福あれ。モルヒネに次いで、それはこの世でもっとも貴重なものだ。

　控えの間から、丸顔の若い東洋系の女が現われた。真っ赤な唇と爪。華奢な肩から背中に流れる艶やかな黒髪。それと同じ色つやのドレスには、太腿《ふともも》までのスリットが入っている。どうやら、わたしはこの店についての判断を早まったようだ。

「こちらへどうぞ、サーヒブ」と、女は言った。東洋人がインド人の言葉づかいをするのは興ざめだった。フランス人がイギリス国歌を歌っているようなものだ。

それでも、わたしはその女のあとについて、薄汚い部屋の奥のほうへ歩いていった。

「どうぞおくつろぎください」女はいまにも壊れそうな低い木の寝台を指さして言った。

くつろげるのは阿片を吸ってからだと思いながら、わたしは寝台に横になった。女は姿を消し、それからすぐに木の盆を持って戻ってきた。盆の上には、阿片用のキセルが載っている。長い竹の柄《え》の先に、金属の繋《つな》ぎ目があり、そこに陶器の小さな火皿が取りつけられている。キセルの横には、オイルランプと、長い針。そして、黒い小さな阿片膏《こう》の玉がある。豆粒ほどの大きさだ。女は盆を床に置き、近くにあった蠟燭《ろうそく》でオイルランプに火をつけた。それから、阿片膏を手に取って、器用に針の先に刺した。

「ベンガル産です。中国産よりずっといい。こちらのほうがずっと楽しめますよ、サーヒブ」

女は針を持ちあげて、火にかざした。阿片膏が膨らみ、色が黒からぎらつくような赤に変わると、それを引きのばし、また丸める。ガラス細工師のような手際のよさだ。それを何度か繰りかえし、阿片膏が程よく温まると、もう一度丸めてから、素早く火皿に入れる。そして、まるで刀《かたな》を献上するサムライのようにうやうやしくさしだす。

わたしはキセルを受けとると、火皿をオイルランプに近づけ、火の先端が阿片膏に接するところまで持っていき、大きく一吸いし、糖蜜《とうみつ》の香りがする煙を肺の奥深くに入れた。少しの煙も残さなかった。

そして、眠りについた。

何時間か後に目が覚めた。腕時計を見たが、完全にとまっていて、針は一時四十五分をさしている。いつもこのくらいの時間でとまるのだ。そして、午後九時以降はほとんど当てにならない。この腕時計は元々父が使っていたものだ。わたしはそれを十八歳の誕生日にもらい、以来、フランスにいたあいだも含めて、ずっと身につけている。わたしのただひとつの家宝だ。だが、このところ調子が悪い。一九一六年にソンム川で、ドイツ軍の砲弾が頭の上に落ちてきたときからだ。わたしは爆風で吹き飛ばされ、病院にかつぎこまれたが、奇跡的になんの後遺症も残らなかった。だが、時計のほうはそんなに運がよくなかった。風防のガラスにはひびが入り、フレームがへこんだ。次の休暇のときに修理してもらったが、多くの傷痍《しょうい》軍人がそうであったように、決して元どおりにはならなかった。機械部分のどこかが壊れていて、しばらくは正確に動いているのだが、だんだん遅れてきて、ぜんまいを巻いてから十二時間後には正確な時を刻まなくなるのだ。戦争が終わってから、ハットン・ガーデンの腕のいい時計技師のところに持っていって、修理してもらい、なんとか直ったと言われたが、一週間もすると、まさしく時計仕掛けのようにまた元の状態に戻ってしまった。

わたしは寝台の上で身体を起こした。シャツが汗でぐっしょり濡れている。蠟燭は燃えつき、床には溶けてかたまった蠟がほんの少し残っているだけだ。カンテラの明かりで、数人の客が夢うつつの状態で寝台に寝そべっているのが見える。さっきの女の姿はどこにもない。わたしはゆっくりと立ちあがり、おぼつかない足どりで部屋を横切り、階段をのぼって通りへ出た。

スモッグが立ちこめ、夜気は異臭を放ち、ロンドンを思いださせた。このときになってようやく気がついた。いったいどうやってゲストハウスに帰ればいいのか。この時間には人力車も何も走っていない。歩くしかない。いや、自分がいまどこにいるかわからないのだから、歩くという選択肢すらない。わたしは自分を罵《ののし》った。ここに連れてきてくれた人力車の車夫に待っていてくれと頼むくらいの思慮深さくらいあってもよかったのに。マコーリーが同じようないかがわしい場所で、ちょうど二十四時間前に殺されたことをふと思いだした。その捜査をしている者が、それと同じ状況で相次いで殺されたとしたら、笑うに笑えない。笑えないどころか、泣けてくる。

たぶん北だろうと思う方向へ歩いていくことにした。前方にある街灯は、スモッグのなかでオレンジ色の染みのようにしか見えない。そのとき、背後で物音がした。とっさに向きを変えて、拳銃に手をのばしたときに気がついた。拳銃はホルスターごとゲストハウスの部屋の椅子の背にかけたままだ。またしても自分を罵らずにはいられなかった。

「誰だ？」わたしは声に怖れが出ていないことを祈りながら言った。

しんとしたままだ。太ったネズミが物陰から走りでて、溝《どぶ》のなかへ入っていった。わたしは安堵のため息をついた。この街には本当にビビらされる。

前を向いたとき、何かを感じた。はっきりしたものではなく、気配の変化とか影の動きといったものだ。闇に目をこらしたとき、かすかなささやき声が聞こえたような気がした。背筋がぞくっとする。なんでもない。パラノイアだ。阿片を吸ったあとは、よく幻聴が聞こえる。こんなところで迷子になるくらいなら、ゲストハウスでおとなしくしていればよかったと思ったが、後知恵というのは阿片に餓《かつ》えているときにはたいてい品薄になっている。

そのとき、また物音がした。金属が軋《きし》む音が次第に大きくなり、近づいてくる。わたしは何も考えずに振り向き、反対方向へ走りはじめた。その先の角を曲がったとき、誰かにぶつかり、突きとばしてしまった。

「サーヒブ？」

わたしをここへ連れてきた若い車夫だ。

車夫は息をはずませながら言った。「店を出たとき、よそ見をしていたのかもしれません。まったく気がつきませんでした」

わたしが手を貸して立ちあがらせると、車夫は微笑んで、後ろにある人力車を指さした。

「ゲストハウスへ戻りますか」

さっきのささやき声のことが気になったが、調べるのはやめることにした。慎重さも勇気のうちだ。拳銃が半マイルも離れたところにあるときはなおさらだ。

十五分後にはマーカス広場に戻っていた。ゲストハウスの前で人力車を降りると、一ルピー札を車夫に渡した。車夫は古びた革袋を取りだし、釣り銭をあさった。わたしが釣りはいらないと言うと、車夫は戸惑ったような顔をした。

「運賃はたった二アンナですよ」

「残りは待ち時間の分だ」

車夫は微笑み、両手をあわせた。「ありがとうございます、サーヒブ」

「きみの名前は？」

「サルマンです」

「その名前からすると、イスラム教徒だね」

「はい」

「ずっとここに住んでいるのか」

「いいえ。出身は東ベンガルのノアーカーリです。でも、カルカッタに来て、もう何年にもなります」

「だったら、この街のことはよく知ってるはずだ」

車夫は首を横に振った。インドでは、イエスを意味する仕草だ。「ええ、もちろんです」

「専用の車夫を探しているんだ。必要なときに、いつでもすぐに使えるような。やってみるかい」

「ええ。いつでもあそこにいます」車夫は広場の隅の人力車のたまり場を指さした。

「じゃ、頼んだぞ」わたしはポケットを探り、このときは五ルピー札を取りだして、車夫に渡した。「これは依頼料だと思ってくれ」

ゲストハウスに戻り、忍び足で自分の部屋へ入る。暗がりのなかで服を脱ぎ、ベッドの上にすわって、ヘッドボードにもたれかかる。ベッドの下に手をのばし、そこにあったウィスキーのボトルと歯磨き用のコップを拾いあげる。そして、コップにウィスキーを注ぐ。眠るための一杯だけだ。コップのなかでウィスキーをゆっくり回すと、薬っぽい刺激臭が立ちのぼる。数日ぶりに穏やかな気分で、ウィスキーをちびちび飲みながら、これまでの出来事を振りかえることにした。カルカッタに来てまだ二週目なのに、早くも最初の殺人事件に行きあたることになった。しかも、それは世間の耳目《じもく》を集める大事件ときている。

なぜタガート卿はその事件の捜査をわたしにまかせたのだろう。カルカッタにも頼りになる有能な刑事はいるはずだ。わたしを試しているのだろうか。いわゆる通過儀礼というやつか。どうしてなのかは、いくら考えてもわからない。仕方がないから、ウィスキーを飲みほして、横になり、ほかのことを考えることにした。それでようやく眠くなり、わたしはマイル・エンドのバスでめぐりあったサラの思い出のなかへと落ちていった。

6

一九一九年四月十日　木曜日

まったく目が覚めないほうがいいと思うときもある。だが、カルカッタでそれは無理な相談だ。太陽は五時にのぼり、犬やカラスや雄鶏《おんどり》が不協和音を奏でる。動物たちが鳴き疲れたころ、ムアッジンと呼ばれる男たちの礼拝を呼びかける声が、街のあらゆる光塔《ミナレット》から響きわたる。こんな騒音のなかで五時半までに目が覚めないヨーロッパ人は、パーク通りの墓地に埋葬された者たちだけだろう。

魚の匂いでまた目が覚めた。夜の眠りは途切れがちだった。蚊のブーンという甲高い音のせいだ。テビット夫人は一匹の蚊もベルヴェデーレ・ゲストハウスの敷居をまたがせないと大見得を切っているが、この蚊には回状がまわっていなかったにちがいない。わたしは起きあがると、シャワーを浴び、髭《ひげ》を当たり、服を着て、朝食をとりにいった。食事室にはメイド以外誰もいなかった。席に着き、腕時計の時間をマントルピースの上の置き時計にあわせ、ぜんまいを巻いていたときに、テビット夫人が部屋に入ってきた。ケジャリーと思えるインド料理もどきの皿を持っている。たぶん昨夜の料理の残りでつくったのだろう。持っているものに見あわない仰々《ぎょうぎょう》しさでテーブルの上に置く。

「申しわけありませんが、ちょっと食べられそうにないんです、ミセス・テビット。今朝は少し胃の調子が悪くって」思いつきだが、いい口実だ。

「あら。そりゃいけませんわね、警部」テビット夫人は眉を寄せた。「夜も具合が悪かったんですか」

「ええ、そうなんです」

「お気の毒に。昨夜、誰かが階段をおりていくような音が聞こえたような気がしたんです。あなただったんですね」

「たぶんそうだと思います」わたしは認めた。じつにいい口実だ。また夜中にティレッタ・バザールに行きたくなったときに使えそうだ。

わたしはブラック・コーヒーをもらい、テーブルの上に置かれていたステイツマン紙に目をやった。折りたたまれているので、第一面の大見出しの半分しか見えなかったが、わたしの目を釘《くぎ》付けにするにはそれで充分だった。新聞を広げると、紙面に次のような大見出しが踊っていた。

政府高官コッシポールで殺害される

そのあとに、犯行現場の様子とマコーリーの死体の状態が詳述されていた。それを読んで朝食のケジャリーが胸につかえた者は少なくないにちがいない。俗悪で、毒々しい。そして、正確でもある。口のなかに突っこまれていた血まみれの紙切れのことまで出ている。なのに、犯行現場のすぐ近くに売春宿があることは、なぜか省かれている。この記事に白人たちの議論は沸《ふっ》騰《とう》するにちがいない。同紙の社説は、犯人については疑う余地がないと述べ、〝テロリストか革命家〟と決めつけ、法の支配という原則を顧みることなく、迅速で情け容赦ない対応を要求している。

どうも気になる。もちろん新聞には意見を述べる権利があるし、正直なところ〝情け容赦ない〟という部分に異論はない。問題は〝迅速〟という部分だ。それはわれわれ次第であり、しかも昨日のことを考えると、捜査は決して迅速に進んでいるようには思えない。

新聞は驚くほどの早さで何もかも知ってしまった。副総督は軍情報部を送りこんでまで事件を隠蔽《いんぺい》しようとしたが、それも無駄骨に終わった。身の毛もよだつような事件の詳細が、新聞の第一面に派手に書きたてられたのだ。これでわれわれは否《いや》が応でもスポットライトを浴びることになる。世論はトラブルの予感からくるパニックによって形づくられることが多い。それは一刻も早い結果を求める。とはいえ、そのために副総督が事件を警察にかえしてくれるとしたら、そうなるのはそんなに悪いことではないかもしれない。

一時間後、わたしは自分の机ごしにディグビーと向かいあっていた。ディグビーはわたしの出勤を首を長くして待っていたみたいだった。

「突破口が見つかりました、ウィンダム警部。まだ断定はできませんが、たぶん間違いないでしょう」

わたしはその言葉を軽く聞き流し、ディグビーをオフィスへ連れていって、ゆっくり椅子に腰を落ち着けた。そのあいだ、ディグビーはうろうろと部屋を歩きわっていた。

「では、わかったことを教えてもらおうか」

ディグビーは机に身を乗りだした。「情報屋のひとりが何かをつかんだようなんです。犯人の特定につながるかもしれないことのようです。名前もわかっていると言っていました」

「その情報屋は信用できるのか」

「いいえ。インド人ですから。でも、金を払っているし、情報そのものの筋は悪くありません」

「その男はどこにいるんだ」

「ブラック・タウンです。パーンという噛み煙草のようなものを売っています。ヴィクラムという名で通っていて、シャム・バザールの近くに店を出しています」

「わかった。車を手配してくれ。そこへ行こう」

ディグビーはにやっと笑った。「いますぐってわけにはいきません、警部殿。白人の警察官と話しているのを見られたら、この先、情報屋としてやっていけなくなります。命の危険さえあるかもしれません」

「じゃ、いつがいいんだ」

「あわてることはありません」ディグビーは鼻の脇を叩きながら言った。「今夜、しかるべき場所で会う手配をしてあります」

ディグビーのおかかえ情報屋に会うのを一日中ぼんやりと待つ気にはなれない。それではステイツマン紙の言う〝迅速かつ情け容赦ない対応〟にならないし、総監もいい顔をしないだろう。

「もっと早くできないのか」

「信用してください。夜陰に紛れて会うほうが安全なんです」

わたしはしぶしぶうなずいた。

ディグビーは両手をパンと叩いた。「それで決まりだ。ほかに何か用はありますか」

わたしは椅子を勧め、昨日の午後アニー・グラントから聞いた話を手短に伝えた。

「思っていたとおりの人物です。要するに変わり者なんです」

「マコーリーをよく知っているような口ぶりだな。だったら、もっと早く言うべきだったんじゃないか」

「いえ、よく知っていたというほどじゃありません。何度か会ったことはありますが、それだけのことです。なにしろ狭い社会ですからね。いろんな話が耳に入ってくるんですよ。クラブでは異分子と言われていました。どういう意味かおわかりだと思います」

どういう意味かわからなかったので、わたしはそう言った。

ディグビーはためらいがちに説明した。「ええっと……マコーリーはあまり人づきあいがよくありませんでした。誤解を恐れずに言うと、たしかに優秀な役人であり、インド人に睨《にら》みをきかすすべも心得ていました。でも、本当の意味では……われわれの仲間じゃありませんでした。なんでも父親は炭鉱夫だったそうです」炭鉱夫を苦力《クーリー》と同格と見なしているような口調だ。

「だったら、バカンという男は？　面識は？」

一瞬、間があった。「よくは知りません。式典で一回か二回顔をあわせたことがあるだけです」

「仲間と呼んでいい人物なのか」

ディグビーは笑った。「バカンは大金持ちです。なりたければ、いつでもわれわれの仲間になれますよ。じゃ、わたしはこれで失礼します、警部殿。仕事がありますので」

ディグビーは部屋から出ていって、ドアを閉めた。

わたしは何を優先させるべきかを考えた。情報屋から話を聞くために夜まで何もしないで待つというのは、あまりいい考えとは思えない。それで、最初の計画どおりに捜査を進めることにした。つまり、バカンに会うこと、マコーリーの同僚と使用人から話を聞くこと、検死に立ちあうこと、副総督と面会の約束をとりつけること、アニーの話に出てきた牧師を見つけだすこと。そして何よりも、デーヴィーという若い娼婦からもう一度話を聞くこと。きっとまだ話していないことがあるにちがいない。それが何なのかを知る必要がある。だが、そのためには、まずデーヴィーを手ごわいボース夫人から引き離さなければならない。

わたしは下級刑事の詰め所に電話して、バネルジーにつないでくれと頼んだ。当直官が部屋の奥へ大声を張りあげ、しばらくしてバネルジーが電話に出た。

「何かわかったか、部長刑事」

「ええ、警部」まるでカンタベリーの大司教が話しているようなきれいなアクセントだ。「セランポールの工場に電話しました。秘書の話だと、ミスター・バカンはここ数日間工場に来ていない、いつ戻るかも聞いていないとのことでした。自宅の電話番号を教えてくれたので、かけてみると、ミスター・バカンはカルカッタのクラブに滞在しているという答えがかえってきました」

「クラブの名前は？」

「ベンガル・クラブというそうです。それで、さしでがましいようですが、そこの受付に電話してみました。ミスター・バカンはたしかに滞在しているが、十時まで起こさないようにと言われているとのことでした。いつも十一時ごろ遅い朝食をとるそうです。そのときに会えるかもしれません」

「うまいぞ。川をさかのぼらなくてすむ。車と運転手を手配できるか調べてくれ。バカンがクラブを出るまえにそこへ行きたい」

「わかりました」

「牧師のほうはどうだ。探しだせそうか」

「いま探しているところです。ダムダム署へ電話してみました。そこにはいくつかの孤児院とキリスト教の宣教施設があるそうです。急いで調べて連絡するとのことでした」

「ほかには？」

「あとひとつだけです。マコーリーの自宅の住所がわかりました。そこへ行けば、使用人から話を聞くことができます」

わたしは住所を紙切れに書きとめた。「ご苦労だった、部長刑事。車の用意ができたら知らせてくれ」

受話器を置いたとたん、電話が鳴った。バネルジーが何か言い忘れたのだろうと思ったが、驚いたことに電話はタガート総監の秘書のダニエルズからだった。

「いますぐ総監室へ来てください、ウィンダム警部。大至急です！」

7

「信じられませんよ。総監はわれわれをいったいなんだと思ってるんでしょうね」ディグビーは湿ったハンカチで額の汗を拭いながら言った。同感だ。なにしろ、日陰でも四十度以上あるのだから。ただし、いまいるところには日陰などない。

カルカッタの四月は快適ではない。ほかの月も基本的には同じだが、四月は夏の始まりであり、最悪の時節といっていい。大地は炎熱に覆われ、イギリス人もインド人も蒸し暑さにうだり、二カ月先のモンスーンの雨を早くも心待ちにしている。

わたしとディグビーとバネルジーの三人は、街から北へ車で一時間の田園地帯にいた。周囲には緑の原野が広がっている。遠くのほうでは、男たちが土を耕し、牛が鋤《すき》を曳《ひ》きながら畑を歩いていて、時間がずっととまっているように見える。われわれは車を道端にとめ、いまは二十フィートほどの高さの急な土手を這《は》うようにしてのぼっているところだ。土手の上には線路があり、少し離れたところに列車が停止している。巨大な砲弾のように見える真っ黒な機関車、東ベンガル鉄道に共通の色に塗装された八両編成の客車と貨車。そのまわりで、大勢の現地警官ができるだけ陽に当たらないよう気を配りながらうろうろと歩きまわっている。みなカーキ色の制服を着ている。この制服はインド帝国警察の警官のほぼ全員が着用しているものだ。ただ、カルカッタはちがう。われわれの制服は白で統一されている。

「こんなふうにどこの馬の骨ともつかない者の死の捜査に駆りだすってことは、マコーリー事件なんてどうでもいいってことなんでしょうかね」

「総監には何か考えがあるんだろう」わたしは答えたが、その考えが何なのかはまったく見当がつかない。

「ほかにひとがいなかったんですかね。殺されたのはインドの下層労働者ですよ。地元の警官で用は足りるはずです」ディグビーは暑さと急な土手をのぼらなければならなかったせいで息を切らしている。

タガートの命令でわれわれがここに来たのは、殺人事件の捜査のためだった。第一報によると、列車が強盗団に襲われ、物的被害はなかったものの、車内保安係のインド人が殺されたらしい。表向きは肌の色と事件の重要性はなんの関係もないことになっているが、実際はそうではなく、正直なところ、わたし自身もディグビーと同じように、タガートがドジな強盗未遂事件の捜査をマコーリーの一件より優先させたことに驚きを禁じえないでいた。

現場の検分作業は列車最後尾の車掌室を中心に行なわれているようだった。わたしはバネルジーに機関車の運転士から話を聞くように命じ、それからディグビーといっしょに列車最後尾へ向かった。そこでは、ふたりの巡査がシートで包んだ死体を車両からおろしているところだった。

巡査のひとりに命じて、シートをめくらせた。死体を見るのは、いつだってあまり気分のいいものではない。鼻が折れ、顔には大きな痣《あざ》があり、髪には血がべったりとこびりついている。犯人はよほどの腕力の持ち主にちがいない。わたしは巡査にうなずきかけてシートを戻させた。

車掌室に入ると、ふたりの男のシルエットが見えた。どうやら激しく言いあっているようだ。ひさしのついた官帽をかぶった、背の低いほうの男が大きな手ぶりをまじえて興奮ぎみに話し、もうひとりの男の胸に太い指を突きつけている。それで、この男が上席の刑事なのだろうと思ったが、次の瞬間にはそうでないことがわかった。警察官の制服ではなく、車掌《しゃしょう》の制服を着ていたからだ。肌の色からすると、どうやらイギリス人とインド人の混血らしい。そして、怒鳴られているように見えるのはインド人の刑事だ。ふたりともわれわれを見てほっとしたような顔になった。

「ようやくイギリス人の刑事が来たようだ」車掌が言った。「これでやっと話を前に進めることができる」

わたしは車掌を無視して、刑事のほうを向いた。バネルジーと同じように、細身で、眼鏡をかけ、思慮深げに見える。

「ここで何があったんだ」わたしは訊いた。

刑事が答えるまえに、車掌が言った。「わたしのほうからお話ししましょう。わたしはこの列車の上級乗務員で、ここで起きたことを実際にこの目で見ています」

わたしはため息をついた。この種の小役人根性をむきだしにする者はどうも苦手だ。いったい何様なのかと思うときがしばしばある。官帽をかぶった男に対しては特にその傾向が強い。

「で、きみは？」

「パーキンスです。アルバート・パーキンス」胸を張り、五フィート五インチに帽子分の背丈がいっぱいにのびる。「この列車の車掌です」

「では、ミスター・パーキンス、ここで起きたことを話してもらおうか。最初から」

「わかりました。でしたら、最初からお話ししましょう。予定ではシアルダー駅を昨夜の一時半に出発する予定でしたが、実際には九十分ほど遅れ、出発したのは午前三時過ぎのことです。それから一時間ばかりは何も起きませんでした。それで、列車がここまで来たとき、何者かが非常用の紐を引いたんです。もちろん運転士はすぐに列車をとめました。

わたしは何があったのか調べるために車両を見てまわりはじめました。あえて言う必要はないと思いますが、夜行列車で非常用の紐が引かれることはめったにありません。トラブルが発生したのは、二等客車に入ったときです。ふたりのインド人が急に立ちあがったんです。どちらもスーツ姿の、きちんとした身なりでした。そのひとりがわたしの頭に拳銃をつきつけて、床に伏せろと命じたんです。もちろん、言われたとおりにしました。乗客が騒ぎだすと、男のひとりがベンガル語で何やら叫んで黙らせました。床に伏せていたので、よくは見えませんでしたが、どうやらその男が車両から出ていったようで、それから一分ほどすると、外から声が聞こえてきました。インド人の声です。大きな声でしゃべっていました。そのときに聞こえた声から判断すると、けっこうな人数がいたみたいです。てっきり客車をまわって乗客から金品を奪うつもりだろうと思っていました。でも、そうじゃありませんでした。一等客車でも何も盗《と》っていません。これはあとでわかったことですが、機関車にふたりと、各車両にひとりずつの見張りを置いて、あとはみんな最後尾の車両へ行ったそうです」

「それから何が起こったんだね」

パーキンスは肩をすくめた。「よくはわかりません。ずっと床に伏せていましたから。そのあいだずっと、最後尾の車両から怒鳴り声が聞こえていました。それからしばらくして、たぶん五時少しまえくらいじゃないかと思いますが、大きな悲鳴があがり、わたしを見張っていた男が外に出ていきました。そのときは、仲間といっしょにまた戻ってくるんじゃないかと思っていました。でも、それはわたしの思いちがいでした。いつのまにか、みんなどこかへ消えてしまいました」

「それで、きみはどうしたんだ」

「どうもしません。運転士と助手が来るまで、じっとしていました。強盗団が引きあげたことを知るすべはありませんでしたからね。運転士の名前はエヴァンズといって、生粋のイギリス人です。ロンドン出身だそうです。四十三号を二十年近く運転しているんです。

そのエヴァンズといっしょに、悪党どもがいなくなったのを確認してから、各車両を順々に点検してまわりました。一等客車の数人のイギリス人のご婦人方がひどく取り乱していましたが、誰も怪我はしていませんでした。列車内の点検がすみ、この車掌室まで来たときはじめて若いパルの死体を見つけたんです」パーキンスは言って、外に運びだされた死体を指さした。

「それがあの男の名前なんだな」

パーキンスは神妙な顔でうなずいた。「ハイレン・パルと言います」

わたしは周囲を見まわした。車室は鉄格子でふたつに分けられ、そこを行き来するための扉がついている。鉄格子のこちら側には小さな机があり、書類が散らばっている。椅子は床の上に引っくりかえっている。そのそばには、割れたカンテラが落ちていて、数枚の書類が凝固しかけた血だまりに浸かっている。鉄格子の向こう側には、重そうな十数個の黄麻布の袋が並べられていて、その横に大きなふたつの金庫がある。扉は両方とも開いている。

「やつらはなぜ保安員を襲ったんだろう」ディグビーが訊いた。

「さあ、それはわかりません」

「盗られたものは？」わたしは訊いた。

パーキンスは帽子をとって、頭を引っ掻きはじめた。

「そこなんですよ。わたしが知るかぎり、何も盗られていないんです」

「何も？」ディグビーは言った。「強盗団が列車を襲って、保安員を殺し、何も盗らずに逃げたってことか。そんなのおかしいじゃないか」

「でも、そうなんです。郵便袋はそのまま全部ここに残っているし、さっきも言ったように、乗客は何も奪われていないんです」

「あの金庫は？」わたしは訊いた。「何が入っていたんだね」

「今回は何も入っていませんでした」

「いつもは？」

「いっぱいのときもあれば、空っぽのときもあります。この列車は下りの四十三号なんです」

パーキンスはすぐにわれわれの顔の表情を読みとった。

「下りの四十三号はダージリン・メールといいましてね。カルカッタと北ベンガルを結ぶ幹線列車なんです。人間から家畜、政府の公文書まであらゆるものを北ベンガル各地に運んでいます」

「どうやって当局に通報したんだ」

「強盗団が姿を消した十分後ぐらいに、上りの二十六号がやってきたんです。それで、旗を振って、列車をとめ、ここで起こったことを車掌に話して助けを求めると、二十六号はナイハッティー駅まで行き、そこから当局に通報してくれました」

わたしはインド人の刑事のほうを向いた。「乗客はどこにいるんだね」

「二等と三等の乗客は、聴取のためにバンデル駅へ移動させました。一等の乗客は全員ヨーロッパ人です。やはりバンデル駅へ連れていき、そこで氏名と住所を聞いて、すぐに次の列車に乗りかえてもらいました」

一等客車は白人専用といっていい。インド人の警官が事情聴取のために白人を片田舎の駅に何時間も留めおくなどということはまず考えられない。インドでは、法と秩序を維持するためであっても、人種の違いという厳然たる事実をないがしろにするわけにはいかないということだ。

わたしはディグビーに車掌から正式の調書をとるよう命じて、線路の砂利を踏み鳴らしながら列車の前のほうへ向かった。運転士から話を聞いていたバネルジーが、わたしを見て、機関車から降りてきた。

「どうだ。何か聞きだせたか」

「聞きだそうとしたんですが、なかなかうまくいきません。英語が通じないんです」

「おかしいな。運転士はイギリス人だと車掌は言っていたが」

「だったらいいんですが。さしつかえなければ、あなたのほうから訊いていただけないでしょうか」

　運転士のエヴァンズは、小柄だが、がっしりした体《たい》軀《く》の持ち主で、いまここにとまっている機関車のように頑丈そうに見える。顔も作業着も石炭の粉まみれで、顔の皺は煤《すす》のせいで黒い線になっている。第一印象は悪くない。

　そのエヴァンズが話したことはパーキンスから聞いた話とおおむね同じだった。カルカッタのシアルダー駅を出て約一時間後、誰かが非常用の紐を引いたので、列車は急停止した。だが、パーキンスが襲撃の間じゅう二等客室の床だけを見つめていたのに対し、エヴァンズはもっと多くのことを目撃していた。

「列車がとまったとたんよお、四方八方からやってきやがったんだ。前からも、左からも、右からも」

「人数は？」

　エヴァンズは肩をすくめた。「はっきりたぁわからねえよ、刑事さん。真っ暗だったからね。でも、十人はいたんじゃねえかな。とにかく、そのうちのひとりがここに来て、ハジキをおれに向け、手ェあげろってぬかしやがった。二十年前ならぶちのめしてやったんだが、なんせもう年だからね。とにかく、残りのやつらはすぐ列車内のあっちゃこっちゃに散らばっていった。一等のご婦人たちがいっせいに悲鳴をあげるのが聞こえたよ。でも、すんぐに静かになった。たぶん、誰かがハジキを突きつけたんじゃねえかな」

「車掌室で何が起きたかわかっていたか」

　エヴァンズは首を振った。「いんや。ずいぶん離れてたから」

「それからどうなったんだ」

「おれはずっとここにいた。エリックといっしょによ」エヴァンズは言って、石炭をシャベルで機関車の火室へ入れている男を指さした。「糞ったれは外に出ろとぬかしたが、おれたちは応じなかったんだよ。そうだろ、エリック？」

エリックは石炭をすくいながらうなずいた。

「おれはこう言ってやった。〝撃ちたきゃ撃ちゃいい。おれはおめえが生まれるまえから、ダージリン・メールを運転してんだ。ハーディング・ブリッジ駅に着くまでは、どんなことがあっても機関車から離れるわけにゃいかねえ〟。たぶん、それで納得したんだろう。もう何も言わなかったんで、おれたちゃずっとここにいたんだよ。そのあとしばらくのあいだ、みんなおとなしくしていた。おれも、エリックも、おれたちに銃口を向けてたやつも。後ろのほうではいろんな音がしてたけど、暗くって、なんにも見えなかったよ。

一時間ぐらいして、そろそろお天道《てんと》さまがのぼるってときに、線路にいた糞ったれのひとりが何やら大声で叫んだ。するってえと、ここにいたやつも、ほかのやつらも、みんな列車から降りて、逃げていきはじめた。何人かはあっちのほうへ」野原の北のほうを指さして、「残りは道路のほうへ。ほんの数分で誰もいなくなっちまったよ」

「それから？」

「それから少しのあいだ、エリックといっしょに様子を見ていた。もしかしたら、まだ近くに潜んでいるんじゃねえかと思ってね。でも、お天道さまがのぼって、まわりを見まわすと、糞ったれの姿はもうどこにもねえ。そいでもって、線路におりて、パーキンスの野郎を探しにいったんだよ。ちょいとばかり痛い目にあってりゃいいのにって思いながらよ。でも、行ってみると、二等客車で床に腹ばいになって寝そべってやがった。赤ん坊が昼寝してるみたいに。それでもなんとか立ちあがると、おれに機関車へ戻ってろと言って、自分はほかの車両を点検しにいったんだ。それで、かわいそうなパルを見つけたってしだいさ」

「パルというのはどんな男だったんだい」

エヴァンズは肩をすくめた。「いいやつだったよ。代々の鉄道員でね。ガキのころから仕事《ゴト》を手伝ってた。おとなしい男でな、七面鳥に文句を言うことだってできやしなかっただろう。強盗団に立ち向かうなんてありえねえことだ。なのに、なんでやつらはパルを殴り殺したんだろうな。パーキンスじゃなくて。さっぱりわけがわかんねえよ」

「パーキンスが嫌いなのかい」

「まあな。あんたもあいつに会ったんだろ。気にいったかい。そうとも。おれは朝から晩まであの野郎といっしょなんだぜ。今年でもう七年になる」

わたしは最後の質問をした。「このあたりで強盗に襲われることはよくあるのかい」

エヴァンズは首を振った。「人里離れた山んなかとかビハールの奥地とかじゃ、なくもないと思うけどよ、カルカッタのこんなに近くでとなると、そういう話は一度も聞いたこたぁないね」

わたしは礼を言うと、線路におりて、地元の巡査と話をしていたバネルジーを呼んだ。

「ちょっと歩いてみよう、部長刑事」

われわれは列車の北側の野原を歩きだした。エヴァンズの話だと、強盗団の一部はそっちの方向へ逃げていったという。それから十分ほど歩きまわったが、雑草が踏みつけられたあと以外は何も見つからなかった。

列車のほうへ後戻りし、今度は南東方向の道路へ向かって歩きだす。強盗団の多くはそこへ逃げていったとのことだった。

わたしはバネルジーに訊いた。「この道路は?」

「グランド街道です」

「カルカッタに通じているんだな」

「ええ」

「反対方向は?」

バネルジーは口もとをほころばせた。「終点まで二千マイル以上あります。デリーまで行き、それからカイバル峠《とうげ》を越えて、カブールまで続いてるんです」

「強盗団がアフガニスタンへ逃亡した可能性は無視していい、部長刑事。わたしが知りたいのは、この道路ぞいにある次の大きな町の名前だ」

「いちばん近い町はたぶんナリヤンプールだと思います」

「ここからの距離は？」

「さあ。正確な現在地がわからないので、答えようがありません」

　その道をしばらく歩いていくと、未舗装の狭い退避所があった。

「これを見ろ」わたしは言って、地面についた轍《わだち》を指さした。

「タイヤのあとですね。そんなに古いものじゃないようです。乗用車でしょうか」

「いや。乗用車にしては轍の幅が広すぎる。もっと大きな車だ。たぶんトラックだろう」

　それからもうしばらく歩きまわったが、やはり何も見つからなかった。腕時計を見ると、もうすぐ九時半になる。ぐずぐずしていたら、ベンガル・クラブでミスター・バカンに会えなくなる。

　わたしはバネルジーに声をかけて列車に戻った。

　カルカッタへ戻る途中、わたしは隣に肩を並べてすわっているふたりに訊いた。「さて、きみたちの意見は？」

「はっきりしていると思います」ディグビーが答えた。「連中の狙いは車掌室の金庫です。その金庫が空だとわかって、腹立ちまぎれに保安員をぶん殴った。殺すつもりはなかったが、それで保安員が死んでしまったので、怖くなって逃げた。と、まあ、そんなところでしょう。地元のごろつきどもを一斉検挙するよう命じるべきです。そんなに知恵のある連中の仕業とは思えません。誰かが口を割って、全部ゲロしますよ」

　そうしたいのはやまやまだ。地元のごろつきどもの犯行なら、捜査は地元の警察にまかせておけばいい。ただ問題は、その仮説が事実にあわないということだ。わたしの見たところ、犯行グループは決して無能ではない。運転士の話を聞いたかぎり、計画は入念に練られていたように思える。ただ結果が伴わなかっただけだ。そして、そこにいちばん大きな疑問符がつく。盗みが目的であったとしたら、なぜ何も盗らなかったのか。

8

　ベンガル・クラブは副総督官邸とフーグリー川のあいだの広い遊歩道ぞいにあった。ゲートの前には、髭面のシク教徒の門番がふたり立っている。どちらも山のように大きく、ゲートが必要ないように思えるくらいの威圧感がある。どちらも赤と白の制服を着て、近《この》衛《え》騎兵隊の金モールをつけている。白いターバンにとめた金バッジが、遅い朝の陽を受けて光っている。

　われわれの車が近づくと、そのひとりが前に進みでて、テニスラケット・サイズの手をあげた。運転手が車をとめると、バネルジーが降りて、門番のほうへ歩いていった。背丈は門番の胸あたりまでしかない。そのとき意外なことが起きた。バネルジーが大きな身振りをまじえて大声で怒鳴りだしたのだ。門番は気《け》おされて態度を一変させ、平身低頭し、手を振って、われわれを通した。もうひとりの門番は直立不動の姿勢をとって最敬礼をした。たとえて言うなら、ドーベルマンがテリアに吠えられて尻尾《しっぽ》をまいたようなものだ。

バネルジーが車に戻ってくると、わたしは言った。

「なかなかやるじゃないか、サレンダーノット。門番にぶっ飛ばされるんじゃないかと思っていたのに」

車は長い砂利敷きの私道を進んでいった。私道の両側の芝地は充分に美しいが、それでも大勢のインド人が芝の手入れに駆りだされていて、床屋が禿《は》げ頭をいじっているような滑稽《こっけい》な感じがする。私道の先には、オックスフォード近郊のブレナム宮殿を白く塗って移設したような建物があった。これも大英帝国が建造物を通して〝威風あたりを払う〟格好の例のひとつだ。英領インドでは、どんなイギリス人でも城を持てる。

車は豪壮な造りの玄関の前でとまった。柱にネジどめされた真鍮の飾り板には、〝ベンガル・クラブ　一八二七年創立〟とある。その横には、木の立札があり、真っ白な字でこう書かれている。

〝犬とインド人はこれより立入禁止〟

バネルジーはわたしが眉をひそめていることに気づいた。

「気にしないでください。われわれインド人は分《ぶ》をわきまえています。なんといっても、われわれの文明が四千年以上かけてできなかったことを、イギリス人は百五十年で成しとげたんですから」

「たしかにそのとおりだ」ディグビーが同意する。

「たとえば、どんなことだい」わたしは訊いた。

バネルジーは唇の端でくすっと笑った。「そうですね。たとえば、犬に文字の読み方を教えることとか」

そして、わたしとディグビーがバカンから話を聞いているあいだ、自分は庭を歩きまわっていると付け加えた。

「駄目だ。われわれだけに仕事をさせて、自分は遊んでいようなんて虫がよすぎるぞ」

「わかりました。申しわけありません、警部」

「でも、やはりサレンダーノットはここに残ったほうがいいんじゃないでしょうか」ディグビーが言う。

「余計な波風を立てるべきじゃないと思います。捜査に協力してもらいたいなら、なおさらのことです」

そうはしたくないが、そうしたほうがいいかもしれない。迷っていると、ありがたいことに、バネルジーが助け舟を出してくれた。

「庭にいる者からも話を聞いたほうがいいと思います。どうでしょう」

「そうだな。そうしてくれ、部長刑事」

バネルジーは芝地を横切り、わたしはディグビーといっしょに建物のなかに入った。

ロビーはだだっ広く、大英博物館も顔負けの大理石や柱や胸像で飾りたてられている。ジュリアス・シーザーやプラトンが一杯飲みにここに立ち寄ったら、きっとくつろげるにちがいない。奥の受付の机の向こうに、クラブの紋章つきの黒いジャケットを着た中年のインド人がすわっていた。ディグビーがそこへ行って話をしているあいだ、わたしはあらためて室内を見まわした。

一方の壁には大きなオークのパネルがあり、クラブの歴代会長の名前が金文字で記されている。肩書は大佐、将軍、勲爵士《ナイト》から、〝貴族〟なるものまである。それ以外の壁には、トラやサイの頭の剝製《はくせい》や、本国のハイランド地方でもめったに見ないような数のシカの枝角がずらりと並んでいる。受付の机の後ろの壁には、例によって例のごとくジョージ五世の等身大の肖像画。ここのは正規の軍服姿で、厳《いか》めしい感じがする。いつも思うのだが、ドイツ皇帝ヴィルヘルム二世になんとよく似ていることか。わたしに言わせれば、違いは髭の生やし方くらいなものだ。着ているものを取りかえたら、誰も違いに気づかないのではないか。いくら従《い》兄弟《とこ》だからといって、この瓜ふたつぶりは尋常ではない。してみれば、先の戦争は内輪喧嘩と言えなくもない。そんなもののせいで、多くの命が失われたのだと思うと悲しくなる。

「バカンは二階のベランダで朝食をとっているそうです」ディグビーは言って、美しい装飾が施された階段のほうへ歩きはじめた。「こっちです」

　われわれは階段をあがり、大きな鏡がかかった踊り場を通って、広い居間に入った。そこには、新聞を読んでいる数人の老人がいるだけだった。白髪頭、口ひげ、頬ひげ、ビーツの根のような色つや。テビット大佐の顔がふと頭に浮かぶ。

　部屋を横切り、両開きのドアを抜けて、ベランダへ出る。シェードの下に、数脚のテーブルと籐《とう》椅子が並んでいる。ふさがっているのはいちばん遠いところにあるテーブルだけで、がっしりした体格の男がすわって新聞を読んでいる。白いシャツに、青いシルクのチョッキといういでたち。テーブルの上には、熟《う》れた黄色いマンゴーが置かれている。それがバカンだということは、ディグビーに教えられるまでもなかった。そこからは引退したボクサーのような、隠そうとしても隠しきれない力があふれでている。われわれの足音に気づいたらしく、顔をあげると、新聞を脇に置いた。鉄灰色の目、頑丈そうな顎。その大きな存在感の下には、危険なものを感じさせる何かがある。たとえて言うなら、断崖絶壁のような。

「ミスター・バカン」ディグビーが言った。「数分だけお時間をいただいてもよろしいでしょうか」

「やあ、ディグビー」戦車のエンジンのように耳障りな声だ。「どうだ。元気にしているかね」

「ええ。おかげさまで。お気遣いありがとうございます」ディグビーは媚びるような口調で言い、それからわたしを指さした。「ご紹介します。サム・ウィンダム警部です。当地に赴任するまえはスコットランド・ヤード勤務でした」

バカンは禿げ頭をほんの少し動かして会釈した。

わたしも同じように会釈した。「はじめまして、ミスター・バカン」

ディグビーはそこにあった新聞の見出しを指さした。

「さしつかえなければ、この件でいくつか質問をさせていただきたいんですが」

「もちろんかまわんよ」バカンは言って、椅子を勧めた。「おかけください」

ターバンを巻いた給仕が、呼ばれてもいないのにすっと姿を現わした。

「お飲み物は？」バカンは訊いた。

わたしは首を振った。「けっこうです」

バカンが軽く手を振ると、給仕は現われたときと同じようにすっと姿を消した。

バカンは大きな手で新聞を叩きながら言った。「あまりにもひどすぎる。先が思いやられますよ。副総督の側近がどこの馬の骨とも知れぬ輩《やから》に殺されるなんて。よりによってこの街で。カルカッタのど真ん中で」

「どうかご安心ください」ディグビーが言った。「鋭意捜査中ですから」

バカンは聞いていなかった。「国民会議派の連中はこの件についてなんと言ったか。いいや、誰も何も言っちゃいない。非暴力を唱える牧師たちはどうか。いったい何人が前に進みでて、この忌まわしい暴力を非難したか。いいや、ただのひとりもいない。とんでもない偽善者どもだ。いいですか。こんなことをした者がどうなるか、われわれは万人に思い知らせる必要がある。この種の犯罪には容赦のない見せしめが必要なんです。五人でも十人でも、家族といっしょに絞首刑にしてしまえばいい。そうすれば、当分のあいだ誰もおかしな考えを起こすことはないでしょう」

そして、テーブルの上にあった折りたたみナイフを手に取り、マンゴーの果肉を器用に切りとると、刃先に刺して口へ運んだ。

「犯人が誰であろうと、かならず逮捕します」わたしは言った。「そのためにここに来たんです。いくつか質問をさせてください」

「いいですよ。どういうことでしょう」

「ミスター・マコーリーはあなたの友人ですね」

バカンはうなずいた。「ええ。良き友人です。どこかの誰かさんとちがって、そのことを隠すつもりはありません」

「マコーリーのことをもう少し詳しくお聞かせ願えませんでしょうか」

「いいですよ。どんなことでしょう」

「知りあってどれくらいになります」

バカンはため息をついた。「かれこれ二十年」

「出会ったのは？　インドですか」

「ええ。カルカッタです。たまたまこのクラブのこの席で。おかしな話じゃありませんか。どちらもスコットランドで育ったのに、そこでは一度も会ったことがないなんて。あのときは、ダッカの近くでジュートの買いつけ交渉をすまし、ダンディーへ戻るところだったんだが、故国への長い船旅のまえにカルカッタでちょっと骨休めをしようと思いましてね。たしか、総督主催のパーティーの席上だったと思います。パーティーのあと、ベランダに出て、ここにすわったとき、ふと目にとまったんです」

「目にとまるような何かがあったということですね」

「そう。当時はまだ下級役人でしたが、すでに光るものはあった。それに、わたしと同じティサイド州の出身でしてね。異邦の地では、仲間がほしくなるものです。ちがいますか、警部」

たぶん、そうだろう。そのことをたしかめるには、ちらっとまわりを見まわすだけでいい。カルカッタという、ベンガルの湿地にできたイギリスの前線基地に、同国人どうしの付きあいしかない者がいかに多いかは一目でわかる。

わたしは訊いた。「マコーリーはどういう人物でしたか」

少し間があった。「悪い男じゃありません。国王の勤勉なしもべです。この地をいささかでも良くしようという思いは人後に落ちなかった。それは決して簡単なことじゃありません。とくにここ数年は、インド人を積極的に登用しろという要求にも対応しなきゃならなかったから」

バカンの顔は苦々しげに歪んでいる。

「それは望ましくない要求だと思っているんですか」

「そんなことはありません。少なくとも考え方としては悪くない。この国の統治の一部を少しずつインド人に委譲していけば、いつかはオーストラリアやカナダなどといった帝国の自治領と同じようになる日が来るかもしれない。でも、実際のところはどうなのか。インド人はアジア人だということを忘れちゃいけません。オーストラリア人やカナダ人のように、さらに言うなら南アフリカ人のように、インド人を信用することはできない。われわれはこの間の一連の改革によってパンドラの箱をあけてしまったんです。いったん権力の味を覚えたら、彼らは感謝するどころか、つけあがるばかりで、もっとよこせ、もっとよこせと言ってくるようになる。われわれがこの地に築きあげたものを全部自分たちのものにするまで満足しない。マコーリーが向きあっていたのは、まさしくそういった問題なんです」

「具体的に言いますと？」

「たとえば、数年前のチャンパランの一件とか。扇動家の三文弁護士がグジャラートからやってきて、数カ月にわたる小作争議を引き起こしたんです。地代を払わなかったり、藍の収穫を拒んだり…… 〝非暴力不服従〟というわけだが、実際は恐喝《きょうかつ》みたいなものでね。

総督は副総督に事態の収拾をはかるよう命じたが、それはとんだお門《かど》違いというもので、名門の出という以外なんの取り柄もない男にそんなことができるわけがない。それでマコーリーにお鉢がまわってきた。結果的には小作人の要求をほぼ丸呑みすることになったんですが、地主たちはマコーリーが総督の歓心を買うために手っとり早い収拾策を講じたとして腸《はらわた》を煮えくりかえらせていました。一方の小作人たちも得られた成果に満足したわけじゃない。ありがたいと思う気持ちなどこれっぽっちもなかった。それは単なる始まりにすぎなかったんです。いまも数カ月おきに、さらなる譲歩を引きだすために何やかやと言ってきています。うちの工場でも何回ストライキが起きたかわからないくらいです。そのたびに連中は多くのものを手に入れ、ますますつけあがる。何をやっても許されると思っているんです」バカンは言いながら、新聞の見出しをこつこつと叩いた。「このようなことをしでかすのは時間の問題だろうと思っていましたよ」

「マコーリーはあなたの下で働いていたんですか」

バカンはマンゴーをもう一切れ口に運んでから答えた。「わたしが知っているかぎり、マコーリーはずっと行政府にいたはずです」

興味深い言葉の選び方だ。

「では、友人としてなんらかの便宜をはかってくれたことはありますか」

その質問は悪臭のように空中に垂れこめた。ディグビーは決まり悪そうに椅子のなかでもじもじしている。バカンはわたしを睨みつけている。だが、そんなことを気にする必要はない。どういう反応を示すかを見るのがそもそもの狙いだったのだ。バカンは皿に視線を落とし、わざとゆっくりナイフを手に取ると、二個目のマンゴーに突き刺し、きれいに四つに切りわけた。そこから顔をあげたときには、ふたたび穏やかな表情に戻っていた。

「たしかに、警部、マコーリーは友人でした。だから、行政府が何をどんなふうに考えているかを推《お》しはかって教えてくれることはときどきありました。特に、それがビジネスに関係していると思えたときにはね」

ここは褒めてやってもいい。バカンは挑発に乗らないよう心を砕いている。わたしを値踏みし、友好的に振るまったほうがいいという判断を下したにちがいない。いずれにせよ、わたしがここに来たのは、バカンの友人を殺した犯人を見つけるためであり、それ以上ではない。けれども、気にはなる。バカンの反応は政治家のものだ。

「そのなかに、ベンガル分割令に関することはありましたか」わたしは訊いた。

バカンは首の後ろに手をまわして、こすりはじめた。

「それがこの事件とどう関係しているんです、警部。もう十五年もまえの話ですよ」

「われわれは怨恨《えんこん》の線を視野に入れて捜査を進めています。もしかしたら、ベンガルの分割にマコーリーが果たした役割と関係があるかもしれません。大勢のひとがそれで莫大な損害を被《こうむ》っています」

「そのとおりです。多くの地主が壊滅的な打撃を受けました。当時そのことについてマコーリーと話しあったのは事実です。あたりまえじゃありませんか。あれはプラッシーの戦い以来の大事件だったんですから。当時はどこでもその話題で持ち切りでした。わたしとマコーリーだけがその話をしなかったなんてことはありえない。でも、単なる世間話です。もちろん、そのことに対するわたしの意向を述べたこともありません」

バカンは一呼吸おいてディグビーのほうを向いた。

「きみも警部もここに歴史の授業を受けにきたんじゃあるまい。もっと適切な質問があるはずだ。きみたちは殺人事件の捜査についての話を聞きにきたんじゃないのかね。不本意ではあるが、これじゃ、タガート総監にもひとことご注進に及ばざるをえない。きみたちは殺人犯を捕まえなきゃならないときに、歴史のよもやま話でわたしの時間を無駄にしているんだから」

ディグビーがそんなことはないとあわてて抗弁した。

わたしは無視して続けた。「マコーリーには大勢の友人がいましたか」

バカンはマンゴーをもう一切れ口に入れた。「いいえ。訊かれるまえに言っておきますが、警部、理由はわかりませんよ。もしかしたら、単に社交的じゃなかっただけかもしれん」

「生い立ちと関係があると思いますか」

「テイサイドの出ということですか。それはどうだろう。少なくとも、わたしにはなんの不都合もありません」

「社会的な階級のことです」

「ええ。言わんとしていることはわかります。でも、カルカッタでは、副総督といつでも話をすることができる者には、いくらでも友人ができるものです。それを友人と呼べるかどうかは、議論の分かれるところかもしれませんがね。とにかく、そういう友人はほしくなかったと言ったほうが正確かもしれません」

アニー・グラントもそのようなことを言っていた。

わたしは質問を変えた。

「この数カ月で、マコーリーの言動に何か変化はありませんでしたか。急に信心深くなったという話を聞いていますが」

その言葉でバカンの表情がふたたび曇った。「牧師に洗脳されたという話のことでしょうか」

わたしはうなずいた。

「わたしにはさっぱり理解できません。少しまえに、グンという名前のカルヴァン派の牧師が、南アフリカからここへやってきましてね。異教徒を救うことを天命と心から信じている変人のひとりです。マコーリーとは以前から付きあいがあったらしい。マコーリーの奥さんのことも知っていました」

「結婚しているってことですか」

「していたんです。ずっとまえにスコットランドで亡くなったそうです。国を出る決心をしたのも、そのせいかもしれません」

　どうやらマコーリーはわたしと同じ理由でカルカッタへ来たらしい。けれども、その種の先例に勇気づけられることはない。

　バカンの話は続いている。集中しなければならない。

「ほどなくマコーリーは日曜日ごとに教会へ通い、酒をやめるとまで言いだすようになりました。わかると思いますが、警部、それはスコットランド人にとってはきわめてゆゆしき問題です」

「そのグンという牧師について何か知っていることはありますか」

「いくらもありません。二、三回会っただけです。わたしとは共通点がほとんどないとだけ言っておきましょう」バカンはチョッキから金の懐中時計を取りだし、時間を見るふりをした。「申しわけありませんが、二時までにセランポールに戻っていなきゃなりません。さしつかえなければ、このあたりで失礼させてもらいたいんですがね」

「わかりました」ディグビーは愛想よく言って、椅子から腰を浮かせた。

　わたしはその肩に手をかけた。

「あとひとつかふたつだけ質問させてください。よろしいですね」

　バカンはうなずいた。

「事件当夜、マコーリーはここに来て、あなたが主催するパーティーに参加していたそうですね」

「ええ、そうです」バカンは言って、ベランダの下の庭に目をやった。「アメリカ人の顧客のために開いたパーティーです。みなカルカッタの社交界の華やかさに感心していました。総督がこの街にいたら、もちろん招待していたでしょう。知ってのとおり、アメリカ人は共和制をあれほど自慢の種にしながら、肩書にはとんと弱い。わたしに爵位があったら、アメリカ人相手にもっと大儲けができたはずです」

「マコーリーがここを出たのは何時ごろでしたか」

「さあ、どうだったか。何人もの客の相手をしなきゃなりませんでしたから。でも、たぶん十時から十一時のあいだだと思います」

「どこへ行ったかわかりますか」

　バカンは首を振った。「見当もつきませんよ、警部。あのときは家へ帰ったんだろうと思っていました」

「マコーリーがブラック・タウンで何をしていたか思いあたることはありませんか」

「まったくありません。グン牧師に訊いたらどうです。そこで異教徒を救う手伝いをしていたのかもしれませんよ」いらだたしげな口調で言い、それから口先だけの笑みを浮かべた。「もういいでしょう。時間です」

　バカンは立ちあがって、わたしと握手をし、それから両開きのドアのほうへ歩きはじめた。

「来週、ここでまたパーティーがあります。時間があったらおいでください、警部。カルカッタの名士を紹介しますよ。もちろん、きみもだ、ディグビー。詳細はあとで秘書に連絡させる」

　バカンが出ていくと、わたしはまた椅子に腰をおろし、ベランダの向こうを見やった。遠くのほうで、バネルジーが芝の手入れをしている男のひとりと話をしている。

「いまの話をどう思います、警部」ディグビーが訊いた。

「宗教の話がどうも気になる。調べてみる必要があるかもしれないな」

「血の気の多い地元のろくでなしが、キリストの教えに向かっ腹を立てて、マコーリーを殺したということですか」

それはないだろう。マコーリーが福音を説いたせいで、現地の宗教的原理主義者に殺されたなどとは考えにくい。それよりは、神自身が面白半分に雷《いかづち》で罰を下したと考えるほうが、むしろ現実的だ。わたしの経験では、神にはそういった気まぐれなところがある。けれども、ここでこんなことを話しても仕方がない。わたしは何かを見落としている。どこかにあるはずのつながりを見つけることができない。それは暑さのせいかもしれない。でなかったら、阿片のせいかもしれないし、ミセス・テビットの手料理のせいかもしれない。が、原因が何にせよ、わたしの頭がいつものように働いていないのはたしかだ。

「あらゆる可能性を考えに入れておかなきゃならないってことだよ」わたしは言った。

玄関口に戻ると、ディグビーが自動車の運転手を呼びにいっているあいだに、わたしはバネルジーを探しにいった。この時間、外の暑さはすさまじく、バネルジーはジャカランダの木の下のベンチに紫色の花を手に持ってすわっていた。思案にふけっていたらしく、わたしが声をかけると、びっくりして花を落とし、それから立ちあがって、急ぎ足でこっちに向かってきた。

「遊んでちゃいけないと言っておいたはずだぞ」

「申しわけありません、ただちょっと……」

わたしは芝地を横切って、建物のほうへ歩きはじめた。玄関の前では、車がエンジンをかけて待機し、ディグビーが後部座席にすわってこちらを見ている。

「何か見つかったのか」

「ええ、おそらく」バネルジーは小走りにわたしのあとを追いながら答えた。「ここの使用人と煙草を喫いながら話をしていたんです。なんでも、一昨日《おととい》の夜ここにいたそうです」

「バカンがパーティーを開いた夜ということだな」

「そうです。バカンが主催するパーティーのなかでは、どうやら静かな部類に入るものだったようです。いつもは午前二時か三時まで続くのに、あのときは十二時までに終わったそうです」

「その使用人はマコーリーが帰るのを見たと言ったんだな」

「そのとおりです。十一時ごろだったそうです。ここからが興味深いところなんですが、マコーリーは帰るまえに、バカンとふたりで別の部屋に入り、十五分ほどそこにいたというのです。その部屋から出てきたとき、バカンは真っ赤な顔をしていて、マコーリーは誰とも口をきかずに帰っていった。そのあとバカンはどこかに電話をかけたそうです」

「その使用人はふたりの会話を聞いていたのか」

「残念ながら、聞いていません。ドアが閉まっていたし、聞くつもりもなかったとのことでした」

「バカンがかけた電話は？」

「それも聞いていません」

　それは残念だが、バネルジーが見つけだしたことはひじょうに興味深い。バカンがマコーリーと交わした最後の会話についてひとことも触れなかったのは、どう考えてもおかしい。

「もうひとつ頼みたいことがある、部長刑事」

「なんでしょう」

「もうしばらく、ここにいていてほしいんだ。その夜のパーティーのあと、バカンが外に出ていなかったどうか訊いてまわってくれ。さっきの男だけでなく、ほかの者からも。特に受付の男から。それから、バカンの電話を誰かが取りついでいないかどうか調べてくれ。誰に電話をかけたのかを知りたいんだ」

　バネルジーはうなずいて、振り向き、また小走りで後戻りしはじめた。わたしは車に乗りこんだ。

　ディグビーが訊いた。「サレンダーノットが何かつかんだんですか」

　わたしは話して聞かせた。マコーリーが十一時ごろにここを出たこと、そして、そのまえにバカンとふたりで話をしていたこと。

「したがって、現時点では、バカンが生きているマコーリーを最後に見た人物ということになる」

9

エスプラネード通りの交通は完全に麻痺していた。荷車が引っくりかえり、積んでいた野菜があたり一面に散らばって道路をふさいでいたのだ。バスや自動車は立ち往生し、運転手はクラクションを虚しく鳴らしている。大勢の野次馬が集まってきて、混乱の現場を愉快そうに見つめている。荷主がよそ見をしている隙に、数人の浮浪児がカリフラワーを盗んでいく。人力車でさえも前に進めないので、客は路上におりて歩きだしている。車夫はみな諦め顔で、その点ではわたしよりずっと達観しているように見える。

マコーリーの死体が見つかってから三十時間以上たっているというのに、これまでに見つかったのはいくつもの疑問だけだ。たとえば、バカンは夜遅くマコーリーと話をしていたことをなぜ伏せていたのかとか。それが最新のもので、ほかには……なぜ副総督はマコーリーが殺されたことを早くから知っていたのか。なぜ副総督は犯行現場の検証作業をH機関に委ねるように命じたのか。デーヴィーという娼婦はわれわれに何を隠しているのか。そこに今回さらに新しい問題が加わった。強盗団が列車を襲って、保安員を殺したのに、何も盗まなかったのは、なぜなのか。考えれば考えるほど、わけがわからなくなってくる。

いらいらして、思わず車の座席を殴ってしまった。このところ、こらえ性《しょう》がなくなったと思うことが多い。塹壕でドイツの砲撃を耐え忍んできた数年間で、自制心というものを使いきってしまったのかもしれない。幸いなことに、このときふとあることを思いついた。それで、さっきバネルジーから受けとった住所のメモを取りだした。

そして、ディグビーに訊いた。「プリンセップ通りはどのあたりにあるかわかるか」

「ここからそんなに遠くありません。ベンティンク通りのすぐ先です」

ディグビーに先に署に戻っていてくれと言い、車から降りて、向かったのはマコーリーの自宅だった。エスプラネード通りをしばらく行ったところで左に曲がって、ベンティンク通りに入ると、そこにはカルカッタの街の基礎をかたちづくった古い商館が立ち並んでいた。右側のチョーロンギー広場の一角には、スティツマン社の優美に弧を描く柱廊玄関《ポルチコ》がある。そのすぐ手前まで来たとき、驚いたことに、アニーがそこの回転ドアから出てきた。何か考えごとをしているらしく、わたしには気づかずに、そのままライターズ館のほうに向かって足早に歩いていった。

早合点は禁物だ。アニーがスティツマン社を訪れる理由はいくらでもある。それでも、その用件がマコーリーの殺人事件となんらかのかたちで関係しているのではないかという疑念を払拭《ふっしょく》することはできない。ステイツマン紙は驚くほど早い時点で事件を把握し、驚くほど正確な記事を掲載した。被害者の秘書以上に役に立つ情報源はない。だが、本人に問いただすのはどうかと思う。そんなことをして何になるというのか。新聞社に情報を売ったことを責めるのか。事実がどうであれ、アニーはそれを否定するだろうし、こちらとしても証明するすべはない。そもそも新聞社を訪ねて話をすることは犯罪でもなんでもない。ローラット法がどの範囲まで適用されるのかは定かでないが。少なくともわたしはそう理解している。それに、そんなことを言ったら、わたしがアニーを尾行していたと思われるかもしれない。いずれにせよ、この先アニーとの距離をもっと縮めるチャンスが消えてなくなるのはたしかだ。それで、わたしはそのままプリンセップ通りへ向かうことにした。

マコーリーの住まいは公園の向かい側の地味な共同住宅のなかにあった。玄関口には不愛想な門番が立っていて、四階に行くようにとわたしに告げた。階段の吹き抜けからは、家がそれなりに手入れされていることを示す臭いが漂ってくる。カルカッタではお馴染《なじ》みの消毒剤の臭いだ。七号室をノックすると、こざっぱりした身なりのインド人がドアをあけた。怪訝《けげん》そうな目でわたしを見つめている。

「何かご用でしょうか」

「きみはミスター・マコーリーに仕えていたんだね」

男はゆっくりとうなずいた。

わたしは名前を告げ、亡くなった雇い主について訊きたいことがあると言った。男はおやっという顔をした。

「警察の方には昨日お話ししましたが」

「わかっている。もう少し訊きたいことがあるんだ」

男はうなずくと、薄暗い廊下を抜け、飾り気のない部屋にわたしを案内した。擦り切れた布のソファー、数脚の椅子、ダイニング・テーブル。殺風景な窓外の景色。自宅ではなく、ほかで過ごす時間のほうがずっと多い住人の部屋だ。テーブルの上には、赤いリボンで束ねられたファイルが積みあげられている。

「お茶はいかがですか、サーヒブ」

わたしは断わって、椅子に腰かけ、男にソファーを勧めた。

「名前は？」

「サンデシュです」

「ここで働きだして何年くらいになるんだね」

少し間があった。「かれこれ十五年になると思います。この部屋に越してこられるまえからお仕えしています」

「雇用されることになったいきさつは？」

「あの……雇用という意味がわからないんですが」

「どうしてここで働くようになったかと訊いたんだ」

「わたしのまえにご主人さまに仕えていた者から紹介してもらったんです」

「マコーリーはいいご主人さまだったかい」

サンデシュは微笑んだ。「ええ、そりゃもう。分けへだてをしない立派な方でした。わたしにもほかの使用人にもきちんと接してくださいました」

「ほかの使用人というと？」

「賄《まかな》い婦とメイドです」

「いまここにいるのかい」

「いいえ。メイドは週三回ここに通っています。賄い婦はいつもお昼までいます。昨日、わたしのほうから、もう来なくていいと伝えました。料理をつくっても、食べる者がいませんから」

「一人暮らしだったということだね」

サンデシュはうなずいた。「そうです。ずっとおひとりです。わたしは住みこみなので、キッチンの奥の部屋に寝泊まりしていました」

「カルカッタに家族は？」

サンデシュは首を振った。「いません。カルカッタにも、ほかの場所にも。二年前までは甥《おい》ごさんがいらしたんですが、先の戦争でお亡くなりになりました。ご主人さまはとても悲しんでいらっしゃいました。お子さんがいないので、ご自身がお亡くなりになると、血脈《イシュー》は絶えてしまいます」

「血脈？」

サンデシュは困ったような顔をした。「血脈というのは正しい英語じゃないんですか」

たしかに意味はあっている。カルカッタに来てわかりかけてきたのは、完璧な言葉遣いのバネルジーは別にして、多くのインド人はヴィクトリア朝時代の英語をところどころに交えて話すということだ。

「友人は？」わたしは訊いた。「来客は多かったか」

「いいえ。お客さまはめったに来ませんでした」

「女性は？　特定の女友達とかは？」

サンデシュはぎこちなく笑った。「女性のお客さまがいらしたことは一度もありません。唯一の例外は秘書のミス・グラントだけです。ときどき仕事でいらしてました」テーブルの上のファイルを指さして、「ゆうべもお見えになって、ファイルを一冊お持ちかえりになりました」

「それはどんなファイルだったかわかるかい」

「申しわけありません。ちょっとそこまでは……」

興味深い。思いがけないことに、アニー・グラントがふたたび表舞台に登場してきた。もちろん、単なる偶然かもしれない。だが、偶然がふたつも重なると、それを信じるのはむずかしくなる。前回アニーと会ったとき、マコーリーの自宅へ行ったという話は出なかった。いったいなんの用があったのか。

「マコーリーは誰かの恨みを買っていなかっただろうか」

「ご主人さまは立派な方でした。悪く言う者はひとりもいなかったはずです」

「じゃ、マコーリーに嫌われていた者は？」

また一瞬の間があった。「ミスター・スティーヴンズ。職場でご主人さまの次にえらい方です。食わせ者だとよくおっしゃっていました。何かたくらんでいるんじゃないかと思っておられたようです。ご主人さまが副総督の覚えよろしきを得ていることを妬んでいるともおっしゃっていました」

「このところマコーリーの様子に変わったところは見られなかったかい」

サンデシュは答えず、首の後ろを掻きはじめた。

「ご主人さまのことを悪く言いたくはありません」

わたしは言い方を変えることにした。強く出たほうが功を奏すことは多い。「マコーリーは殺されたんだぞ。これは警察の事情聴取なんだ。質問に答えたまえ」

サンデシュはたじろぎ、ゆっくりと話しはじめた。

「数ヵ月前から、どことなく様子が変でした。深夜に出かけて、いつ戻ってくるかわかりませんでした。お酒の量も変わりました。最初のうちはそうでもありませんでしたが、このところはいつも浴びるように飲んでいました」

「そんなふうになった理由について、何か思いあたることは？」

サンデシュは首を振った。「残念ながら、ありません」

「マコーリーと最後に顔をあわせたのは？」

少し間があった。「火曜日の夜。ベンガル・クラブに行くまえです」

「何時ごろ帰宅するか言っていなかったか」

「いいえ。何か用があるとき以外、帰りの時間をおっしゃることはありませんでした」

「その日の夜、コッシポールに行く予定があるという話はしなかったか」

「いいえ、そのようなことは一言もおっしゃっていません」

こんなふうにきっぱり否定されると、かえって引っかかる。

「そこにはまえにも何度か行ったことがあるんだろうか」

その顔に警戒の色が戻ってきた。心の奥でシャッターがおりたみたいだった。「存じあげません。このたびのことは、昨日いらした白人の刑事さんに全部話してあります」

白人の刑事？　さっき戸口で、話をしたと言った〝警察の方〟とは、訃報を伝えにきた地元の巡査だと思っていた。わたしはそのような指示を出していないし、タガート卿以外にそんなことができる者もいない。

「その刑事の名前は？」

「聞いていません」

「どんな外見だった」

「あなたとよく似ていました。背丈も、髪の色も。制服も同じです。ちがうのは口ひげをたくわえていたことくらいですかね」

ディグビーだろうか。可能性はある。似ていると言われたことはないが、インド人の目には同じように見えるかもしれない。

「どんなことを訊かれたんだ」

サンデシュはためらいがちに答えた。「主として、コッシポールのことについてです。何度も訊かれたんですが、わたしは何も知らないとしか言いませんでした。それで、ようやく納得してもらえたんです。そのあと、しばらくファイルを調べていました」ふたたびテーブルの上に手をやって、「それから、私的な書類も」

「それはどこにあるんだね」

「書斎です」

案内された部屋は、窓がなく、広さはウォークイン・クローゼットとさほど変わらない。そのスペースの大半を木の机と書棚が占めている。机の上にはファイルや書類が散らばっている。

「刑事さんがごらんになったあと、片づける時間がありませんでしたので……」

わたしは机の上の書類にざっと目を通した。ほとんどが仕事がらみのもので、土地取引や税務問題についての陳情の類だ。陳情者の名前のなかに心当たりのあるものはない。机の後ろの書棚には、黄褐色のファイルが並んでいて、そのすべてに〝バカン〟というタイトルが入っている。

そのうちの一冊を取りだして、なかを見てみた。主としてジェームズ・バカンからの手紙で、もっとも古いものには一九一五年の日付けが入っている。タイプされているものもあれば、手書きのものもある。あとは黒いカーボン紙で複写されたマコーリーの返信だ。いずれも仕事がらみのもので、バカンのジュート工場で起きたストライキや、東ベンガルのプランテーションから天然ゴムを船で運搬する際に生じる問題などについて記されている。いずれも犯罪性があるものではない。それにしても、自分はいったい何を見つけだそうとしているのか。

「その刑事はファイルを持っていったんだな」

サンデシュはうなずいた。「はい。その棚から三冊抜きとって、持っていきました」

「それにも〝バカン〟と記されていたんだな」

「わかりません。持っていった刑事さんにお訊きになったらいかがです」

そうしたいのはやまやまだが、どの刑事に訊けばいいかわからない。

「事件に関係のあるファイルを全部持っていったかどうか確認したいんだ」わたしはその場しのぎの嘘をついた。「その刑事はファイルを丁寧に調べていたか」

「いいえ。なかを開くこともありませんでした。ほかのファイルには丁寧に目を通していました。ダイニング・テーブルの上のファイルも見ていました。寝室まで調べていました。でも、ほかのファイルや書類は持ちかえっていません」

「それはミス・グラントが来るまえのことか」

「いいえ。あとです。午後八時過ぎです。ミス・グラントがここに来たのは六時ごろです」

事実関係を整理しなければならない。わたしがアニー・グラントに会ったときには、マコーリーの自宅に行くという話は出なかった。話が終わったのは午後五時ごろのことで、その一時間後、アニーはここに来て、一冊のファイルを持っていった。必要なのが政府関係の書類だったとしたら、どうしてテーブルの上のファイルを全部持っていかなかったのか。どうして一冊だけだったのか。

その二時間後、白人の刑事がやってきて、コッシポールのことを訊き、部屋にあったファイルに目を通した。そして、書棚から三冊のファイルを抜きとって持ちかえった。書棚に残っていたファイルには、そのすべてにジェームズ・バカンと交わした書状が入っていた。寝室も調べたということは、探しているものがすべて見つかったわけではないということだろう。もしかしたら、それはアニーが持っていったファイルかもしれない。すべては推測にすぎないが、これでもう一度アニーと会って話をする口実ができた。不謹慎かもしれないが、そう思うと嬉しい。

だが、いまはほかにしなければならないことがある。

「寝室を見せてくれないか」

寝室には、衣服が詰めこまれた箱や私物が散らばり、生活臭がぷんぷん漂っていた。マコーリーという人物の痕跡が残っているのは、この部屋だけだ。ドレッサーの上に、女性といっしょに撮った額入りの写真があった。マコーリーの財布のなかに入っていた写真の女性だ。

「この荷物はどうするつもりだね」

サンデシュは肩をすくめた。「わかりません。とりあえず箱に詰めているだけです」

ふいに憂鬱《ゆううつ》な気分になった。阿片のせいでいまも気分がうつろいがちなのはたしかだが、これはそのせいではない。わたしは写真を手に持ち、ベッドに腰かけて見つめた。

二日前、マコーリーはベンガルで最重要人物のひとりだった。尊敬され、同時に恐れられていた。いまその記憶は早くも半分ぐらい消えかかっている。マコーリーが五十年余りの人生で残したすべてのものが、昨日の新聞紙にくるまれ、箱にしまいこまれて、忘れ去られようとしている。

そんなふうに考えると、つらくなる。そもそもひとは死んで何を残せるというのか。ごく一部の者は、銅像や石像になり、歴史の一ページに業績を刻まれて、永遠にその名を残すかもしれない。だが、それ以外の者は、愛するひとの頭のなかにある記憶や、セピア色の写真や、せっせとためこんだ、ささやかな所持品以外、どこにその痕跡が残るというのか。サラはどうか。その知性はわたしの理解の範囲を超えているし、その美しさは写真ではとらえることができない。が、それでも、サラはわたしの記憶のなかで生きている。わたしが死んだら、誰がわたしのことを記憶にとどめてくれるだろう。マコーリーの死はとても他人事とは思えない。

「全部、箱に詰めてくれ」と、わたしは言った。「書斎のファイルも。あとで巡査に取りにこさせる。手がかりになるものが見つかるかもしれない」

おかしな話だ。自分でも何をやっているのかわからない。たとえ手がかりになりそうなものがあったとしても、それは昨夜ここに来た白人の男が持っていったにちがいない。実際のところ、ここには確保しなければならない証拠物など何もない。としたら、わたしがいまやろうとしていることは、いったい何なのか。死んだ男の遺品を守ることか。少なくとも生きているときは一度も会ったことのない男のために。それはどうしてなのか。故人の過去が自分の人生と重なるからか。それはちがう。ひとが生きてきた証しをそう簡単に消させるわけにはいかないからだ。死者には敬意を払わなければならない。そのためにも犯人を見つけださなければならない。

サンデシュのあとについて廊下を歩きながら、わたしは礼を言った。

「きみはこれで雇い主を失ったことになるわけだが、これからどうするつもりだい」

「さあ。運がよければ、新しい仕事につけるかもしれません。でなかったら、故郷に戻ることになるでしょうね」サンデシュは弱々しく笑い、指を上に向けた。「神のおぼしめし次第です」

10

ラル・バザールに戻ると、机の上にまたダニエルズのメモが残っていた。おそらく、タガート卿が捜査の進捗《しんちょく》状況を知りたがっているのだろう。新たに報告できることはいくらもないし、そんなに急がなければならないとも思えない。これまでの経験からいって、こういう場合には知らん顔をして、食事にでも行ったほうがいい。だが、問題はどこに食事をとりにいけばいいかだ。ここはロンドンではない。ここは熱帯であり、イギリス人はサンドイッチの選び方を間違えただけで赤痢《せきり》になる。店選びは生死にかかわる問題になりかねない。

ふと思いたって受話器を取り、ライターズ館のアニー・グラントに電話をつないでもらった。呼び出し音が三度鳴って、電話がつながった。

「ミス・グラント？」

「ウィンダム警部？　ご用件は？」何かほかのことに気を取られているような口調だった。

「昼食をごいっしょできればどうかと思って。さしつかえなければ」

　食事に誘っているのは事情聴取のための口実だと、わたしは自分に言い聞かせたが、それはよくて半分しか事実ではない。胃がきりきりとさしこみはじめる。ばかばかしい。三年にわたって爆撃や砲撃や機銃掃射に耐えてきたというのに、女性を食事に誘うだけで、こんなにおたおたしているなんて。一瞬、電話口に沈黙が垂れこめる。わたしは息を呑んだ。自分がいやになってくる。

「さしつかえはないんですが、警部、マコーリーの件でしたら、昨日お話しした以上のことは何も知らないので……」

「すみません。言葉足らずでした。ただ昼食をごいっしょにと思っただけなんです。ぼくはこのあたりのことをよく知らないので、きみの知っている店で。ええ。都合がつけばでいい。もちろんぼくのおごりで……」

どうしてこんなにしどろもどろにならなければならないのか。

　だが、それで声が明るくなった。「そういうことでしたら喜んで、警部さん。十五分後、ライターズ館の前でいいかしら」

　十五分後、ライターズ館の前で広場を見ていたとき、後ろから肩を叩かれた。

「ウィンダム警部」アニーはにこっと微笑んだ。

「サムと呼んでくれないか」

「だったら、サム」アニーはわたしの腕を取って、建物の前の階段をおりはじめた。「カルカッタの美食ッアーの開始よ」

〝ツアー〟という言葉にまた嬉しくなった。ツアーというからには、一回きりではないということだ。

「パーク通りにレッド・エレファントという新しいお店があるんだけど、どうかしら。とても流行《はや》っているんですって。連れていってくれるひとがいればいいなとずっと思っていたの」

聞いたことのない店だが、かまわない。アニーが薦《すす》める店でなら、なんでも食べる。たとえテビット夫人の手料理でも。

「行きましょう」

わたしが勢いこんで言ったせいか、アニーはピクニックに行こうとしている女学生のように笑った。その笑いがわたしに向けられたものなのかどうかはわからないが、そんなことはどうでもいい。わたしは奇妙な誇らしさを感じた。アニーはわたしの手をつかむと、通りに出て、通りかかった二輪馬車に声をかけた。そのあいだ、わたしは女性と手をつないでいることに不思議な感覚をずっと抱きつづけていた。

馬車は歩道わきにとまった。御者は筋肉と腱《けん》と皮だけの痩せた男で、肌の色はベンガルの陽に焼かれて真っ黒になっている。わたしはアニーを席につかせ、それから自分も馬車に乗りこんだ。

「パーク通りへ」アニーは言った。

御者は手綱《たづな》を緩め、馬車は往来の流れに乗って、エスプラネードの方向へ走りはじめた。ダルハウジー広場周辺の混雑した通りを避け、メイヨー通りから瀟洒な街並みが広がるパーク通りに出る。

レッド・エレファントは人目につきにくい四階建ての大きな建物の一階にあった。外からだと店内の様子はよくわからない。曇りガラスの窓に、重厚な木のドア。その前には、例によって例のごとく大柄なシク教徒の門番が立っている。カルカッタのシク教徒のふたりにひとりは門番ではないかと思ってしまう。理由は簡単だ。シク教徒は普通のベンガル人よりずっと体格がいい。カルカッタにドアがあるかぎり、シク教徒が仕事にあぶれることはないだろう。この店の門番は軽く会釈をして、われわれをなかに通した。

店内は暗く、いろいろなものが黒光りしていた。しゃれた葬儀場といった感じだ。黒い大理石の床、ミラーガラスの壁、漆黒《しっこく》のテーブル。片側にカウンターがあり、黒いスツールが並び、黒人のバーテンダーがいる。

「ずいぶん地味な店だね」わたしは言った。

アニーは笑った。「カルカッタでしばらく暮らしていると、暗いレストランほど高級店だってことがわかってくるはずよ」

それならレッド・エレファントは飛びきりの高級店にちがいない。

ややこしいことになりはじめたのは、小柄な白人の給仕長がどこからともなく姿を現わし、われわれの前に立ちはだかったときのことだ。身長は五フィート四インチぐらい。ふんぞりかえっていて、身の丈の割りに態度はでかい。

「予約はおとりでしょうか」医者が患者に梅毒にかかっているかどうかといきなり尋ねているような言い方だった。空いたテーブルの数を見れば、予約が必要かどうかはすぐにわかる。なのに、わたしが予約していないと答えると、給仕長はわざとらしく息を呑み、その身体と同じくらい小さな予約台帳を開いた。

「あいにくですが、満席になっております」今度は手術の要請を拒む外科医の口調だ。

「そんなに混んでいるようには見えないがね」わたしは言った。

給仕長は首を振った。「申しわけありませんが、早くても三時までは席をご用意することはできないんです」

「それまで、ひとつも空いていないのか」

「残念ながら」給仕長は言って、アニーのほうを向いた。「この通りの先にある店に行ったほうがいいんじゃありませんか」

ふいにアニーの表情が変わった。まるで給仕長に頬をひっぱたかれたみたいだった。

「行きましょ」アニーはわたしの腕を取った。「お店はほかにもあるわ」

「ちょっと待ってくれ」わたしは言い、それから給仕長のほうを向いた。「どこでもいいから席をつくってくれないか」

給仕長はまた首を振った。「お客さまはカルカッタに来てまだ日が浅いようですね」

みんな同じことを言う。まるでカルカッタは世界のほかのどこの都市ともちがっているというかのように。いい加減、聞き飽きた。

「だからどうだと言うんだ。わたしが別の惑星から来たとでも思っているのかね」

「お願い、サム。ここはこらえてちょうだい。わたしのために」

アニーと言い争うつもりはない。仕方がないから、わたしは給仕長を一睨みしただけで振り向き、アニーのあとに続いて戸口へ向かった。

そして、通りに出てから訊いた。「何がいけなかったんだろう」

アニーは答えず、さっさと歩きだした。わたしは女性の心理に通じているほうではないと思っているが、アニーがいまひどく気分を害していることくらいはわかる。

「だいじょうぶかい」

アニーはわたしのほうを向いて言った。「ええ。だいじょうぶよ」

「本当のことを言ってくれないか」

ためらいがあった。

「本当にだいじょうぶよ。はじめてのことじゃないし」

　何が言いたいのかまだわからない。「はじめてのことじゃないって何が？」

「何もわかってないのね、サム」アニーはわたしを見て、ため息をついた。「席を用意してもらえなかったのは、わたしがその場にふさわしい客と見なされなかったからよ。イギリス人の女性だったら、なんの問題も起きなかったはず」

　わたしは猛烈な憤《いきどお》りを感じた。「馬鹿げている。インド人の血が入っているからなんて、おかしいじゃないか」

　カルカッタに来てまだ日が浅く、わかっていないことは多いが、さすがにこれはひどいとしか言いようがない。あまりにも理不尽すぎる。わたしは店に戻るために振り向いた。何をどうするつもりかわかっていたわけではないが、わたしは警察官であり、その立場をいろいろなかたちで利用できることはつとに学んでいる。

「お願い、サム。やめてちょうだい」アニーはわたしの腕をつかんだ。目にはうっすらと涙のようなものが浮かんでいる。

　わたしは矛《ほこ》をおさめた。「わかったよ。でも、何か食べないとね」

　アニーはちょっと考え、急に明るい顔になった。「この近くに、いい感じのお店があるの。高級感はあんまりないけれど」

　アニーが楽しく過ごせるなら、それに越したことはない。アニーは人力車を呼びとめた。

　着いたのは、古い小さな建物の前だった。店の入口は通りに面していて、二階に〝グラモーガン亭〟と記された看板がかかっている。店内はこみあっていて、白いシャツ姿の給仕が、四角い小さなテーブルのあいだを忙しげに行き来している。席は中二階にもある。

内装は地味だ。白い漆喰壁、格子柄のテーブルクロス。天井では何台もの扇風機が回っている。
わたしが人力車の車夫に金を払っているあいだに、アニーはレストランに入っていった。すぐに店の奥から男が出てきて、古い友人のように挨拶した。染みだらけのエプロン、でっぷりと太った身体、カイゼルひげ。肌の色からしてイギリス人とインド人の混血だろう。

「いらっしゃい、ミス・グラント。ご無沙汰《ぶさた》だったので、どうしてるんだろうと思ってたんですよ」

「こんにちは、アルバート」アニーは男の手を取り、わたしのためだけに取っておいてほしい微笑を浮かべた。「こちらは友人のウィンダム警部。こっちにいらしたばかりなので、カルカッタ一のレストランにお誘いしたのよ」

「それはどうも、ミス・グラント」アルバートは言って、わたしの手を強く握った。「お目にかかれて光栄です」

「カルカッタでアルバートを知らない者はいないわ」アニーは言って、その肩を軽く叩いた。「この場所で、四十年近く一家でお店をやってるのよ」

アルバートは大きな笑みを浮かべ、それから老朽化《ろうきゅうか》した狭い階段をあがっていった。中二階の席はいくらもなかった。われわれは下の階が見渡せる席に案内された。

「大事なお客さまのために取ってある特等席です」

アルバートはいったん階段をおり、よれよれのメニューを持ってすぐに戻ってきた。下からは、食事客の賑《にぎ》やかな話し声が聞こえてくる。わたしはメニューに目を通したが、そこに記されているのは、料理名というより、どこかの国の聖典につづられた呪文のように思えた。

「きみに二人分まとめて注文してもらったほうがよさそうだ」

アニーはにっこり笑って、近くに控えていた給仕を呼び、料理を注文した。給仕はうなずき、階段をおりていった。

「グラモーガン亭――レストランにしては変わった名前だね」

「それにはちょっとこみいった事情があるの。アルバートの話だと、おじいさんのハロルドがウェールズ人で、グラモーガンの出身なのよ。クリッパー船の水夫としてカルカッタに来たはいいけど、出港の夜、正体がなくなるくらい酔っぱらってしまって、結局、波止場に戻れず、置いていかれてしまったんですって。最初のうちは、別の船を見つけて、水夫として雇ってもらえばいいと思っていたらしいわ。故国《くに》には奥さんも子供さんもいる。でも、モンスーンの季節が近づきつつあったので、ほとんどの船は出港をとりやめていて、たまに危険をおかして荒れた海を渡る船があっても、みなハロルドの酒癖の悪さを知っていたので、誰も雇ってくれなかった。諦めて、カルカッタで数カ月過ごしてから帰国するしかない。でも、運命はしばしばいたずらをする。ある日、ベンガル人の踊り子と出会い、すっかり心を奪われてしまったの。それで、ウェールズで待っている家族のことも忘れ、結婚を申しこんだ。文《もん》無しのくせにと思うかもしれないけど、そこはなんとかなったらしく、ふたりはめでたく結婚した。これは余談だけど、結婚式は教会じゃなくて、ヒンドゥー教の儀式にのっとって行なわれたそうよ。その結果、もう船には乗らず、残りの人生をずっとカルカッタで過ごすことになった。幸いなことに、料理の腕には自信があった。それで、なんとかお金を掻き集めて、お店を開き、故郷の名前をつけたってわけ。そのおかげで、わたしたちはいまもここで最高のアングロ・インディアン料理を味わうことができる」

「ラブ・ストーリーってわけか。いい話じゃないか。ぼくの目には、イギリス人とインド人が角《つの》を突きあわせているところばかり映っていた」

アニーは微笑んだ。「ふたつの民族がうまくやっていた時期もあったのよ。イギリス人が現地の服を着たり、土地の風習に従ったり。それに、インド人と結婚したり。もちろん、インド人にとっても、いいことはたくさんあった。イギリス人がもたらした新しい考えのおかげで、素晴らしい文化が花開いた。それがベンガル・ルネッサンスと呼ばれているものよ。この百年で、この地にはヨーロッパ全体の半分にいる以上の数の芸術家や詩人や哲学者や科学者が誕生した。少なくともベンガル人はそう思ってる。

とにかく、民主主義や実証主義といったイギリス人が誇る新しい考えは、インドにもたらされ、ベンガル人の心に深く刻みこまれた。でも、皮肉なことに、その後、政府は褐色の肌の人間がそういった考えを持つのはとても危険だと考えるようになった」

「どうしてそんなふうに変わってしまったんだろう」

アニーはため息をついた。「さあ。もしかしたら、セポイの乱のせいかもしれない。でなかったら、単に時代のせいかもしれない。よく言われるように、親しさは軽蔑《けいべつ》を生むものよ。ときどき思うんだけど、イギリス人とインド人って、長年連れそった夫婦のようなものじゃないかしら。永遠と思えるくらい長い時間いっしょにいるから、喧嘩もすれば、憎みあったりもする。でも、心の底ではおたがいに愛しあっている。あなたももう少しここにいたら、わかると思うわ。イギリス人とインド人は基本的には同類なのよ」

アニーが鋭い洞察力と知性の持ち主であるのは間違いない。美しくて、頭がいい。最強のコンビネーションだ。そのせいで、サラのことを思いださずにはいられない。

「それで、きみはどっちなんだい、アニー。イギリス人？ それともインド人？」

アニーは悲しげに微笑んだ。「インド人からはインド人と思われていなくて、イギリス人からはイギリス人と思われていない。としたら、自分がどっちなのかと考えたって仕方がない。だから、答えは〝どっちでもない〟よ。わたしは百年前にイギリス人とインド人の多くが普通に愛しあっていたころの産物なの。当時は、イギリス人がインド人と結婚しても、なんの問題も起きなかった。でも、いまのわたしたちはただの迷惑な存在にすぎない。わたしたちのような人間を見るたびに、自分たちがインド人よりも優れていると昔からずっと思っていたわけじゃないことを思い知らされるから。イギリス人がわたしたちのことをなんて呼んでいるか知ってる？　〝戸籍のないヨーロッパ人〟。それは公式の用語よ。なんとなくもったいぶった言い方だけど、実際のところそれが何を意味しているかははっきりしている。いちおうはヨーロッパ人だけど、ヨーロッパに故郷はない。要するに、インド人の血がわずかに流れているというだけで、わたしたちを何世代にもわたって余所者《よそ》扱いしているってことなの。

一方のインド人はわたしたちのことを嫌悪と憎しみの入りまじった目で見ている。あいつらは自分たちの文化や純潔性を捨てた。インド人の男たちは情けないことにそれをとめられなかったというわけよ。インド人にしてみれば、わたしたちはアウトカーストなの。文字どおりの意味で。言ってみれば、インド人の無能さの体現ってことになる。

最悪なのは偽善よ。イギリス人もインド人も、面と向かってだと愛想を振りまいているのに、心のなかでは嘲り、さげすんでいる。そう。ここは偽善者の土地なの。イギリス人は無分別な野蛮人に西洋文明の恩恵をもたらすためにここに来ていると言いながら、実際は金儲けしか頭にない。では、インド人はどうか。高等教育を受けたエリートはインド人のためにイギリスの圧政を撥《は》ねのけようと主張しているけど、何千万というインドの貧しい村人が何を必要としているかは知らないし、気にもしていない。本当はイギリス人にかわってインドの支配階級になりたいだけ」

「だったら、アングロ・インディアンは?」

アニーは笑った。「もっとひどいでしょうね。自分たちをイギリス人だと言って聞かせたり、あなたたちの真似をしてイギリスを〝母国〟と呼んだりしている。イギリスに行ったこともないくせに。行ったなかでいちばんイギリスに近い街といえば、せいぜいボンベイなのに。そのくせ、インド人に対しては、〝土人《ウォッグ》〟とか〝苦力《クーリー》〟とかという言葉を平気で使う。そうすることによって、自分たちはインド人じゃないということを証明しようとしているかのように。愛国心もとても強い。ご存じかしら。わたしたちのクリスチャンネームでいちばん多いのは、ヴィクトリアとアルバートよ。わたしたちほど大英帝国に忠誠を尽くそうとしている者はいない。なぜかわかる? イギリス人がここから去ってしまったら、自分たちの身に何が起こるかわからないからよ」

「この国には偽善者と嘘つきしかいないってことかい。少し厳しすぎるような気がするけど」

アルバートがデザートを持ってきた。アニーは大きな笑みを浮かべて、皿を置いたアルバートの腕に手をかけた。

「みんながみんなというわけじゃない。この店のキャラメル・カスタードはインドでいちばんおいしいというアルバートの言葉は、わたしの知るかぎり嘘じゃない」

料理を食べおえると、コーヒーを飲みながら話をした。アニーはわたしの家族について訊いた。わたしは誰もいないと答えた。事実だ。少なくも、嘘ではない。

このときまで、仕事の話をするのは慎重に避けてきた。だが、『マクベス』のバンクォーの幽霊のように、マコーリーの存在はテーブルの上に漂っていた。やはり、その話をさりげなく持ちだすしかなさそうだ。

「いまオフィスはどんな具合なんだい」

「上を下への大混乱よ。昨日ほどではないけど。マコーリーのサインが必要な未決の案件が多数あるので。だから、業務は滞《とどこお》りっぱなし。それでも昨日に比べたら、だいぶよくなってきている」

「後任はもう決まったのかい」

「正式にはまだ。でも、実質的には決まっている。スティーヴンズというひとよ。仕事の引き継ぎはあらかた終わっているし、わたしはすでに彼の秘書に任命されている」

「それは好都合だ。会って話を聞きたい。面会の約束を取ってもらえるかな」

アニーはうなずいた。「オフィスに戻ったら、すぐに話してみるけど、会えるのは少し先になるかも。なにしろ多忙をきわめているから」

「それはどんな感じの男なんだい」わたしはマコーリーの使用人の話を思いだしながら訊いた。

「スティーヴンズのこと？　いいひとよ。若手官僚のひとりで、インドの近代化を徹底的に押しすすめようとしている」

「マコーリーとはうまくいっていたのかい」

「あまり目をあわせようとしなかったとだけ言っておくわ。マコーリーにはマコーリーの流儀ってものがあったんでしょうね。スティーヴンズの進言にまったく耳を貸そうとしなかった」

「言い争ったりしたことは？」

「あったわ。ときどき」

「最近では？」

アニーは返事をためらった。

「頼む。なにも重大な秘密を暴露しようとしているわけじゃない。これは大事なことなんだ」

アニーはコーヒーを掻きまぜながら答えた。「先週の木曜日か金曜日のことよ。スティーヴンズがとつぜんオフィスに入ってきたの。わたしは隣の部屋にいたんだけど、ドアは少し開いていた。スティーヴンズはマコーリーが法律を遵守していないと非難していたわ」

「脅《おど》していたってことかい」

少し間があった。「そこまではいかないけど、あとで後悔するとかなんとかと言っていた」

興味深い。

「それに対して、マコーリーは？」

アニーは笑った。「そんなことでひるむひとじゃない。言われた分は言いかえしていたわ」

「どんな法律が絡んでいたんだろう」

「天然ゴムよ。ビルマからの輸入品にかかる関税のことじゃないかしら」

「輸入品にかかる関税？」

拍子抜けだ。マコーリーが直属の部下であるスティーヴンズに殺されたという可能性はまずない。公務員がどれほど熱意を持って仕事をしているのかは疑問の余地なきにしもあらずだが、その熱意がどんなに強かったとしても、天然ゴムの輸入関税をめぐって言い争ったことが殺害の動機になるとは思えない。

わたしは話題を変えた。「マコーリーはよく仕事を家に持ちかえっていたんだろうか」

「困ったことにしょっちゅう。仕事人間だったのよ」

その返事にはなんとなく引っかかるものがあった。

「困ったことに？」

「ときどき書類がなくなることがあったの。理由はわからない。文字どおり紛失したのかもしれないし、ちがうファイルに綴じこんだのかもしれない。マコーリーが家に持ちかえった可能性もある」

「マコーリーがいなくなって、業務に何かと差しさわりが出てきたわけだね」

「そうなの。さっきも言ったように、マコーリーは多くの事案を決裁しなきゃならなかった。彼のサインがなければ、局はまったく機能しなくなる。昨日はスティーヴンズがかわりにサインをしなきゃならなくなった書類が見つからなくて。それで、わたしはマコーリーの自宅まで書類を探しにいくことに……」

「書類は見つかったのかい」

「ええ、おかげさまで。見つからなかったら、大変なことになっていたわ。結局、スティーヴンズがその書類にサインをしたのは今朝のことで、決裁は一日遅れてしまったんだけど。そんなこんなで業務に支障はきたしているけど、だからといって、この世の終わりというわけでもない」

　これでアニーがマコーリーの自宅を訪ねた理由がわかった。疑惑は消え、わたしは心のなかで安堵のため息をついた。

「それで、捜査の進み具合は？」

　わたしはいつもどおり答えをはぐらかそうとした。本当なら、そうすべきだったのだろう。でも、美しい女性が相手だと、なかなかそういうわけにもいかなくなる。どうしても甘くなる。心のどこかで、相手をがっかりさせたくないと思っているのかもしれない。コーヒーを飲みほすと、わたしは本当のところを話した——調べれば調べるほど、わけがわからなくなってくる。誰もが何かを隠しているように思えてならない。

「わたしのことじゃないといいんだけど、サム」

「もちろん、ちがう」わたしはあわてて答えた。「何もかも包み隠さず話してくれるのはきみだけだよ」

11

ライターズ館の前でアニーと別れると、わたしは建物の影を伝いながらラル・バザールに戻った。

机の上には新たに三枚の黄色いメモ用紙が置いてあった。わたしの不在中、この部屋は郵便物の仕分け室の役目も果たしているようだ。一枚はまたダニエルズからで、伝えたいことがあるとのことだった。〝至急〟という文字が入っている。わたしはそれを丸めて、屑《くず》かごに捨てた。

次のはバネルジーからだった。ベンガル・クラブの使用人から聞いた話だと、マコーリーが殺害された夜、バカンは客が帰ったあとすぐベッドに入り、翌朝十時ごろ、朝食をとりに出てきたらしい。その夜、バカンが電話をかけた相手については、結局わからなかった。受付係からも話を聞いたが、何も知らないという答えがかえってきただけだったという。

三枚目はディグビーから。軍情報部が総監の要請を受けいれ、警察はふたたび犯行現場に立ち入ることを認められるようになったという。軍情報部は〝あらゆる支援をする用意がある〟らしい。しゃらくさい。顔をぶん殴っておいて、傷の手当を手伝おうと言っているようなものだ。

受話器を取り、ディグビーのオフィスに電話をかけた。誰も出ない。それで、ディグビーを探しにいこうとしたとき、バネルジーがドアをノックして、部屋に入ってきた。

「検死ですが、三時から始まることになっています。立ちあいますか」

わたしはうなずいた。

「ごいっしょさせていただいていいでしょうか」

帝国警察の死体安置所は、カレッジ通りのなかほどにある大学病院の地下に設けられている。概して死体安置所は地下にあるものだが、その理由は埋葬地に近いからということかもしれない。ほかにも共通点は多い。白いタイル張りの壁と床。自然光はまったく入ってこない。ホルムアルデヒドや吐き気をもよおすような肉の臭いがこもっている。

監察医はドクター・ラムと名乗る、五十代の痩せこけた男だった。肌の色は青白いというより、グレーがかっている。これまで解剖してきた死体に似てきたのかもしれない。ゴム長靴を履き、ゴム手袋をはめ、青いシャツに赤い斑《まだら》模様の蝶ネクタイといういでたちで、白いエプロンをつけている。遠くからだと、引退したサーカスの道化師のように見える。

手短に挨拶をすませたあと、われわれはすぐに検死室に向かった。室内には刺激臭が漂い、床は水に濡れている。部屋の中央に、大きな大理石の解剖台があり、その上に、血まみれのタキシードを着たままのマコーリーの死体が横たわっている。解剖台は片側に傾いていて、その先に排水溝がある。その横の台の上には、解剖用の道具が並んでいる。弓のこ、ドリル、中世ヨーロッパの暗黒時代の拷問具を連想させるナイフ。

部屋には、ふたりの男が先に来て待っていた。ひとりは警察の専属カメラマンで、箱型のカメラ、フラッシュ、三脚、感光版などを室内に持ちこんでいる。もうひとりはドクター・ラムの助手で、検死の所見を書きとるために来ている。これほど不気味な言葉を記録に残す役割を担っている者はほかにいないだろう。

「では、みなさん」ドクター・ラムは明るい口調で言った。「さっそく取りかかりましょう」

そして、マネキンに向かう仕立屋のように、マコーリーの服を大きなハサミで切りはじめた。そして、服を剥ぎとると、身長や髪の色や種々の身体的特徴を詳述し、助手に書きとらせていった。つづいて、外傷について。まずはえぐりとられた眼球から。そこからだんだん下にさがっていく。所見を述べながら、ところどころで指をさし、そのたびにカメラマンが近づいて写真を撮る。

「舌に小さな裂傷。口の周辺に打撲痕《だぼくこん》と変色。頸部《けいぶ》に切創。推測される凶器は、刃渡りの長い鋭利なナイフ。傷の長さは五インチ。始点は下顎角《かがくかく》の二インチ下。周囲組織に挫滅《ざめつ》なし。傷の方向は横やや下方。動脈が切断されている」

　次は胸だ。「刺創。幅三インチ。傷は肺まで達している模様。推測される凶器は、刃渡りの長いナイフ」

　次は手。「防御創なし」

　左側からが奇妙な声が聞こえたので、振りかえると、バネルジーが血の気の失せた顔をして、何やらマントラのようなものを小声で唱えていた。

「検死に立ちあうのははじめてか、部長刑事」

　バネルジーは決まり悪そうに笑った。「二度目です」

　気持ちはわかる。二度目が最悪なのだ。どんなに惨《むご》たらしい死体を見ても、最初は驚きのほうが先に来る。次に目に入るのがどんなものかもわかっていない。二度目はちがう。次に何が来るかわかっている。なのに、それに対する心の準備はまったくできていない。

「最初のときはどうだった」

「途中で抜けだしてしまいました」

　わたしはうなずいた。「情けないやつだ」

　バネルジーは赤面した。わたしには部下をからかう癖がある。わたしの辞書のなかでは、それは誉め言葉だ。

　ドクター・ラムは低いバリトンで鼻歌をうたいながら、死体を洗いはじめた。そのありさまは、生贄《いけにえ》の心臓を取りだすまえに、その身体を油で清めているインカの司祭のようにも見える。次にナイフを手に取り、喉から腹部まで切開する。出血量はごくわずかしかない。胸郭《きょうかく》を開くと、主要な臓器がむきだしになった。それをひとつずつ取りだしていく。わたしの隣で、バネルジーがもぞもぞしているのがわかる。ひとが自分を制御できなくなるとき、その原因はひとつではなく、たいていはふたつ以上ある。たとえば臭いと音とか。その相乗効果で、感情は限界に達する。バネルジーは手で口をおさえて振り向き、あわてて出口に向かった。
わたしも最初に検死に立ちあったときはさんざんだった。理由はうまく説明できない。実際のところ、解剖台の上の死体は調理前の食用の肉とどれほども変わらない。もしかしたら、人間が単なる肉塊に変わるのを見ているという行為に、精神が抗っていたということかもしれない。だが、人間はなんにでも慣れる。それは人間の強さのひとつでもある。ひととして当然の反応をするスイッチがいつしか切れてしまうのかもしれない。いや、もしかしたら、スイッチそのものが壊れてしまうのかもしれない。肉体を切り刻まれるのを三年間も見つづけていたら、誰でもそうなる。バネルジーの反応はむしろうらやましい。反応できる能力があるということだから。

　検死作業はなおも続いている。ドクター・ラムの仕事ぶりはてきぱきとしていて、無駄な動きは一切ない。歯科医が抜歯するのと同じくらい普通のことのように見える。わたしはその様子を見ながら、マコーリーが殺されたときの状況を頭に思い描いた。口のまわりに打撲痕があり、手には防御創がなかった。つまり、犯人は背後から襲いかかったということだ。不意打ちを食わせたのだろう。そして、おそらく叫び声をあげさせないために口をおさえたのだろう。それから、喉を切り裂いた。だから、現場には大量の血のあとが残っていた。

　だが、合点がいかないことがひとつある。この殺害が意図的なものであったのは間違いない。傷は深く、動脈と気管を切り裂いている。ほぼ即死だったのだろう。では、もうひとつの傷はなぜできたのか。どうして胸を突き刺さなければならなかったのか。マコーリーが一命をとりとめる可能性がないことは充分にわかっていたはずだ。どうしてわざわざ胸を刺したのか。

それと関連してわからないことはほかにもある。メモだ。マコーリーの口に丸めた紙切れが突っこまれていたのはなぜなのか。政治的な主張をすることが目的なら、紙切れはもっと目につきやすいところに置くはずだ。最初は、なくならないようにするために、丸めて口に入れたのだろうと思っていたが、いまはなんとも言えない。

いずれにせよ、これで用は足りた。ほかに気になることが出てきたら、あとで検死報告書を見ればいい。それで、検死室を出て、バネルジーを探しにいった。バネルジーは建物の前の階段にすわって、両手で頭を抱えていた。わたしはその横に腰をおろし、煙草を取りだして勧めた。バネルジーは嬉しそうな顔をし、震える手で一本取った。それからしばらくのあいだ、ふたりとも何も言わずに煙草をくゆらせていた。

「慣れるでしょうか」バネルジーが訊いた。

「ああ」

「ぼくには慣れる自信がありません」

「べつに悪いことじゃないさ」

わたしは煙草を喫いおわると、吸い殻を投げ捨てた。バネルジーはまだ立ちなおれていないようだ。それはよくない。しっかりしてもらわないと困る。こういうときは、仕事に戻すにかぎる。解決しなければならない殺人事件がふたつもあるのだ。ひとつは動機がわからないし、もうひとつは動機に疑いの余地はないが、それ以外のことは何もわかっていない。

「行こう、部長刑事。仕事に戻らなきゃならない」

12

「昨夜、マコーリーの自宅に行ったのか」

わたしの質問に、ディグビーは紅茶を吹きだしそうになった。「えっ？　どうしてわたしがそんなところに行かなきゃならないんです。どうしてそんなことを訊くんです」

そこはわたしの狭いオフィスだった。バネルジーも同席していた。気分はだいぶよくなったように見える。

「今朝、マコーリーの使用人から聞いたんだ。昨夜八時ごろ、白人の刑事が来て、マコーリーとコッシポールについて尋ね、書斎にあったファイルを持ちかえったらしい」

「その刑事の特徴は？」

「長身、ブロンド、口ひげ。だから、てっきりきみだと」

ディグビーは笑った。「警察官の約半分はそれにあてはまりますよ」

「総監が誰かに命じたという可能性は？」

「それはどうだか。あなたは総監の右腕なんです。そんなことをするとなったら、真っ先にあなたに相談するはずです」

たしかにそのとおりだ。でも、たしかめなければならない。そのとき、バネルジーが手をあげた。わたしとディグビーはそっちのほうを向いた。

「いちいち許可をとる必要はない。言いたいことがあるなら言えばいい」

「申しわけありません。少し疑問に思ったのですが、その使用人はなぜ刑事だと思ったんでしょう」

「制服を着ていたからじゃないか」

「お言葉をかえすようですが、軍にも警察のものとよく似た白い制服があります。見慣れていない者には、区別がつきにくいかもしれません」

「何が言いたいんだ、部長刑事」と、ディグビーが言う。

「そんなに深い意味はありません。やってきた男は警察ではなく、軍関係者だったのかもしれないと思っただけです。犯行現場の捜索は軍情報部が担当しているわけですし」

なかなか興味深い。少なくとも一考には値《あたい》する。

「その使用人からほかに聞きだせたことは？」ディグビーが訊いた。

「これといったものはない。このところ、マコーリーの様子が変だったということくらいだ。深夜、よく家を留守にすることがあったとか、控えていた酒を飲むようになったとか」

「敵がいたとかは？」

「使用人の話を聞くかぎり、聖人のような男だったらしい。ただ、補佐官のスティーヴンズとは反《そ》りがあわなかったようだ」

「その男から話を聞けるよう手配しましょうか」バネルジーが言った。

「それならすでにマコーリーの秘書に頼んである」わたしはさらりと言った。「それより、きみにやってほしいことがある。マコーリーの自宅に見張りを立てて、使用人以外の者は許可なしに出入りできないようにしてもらいたいんだ。使用人が家から何も持ちだしていないかどうかもチェックしたほうがいい」

バネルジーはわたしの指示を手帳に書きとめながら言った。「了解です」

「グン牧師の居所については？」

「わかったことはいくつかあります。ダムダム署の刑事の話だと、当地の聖アンドリュース教会の牧師をしているとのことです。でも、いまは町にいません。戻ってくるのは今週の土曜日の予定になっています」

また先のばしだ。グン牧師の件についてできることはいまのところ何もない。わたしはディグビーのほうを向いた。

「今夜の準備はできているか」

「ええ。約束の時間は九時です。八時ごろここを出ようと思っています。それまで時間はたっぷりあります」

「よかろう。だったら、それまでに副総督との面会の段取りを整え、そのあと例の娼婦から話を聞くことにしよう」

「ここに連れてきて、話を聞いたらどうです」ディグビーが言った。

わたしは腕時計に目をやった。「いや、あまり強圧的にならないほうがいい。わたしのほうから出向くつもりだ。きみにはほかに頼みたいことがある。軍情報部に知りあいはいないか」

ディグビーの顎の筋肉が一瞬こわばったのがわかった。

「います。テロリスト対策班の責任者です。ドーソンと言います。ずいぶん鼻っ柱の強い男でしてね。でも、どうしてです」

「マコーリー事件を担当しているのはその男か」

「おそらく」

「会う段取りを整えてくれ。早ければ早いほどいい」

「わかりました。でも、前もって言っておきますが、あまり協力的じゃないかもしれませんよ」

マコーリーの一件について、話しあわなければならないことはもう何もない。三人ともあきらかにいらだっている。事件を解決するには、発生から四十八時間以内が勝負だ。それ以降は、目撃者も証拠も勢いも、すべてが風のなかの煙草の煙のように消えていく。犯人の痕跡はそこでぷっつりと途絶えてしまう。今回は丸二日がたとうとしているのに、まだ何もつかめていない。なんとかして突破口を見つけなければならない。

ディグビーのおかかえ情報屋から耳寄りな話が聞ければいいのだが。

　次に取りあげなければならないのは、殺害された鉄道員についてだ。

「パルに関してわかったことは？」

「いくつかあります」バネルジーが答えて、手帳をめくった。「ハイレン・パル。二十歳、東ベンガル鉄道会社の従業員。鉄道員一家の出で、父親はダムダム・カントンメント駅で助役をしています。九年間、種々の鉄道業務をこなしてきて、最近は保安員として――」

「十一歳で鉄道員になったということか。ちょっと若すぎるような気がするが」

　バネルジーは気むずかしげな笑みを浮かべた。「ヨーロッパ人以外の出生記録なんて、基本的にはどうでもいいものなんです。実際の年はもう少し上だと思います。鉄道会社の書類に記された年齢が実際より若いというのは、よくあることです」

　ディグビーが笑った。「そういう連中なんですよ。見栄を張ってるんです。ここでは苦力《クーリー》でさえ年をごまかす」

　バネルジーはもじもじしながら言った。「お言葉ですが、見栄はあまり関係ないと思います。鉄道会社の規定では、五十八歳が定年になっています。インド人がもらえる年金はごくわずかで、それだけでは家族を養えません。書類上の年齢を偽るのは、家族のために数年でも多く働きたいからです」

「いい話を聞かせてもらったよ、部長刑事」ディグビーは言った。「でも、殺害された理由とはなんの関係もない」

「だったら、なぜ殺されたんだろう」

「簡単です。まえにも言ったとおり、犯人がドジだったというだけのことです。列車を襲ったはいいが、金庫には何も入っていなかったので、腹いせに保安員をぶん殴った。殺すつもりはなかったが、結果的にその保安員は死んでしまった。それで、泡を食って逃走した」

　バネルジーは首を振った。「でも、連中は一時間も列車内にいたんですよ。なぜそのあいだ乗客の金品を奪うとか、郵便袋を持っていくとかしなかったんでしょう。郵便袋には、金めのものが入っていたはずです」

「しっかりしろ、部長刑事」ディグビーが言う。「田舎のぼんくらどもに郵便袋の価値なんてわかるわけがないじゃないか」

　今回の事件は地元のごろつきの仕業とは思えない。理由のひとつは、犯行がきわめて計画的だったこと。もうひとつは、現場にタイヤ痕があったこと。あのような片田舎の住人にしてみれば、荷車を借りうけるのも簡単なことではない。自動車を用意するなんてことは到底考えられない。

「でも、計画は入念に練られていた」わたしは言った。「最初から列車に乗っていた男は、決められた場所と時間どおりに非常用の紐を引いた。だから、仲間たちはそこですぐに列車を襲うことができたんだ」

「だったら、なぜ保安員を殺したんです。なぜ何も盗らなかったんです」ディグビーが訊いた。

「わからない」

「もしかして、保安員を殺すために列車を襲ったのかもしれません」バネルジーは言った。

「それはどうかな。保安員を殺すためだけに、あそこまで大がかりなことをするとは思えない」

「だったら、なぜなんでしょうね」ディグビーが言う。

　わたしの頭のなかで、仮説がかたちをとりはじめた。

「乗客から何も奪わず、郵便袋にも手をつけなかったということは、別のものを探していたからかもしれない。それは列車内にあるはずだが、見つからないので、保安員を殴って、どこにあるか聞きだそうとした。でも、保安員は何も知らず、結局、殴られて死んでしまった。もしかしたら、次は車掌のパーキンスを締めあげるつもりだったのかもしれない。が、残念なことに時間切れになってしまった」

「どうしてそう思うんです」

「わからない。単なる推測だ。でも、犯行が入念に練られた計画にもとづくものであったのは間違いないと思う。犯人は列車の時刻表を入手していたにちがいない。覚えていると思うが、列車は一時間以上遅れていた。遅れていなかったら、襲撃はそれだけ早まっていたはずだ。その場合には、夜が明けるまでに二時間ほどある。暗いうちにやるべきことをやってしまおうというわけだ。陽がのぼる直前、別の列車とすれちがう十分前に、逃走したのは偶然ではなかった。運転士の話からすると、撤退の段取りも時間も前もって決められていたにちがいない」

「かりにそうだとしましょう。運まかせではなく、念入りに計画を立てていたとしましょう。だったら、どうして金庫が空だったことを知らなかったんでしょう。それは致命的なミスです」

　いい質問だ。答えることはできない。

「本当は金庫内に何か入っていたはずだったんじゃないでしょうか」バネルジーは言った。

　ディグビーは鼻で笑った。「いいだろう。連中は金庫のなかに何かが入っているはずだと思っていた。でも、実際は何も入っていなかった。だったら、なぜ郵便袋を持っていかなかったのか。少しでも知恵のある者なら、郵便袋に金めのものが入っていることぐらいわかるはずだ。おかしいじゃないか。切れ者ぞろいのギャング団が、入念に計画を立て、深夜に一時間遅れの列車を襲撃したが、探していたものはそこになく、乗客から金品を奪うこともなく、あげくのはては保安員を間違って殺してしまったというのか」それから、わたしのほうを向いて続けた。「考えすぎですよ、警部殿。でも、それはあなたの責任じゃありません。イギリスで手がけた事件の犯人は、みな利口だったんでしょう。信じてください。この事件はちょっとした思いつきでやって失敗したという、ただそれだけのものです」

たしかにそうかもしれないが、講義を受けるつもりはない。

「たしかめる方法がある」わたしは言った。「部長刑事、シアルダー駅に行って、駅長に会い、昨夜の列車の積荷の目録を見せてもらってくれ。列車に載せるはずだったのに、実際には載っていなかったものがなかったかどうか調べるんだ。それから、列車の出発が遅れた理由も知りたい」

バネルジーはうなずくと、わたしの指示を手帳に書きとめた。そのとき、電話が鳴った。受話器を取ると、交換手が出て、少し待たされたあと、ライターズ館のアニー・グラントにつながった。みぞおちのあたりで何かが跳ねる。わたしはアニーを待たせて、部屋にいたふたりのほうを向き、ディグビーにはドーソンとの面会の段取りを整え、バネルジーにはマコーリーの自宅に見張りをつけたあと、その足でシアルダー駅に行くよう命じた。

ディグビーとバネルジーが部屋を出てドアを閉めると、わたしは言った。「もしもし、ミス・グラント」

「ウィンダム警部、ご依頼のあったミスター・スティーヴンズとの面会の件ですが、取りこみ中でして、申しわけありませんが、今日はお会いできないとのことです」

いっしょに昼食をとったときの気さくさは、その口調から完全に消えていた。おそらく、部屋にはスティーヴンズがいるのだろう。すぐ後ろに立っているのかもしれない。

「明日は?」わたしは訊いた。

少し間があった。「一時なら空いているとのことです。それでよろしいでしょうか」

「だいじょうぶです。ありがとう、ミス・グラント」

「どういたしまして、ウィンダム警部」

いったん受話器を置き、すぐにまた取って、駐車場につないでもらい、車と運転手の手配を頼んだ。娼婦のデーヴィーに会うためにコッシポールまで行かなければならない。

胸にクロスベルトをかけ、帽子を手に取ったとき、ドアがとつぜん開いて、タガート卿の秘書ダニエルズが熊に追いかけられているかのような勢いで部屋に飛びこんできた。

「探していたんですよ、警部」

「火事か、ダニエルズ」

「えっ？　何を言ってるんです。メモを読まなかったんですか。タガート総監があなたのために副総督との会合を用意したんですよ」

「それはいい知らせだ。で、時間は？」

「十分前です」

13

副総督官邸――それは宮殿都市カルカッタ最大の建造物だ。建物の中心部から四方に広がる翼、円柱と上部の装飾、銀色に輝くドーム。見ているだけで圧倒される。息を呑む。そこまでいかなかった者も、正面玄関の前の階段をあがれば、かならずそうなる。

この建物の主《あるじ》はデリー以西の最重要人物だ。マハラジャ以上の権力を持っている。と同時に公僕でもある。

青白い顔をしたモーニングコート姿の男が、階段の上で待っていた。首にクラヴァットを巻いているということは、おそらく中から中の上あたりの役人だろう。名前は名乗らなかったが、そんなものはどうでもいい。聞いてもすぐに忘れる。

役人はわたしを政務の担当部局のある翼へ案内した。その途中には、かつてインド帝国の皇帝が侍臣を従えて着座していた〝玉座の間〟がある。首都がデリーへ移ったいま、その玉座に誰かがふたたび着くことがあるかどうかはわからない。あったとしても、イギリス王家の者ではないだろう。

ターバンを巻き、赤と金色の制服を着た従僕が、いくつもの両開きのドアを開いていく。しばらくいったところで、役人は言った。「閣下は〝青の間〟でお待ちです」

わたしは副総督の執務室の色まで知っているかのようにうなずいた。

〝青の間〟の広さは、ラル・バザールの総監室の倍はあるが、思っていたよりは狭かった。手漕ぎのボート・サイズの机の向こうで、ベンガル行政府の副総督ステュワート・キャンベル卿は手にペンを持って書類に目を通していた。その横には、もうひとりの役人がやはりモーニングコートとクラヴァット姿で立っている。わたしが部屋に入ると、副総督は役人に耳打ちされて、書類から顔をあげた。その顔は険しくはないが、厳めしく、しかつめらしい。権力をほしいままにし、下々《しもじも》を統《す》べることに慣れている面相だ。鷲鼻《わしばな》、しなびた頬、計算高そうな目。全体的には、どことなくいらだたしげで、部屋に漂っている不快な臭いに自分だけが気づいているといった感じがする。

「ウィンダム警部」奇妙に鼻にかかったアクセントだ。

「遅かったじゃないか」

わたしはぴかぴかに磨かれた床を横ぎり、机の前の椅子にすわった。

副総督の顔に意外そうな表情が浮かんだ。「てっきり部下といっしょだと思っていたが」

「所用で別の場所に行っていまして」

「まあいい。きみはカルカッタに来たばかりだな」それは質問ではなく、知っていることを述べただけのようだ。「今回のような事件には、ここに長くいる者のほうがいいとわたしは思っていたんだが、タガートがきみ以上の適任者はいないと言ってな。ここに来るまえはスコットランド・ヤードにいたらしいな」

返事を求められたわけではなさそうなので、わたしはやはり黙っていた。

「一昨日《おととい》の夜に起きた痛ましい事件のことは、総督の耳にも届いている。国家的な重大事件であり、犯人をすみやかに逮捕し、安寧《あんねい》秩序が乱されないようにとのことだ。わたしも助力を惜《お》しまないつもりでいる」

わたしは感謝の言葉を述べた。「さしつかえなければ、マコーリーのここでの役割りについて、いくつか質問をさせていただきたいのですが」

副総督は微笑んだ。「いいとも。マコーリーは必要欠くべからざる人物だった」そこで少し間を置き、言いなおした。「いや、もう少し正確に言おう。誰だって替えはきく。それでも、ベンガル行政府という機械のきわめて重要な一部だったのは間違いない」

「具体的にはどんな役割を担っていたんでしょう」

「表向きは財務局の長だが、実際の守備範囲は政策の立案から実行まで多岐にわたっていた」

「重責を担っていたということですね」

「そのとおり。それが常態になっていた」

「最近これまでとはちがった重圧を感じていたということはなかったでしょうか」

「ひとつ訊きたいことがある、警部。きみはドイツの捕虜収容所を見たことがあるかね」

何が言いたいのかよくわからない。「幸いなことにありません」

「それはなによりだ。わたしはそこの所長に会ったことがある。ドイツ人の多くは、番犬はシェパードがいちばんだと思っている。でも、その所長はちがった。番犬としてはロットワイラーのほうが優れていると考えていた。シェパードは信用できない。利口な犬であるのは間違いないが、性質がよすぎる。可愛《かわい》がられたら、誰にでもなつく。でも、ロットワイラーはちがう。性質はそんなによくない。主人にのみ忠実で、どんな命令にも従う。要するに、マコーリーは行政府のロットワイラーだったということだ。どのような重圧であれ、押しつぶされるようなことはなかった」

「そのせいかどうかわかりませんが、ずいぶん多くの敵をつくったようですね」

「それは間違いない。多くのインド人に恨まれていた。大地主から官吏に至るまで。でも、そういった連中の仕業ではない。きみは〝ボッドロロク〟という言葉を知ってるかね」

「いいえ」

「ベンガル語で〝文明化された者〟を意味する言葉だ。われわれの言葉で言うと〝紳士〟ということになる。インドの身分制度のなかでも上位に位置し、みな特権層として恵まれた暮らしをしている。みな満ち足りていて、現状に甘んじている。今回のような犯行に手を染めるようなことは間違ってもないはずだ」

「白人はどうです？　マコーリーに個人的な恨みを抱いていた者の仕業ということはないでしょうか」

血色の悪い唇に薄笑いが浮かんだ。「本気で言っているのかね。いまは広場で決闘をしていた一七五〇年代じゃない。気にいらない者を抹殺《まっさつ》することによって決着をつけるような時代じゃないんだ。いいや、そんなことがあるはずはない。これは間違いなくテロリストの仕業だ。マコーリーの身体の一部から見つかったメモがその証拠だ。そこが今回の事件でもっとも重要なところじゃないのかね」

「事件当夜、マコーリーがなぜコッシポールにいたか、お心当たりはありませんか」

副総督はなかば上の空で耳を掻いた。「まったくない。ヨーロッパ人が暗くなってからあんなところに行くなどということは考えられない」

「仕事で行ったんじゃないってことでしょうか」

副総督は肩をすくめた。「そんなことは知らん。可能性はある。でも、ごく少ない。いずれにせよ、その種のことはライターズ館にいる者に訊けばすぐにわかるはずだ」

「そうするつもりです。ですが、これはいささか微妙な問題をはらんでおりまして」

「どういうことだね」

「ご存じでしょうか。遺体は売春宿の裏で見つかったのです。偶然かもしれませんが、ただ、ただ……」

「ただ、なんだ？」

「いいえ、なんでもありません。独り言です」

「ならいい。わかっていると思うが、警部、テロリストの手にかかったのは、イギリスの顕官《けんかん》であって、道徳心の欠如した破《は》廉恥《れんち》漢《かん》ではない。推量でものを言うのは望ましいことじゃない」

顕官であることと道徳心が欠如していることは相容

れないわけではないと思うが、わたしはそのことを指摘するかわりに質問を変えることにした。「あなたは火曜日の夜ベンガル・クラブで催されたバカンのパーティーに出席されましたか」

「えっ？」

「あなたがバカンのパーティーに出席されたかどうか知りたいのです。事件当夜、マコーリーはそこからコッシポールへ向かったと思われます」

副総督は骨ばった指を組みあわせて、唇に当てた。

「いいや、出席していない。いくら産業界の大立て者とはいえ、われわれにはミスター・バカンの商売の手伝いをするよりもっと重要かつ急を要する仕事がいくつもある」

ドアをノックする音がして、別の役人が部屋に入ってきた。副総督は椅子から立ちあがった。「残念だが、時間切れだ。ハンフリーズに送らせよう」

わたしは時間を割いてもらったことに礼を言った。

「この一件はすべてに優先する、警部。一刻も早く解決するように」

ハンフリーズのあとから階段をおりながら、わたしは腕時計に目をやった。副総督の執務室に入ってから十五分。割いてもらえる時間はそのくらいだろう、とタガートは言っていた。それにしても、ぴったり十五分とは恐れいる。

外に出ると、煙草に火をつけ、聞いた話を頭のなかで整理した。マコーリーは忠誠心の塊のような男だったという。ロットワイラーであるらしい。だが、それはちょっとちがう。このロットワイラーの性質はそんなに悪くなかった。アニーの言ったとおりだとすれば、マコーリーは神を見つけた。少なくともそのように見えた。それが本当であるかどうかを知る人物はひとり。グン牧師に会って、話を聞かなければならない。

14

薪《まき》が燃える匂いを嗅ぐと、故郷を思いだす。身を切るように寒い冬の夜、暖炉からもうもうと立ちのぼる煙は鼻に満ち、喉を乾かし、吸いこんだ煤を洗い流すためにウィスキーが飲みたくなる。けれども、ベンガルの夜は月の光に照らされて明るく、暖かく、煙は煙突からではなく、直接かまどの火から出る。

ブラック・タウンは陽が落ちてから活気づく。ホワイト・タウンの大通りから人影が消え、白人がクラブに足を運ぶか、白い水漆喰を塗った高い塀の向こうへ帰っていくかするとき、ブラック・タウンの住民は通りへ繰りだし、チャイ屋に集まり、軒先で煙草を喫い、政治について議論する。少なくとも、男たちはそうする。

わたしとディグビーとバネルジーは、インド風の装いにサンダル履きで、黙ってバグバザールの近くの裏道を歩いていた。

ラル・バザールを出る直前には、バネルジーから悪い知らせがもたらされていた。昨夜のダージリン・メールの列車の積荷の目録が見つからないという。二通ある目録のうち、一通は車掌室にあったが、おそらくは襲撃者によって持ち去られた。もう一通はシアルダー駅に保管されているはずだが、どこを探しても見つからない。だが、目録が保管場所に届くまでに数日かかることも珍しくないので、駅長はそれがいまどこにあるかを調べると言っている。

ラル・バザールからグレイ通りまでの半マイルほどは、ディグビーが運転する車を使った。だが、ブラック・タウンでは通りを走る自動車の数はごく少なく、車で乗りつけると目立つので、そこから先は薄暗い道を歩いていくことにした。わたしとディグビーは、ラル・バザールでシク教徒の巡査にターバンを巻いてもらい、さらにその上からフードを目深《まぶか》にかぶっていた。白人の二人連れが夜こんなところを歩いていたら、車と同様の、あるいはそれ以上の注目を集めることになる。ふたりとも夜陰にまぎれるようにしてこそこそと歩かなければならない。だが、バネルジーはちがう。外見を取り繕う必要はなく、われわれの数歩前を普通に歩いている。イギリス人が人目をはばかり、盗み足で歩いているのを内心では面白がっているにちがいない。

　裏通りはマコーリーが殺された場所とどれほどのちがいもなかった。野良犬の群れが道のまんなかに寝そべっている。そのうちの一匹がバネルジーの姿を見て、顔をあげたが、大儀そうに欠伸《あくび》をしただけだった。そのとき、二台の自転車が数ヤード先の角から裏通りに入ってきた。バネルジーは犬に気をとられていたため、自転車に気づかなかったらしく、われわれに注意を促《うなが》すのが遅れた。自転車のライトが近づいてきて、ディグビーはあきらかにうろたえていた。あと少しでライトに顔を照らされる。

「情報屋と落ちあう場所はどこなんだ」わたしは小声でディグビーに訊いた。

「すぐそこです。見られたらまずい。計画は中止です」

　それは最初から決まっていたことだ。近くで白人の姿を目撃されると、情報屋の正体が発覚する恐れがある。自転車のふたりが何も気づかずに走り去る可能性もないわけではないが、ディグビーはインド人をまったく信用しておらず、姿を見られたら何をされるかわからないと考えている。世情を考えれば、身ぐるみ剝がされたり、集団暴行を受けたりしても、おかしくはない。そうならなかったとしても、数時間はどこかへ行って時間をつぶさなければならない。そして、情報屋はここに一時間しかとどまらないことになっている。それ以上は危険が大きすぎる。したがって、いまここで引きかえしたら、次の機会は二十四時間後ということになる。一日を無駄にするのはなんとしても避けたい。わたしはあわててまわりを見まわしたが、身を隠すことができそうな場所はどこにもない。

　自転車は近づいてきて、いまはバネルジーと擦れちがいそうになっている。その直前に、バネルジーは何かを思いついたみたいだった。素早く足をあげると、そこにいた犬の尾を力いっぱい踏みつけた。犬は悲鳴をあげ、感電したみたいに駆けだし、そこにやってきた自転車にぶつかった。それで、乗っていた男は自転車のハンドルを越えて十フィート先に放りだされた。ほかの犬たちもつられて一斉に駆けだし、自転車の男たちのまわりを取り囲んで激しく吠えはじめた。バネルジーは犬を追い払いにいき、わたしとディグビーは混乱に乗じて、ふたりに気づかれることなくそこを通り抜けた。そして、少し行ったところで、バネルジーを待った。ディグビーはしゃがみこんでサンダルの留め具をなおすふりをし、わたしは壁に寄りかかって排水溝に吐いているふりをする。バネルジーはやってくると、満面の笑みを浮かべた。

「助かったよ、部長刑事」わたしは小さな声で言った。

「どういたしまして。ときには寝た犬を起こしたほうがいいこともあるようですね」

　数分後、一軒のあばら家の前で、ディグビーは錆びついた南京錠を静かにあけ、両開きのドアにかかったチェーンを引き抜いた。そして、われわれがなかに入ると、すぐに内側から木の閂《かんぬき》をかけた。なかは真っ暗だったが、その手際のよさからすると、まえに来たことがあるにちがいない。マッチを取りだして、火をつけると、小さな明かりに埃の積もった薄汚い部屋が一瞬照らしだされた。ひどく黴臭い。ディグビーはすぐさま部屋を横切り、奥の古い朽ちかけたドアの前へ行って、小さな掛け金をはずした。その向こうには、壁に囲まれた小庭があった。

奥の壁の前まで行ったとき、ディグビーは言った。

「ここで待っていてください」そして、庭の片側に寄り、腰の高さまでのびた雑草を掻きわけ、そこにあった木箱を持って戻ってきた。バネルジーの手を借りて、木箱を塀際に置くと、その上に乗って、塀を乗り越えた。わたしとバネルジーはそのあとに続いた。

降り立ったところも、やはり塀に囲まれた庭だった。その奥にドアがあり、曲がった釘に明かりのともったランタンが引っかけられている。ディグビーは黙って庭を横切り、ドアをノックした。ドアがほんの少しだけ開き、隙間の向こうに用心深そうな目が見えた。それから、ドアは軋み音を立てて大きく開いた。

そこにいたのは、髪の薄い中年のインド人だった。ジャガイモのような丸い顔に、黒い鋭い目がついている。煙草の葉を巻いて、片側を糸で縛ったものを口にくわえている。ビディと呼ばれる安煙草だ。

「遅かったじゃないですか」と、いらだたしげに煙草をふかしながら言う。「そろそろ引きあげようかと——」

ディグビーは目で黙らせた。「用心していたんだ。それとも、国民会議派の面々を引きつれて時間どおりに来たほうがよかったのか」

男は勘弁してくれと言うように両手をあげた。「やめてください。冗談じゃありませんよ」そして、その手を頭に持っていき、てかてか光る黒い髪を撫でつける。「さあ、どうぞ。こっちへ」

われわれは階段をおり、汗と樟脳《しょうのう》の臭いがこもった狭苦しい地下室に連れていかれた。低いテーブルのまわりに、柳細工の座布団が敷かれている。男はそれを指さし、古びた安っぽい食器棚からボトルとグラスを取りだした。

「こういう場合なんと言えばいいんですかね」男は言

って、ボトルをあげた。「仕事の成功を祈って？」

「それでいい」ディグビーは答えた。

男はグラスをテーブルの上に置き、琥珀色《こはくいろ》の液体をボトルから注いだ。

「これはなんだい」わたしは尋ねた。

男は微笑んだ。「アラックっていう酒です。うまいですよ。南国の名産です」

ディグビーはうなずいて、一口飲んだ。わたしもそれにならった。強烈な酒だ。飲んだら胃が燃え、こぼしたら火傷《やけど》する。

「ぼくは遠慮しておきます」バネルジーは言って、グラスを押しやった。

「どうして飲まないんです」男は言った。「インド人はみな酒を飲むべきです。肉も食うべきです。特に赤身の牛肉を。イギリス人はみな酒を飲み、牛肉を食う。ご婦人方でさえ。だから強いんです。インド人は菜食主義で、酒も飲まない。だから支配されるんです」

「その話はそこまでだ」ディグビーはそっけなく話を打ち切った。「どんな情報を仕入れたんだ、ヴィクラム」

口もとが歪む。「今回のマコーリーの一件ですがね、イギリス人にとっちゃ、とんでもない出来事です。イギリスの新聞は〝極悪非道な犯罪〟と呼び、一刻も早く犯人をとっつかまえて処罰しろと言っている」

何のつもりでこんなことを言うのかは明白だ。ヴィクラムは情報を握っている。それはわれわれがほしがっているものであることをよく知っている。だから、その価値を釣りあげて、売りつけようとしているのだ。要するに、需要と供給の関係の問題だ。それはロンドンでもカルカッタでも変わりはない。情報屋は情報屋であり、商売の手法は万国共通だ。

「白人の旦那衆はみなびびりまくっている」

「いったい何が言いたいんだ、ヴィクラム」ディグビーは言った。

「コッシポールじゃ、いろんな噂が飛び交ってます。風聞とか憶測とか。われわれインド人がおしゃべり好きだってことは、旦那もよくご存じのはずです。あなた方イギリス人が法律でおしゃべりを禁止しても、なんの効果もありません。みんな煙草屋でワイワイやってる。あっしもいろんな噂話を――」

「噂話などどうでもいい、ヴィクラム。情報を持ってるのか、持ってないのか。時間を浪費するだけなら帰る」ディグビーは言って、席を立ちかけた。

「待ってください。旦那もご存じでしょ。あっしがどんなにいいネタ元を持ってるか。どんなに価値のあるネタを握ってるか」

ディグビーはヴィクラムの目を覗きこみ、また椅子に腰をおろした。「それで、どんな情報を持ってるんだ」

少し間があった。次の一手を考えているのは間違いない。情報を売るのは春を売るのに似ている。大事なのは客の関心を引くことだ。客の好みを知り、欲望を掻きたてたら、商売は成立する。

「事件があった一昨日《おととい》の夜、コッシポールで秘密の集会が開かれていたんです。不逞《ふてい》のやからが地元民を煽ってたんですよ。でかい口と大層な言葉で。イギリス人に思い知らせてやる必要があるとかなんとか。その集会のことも、そのあと起きたことも、全部わかってます。旦那たちにとっちゃ、その価値はなかなかのものだと思うんですがね」

「煽っていた者の名前もわかっているのか」ディグビーは訊いた。

「わかってます。確認もとれてます」

今度はディグビーが間をとった。「よかろう。いつもと同じだけ払う。名前を言え」

ヴィクラムは卑屈な笑みを浮かべた。「頼みますよ、サーヒブ。これで犯人をとっつかまえることができるんですよ。これほどの大事件なんだ。昇進だって見こめるはずです」片方の手の親指と人差し指をこすりあわせはじめる。「いつもと同じじゃ割りがあいませんよ」

ディグビーは取りあうそぶりを見せなかったが、それが演技であることはみなわかっていた。しばらくしてからようやく言った。「わかった。二十ルピー上乗せしよう」

「五十ルピー」

ディグビーは舌打ちした。「三十ルピー。それ以上の価値はない。不服なら、この話はなかったことにする」

ヴィクラムの顔がほころびた。返事のかわりに、頭が8の字を書くように動く。インドでは同意の仕草だ。

ディグビーは財布を取りだすと、紙幣を数え、八十ルピーをテーブルの上に置いた。イギリスの通貨に換算すれば五ポンドちょっとで、安くはないが、それがヴィクラムの言うとおりのものであるとすれば、それだけの価値はある。

「これでいいだろう。受けとって、話を聞かせてくれ」

ヴィクラムは素早く金をポケットに突っこむと、ボトルを手に取り、グラスに酒を注ぎなおした。そして、今度は一同の健康を祈って乾杯をした。

「コッシポールの集会があった場所は、アマーナス・ダッタという男の自宅です。過激派の急先鋒《きゅうせんぽう》で、以前は〈新しい夜明け〉というベンガルの新聞を発行していたんですが、発禁処分を食らいましてね。でも、いまも〝自由のための闘い〟ってやつを諦めずに続けています」ヴィクラムは言いながら手を振った。「ばかばかしい。冗談じゃありません。それでも、参加者は十五人ばかりいたそうです。みんなひとかどの人物ばかりです。商人とか、技師とか、弁護士とか。みんなの前でダッタが一席ぶちましたが、本当のお目当ては別の男でした。ベノイ・センです」

「ベノイ・セン？」ディグビーが色めきたった。「カルカッタに戻ってきているのか」

ヴィクラムは大きくうなずいた。「そうです。間違いありません。火の出るような言葉で、煽りまくっていたそうです。イギリスの侵略行為に断固として立ち向かうべきだとか、イギリス人が無視できないようなメッセージを送る必要があるとか。それで、みんな煽りに煽られて、すっかりその気になっちまったってわけです。ダッタは決起を呼びかける日を待つようにと言い、それで集会はお開きになりました」

「そのあと何があったんだ」わたしは訊いた。

ヴィクラムはにやっと笑った。「そこが面白いところなんです。翌日、死体が見つかって、すぐさまセンの仕業だという噂が立った」

「どうして集会に参加していた別の者じゃなくて、そのセンという男の仕業になるんだ」

「セン以外にありえません。ほかのやつらは弁護士とか会計士とかで、イギリス人が言うところの安楽椅子革命家にすぎない」

「どう思う」わたしはディグビーに訊いた。

「ヴィクラムの言うとおりだと思います。カルカッタにはそういう連中がわんさといます。みな口ばかりで、屁のつっぱりにもならない。何かするといっても、せいぜい総督に請願書を送りつけるくらいです。間違っても、ひとを殺したりしない。でも、センならやりかねません」ディグビーは言い、それからヴィクラムのほうを向いた。「センはいまどこにいる」

ヴィクラムは困ったような顔をしてみせた。「さあ。それは知りません。探すことはできますが、そういった情報を手に入れるのは簡単じゃない。もうちょっとはずんでもらえれば、なんとかなるかもしれませんがね」

ディグビーはテーブルの上に十ルピーを放り投げた。ヴィクラムはにやっと笑って、金をポケットにしまった。

　情報屋からの聞きとりがすむと、塀を越え、あばら家を通り抜け、もと来た道をたどって、グレイ通りにとめてある車に戻った。

　夜はふけていたが、ディグビーはソーセージ工場のドイツ人のようにはしゃいでいた。これで突破口が見つかったかもしれないという思いは全員にあるだろうが、それにしても浮かれすぎのような気がする。浮かれついでに、わたしを車でゲストハウスまで送ると言ってくれた。バネルジーにまで途中の人力車のたまり場まで乗せていくと言ったくらいだ。

　バネルジーをそこでおろしたあと、わたしはディグビーに言った。「ベノイ・センのことを教えてくれないか」

「ベノイ・センというのはジュガントルという名前の革命組織のリーダーです。われわれをインドから追いだそうとしている多くのグループのひとつで、相当数の警官殺しの嫌疑をかけられています。戦争中はドイツ人から武器を購入し、密輸入しようという計画を立てていたそうです。武装蜂起とインド人兵士による反乱を画策していたんです。それはきわめて大がかりなもので、H機関が嗅ぎつけなかったら、多くの犠牲者が出ていたはずです。結果的には、密輸船の到着を待ち構えていて一網打尽になりましたが。ジュガントルの幹部はみな逮捕されるか、逃げようとして射殺されるかしました。なんとか逃げおおせたのはセンだけです。噂では、チッタゴンの近くの山岳地帯に逃げこんだとのことでした。あえてここに戻ってきたのは、また何かをたくらんでいるからにちがいありません」

　ゲストハウスの前で車を降りたとき、わたしはディグビーに対するこれまでの評価がやや厳しすぎたかもしれないと思うようになっていた。少なくとも、今夜の情報屋への対応は冷静で、的確だった。率直に言うなら、マコーリーの一件の捜査で多少なりとの進展があったとすれば、そのほとんどすべてがディグビーのおかげといっていい。死体の身元が早期に判明したのも、政治がらみの可能性が浮上したのも、そしていま第一容疑者を特定することができたのも。その高圧的かつ差別的な言動にもかかわらず、ディグビーが優秀な警察官であるのは間違いない。いまだに警部補の地位にとどまっているのが不思議なくらいだ。

　ゲストハウスに戻ったとき、居間にはまだ明かりがついていた。夕食は二時間前に終わっていたはずなのに、まだテビット夫人と客たちの話し声が聞こえてくる。たぶん、わたしの帰りを待っていたのだろう。スティツマン紙の記事を読み、内輪の話を聞きだすために。わたしは玄関のドアをそっと閉め、忍び足で廊下を歩き、門限破りの学生のように誰にも気づかれずに部屋に戻ろうとした。そして、どうにか階段までたどりついたとき、居間のドアが開き、廊下に明かりがあふれでて、戸口にテビット夫人のシルエットが浮かびあがった。暗い影からでも、さしでがましさが伝わってくる。

「あら。あなたでしたのね、ウィンダム警部」キリストの再臨を言祝《ことほ》ぐような口調だった。「きっと遅くまでお仕事をなさってるにちがいないと思ったので、冷たいままでもいただけるものを用意してありますのよ。さぞ空腹でいらっしゃるでしょ」

「それはご親切に、ミセス・テビット。でも、だいじょうぶです。ありがとう」

「何をおっしゃってるの、警部。精をつけなきゃ。このような剣呑《けんのん》なご時世に、わたしたちを邪悪なインド人から守ってくださらなきゃならないんですから」

　わたしの個人的な見解では、インド人が邪悪かどうかにかかわらず、テビット夫人はみずからの身を守る能力を充分に持っている。その体重をもってすれば、身を守る必要があるのはインド人のほうだろう。けれども、礼を失することなく食事と質問責めから逃れる方法はなさそうなので、仕方なしに諦めることにした。少なくとも、質問を受け流すすべは心得ている。笑顔で食事室に入り、席に着くと、テビット夫人はワインをグラスに注ぎ、冷たいミートパイとパンとバターを持ってきてくれた。手のかからない簡単な料理だ。これならそんなにまずくなりようがない。そう自分に言い聞かせながらミートパイを切りわけているとき、バーンとピーターズがふらりとやってきて、話の輪のなかに加わった。テビット夫人はふたりにもワインをふるまい、自分はシェリーをグラスに少量注いだ。

「なんともひどい話だね、今回のマコーリーの一件は」ピーターズは誰にともなく言った。

「恐ろしすぎます」テビット夫人は同意した。「夜もおちおち寝ていられませんわ」

マコーリーが殺されたのは寝ているときではなく、自宅から五マイル以上離れた売春宿の裏手の路地であると指摘することもできたが、そんなことを聞きたいわけではないだろう。わたしはミートパイに集中することにした。

「名誉の問題です、ミセス・テビット」ピーターズは続けた。「無礼にも程がある。国王にして皇帝陛下の治める第二の都市で、その公僕を殺害するなんて、もってのほかだ。どういう神経をしているのか疑わずにはいられませんね」

数分間こんな調子で続けているうちに、ピーターズは次第に激してきた。そのあいだ、テビット夫人は黙って相槌《あいづち》を打ちつづけていた。

しばらくして、わたしのほうを向いて言った。「どうにかならないんですか、警部」

わたしは当たりさわりのない返事をした——全力を尽くしている、抜かりはない、草の根をわけても犯人を見つけだす云々《うんぬん》。だが、テビット夫人は満足していないようだったので、こう付け加えた。「あなたに危害が及ぶことはありませんよ」

「だったらいいんですけど。でも、これが一連の事件の始まりだったら？　ヨーロッパ人は夜の通りを歩くこともできなくなります」

「そんなことにはなりませんよ。それにしても、意外でした。あなたはイギリスの淑女です、ミセス・テビット。インドの不平分子の蛮行におじけづくようなひとじゃないはずです。もっと気丈に振るまうべきです」

　ものは言いようだ。理屈が通じないようなら、愛国心に訴えかけるのがもっとも手っとり早い。

「ええ、そりゃそうです。わたしが言いたいのは……」

「警部の言うとおりです」バーンが言った。「もちろん、あなたはわかっているはずです、ミセス・テビット。たしかにこの種の事件は以前にもありました。でも、問題は暴力じゃありません。本当に問題なのは非暴力の教えなんです。表向きは〝平和的非協力〟と呼ばれていますが、実際は経済戦争です。イギリスの織維製品の不買運動です。それが貿易に大きな打撃を与えている。わたしのところでも、昨年度の受注は全体で三十パーセント減になりました。ものによっては五十パーセントも落ちこんでいる。この状態が続けば、商売は夏までもたないでしょう。いいですか。これはベンガルだけじゃなく、国中で起きていることなんです。何より頭を抱えるのは、それに対して打つ手が何もないということなんです。服を買わないから逮捕するってわけにはいきませんからね」

　バーンの言葉は陰にこもり、テーブルを暗い空気が覆った。テビット夫人は世界の破滅の瞬間に立ちあっているような顔をしている。ピーターズは苦虫を嚙みつぶしたような顔をしている。みんなの気持ちはよくわかる。その目には、こう書かれている。自分たちは苦労してこの国をつくりあげた。それがいま崩壊の危機に瀕しているのだ。それはあまりにも業腹《ごうはら》な事態の成りゆきであり、とうてい納得のいくものではない。この地でこれだけの貢献をしたのに、なぜいまになって荷物をまとめて故国へ帰らなければならないのか。わたしの見るところでは、そういった感情の核にあるのは恐怖だと思う。連中は自分たちのことをイギリス人だと思っているが、実際にはインドでの生活しか知らない。ガーデン・パーティーやクラブ通いの日々。インドに移植されて咲いた花のようなものだ。イギリスに戻れば、しおれて、枯れてしまう。

わたしが食事を終えると、テビット夫人は皿を片づけた。

「すっかり遅くなってしまった。今夜はこれで失礼させてもらうよ」ピーターズは言って、立ちあがり、おやすみの挨拶をした。

しばらくして、階段をゆっくりあがる音が聞こえてきた。テビット夫人もこれ以上はなんの情報も得られないと悟ったらしく、お先に失礼と言って部屋から出ていった。残ったのは、わたしとバーンとボトル半分の赤ワインだけだった。バーンは煙草を取りだし、一本をさしだした。わたしはそれを受けとって、火をつけた。

「あなたは例の事件の捜査を担当されてるんですよね、警部」バーンは訊いたが、そんなに興味があるようでもなかった。沈黙を埋めるために言っただけだろう。

「ええ、まあ。でも、さっき言った以外に話せることはないんです」

バーンはうなずいた。「わかってますよ。この国の治安に関しては、少しずつよくなってきていると思います。本当のところは、戦争の終結と同時にインドの独立運動も終わりになることを期待していたんですがね」

「独立運動に対して共感するところはないんですか。

あなたたちには少しばかり考えるところがあってもいいと思うんですが」

「織物会社のセールスマンとしては、共感するところはこれっぽっちもありません。アイルランド人としては……そうですね、それはまた別の話ってことになりますかね」

バーンは微笑んで、グラスをあげた。

「はっきりしているのは、インドのテロリストの大半は、わけてもベンガル人は無能だってことです。年がら年中、内輪揉めばかりしている。あるいは、ありがたいことに、何もしないうちに自滅している。たまに暗殺という手段に出たとしても、殺されるのは狙った相手ではなく、通りすがりの無関係な市民だったりする。たいていはすぐに捕まるか、自殺するかで終わる。これじゃ、百年たってもイギリスの支配体制に風穴ひとつあけることもできません。いいですか、警部。問題はベンガルの革命家はみな素人《しろうと》だってことなんです。みなカースト上位の特権層で、自分たちがやっている戦いは高貴でロマンティックなものだと思っている。大学の会議室ならそれでいい。でも、百年に及ぶイギリスの支配を終わらせようとするなら駄目です。労働者階級の若者で、本当の戦い方を知っている者でなきゃなりません。モーゼル銃のどっちが前か後ろかもわからないインテリじゃ、お話にならない」

「おっしゃるとおりインドの革命勢力など物の数じゃないとすれば、今回の事件がこれほどの騒ぎになるのはどうしてでしょうね」

バーンは思案顔でワインを一口飲み、それから答えた。「インドにはどれくらいの数のイギリス人がいるかご存じですか、警部」

「五十万人くらい？」あてずっぽうだ。

「十五万人。たったの十五万人です。それに対して、インド人はどれくらいいると思います？　そう。三億人です。では、どうして十五万人しかいないイギリス人が三億人ものインド人を支配しつづけることができるのか」

わたしは答えなかった。

「それは道徳的な優位性が保たれているからです」バーンは言い、わたしがその言葉を理解するのを待つように少し間を置いた。「ごく少数の者が圧倒的多数の者を支配するためには、支配者は被支配者に対しその優位性を示す必要がある。そのなかには、身体的優位性や軍事的優位性だけでなく、道徳的優位性も含まれる。そして、それ以上に大事なのは、被支配者が自分たちの劣等性を認め、支配されるのが身のためだと信じるようになることです。

プラッシーの戦い以降、イギリス人がやってきたのは一貫して、インド人をつけあがらせず、イギリス人の指導や教育がどうしても必要なのだと思わせることでした。インドの文化は野蛮で、宗教はまがいもので、建築物でさえたいしたものじゃないと信じこませることでした。タージマハルをしのぐ大きさのヴィクトリア記念堂を、白い大理石で造ったのも、だからなんですよ。

さらに驚かされるのは、イギリス人が望んでいるイメージを損なうようなものなら、明白な事実でさえねじ曲げられてきたことです。たとえば、インドの小学校で使われている地図帳。イギリスとインドはそれぞれ一ページずつを使い、並べて掲載されています。縮尺度が明示されていないので、インドに比べてイギリスがどんなに小さいか、子供たちにはわからない。

問題は、この二百年のあいだに、われわれはそういった欺瞞《ぎまん》を当然のこととして受けいれるようになったことです。自分たちは支配されている者より優れていると思いこんでいる。この幻想が崩れたら、これまでに築きあげてきたすべてのものが崩れ去る。だからこそ、みな今回の事件で大騒ぎしているんです。困ったことはふたつあります。ひとつは、支配者側のお偉方の殺害に成功したということは、インド人のなかに自分たちが劣っていると考えていない者がいるということであり、もうひとつは、それがイギリス人の優位性の幻想を粉々に打ちくだいてしまうということです」

話しおえると、バーンは残ったワインをグラスに注いだ。

「あなたは白人の優位性を信じていないんですか」わたしは訊いた。

「十五年以上ここにいますが、まだ確たる証拠はつかめていません。いいですか。わたしはアイルランド人です。ロンドンでは、ずっと半端者扱いされていました。そういった事実を受けいれずに、どうやって自分たちがほかの民族より優れていると言えるんです。時代は変わりつつある。古い秩序は崩壊しつつある。ヨーロッパの地図を見れば、すぐにわかります。いくつもの独立国が次々に生まれています。ポーランドとかチェコスロヴァキアとか。そういった独立国とインドのあいだに、どのような違いがあるというんです」

わたしは煙草に火をつけ、バーンはワインを飲みほした。

「ずいぶん遅くなってしまいました。そろそろ休ませてもらいます」

バーンは立ちあがり、お休みの挨拶をした。

「お別れの挨拶をしなければなりません」わたしは言った。「明日アッサムへ発たれるんでしたね」

バーンは微笑んだ。「そうなんですけど、予定が変わりましてね。あと二、三日はこの街にいなきゃならなくなりました」

お休みの挨拶をしたあと、わたしはひとりその場に残り、煙草をくゆらせていた。バーンの話にはうなずけるところがいくつもある。わたしがかつて持っていたかもしれないイギリス人の優位性は、友人たちといっしょにフランダースにいたときに、きれいに消えてなくなっている。だが、だからといってそれで何かが変わるわけではない。民族の自決や道徳的な優位性などは、わたしの与《あずか》り知るところではない。ひとが殺されたら、犯人を見つけるのがわたしの仕事だ。政治はほかの者にまかせておけばいい。

15

天井では扇風機が軋みながら回っているが、室内の温度にはどれほどの変化もない。その扇風機の価値は機能ではなく見た目にあるということには数日前から気づいていたが、それでも回しているのは単なる気慰みであり、回していないよりはましだからにすぎない。

ベンガルの夜はいつもどおり暑い。湿気には息が詰まりそうだ。空中にその味を感じることができそうな気がする。全身から汗が噴きでて、ベッドを湿らせる。風を入れようと思って窓をあけたが、テビット夫人がいないと主張する蚊が入ってきただけだった。

腕時計を見ると、針は十二時四十分をさしている。腕時計を振って、耳に当てると、時を刻む音はするが、一定ではない。実際の時間は二時前くらいだろう。寝返りを打ち、湿気《しけ》たマットレスの上で気持ちを落ち着かせ、なんとか眠ろうとしたが、無駄な努力だった。今夜はやはり眠れそうもない。

　ふたたびティレッタ・バザールを訪ねたい衝動が湧きあがり、恍惚《こうこつ》への誘《いざな》いを無視するのはむずかしくなるばかりだったが、阿片はわたしの下僕であって、情人ではない。分をわきまえさせないといけない。でないと、次第に増長し、偉ぶるようになり、いつかは立場が逆転する。なのに、それに気づくことはなく、そのうちに完全に支配されるようになる。そこで肝《きも》となるのが自制心だ。それはワニの背中にまたがって川を渡るようなものだ。無謀と思われるかもしれないが、自分が何をしているか理解してさえいれば、なんとか目的地にたどりつける。大事なのは身の程をわきまえ、自分を律することだ。自制はきいている、そう言い聞かせて、わたしは部屋にとどまり、ベッドの上に横たわったまま、天井の扇風機が物憂げに回るのを見つめた。

　しばらくして身を乗りだし、床の上のウィスキーのボトルに手をのばしたが、なかった。メイドが断わりもなく捨ててしまったのかもしれないと思って、悪態をついたが、すぐに考えなおした。長年テビット夫人に仕えている者が、そんな勝手なことをするわけがない。身体を起こして、部屋を見まわすと、ボトルは机の隅に置いてあり、月の光がラベルに反射していた。

　ベッドから出て、ふらつきながらテーブルの前まで行くと、歯磨き用のコップにウィスキーをたっぷり注ぎ、それを水道の水で割った。そのとき、テビット夫人に生水を飲まないよう注意されたことを思いだしたが、また悪態をついて、コップを見つめ、それから水で割ったウィスキーを一口飲んで、ベッドへ戻った。上物のシングルモルトを流しに捨てるくらいなら、コレラにかかる危険をおかしたほうがいい。

ベッドに腰かけると、あらためて考えずにはいられなかった。自分はここで何をしているのか。現地の人々に憎まれ、頭がおかしくなるような暑さに耐えなければならず、水を飲めば死ぬかもしれないようなところで、いったい何をしているのか。水にかぎらず、この地のすべてのものがイギリス人を殺そうとしているように思える。食べ物も、虫も、気候も。インドそのものがイギリス人を外敵とみなし、免疫作用で排除しようとしているみたいだ。実際のところ、マコーリーのような男がこれまで生きてこられたのは不思議な気がする。インド人に殺されたということは、インドによって殺されたということでもある。意味は同じだ。

それでもなお、われわれはここにとどまっている。気位の高いイギリスの紳士淑女は、自然と人間の両方からの激しい敵意をものともしない。鉄道とライフルで支配下に置いたこの地は、役人が殺されても、貴婦人が酒浸りになっても、絶対に手放さないと心に決めている。それは神のおぼしめしというわけだ。貧者に福音と自由市場の繁栄をもたらし、その過程で生じる利益は神の御心にかなうものになる。

やりきれない。インドにいると気が滅入る。それはほかの者についても言えることだ。誰も幸せそうではない。まわりにいるイギリス人はみなそうだ。ディグビーも、バカンも、テビット夫人も、ピーターズも。みな怒ったり、怯えたり、落胆したり、ときにはそういったすべての感情を一身に抱えこんだりしている。インド人はどうか。少なくとも高等教育を受けた者たちは不満そうに見える。ボース夫人はイギリスのインド支配を苦々しげに思っている。バネルジーはいつもおどおどしていて、つねに憂《うれ》いを帯びた顔をしている。

そして、もちろんアニーも。どちらの側にも属していないが、やはり幸せそうには見えない。どこか悲しげに見える。普段は明るいユーモアと魅力的な微笑の裏に隠れているが、レッド・エレファントでのような出来事があるたびに、仮面は剝がれ、悲しみが表に現われる。そんなときには、錆びた鳥かごに閉じこめられた小鳥のように見える。

インドで幸せを見つけようとするなら、イギリス人やインドのエリートたちとは遠く離れたところにいる、無教養で貧しい人々に目を向けたほうがいいかもしれない。たとえば、人力車を引いているサルマンとか。その幸せとは、ライターズ館で国を動かしているスーツ姿の白人や正装したインド人には考えられないかもしれないが、腹をくちくして、寝るまえに安煙草を一服することなのだ。

思いは千々《ちぢ》に乱れた。そして、ある時点から、いつものようにサラに向かうようになった。その死から数カ月のあいだに、わたしはサラのことをほとんど知らなかったことに気づかされた。三年の結婚期間のうちいっしょに過ごせたのは五週間しかない。わずか五週間だ。胸に刻みこまれたものは、いくつかの思い出以外に何もない。苦々しさが胸にこみあげてくる。運命がわたしからサラを奪っていった。運命だ。神ではない。わたしはもう神を信じていない。正直なところ、塹壕にいたときから、すでにその存在を疑いはじめていた。仲間の身体がばらばらになって吹きとばされるのを見て、神はどこにいるのかと問わずにいるのはむずかしい。それでも、神はわたしを見捨てたりしないと信じていた。わたしの祈りはほかの何百万という不運な者たちの祈りとはちがうと思っていたのかもしれない。だが、サラの死によって、わたしの信仰心は完全に失われた。おかしな話ではあるが、いちばん大切なひとを失うまでは、神の存在を信じることができていたのだ。

夜明け前には、バーンのことを考えていた。面白い男だ。いつもは愉快な道化を演じ、織物とか茶畑とかの他愛もない話ばかりしているが、今夜のように真剣になったときには、鋭利な知性と瞠目《どうもく》すべき洞察力を垣間見せる。ベンガルの革命家たちは、きれいごとを並べたてるだけで、決して本気で戦おうとはしないという。たしかにそのとおりだ。彼らは戦うことの意味を知らない。本当の戦いとは血と殺戮《さつりく》と断末魔の叫びのことだ。理想の入りこむ余地はない。本当の戦いとは地獄であり、敵も味方も容赦しない。

そこまで考えたとき、ふと思いあたった。ダージリン・メールの列車襲撃事件のことだ。一瞬、霧が晴れ、視界が開けた。わたしははじかれたように立ちあがって、あたふたと制服を身に着けはじめた。外はまだ暗いが、いますぐ署へ行かなければならない。列車の乗客が何も奪われなかったわけがわかったのだ。同様に、郵便袋が持ち去られなかったわけもわかった。わたしの考えが正しければ、そこには鉄道保安員の死よりずっと大きな問題があることになる。

16

一九一九年四月十一日　金曜日

ゲストハウスを出ると、わたしは広場の隅の人力車のたまり場へ駆けていった。サルマンは人力車の横に引いたマットの上に寝そべっていた。わたしの足音を聞きつけたのだろう。目をあけ、ゆっくり立ちあがると、空咳をしながら道端の溝《どぶ》に唾を吐いた。

「ラル・バザールですね、サーヒブ」

うなずいて、乗りこむと、人力車はすぐに走りだした。

早朝にもかかわらず、道路は混雑していた。湿度は高く、風もない。空は赤みがかった色から次第に青っぽい色へ変わりつつあり、今日も灼熱の一日になることを予感させた。

机の上にはダニエルズからのメモが残っていた。タガート総監が捜査の進捗状況を知りたいと言っている、面会時間を調整したいのでできるだけ早く電話をしてくれとのことだ。ちょうどいい。いますぐに総監に伝えなければならないことがある。

それで、秘書室に電話をしたが、返事はなかった。六時になったばかりなので、まだベッドのなかなのだろう。ちらっといたずら心が生じて、総監に捜査の進捗状況を報告したいので何度も連絡をとろうとしたというメモを書き、それを秘書室へ持っていかせるために廊下にいた用務員を呼んだ。

用務員が秘書室へ向かったことを見届けてから、下級刑事の詰め所に電話をかけ、当直官にバネルジーへの伝言を頼もうとした。だが、バネルジーはすでに出勤しているというので、いますぐベノイ・センとテロ組織のジュガントルに関するファイルを持ってこさせることにした。

十分後、ドアがノックされ、バネルジーが黄褐色の分厚いファイルを持って部屋に入ってきた。ため息をついて、そのファイルを机の上に置く。「これがそうです。分厚いほうがジュガントル関係のもので、十年分あります。薄いほうはベノイ・セン個人についてのものです」

「ご苦労だった、部長刑事。ダージリン・メールの失われた目録に関する新しい情報は？」

「残念ながら何もありません。せっついてはいるんですが」

バネルジーが部屋から出ていくと、わたしはジュガントル関連のファイルに目を通しはじめた。そこには、弱小組織だった創成期から、大規模なテロリスト集団となっていく経緯が記されていた。初期のころは盗みや小競《こぜ》りあいの記述が中心だったが、近年では銃器を使った凶悪事件が目立っている。襲撃の対象はタクシーから銀行まで。使用している武器は、拳銃から爆弾まで。殺害の対象になっているのは主として現地の警察官だが、たまにイギリス人の下級公務員が狙われることもあった。興味深いのは、記録に残された暗殺未遂の回数だ。多くの場合、笑いたくなるようなドジを踏んだり、武器が使い物にならなかったりして、あるいは軍情報部による潜入工作のせいで、標的に近づくことさえできていない。

　軍情報部から寄せられた情報もいくつかあった。組織の序列と指揮系統についてとか、ベンガル各地に点在する地方細胞についてとか、インドの他地域のテロ組織との関係についてとか。これまで組織を率いていたのはジャティンドラナート・ムカジーという名前のベンガル人。通称〝バガ・ジャティン〟。〝虎〟を意する現地の言葉だ。

　大戦中には活動範囲が大幅に拡大し、一九一四年から一九一七年のあいだのファイルは専用のものが作成されている。ムカジーはこの戦争をインドからイギリス人を追いだす絶好の機会ととらえ、カルカッタ最大の兵器商であるロッダ社の倉庫を仲間とともに襲撃している。そのときに奪ったものは十ケース分の武器と弾薬。そのなかには、五十挺のモーゼルと四万六千発の銃弾が含まれていた。

　ファイルのなかでもっとも重点が置かれていたのは、いわゆる〝ドイツ人の陰謀〟についてだった。ドイツから武器を密輸して、カルカッタを占拠し、インド全域のインド人兵士に反乱を起こさせるという計画だ。ベルリンやサンフランシスコとかいった国外の都市の過激派組織と連携し、そのルートを通じて金を集め、武器を買うための費用にあてたという。だが、最終的にはH機関に雇われた潜入者によって内部情報が筒抜けになり、ベンガルとパンジャブの反乱は事前に阻止された。ムカジー以下六人の幹部は逃亡をはかったが、バラソール付近に身を隠していたとき、地元住民に潜伏地を密告された。その結果、軍隊が出動し、ムカジーとふたりの仲間が致命傷を負って死亡。ほかのふたりは捕らえられた。残りのひとりだけが逃げおおせた。それがベノイ・センだ。

つづいてセンの個人ファイルに取りかかった。あきらかになっていることはいくらもなく、顔写真や人相書もない。初期の襲撃事件に関与した疑惑について簡単に記されているだけだ。最近では組織の戦略を練る役割を担っていると言われているが、根拠は示されていない。だが、H機関は多くの情報源と密偵を擁《よう》している。実際はもっと多くの情報をつかんでいるはずだ。そのファイルを閲覧できるようH機関にかけあわなければならない。〝あらゆる支援をする用意がある〟という言葉がどこまで本物かこれでわかる。たぶん本気ではないだろうが。

そのとき、電話が鳴った。受話器を取ると、ダニエルズの荒い息遣いが聞こえてきた。総監が十分以内に来てくれと言っているらしい。

わたしはタガート卿の空の椅子と向かいあい、掛け時計の針がゆっくり時を刻む音に耳を傾けていた。約束の時間は過ぎていたが、その理由は聞かされていない。壁の高いところからジョージ五世に見おろされながら、ただすわって待っているしかない。しばらくしてドアが開き、タガート卿が部屋に入ってきた。皺ひとつない制服の銀色のボタンが、朝日を浴びて輝いている。

「遅れてすまなかった、サム」タガート卿はすわったままでいいと言い、それから自分も革張りの椅子に腰をおろした。「では、話を聞かせてもらおう」

わたしはディグビーの情報提供者に会ったことを話し、第一容疑者としてベノイ・センの名前があがっていることを伝えた。

センの名前が出た瞬間、タガート卿が耳をそばだてるのがわかった。

「古ギツネがようやく戻ってきたか」その言葉はわたしにというより、自分自身に向けたもののようだった。「大きな成果だ、サム。センを捕らえるためなら、どんな手段を使ってもかまわない。できることはすべてやってくれ。このときが来るのを長いこと待っていたんだ。今度こそ絶対に逃がさない。このことは副総督にも伝えておく」

「それはセンの身柄を確保してからのほうがいいんじゃないでしょうか」

タガートは首を振った。「いいや。慎重を期すべきであることはわかるが、副総督に情報をあげていないことがわかれば、われわれは立場を失うことになる。それに、副総督のほうでもセンを見つけるのに役立つ情報を持っているかもしれない」

「まだあります。センはダージリン・メールの列車襲撃にもかかわっていた可能性があります」

「それで？」わたしの指摘が理の当然であるかのような穏やかな口調だ。

「あれはただの盗賊ではなく、テロリストの仕業だと思います。でないと、説明がつきません。犯人の狙いは特定の何かでした。車内の金庫に入っているはずだったものです。幸いにも、その金庫は空でした。普通の盗賊なら、手ぶらで帰りはしないはずです。乗客の金品を盗むくらいのことはしたはずです。でも、テロリストだったらどうか。乗客から奪えるものはたかが知れています。そんなことをしたら、主義主張にもとることにもなります」

「だったら、何を探していたんだ」すでに答えを知っていて、わたしをそこに導こうとしているような質問だった。

「現金だと思います。多額の。それが金庫に入っていると思っていたんです」

「郵便袋を奪わなかったのは？」

「問題は時間です。郵便袋の中身を現金化するには時間がかかります」

「連中は至急現金を必要としているということだな。それは何を意味するのか」

答えは明白だ。「武器を入手したいということでしょう。センがとつぜんカルカッタに舞い戻ったとすれば、そして今回の列車襲撃を指揮していたとすれば、マコーリーの殺害はこれから起きる、より大きくより血なまぐさい一連の騒擾《そうじょう》の序曲にすぎません」

「この話はどうしてもH機関に伝えなきゃならんだろうな。それが本当なら、思っていた以上にゆゆしき事態だ。新たなテロ事件が起きるまえに、センとその一味を捕まえなきゃならない。さっそく取りかかれ、警部」

わたしは立ちあがって、ドアのほうへ向かいかけたが、途中で立ちどまって振り向いた。

「あなたはすでにご存じだったんじゃありませんか」

タガートは机から顔をあげた。「何をだね？」

「ダージリン・メールの列車襲撃はただの盗賊の仕業じゃないということです」

「そう思ってはいた。でも、知っていたわけじゃない。そういう意味では、いまも知っているわけじゃない」

「そう思っていたのなら、なぜそうおっしゃらなかったのですか」

「きみの判断を尊重しようと思ったからだよ。それに、ほんの少しでもテロリストの関与が疑われたら、この一件の捜査は即座にH機関の手に移ったはずだ。きみは蚊帳《かや》の外に置かれ、わたしも何も知らされなくなる」

正直に話してくれたことに感謝の意を伝え、わたしは自分のオフィスに戻った。状況は予断を許さないが、まだ救いはある。金庫は空だった。つまり、センはまだ武器の購入資金を手に入れていないということだ。まだなんとかなる。センが金を手に入れるまえに、センを見つけだせばいいのだ。

17

街の南の川ぞいにウィリアム要塞はある。そこには陸軍の東部方面司令部が置かれていて、そのなかに軍情報部のＨ機関の本部が設置されている。そこへ向かって走る警察の車の後部座席に、わたしはバネルジーといっしょにすわっていた。

要塞のトレジャリー門に続くヤシの並木道を進みながら、バネルジーは言った。「プラッシーの戦いのあと、クライヴ将軍はここに要塞を再建しました。費用は二百万ポンド以上かかっています。それ以上に驚くべきことは、いまだにそこから一発の銃弾も発射されていないということです」

そこはこれまでに見たどの軍事基地ともちがってい

た。なんといっても、敷地内にゴルフコースがあるのだ。それが費用がかさんだ理由なのかもしれない。

「ベノイ・センは地元の人々からどんなふうに思われているんだろう」わたしは訊いた。

バネルジーはためらいがちに答えた。「ええっと、そうですね……バガ・ジャティン亡きあと、民族の英雄のようになっています。シレットやシュンドルボン地方のあちこちに出没して村人を教化し、地元の悪徳役人を震えあがらせているそうです。通り名は〝ゴースト〟です。要するに、ロビン・フッドとクリシュナ神をあわせたようなものと考えたらいいでしょう。特に農民の受けがいい。だから、多額の懸賞金がかかっているにもかかわらず、四年近く逃げおおせているんです」

「最近、テロ事件を主導したという噂は？」

「聞いていません。そういったことはそもそも官憲に話してくれるようなものじゃありませんので」

「センに対するきみの感想は？」

バネルジーは少し考えこんだ。

「バガ・ジャティンをはじめとする多くの指導者が死んだあと、センは伝説的人物に祭りあげられました。暴力革命を支持する者にとっては、イギリスに真っ向から戦いを挑み、人々を奮い立たせる自由の戦士です。闘争は継続しているということを示す象徴であり、自分たちの尊厳の証しとなる存在です。その一方で、イギリス人にとっては、少なくとも政治家やその取り巻き連中にとっては、化け物もどきということになります。恐怖の化身であり、最後のひとりのイギリス人まで殺すか追い払うかしないと満足できない、血に飢えた共産主義者です。だからこそローラット法が必要だというわけです。でも、ぼく自身は、どちらでもないと思っています」

トレジャリー門の哨所が近づいてきた。ウィリアム要塞はたしかに威容を誇っていた。敷地面積は三平方マイル。煉瓦と漆喰造りの巨大な星形の建造物で、数千人の兵士と軍属が常駐している。そこは多数のイギリス兵がインド人によって殺害された、いわゆる〝ブラック・ホール事件〟の舞台でもある。

運転手が入場許可証をさしだすと、仏頂面《ぶっちょうづら》の衛兵はそれを念入りにチェックしてから、手を振ってわれわれを通した。厚さ数フィートの赤い塀を通り抜けると、兵舎と思われる三階建ての建物があり、その先に士官の宿舎が整然と並んでいた。広い通りぞいには、売店や郵便局や映画館まであり、中央部には塔と扶壁《ふへき》を備えた聖ピーターズ教会が聳《そび》えている。実際のところ、そこは軍隊の駐留地というより、サセックス州ののどかな村のように見える。

わたしは情報組織というものをあまりよく思っていない。最初は公安課で、つづいて大戦時に、その歯車のひとつとして動いているあいだに、自然にそう感じるようになってきたのだ。たしかに、そこに属している者はみな利発で、機略に優れ、国民と帝国のためにという志《こころざし》を有していたが、志がどれほど高尚《こうしょう》であっても、その手段はかならずしも褒められたものではなかった。法の遵守が身にしみこんだ警察官として、それは不快で、道義に反していて、さらに言うなら、イギリス的でないように感じられた。にもかかわらず、いまそこを訪れる気分は、そんなに悪くなかった。遠からず予想されるテロを阻止するためには、それは避けて通れないことだ。

わたしは自分の考えをバネルジーに話して聞かせた。マコーリーの殺人とダージリン・メールの列車襲撃は関連していて、どちらの事件も背後にはジュガントルの影がちらついている。センを見つけだすためには、どうしてもH機関の力を借りなければならない。

バネルジーはむずかしい顔をしていた。

「何か問題でも、部長刑事？」

バネルジーはいらだたしげに居ずまいを正した。

「率直に申しあげます。よろしいでしょうか」

わたしはうなずいた。「もちろん」

「あなたは今回の殺人事件の背後にある真実を見つけだしたいと本気でお考えでしょうか」

意外な質問だった。

「何も恐れず、分け隔てなく真相を究明するのが、われわれに課せられた義務だ。われわれはいまそれをやろうとしている」

「だとすれば、センから話を訊くことがどうしても必要になると思うのですが、いかがでしょう」

「当然だろうね」

「それなら、Ｈ機関と情報を共有するのはいかがなものかと思います。彼らは手荒いことで有名です」

「Ｈ機関には何も言うなということか」

「ぼくが言いたいのは、センの身柄を生きたまま確保したければ、Ｈ機関に先を越されちゃいけないということです」


管理部の大きな建物の前に車がとまったとき、わたしの頭のなかではバネルジーの言葉がまだ響いていた。その言い分はよくわかるが、要望に応えることはできない。Ｈ機関とすべてを共有する以外の選択肢はない。失敗したときの代償はあまりに大きすぎる。それに、タガート卿には何もかも話してあるので、当然それは副総督の耳にも入っているはずだ。わたしが黙っていても、いずれはＨ機関の知るところとなる。

バネルジーをどうするかはちょっとした悩みの種だった。最初はいっしょにドーソン大佐と会うつもりでいたが、いまはどうしたらいいかよくわからない。いずれにせよ、インド人を同席させたら、ドーソンがより警戒心を強めるのは間違いない。結局、バネルジーは置いていくことにし、わたしはひとりで車から降りた。

ふたりの衛兵の脇を抜けて建物のなかに入ると、いちばん手前のドアをノックして、そこにいた下士官にドーソン大佐はどこにいるのかと尋ねた。二階の二〇七号室にいるとのことだった。

二〇七号室はだだっ広い大部屋で、十数人の士官と補佐官の机が並んでいた。みな忙しげに立ち働いている。片方の壁には、地図が貼りつけられている。あちこちにフラッグや＋の印がつけられたインドとベンガルとカルカッタの地図だ。話し声やタイプライターの音のせいで、わたしが入ってきたことに気づく者はいなかった。カーキ色の軍服を着た若く美しい女性の補佐官のところへ行って、ドーソンはどこにいるのかと訊くと、部屋の隅の擦りガラスに仕切られた小部屋を指さした。わたしは礼を言い、そこへ歩いていって、ドアをノックした。

「どうぞ」野太い大きな声がかえってきた。

部屋に入ると、すぐにパイプの煙に包まれた。

「ドーソン大佐でしょうか」

煙ごしに、がっちりした身体つきで、口ひげを生やし、パイプをくわえた男の姿が見えた。年のころは四十ぐらいだろうか。赤銅色《しゃくどういろ》に日焼けした、ごわごわの肌、こめかみに白いものがまじった褐色の髪。読んでいた書類から顔をあげると、握手をするために立ちあがった。

「やあ。ウィンダム警部ですね。おかけください」

旧知の間柄のような口調だった。わたしのことをいろいろ知っているにちがいない。だが、驚くにはあたらない。なんといっても情報部員なのだ。

「飲み物はどうしますか」ドーソンは訊いて、日焼けした太い腕をあげ、腕時計に目をやった。「一杯ひっかけるには早すぎるな。紅茶でいいですか。ミス・ブレイスウェイト！」

返事を待つことなく、大声を張りあげると、ドアの向こうから、痩せぎすの女が不機嫌な馬のような顔を突きだした。

「紅茶をふたつ頼む、マージョリー」

女は不愛想にうなずき、大きな音を立ててドアを閉めた。

「あなたはカルカッタに着いたばかりだとお聞きしました、警部。この街はお気に召しましたか」

下調べはすんでいるということだ。わたしの軍隊時代の個人ファイルも当然見ているだろう。ということは、わたしが負傷して除隊されたことも知っているということになる。それ以外に私的な事柄も何かと知っているにちがいない。もしかしたら、自分自身が覚えている以上のことまで知っているかもしれない。

「気にいっています」

「それはよかった」ドーソンはパイプの煙をくゆらせた。「まだそんなに観光もしていないんですね」

「ええ。どこに行けばいいのかわからないので」

「好みにもよるが、わたしはダクシネーシュワル寺院をお薦めします。カーリー神を祭るヒンドゥー寺院です。それは破壊を象徴する女神で、奇妙な姿をしています。肌は真っ黒で、目は血走り、長い舌を出していて、殺戮に酔い痴《し》れているように見える。首にはいくつもの髑髏《どくろ》を巻いている。そんな神をベンガル人は崇拝しているのです。そのことからも、われわれがどういう種類の人間を相手にしているかわかります。カーリー神には生贄が捧げられます。最近では主としてヤギや羊ですが、そうではない場合もたまにあるという話です。一説によると、この街の名前もそこから来ています。カルカッタ――すなわちカーリーの街です」微笑みながら少し間をとって、「皮肉な話じゃありませんか。モダンなメトロポリスの深奥では、破壊の女神の黒い心臓が鼓動しているんです。どういう意味かはすぐにわかると思います」

ミス・ブレイスウェイトがトレーを持って戻ってきた。それを机の上に乱暴に置いたとき、カップから紅茶がこぼれたので、ドーソンが睨みつけたが、意に介する様子もなく、黙って部屋から出ていった。

「ミルクと砂糖は、警部？」

「いいえ、けっこうです」わたしは答えて、トレーからカップを取った。カップの下には、こぼれた紅茶のあとが輪になって残っている。

「ところで、警部、あなたは先の戦争に兵士として参加されましたか」

わたしはうなずいた。「ええ。一九一五年に入隊し、頭の上にドイツの榴弾が落ちてくるまでの三年間、戦場にいました」

ドーソンはうなずいた。すでに知っている事実がこれで確認できたということだろう。

「あなたは？　やはり戦場におられたんですか、大佐」

一瞬、顔が曇った。「いいえ、わたしはその名誉に浴していません。不幸なことに、そのときからここで仕事をしていたんです」

ドーソンはパイプの煙をふかしながら、身体を前に乗りだし、磁器の小瓶からミルクを入れて紅茶をかきまぜた。「それで、ご用件は？」

「マコーリーの一件です。犯行現場でわかったことを教えていただきたいと思いまして」

「いいですよ」ドーソンは机の上にパイプを置いて、紅茶を一口飲んだ。「でも、お教えできることはいくらもありません。大量の血痕が残っていただけです。残念ながら、死体を最初に見つけたのは、警察ではなく、野良犬のようです。そうそう。指が一本見つかりました。箱に入れて、死体安置所に送ってあります」

「報告書の控えをいただけないでしょうか」

「いいですよ。オフィスに送るようにします」

「あなたの部下はいまもまだ犯行現場に張りついているんですか」

「もちろん。副総督がその必要はないと言うまで。どうかご心配なく。犯行現場は誰にもいじらせません」

「それは心強い。さしつかえなければ、わたしの部下にも犯行現場の捜索をさせてもらえないでしょうか。何か見落としているものが見つかるかもしれません」

ドーソンの顔から柔和な表情が消えた。

「わたしの部下が無能だと思っているのでなければいいんですが」

「もちろん、そんなことは思っていません。ただちょっとした不注意から何かを見逃すということもあります」

「わたしの部下にかぎってはありません。でも、どうしてもということであれば、マージョリーに言ってください。そのように手配させます。さて、ほかにまだ何かあるでしょうか」

「もうひとつあります」

「なんでしょう」ドーソンは言いながら、わたしが入ってきたとき読んでいた書類を手に取った。

わたしはベノイ・センがカルカッタに戻ってきて、アマーナス・ダッタという男が主催する集会に顔を出したという話を伝えた。これで、わたしがドーソンを信用していないという思いは、いくらか薄らぐかもしれない。もっとも、それは誤解ではなく、本当のことなのだが。

センの名前を聞いても、ドーソンは表情を変えなかった。こくりとうなずいて、パイプの煙をふかしただけだった。

「もうひとつあります。木曜日の未明に襲撃されたダージリン・メールの件です。報告書には地元の盗賊による強盗未遂と思われるとありますが、わたしはテロリストの仕業ではないかと考えています。センがかかわっている可能性もあります。武器を購入する資金を調達しようとしていたのかもしれません。それが何を意味しているかは言うまでもないでしょう」

ドーソンは四番アイアンで殴られたような顔になっ

た。どうやらそういったことは考えてもいなかったようだ。これで少し溜飲《りゅういん》がさがった。

しばらくしてから、ドーソンはようやく言った。

「事態は思っていたより深刻なようですね。あなたはセンについてどの程度のことを知っていますか」

「知っていることはいくらもありません。警察にあるファイルはごく薄いものです。軍情報部のファイルを閲覧させていただければありがたいのですが」

ドーソンはしばらく考えていた。

「残念ながら、それはできかねます。でも、これだけはお伝えしておいたほうがいいでしょう。ベノイ・センはひじょうに危険な人物です。〝ドイツ人の陰謀〟のことはあなたもご存じだと思います。ですが、ご存じないこともあると思います。その陰謀のなかで何より重要なのは、連中がカルカッタのインド人兵士を煽り、反乱を起こすように仕向けたということです。わたしの記憶では、たしか当時ウィリアム要塞に駐屯《ちゅうとん》していた第十四ジャット連隊だったと思います。もし反乱が成功していたら、ここにいるすべての白人は喉を掻き切られていたでしょう。センは逃亡しました。二度逃がすつもりはありません」

「センの捜索に力を貸していただけるということですね」

「おまかせください。すぐに取りかかるつもりです」

「何かわかれば連絡していただけますね」

ドーソンは小さな笑みを浮かべた。「もちろんです。可能なかぎりは。ただ、連絡をとるまえに、われわれが行動を起こす可能性があることはご承知おきください。ご指摘のとおり、大規模なテロ攻撃が近々起きるかもしれないんです。センは四年間逃亡していました。カルカッタにいるあいだに捕らえないと、また四年間逃亡を許すことになりかねません」

「わかりました」

ドーソンから受けとる最初の連絡が、センの死亡か軍の監獄への収監を伝えるものになるのはたぶん間違いないだろう。

わたしは紅茶を飲みほして、ドーソンに時間を割いてもらった礼を言い、立ち去った。

階段をおり、陽の下に出たとき、バネルジーは大きなバニヤンの樹の影に立って煙草を喫っていた。わたしを見ると、すぐに煙草を揉み消し、吸い殻を地面に投げ捨てた。敬礼をして、近づいてくる。

「ちょっと面倒なことがあってな、部長刑事。どうしてもきみの助けが必要なんだ」

「なんなりと」

わたしはバネルジーといっしょに建物に戻り、階段をあがって、ふたたび二〇七号室に向かった。

「いいか。よく聞いてくれ。わたしはきみをマージョリー・ブレイスウェイトという素敵な女性に紹介する。なんなら口説《くど》いてもかまわないぞ」

「えっ？」

「どんなくだらない話でもいい。話をしているときに、ボスの顔を見ておいてもらいたいんだ。奥の部屋にいる男がそうだ。見ていることをその男に気づかれないように。どうだ、できそうか」

バネルジーは唾《つば》を呑みこんだ。もじもじしている。そして、シャツの襟を引っぱりはじめる。「わかりません。イギリス人の女性と話をするのは苦手なんです」

「しっかりしろ、サレンダーノット。インド人の女性と話をするのとどこがちがうというんだ」

「正直に言うと、イギリス人であれインド人であれ、女性と話をするのは苦手なんです」まるで自分自身の葬式に行こうとしているかのようだ。「ぼくたちの社会では、異性間の接触はごく限られています。ですから、どんなことを話したらいいのかわからないんです。相手がクリケット好きなら問題はないんですが……」

残念ながら、ミス・ブレイスウェイトがショートレッグとシリーポイントの違いの説明に興味を示すとは思えない。

「だったら、仕事の話をすればいい。マコーリー事件の犯行現場へ立ち入る許可をもらうんだ。それならできるな」

バネルジーはおずおずとうなずいた。

「頼んだぞ」

われわれは二〇七号室に入った。ドーソンの執務室を見ると、ドアは閉まっていて、擦りガラスにシルエットが浮かんでいる。わたしはミス・ブレイスウェイトのところに行って、バネルジーを紹介した。

「は、はじめまして」バネルジーは口ごもり、前に進みでると、テニスの試合を見ている金魚のように、わたしと閉じられたドアを交互に見やった。

「ミス・ブレイスウェイト」わたしは言った。「ドーソン大佐に聞くのを忘れていたことがあってね。時間はいくらもかからないので、わたしが向こうで話をしているあいだ、マコーリー事件の犯行現場に立ち入るためにどんな手続きが必要かをこちらの部長刑事に説明してやってもらいたい」

返事を待たずに、わたしはドーソンの執務室に向かい、ノックをして、ドアを大きくあけた。

「申しわけありません、大佐。先ほどお聞きした寺院の名前を忘れてしまいまして」

ドーソンは電話中で、迷惑そうな顔をしていた。

「ダクシネーシュワル寺院です」と、片手で受話器の送話口を押さえて言う。「バラクプールに向かう道ぞいにあります。車の運転手は知っていると思いますよ」

あらためて礼を言って、部屋を出たところで、バネルジーを見ると、小さくうなずいたので、ドーソンの執務室のドアを閉め、そこへ歩いていった。ミス・ブレイスウェイトは紙切れに何かを書きつけて渡した。

バネルジーは微笑み、礼を言った。

階段をおりながら、わたしは訊いた。「大佐の顔を見たか」

「はい」

「いいぞ。さっきの紙切れには何が書かれていたんだ。ミス・ブレイスウェイトの家の電話番号か」

　バネルジーは顔を赤らめた。「いいえ。犯行現場への立ち入りを認めてもらうために一筆書いてもらっただけです」

「この次、女性と話をするときは、少なくとも電話番号くらいは聞きだすように。夕食の約束を取りつけることができたらなおいい」

　車の後部座席にすわって、わたしは言った。「きみに頼みたいことがある、部長刑事。さっききみが見た男がドーソン大佐だ。独自にセンの捜索を始めようとしている。連中が持っている情報収集能力を考えたら、われわれより先にセンの身柄を確保する可能性は高い。だから、その動きを見張り、身柄確保のために動きだすときが来たら、教えてもらいたいんだ」

　バネルジーは目を大きく見開いた。「ぼくにH機関の士官を見張れとおっしゃるんですか」

「そのとおりだ。ミス・ブレイスウェイトと話すよりずっと簡単だと思う」

「スパイをスパイしろということなんですよ。相手はその道のプロです。一マイル離れていてもすぐに見つけられてしまいます」

「そうは思わない。いまはセンのことで頭がいっぱいのはずだ。そう簡単に気づかれるとは思えない」

「でも、どうやって見張ればいいんです。ウィリアム要塞はインドでもっとも警戒厳重な場所です。出口は少なくとも五つはあります」

「賭けるしかない。センが市内に潜伏しているとしたら、それはどこか」

バネルジーは少し考えた。

「インド人のなかです。同胞のなかにまぎれこむのがいちばんです。としたら、たぶんカルカッタ北部か川向こうのハウラーでしょう」

「センの潜伏地が見つかったら、連中は最短のルートでそこに向かうだろう。数台の車で。おそらくは兵士を満載にしたトラックを従えて」

バネルジーはわたしの考えを即座に理解した。

「としたら、見張る場所はプラッシー門の前ということになります。北へ向かう主要道路にいちばん近い門です。そのそばに警察署があるので、そこを指揮所として使うこともできます。ハウラーに向かうようなら、かならず橋を通るので、そこに監視をつけることもできるでしょう」

「よかろう。その際には、ドーソンが陣頭指揮をとると思うが、そうでなかったとしても、車が列をつくって大急ぎでウィリアム要塞をあとにしたら、それとわかるはずだ」

完璧ではないが、それが最善の方法だ。あとは運次第ということになる。いずれにせよ、H機関がセンの潜伏場所を見つけるには少なくとも一日か二日はかかる。そのあいだに何かもっとうまい手を思いつくかもしれない。さらに言うなら、ディグビーの情報提供者のほうが先にセンを見つける可能性もある。だが、その場合でも、先んずることができるのは数時間程度だろう。

バネルジーは運転手にチョーロンギー門から北へ向かい、プラッシー署へ行くよう命じた。

そして、そこに到着すると、わたしはバネルジーをその場に残して、ハウラー橋に監視を置いて何かあればすぐに連絡をとるよう命じた。それから、運転手にラル・バザールまで行き、そこからプラッシー署に取ってかえして、バネルジーの指示を待つように言った。

ラル・バザールで、ディグビーがわたしのオフィスにやってくるまで十分待った。

「センの潜伏場所について何かわかったことは？」わたしは尋ねた。

「いまのところは何もありません。つい先ほどヴィクラムから連絡がありました。バラ・ナガルやダムダムまでブラック・タウンのあちこちに探りを入れているようですが、あれから時間はいくらもたっていません」

「ほかの情報源は？」

「同じです。何かを知ってそうな者には片っ端から連絡をとっていますが、政治にはとんと無関心な者ばかりなので。しかも、みな一様に奇妙な倫理感を持っていましてね。自分と同じようなろくでなしを売るのは平気なんですが、センのような人物となると別問題です。英雄視しているんです」申しわけなさそうな口調だった。「ドーソンのほうはどうでした。成果を得られましたか」

　わたしはかいつまんで説明した。

「なるほど」ディグビーは言った。「センの捜索に力を貸してもらえるんですね。ありがたいことです」

「それはどうだろう。われわれの新しい友人がどの程度の力を貸してくれるのかはわからない。が、いずれにせよ、われわれは連中がセンを見つけだしたときの準備をしておく必要がある。そのためにいくつか教えてもらいたいことがある」

「言ってみてください」

「H機関はどうやってセンの身柄を確保しようとしているのか」

　ディグビーは訝しげにわたしを見つめた。「具体的にいいますと？」

「どうやって人員を確保するのか。どんな情報源に頼っているのか。どのような命令が出ているのか。そういったことだ」

「そうですね。これまでわたしが見てきたかぎりでは、人員はH機関の兵士だけでまかなえるはずです。どれだけの人数が必要なのかはわかりませんが、少なくとも足りないということはないと思います。どうしても人員を補充しなければならないときには、警察ではなく、軍に応援を求めるでしょう」

「H機関の兵士はみなウィリアム要塞にいるのか」

ディグビーはうなずいた。「そう思います。現場で情報収集活動にあたっている者はもちろん大勢います。でも、兵士はみなそこに詰めているはずです」

「警察とはどういうかたちで情報を共有しあっているんだろう」

「情報の必要度によります。どうしても必要なら、それはすべて彼らのものになります」

「警察は軍への説明義務を負っていないはずだが」

「ここはイギリスじゃありませんよ、警部殿。ここではすべての道が一ヵ所に通じています。総督府です。そして、ベンガルでは、総督府に通じる道はすべて副総督府を経由します。H機関は副総督の直属の組織です。何かがほしければ、副総督は総監にその旨を伝えるだけでいい。われわれはそれに従うしかありません。今回の犯行現場の捜索の件も同様です。われわれをそこから引き離すのにどれくらいの時間がかかったか。わずか数時間です」

「タガート卿はそれでいいと思っているんだろうか」

「もちろん、そうは思っていないでしょう。でも、何をどうできると言うんです。誰に文句を言えばいいんです。総督に？　総督はデリーで豪族やマハラジャと飲んで騒いでいるだけです。ここで何が起きているか知ってもいないし、気にかけてもいない。分離独立派や革命家を封じこめることができさえすれば、副総督はここで何をしてもかまわない。タガート卿はそれを受けいれるしかありません」

「われわれのほうが何かを必要とするときは？」

「H機関の幹部とどれだけ親しいか、どれだけ好意を示してもらえるかによります」

「きみはどうだ。個人的にH機関にかかわったことはあるか」

顔の筋肉がほんの少しこわばったみたいだった。

「一度だけあります。たいした仕事じゃありません。先の戦争中のことです。当時わたしはライガンジにいて、そこの地区責任者をしていました。そのとき、H機関が近くの村にテロリストが潜伏していることを突きとめたのです。なんの罪に問われていたのかはわかりません。とにかく、村に通じるすべての道路を即座に封鎖するように命じられたので、わたしはみずから指揮をとって要所要所に検問所を設置し、村の周辺の監視にあたりました。H機関の兵士が数台のトラックに乗ってやってきたのは、陽が落ちる直前のことでした。彼らは夜のうちに村のまわりに鉄条網を張りめぐらせ、夜明けとともに動きだしました」

「それで、テロリストは捕まったのか」

ディグビーは目をそらした。「正確にいうと、捕まっていません。逮捕時に抵抗して全員射殺されたのです。数人の村人が巻き添えになりました」

「警察はその村人たちの死について調べたのか」

「作戦の指揮をとっていた少佐は不可抗力だったと言っていました。村人たちはテロリストをかくまっていたそうです」

「そのことについてほかの村人たちはなんと言っていた？」

ディグビーは苦々しげに口もとを歪めた。「村民の半分が地面に倒れて死んでいるのを見ているときに？　なんと言ったとあなたは思います？　もちろん何も言いはしませんでした。恐怖に打ち震えていただけです」それから一呼吸置いて続けた。「調べるべきことは何もありませんでした」

18

わたしはマコーリーのオフィスの椅子にすわっていた。いや、そこはもはやマコーリーのオフィスではない。部屋の主はすでに変わっている。机の横には、スティーヴンズの私物を詰めた箱が置かれ、荷ほどきされるのを待っている。一方、マコーリーの私物は木箱に無造作に投げ入れられている。それがそこで何を待っているのかは神のみぞ知る。

　スティーヴンズがどこにいるのかはわからない。もうすぐ来るとアニーが言ったのは、十分前のことだった。その五分後には、机の上のスティーヴンズとその妻の写真を見るのに飽きたので、窓の外に視線を移していた。こちらのほうがずっと興味深い。ここからだと、ダルハウジー広場が一望できる。熱気も臭気も感じないので、より美しく見える。眺望絶佳《ぜっか》はしばしば権力者の占有物だ。

「どうです。いい感じでしょ」

　振りかえると、スティーヴンズが歩いてきていた。その顔には新しい玩具《がんぐ》を買ってもらった子供のような笑みが浮かんでいる。

「外の景色ですか。それともオフィスですか」

「もちろん景色です。オフィスは、なんと言いますか……」声は尻すぼまりになった。

　年は三十代。上級職に就くには若すぎる。エネルギッシュだが、ピリピリしたところがあり、身のこなしはぎこちなく、落ち着かない感じがする。

「ウィンダム警部ですね」と言って、椅子を勧めた。

　それから、自分は机の後ろにまわり、ハイバックの革張りの椅子の高さを数インチあげて、そこに腰をおろした。「せっかく来ていただいたのですが、ちょっと立てこんでいましてね。副総督は暑くなりすぎるまえにということで来週ダージリンに発ちます。それには官邸の半分の人間が同行することになっています。その段取りを整えるのは、ここライターズ館にいる者の仕事です。今回のマコーリーの不幸な事件は最悪のタイミングで起きてしまいました」

「あなたにとっては、都合のいいものじゃなかったということですね」

その言葉の意味をはかりかねたらしく、スティーヴンズはわたしをじっと見つめた。その結果どのような判断を下したのかはわからない。自分自身もどういうつもりで言ったのかわかっていなかった。

「ご用件をうかがいましょう、警部。申しわけないが、あまり時間をとれないんです。これからイヴリン・クリスプ卿と緊急の会議が控えていましてね」

知らない名前だった。知っていたとしても、何も変わらなかっただろう。たとえその男がわたしの婚礼の介添人だったとしても、わたしはスティーヴンズの反応を見るために知らないふりをしていたはずだ。

「ベンガル・ビルマ銀行の頭取です」

わたしはしかるべき畏敬の念を取り繕った。スティーヴンズが虎の威を借りようとしているのはあきらかだ。こちらとしては、そのほうがあしらいやすい。自分に自信がある者なら、このあとどんな人間に会うかわざわざ言ったりしない。

「では、さっそく本論に入りましょう。あなたはマコーリーの下でどれくらいのあいだ働いていましたか」

「うんざりするくらいです」スティーヴンズは笑った。軽口にしても、ちょっと言葉がすぎるように思える。本人もそのことに気づいたらしく、すぐに真剣な口調になって言いなおした。「仕えていたのは三年ほどです。そのまえは別のところにいました」

「どこです」

「ビルマのラングーンです」

「マコーリーとは、一言でいうと、どのような関係にあったんでしょう」

「単なる職業上の関係です」

「あまり親密ではなかったということでしょうか。三年間もいっしょに仕事をしていたのに」

スティーヴンズは万年筆を手に取り、なかば上の空で机をこつこつと叩きはじめた。「いっしょに仕事をしやすい相手ではかならずしもありませんでした」

「どういう意味でしょう」

「独断専行の度合いがあまりにも強すぎたんです。議論の余地はまったくありませんでした。どんなときにでも自分のやり方を押し通していました。ほかの者が自主的に何かをすると、ひとを馬鹿にするなと怒りだすありさまで」

「付きあいにくい人間だったということですね」

「ほかの誰よりも」

手に持った万年筆をはじめて見るもののようにためつすがめつしている。もしかしたら、実際にそうなのかもしれない。それはマコーリーのものかもしれない。

「最近、意見があわずに揉めたことはありますか」

スティーヴンズは首を振った。「覚えているかぎりではありません」

わたしはアニーが言ったことを思いだした。先週マコーリーとスティーヴンズは輸入関税をめぐって言い争っていたという。スティーヴンズがそんなことを忘れるとは考えにくい。

「ほかの者はどうです。マコーリーに敵対していた者はいましたか」

「いなくはなかったでしょうね。スコットランド人であることを割り引いても、あまり人気のあるほうではありませんでしたから」

「最近何か変わったことはありませんでしたか」

「先月、何度か酔っぱらって出勤していました。酒をやめたと聞いていたので、ちょっと変だなと思ったことを覚えています」

「注意した者はいますか」

「もちろん、いません。マコーリーは財務局のトップというだけじゃなく、副総督の特別な友人でもありました。鉄壁の守りです。矢も鉄砲も通用しません」

またしても失言だ。ナイフで刺し殺されたときに、そのような言い方はない。

「あなたはマコーリーの仕事を全部引き継ぐことになるのですか」

「少なくとも財務関連の仕事は全部引き継ぎます。実際のところ、それで手いっぱいです。この数日はずっと引き継ぎ作業に追われていました」

「マコーリーがいなければ、仕事にならないといった感じだったんでしょうか」

スティーヴンズは笑った。「それは見方によりますね。一般の事務について言えば、マコーリーがいなくても、なんの差しさわりもありませんでした。でも、いくつかの案件に関しては、どうしてもマコーリーの決裁が必要でした。たとえば、十万ルピー以上の支出とか送金手続きとかです。政府の車輪を回しているのは金です。マコーリーのサインがなければ、いたるところに支障が出ます。政府の役人の半分がダージリンに移動しようとしているときに就きたい役職ではありません」

「その権限は簡単に引き継げないものなんですか」

「そんなことはありません。水曜日の午前の数時間のうちに、引き継ぎの手続きは完了しました。問題はサインを必要とする多くの書類が見つからなかったということです。あとでわかったことですが、マコーリーが家に持ってかえっていたんです」

「ミス・グラントがマコーリーの自宅に取りにいった書類ですか」

「えっ？」とまどったような口調だった。「ええ、たぶんそうでしょう。その一部だと思います」

「どんな種類のものでしょう」

　スティーヴンズは肩をすくめた。「通常のものです。主として給与の支払いと送金手続きに関する書類です。月曜日にサインしなければならなかったんですが、マコーリーはそれを家に持ってかえり、そのままになっていたのです。酔っぱらって、忘れてしまったのかもしれません。書類が戻ってくるまえに、地方から問いあわせの電報がひっきりなしに届いていました」

「政策についてはどうなんでしょう。マコーリーは税制の策定に重要な役割を果たしていたと聞いています。あなたはそういった仕事も引き継ぐことになるんでしょうか」

　目がきらっと光った。「そうなればいいのですが。その点については、見直しを必要とする案件が多々あります。でも、どうなるかわかりません。それを決めるのは副総督です」

「見直しを必要とする案件とは、たとえばどんなものでしょう」ほかの多くの者と同様、わたしはそんなことにどれほどの興味も持っていなかったが、官僚にとっては重大な関心事であるにちがいない。スティーヴンズはマコーリーと輸入関税に関して言い争っていたという話もある。単なる意見の相違か、あるいはもっと根深いものか、知っておいても損はない。

「いろいろあります。どこから始めたらいいのか。そうですね。税金の多くは逆進税なんですが、輸入関税については、首をかしげたくなるような条項がいくつもありましてね。確実にビジネスの妨《さまた》げとなっているんです」

　ドアがノックされ、アニーが部屋に入ってきた。

「イヴリン卿がお見えです」

「わかった。すぐ行くと伝えてくれ」スティーヴンズは立ちあがり、それからわたしのほうを向いて言った。「申しわけありませんが、警部、時間切れです。ほかにもまだお訊きになりたいことがあるようでしたら、ミス・グラントに言って、日時を再設定してください。しばらくしたら、わたしのほうももう少し落ち着くはずです」

ラル・バザールに歩いてかえる途中、わたしはほとんど何も考えていなかった。頭のなかでは、自然に絵図が形づくられつつあった。まだぼやけていて、ピントがあうまえのレンズを通して見ている感じだが、何かが形をとりつつあるのは間違いなかった。オフィスに着くと、すぐにプラッシー署にいるバネルジーに電話をかけた。

「新しい動きは？」

「ありません。ウィリアム要塞から出ていった車は数台だけです。橋には監視員を配置しておきました」

「よろしい。きみにもうひとつ頼みたいことがある。マコーリーの補佐官だったスティーヴンズの経歴を調べてもらいたいんだ。特にビルマがらみの利権にかかわっていないかどうか」

「企業登記局に問いあわせてみます」

「何かわかったら教えてくれ」

「お知らせしておきたいことがあります。十分ほどまえ、シアルダー駅の駅長から連絡がありました。積荷の目録は全力をあげて探しているとのことですが、そう言ったあと、どうして警察は軍にこの二週間のすべての記録を請求させたのかと訊いてきました」

「軍にそんなことを頼んだ覚えはない」

「ええ。まったくわけがわかりません」

「考えられるとしたらH機関だ。わたしはドーソンにダージリン・メールの列車襲撃の話をした。だから、その記録を手に入れるために命令を出したんだろう。積荷の目録がなければ、その列車に何が載っていたのかを知るすべはなくなる」

「たしかにそのとおりです。申しわけありません」バネルジーは言った。自分にはなんの関係もないことなのに、なぜか自分にすべての責任があるかのような口ぶりだ。困ったものだ。いつもどんなことでも自分ひとりで泥をかぶろうとする。

わたしはため息をついた。「どうしてきみが謝らなきゃいけないんだ、部長刑事。誰かが責めを負わなきゃならないとしたら、それはわたしだ。列車の襲撃のことをドーソンに話したのはわたしなんだから」

「それでも、積荷の目録が時間どおりに提出されていれば、H機関がかかわるまえに、われわれはそれを受けとることができたでしょう」

何かがわたしの頭のなかではじけた。「いまなんと言った、部長刑事」

バネルジーはきょとんとした顔をしている。「べつにどうってことじゃありません。もし鉄道会社の職員が書類をどこかに置き忘れていなかったら、積荷の目録は時間どおり提出され、われわれはそれを手に入れていたでしょう」

「よくやった、サレンダーノット！ きみは天才だ！」わたしは言って、受話器を置くと、帽子をつかんで、部屋から飛びだした。

ダルハウジー広場に戻り、ライターズ館の前の階段を駆けあがったときには、暑さを忘れていた。

絨毯の上に汗を滴り落としながら、アニー・グラントのオフィスに駆けこむ。

「忘れもの、ウィンダム警部？」

わたしは息を整えながら言った。「そう言ってもいいと思う」

「ミスター・スティーヴンズは会議中よ。まだもう少しかかりそうだけど」

「きみに用があるんだ、ミス・グラント。きみはマコーリーの自宅からファイルを持ちかえったと言ってたね。そのなかに、送金手続きに関するものは含まれていなかっただろうか」

アニーの目には好奇の色が浮かんでいる。「ええ。

でも、どうして？　来週の副総督のダージリン行きのための送金許可書よ」

「金額はわかるかな」

「二十万七千ルピー。カルカッタの国庫からダージリンに送られることになっていたのよ」

「マコーリーが書類を家に持ってかえったので、送金は予定より遅れたんだね」

「ええ。でも、一日だけ」

「その金は水曜日の夜ダージリン・メールで送られる予定だったんだね」

アニーはわたしがまるで千里眼のインド僧であるかのように見つめた。「ええ、そうよ。でも、どうして――」

「その金が水曜日の夜に輸送される予定だったことを知っていたのは何人ぐらいいるんだろう」

アニーは肩をすくめた。「大勢いるわ。財務局員はほぼ全員が知っている。あとは、副総督府の職員、鉄道関係者、警備の兵士。それは秘密でもなんでもない。年中行事のひとつだから」

二十万七千ルピー。センとその仲間が充分な銃器や爆弾を買える金額だ。マコーリーが書類を家に持ちかえったあと殺されていなかったら、彼らはその金を手に入れていた。頭のなかでブザーが鳴り響いた。とつぜんすべてがつながった。あと必要なのはセンを見つけだすことだけだ。

19

　電話が鳴ったのは午後四時だった。

ラル・バザールは窯と化していたが、それでも外よりはましだ。そのとき、わたしは自分のオフィスで、ドクター・ラムが送ってきた検死報告書に目を通していた。それを机の上に置いて、受話器を取る。バネルジーからだった。荒い息遣いをしている。

「動きだしました、警部」

「H機関のことか？」

「そうです。車二台とトラック一台。五分ほどまえにハウラー橋に向かっているのを確認しました」

「追いつくことはできそうか」

「たぶんできると思います。橋の近くはいつも混雑しています。この時間帯だったら、橋を渡って対岸の渋滞を抜けるのに、三十分はかかるでしょう。自転車でも追いつけます」

「よろしい。監視と連絡はこのまま続けさせろ。きみはいますぐこっちに戻ってきてくれ」

　H機関はわたしが予測していたよりずっと早くセンを見つけだした。連中はいたるところに情報網を張りめぐらしている。それだけ潤沢《じゅんたく》な資金力を持っているということだ。この四年間なぜセンを見つけることができなかったのか不思議に思えるくらいだ。だが、いまはそんなことを考えている場合ではない。

　次の数分間はあっという間に過ぎた。まずは、ディグビーに電話をかけ、バネルジーの報告を伝え、五分で出発の準備を整えるよう命じた。それから、タガート卿宛てにメモを書いた。それを用務員に持っていかせるのはやや心もとなかったので、自分で総監室に届けることにし、階段を一段飛ばしであがり、秘書室に駆けこんだ。こんなふうにダニエルズを驚かせるのは、この三日間で二回目だ。それは習慣化しつつある。メモをさしだすと、この建物を出るまでの時間を考えて、十分後にタガート卿に渡してくれと言った。十分後なら、タガートがわたしをとめようとしても手遅れになっている。

走って自分のオフィスに戻ると、ウェブリーの点検にかかった。問題ない。銃弾は装塡ずみだ。それをホルスターに戻したとき、バネルジーがやってきた。息を切らしている。

「連絡はあったか、部長刑事」

「まだです」

「わかった。これからは何かあったらハウラー署に連絡するように言ってくれ。ハウラー署にその旨を伝えておけば、橋を渡ったときに、そこへ寄ってメッセージを受けとることができる」

「わかりました」

「きみは拳銃を持っているか」

「いいえ。でも、ライフルの射撃訓練は受けています」

「だったら、リー・エンフィールドを借りうけろ。車のなかで待っている」

数分後、わたしとディグビーとバネルジーはストランド通りをハウラー橋に向かっていた。それは橋といっても、実際は二十数個の浮体《ポンツーン》の上に舗装道路を渡したもので、中央部分は船を通すために開閉することができる跳開橋になっている。

バネルジーが言ったように、そこには大渋滞が発生していた。

「ここで車を降り、走って渡りましょう。ハウラー署が川の向こうに車を用意してくれています」

われわれは車から降りて、橋に向かって走りはじめた。前方にはフーグリー川が広がっている。ガンジス川の分流だが、インド人は両者を分けて考えていない。小さい国からやってきた者に、その川のスケールを理解するのは容易ではない。海から八十マイルも離れているのに、川幅はテムズ川の十倍以上ある。褐色の水面のはずれは水平線のように見える。ベンガルの炎天下を走って橋を渡りはじめたときには、いつまでたっても向こう岸にたどりつけないような気がした。なんとか橋の中央部までやってきたとき、大渋滞の原因があきらかになった。蒸気船を通すために橋の一部をあげかけているところで、そのために交通が遮断されていたのだ。わたしは管理責任者と思える男のところへ行って、橋をおろすように命じた。男はイギリス人とインド人の混血で、ひさしのついた官帽をかぶり、カルカッタ港湾局のバッジをつけている。簡単には応じてくれなさそうな顔をしていたが、わたしがホルスターのボタンをはずしかけると、あっさりと考えを変え、まわりにいた作業員に命令を伝えた。作業員はわけがわからず、しばらく目を泳がせていたが、口汚い言葉で怒鳴りつけられて、ようやく橋をおろしにかかった。

十分間で橋を渡りきったが、そのときには三人とも汗だくになり、くたびれはて、荒い息をついていた。前方には、ハウラー駅のずんぐりとした駅舎が見える。一台の車が猛スピードで走ってきて、急ブレーキをかけてとまった。われわれ三人がその後部座席に乗りこむと、車はすぐにサイレンを鳴らしながら、ハウラー署に向かって走りはじめた。

カルカッタがベンガルの美女だとすれば、ハウラーはその醜い妹ということになる。建物はみな傾き、崩れ落ちそうになっていて、街全体が老朽化した巨大な操車場のように見える。車は延々と続く倉庫群の前を通り抜けて、小さな警察署の建物の脇にとまった。バネルジーは車から飛び降りて、建物のなかに駆けこみ、少ししてから紙切れを持って戻ってきた。

そして、息を切らしながら言った。「停車したという連絡が入っていました」

「場所は？」

「コナという村です。ここから五マイルほど先のベナレス通りぞいにあります」

「行こう」

バネルジーは車に飛び乗り、運転手に行き先を告げた。車はすばやくUターンして、道路に戻った。ハウラーをあとにして、郊外のいくつかの村を抜けると、開けた田園地帯に出た。われわれは先を急がなければならなかった。道路はほどなく象が呑みこまれそうに思えるくらいの大きな穴があちこちにあいた未舗装の道に変わったが、運転手は気にしていないみたいで、何かに取りつかれたように突進し、神の摂理によるものか天性の第六感によるものかはわからないが、とにかくなんとか生きてコナに着くことができた。

着いたときには暗くなっていた。そこが目的の場所であることを示す標識はなかったが、そんなものは必要なかった。道の真ん中に人垣ができていた。みな口々に何やら叫んでいる。そんなに遠くないところから車のエンジン音が聞こえてくる。そっちのほうへ向かうと、人垣は割れた。ヘッドライトの光が空中に舞いあがったばかりの砂ぼこりを照らしだす。角を曲がったところに、ランプの明かりが見えたので、わたしは運転手にそっちに行くよう命じた。そこには、軍のトラックのヘッドライトに照らしだされた群衆の姿があった。みな血相を変え、銃剣を構えて立っているインド人兵士に怒声を浴びせている。車がそこに近づくと、インド人兵士はすぐに脇に寄り、手を振って、われわれを通した。ふたりの制服姿の白人の姿が身分証明書の役割を果たしたにちがいない。

少し行ったところに、数台の車がとまっていた。そこから数ヤード離れたところに、ドーソン大佐がいた。士官の一団と話をしながら、手に持ったパイプを何かに向けている。

わたしはバネルジーのほうを向いた。「電話があるところを見つけて、タガード卿にことづてを取りついでもらってくれ。現在の状況と場所を伝えるんだ」

バネルジーは敬礼をして、電信柱がある方向に走っていった。わたしとディグビーはドーソンのほうに足を向けた。とそのとき、とつぜん瓶が暗闇のなかを飛んできて、インド人兵士のひとりの足もとで割れた。ガラスの破片が飛び散り、そのひとつが足に刺さったらしく、兵士は悲鳴をあげて、白いカイゼル髭をたくわえた准士官のほうを向いた。准士官は前に進みでて、群衆を睨みつけた。それで騒ぎがおさまると思ったとしたら大きな間違いだった。最初に石、次に煉瓦、それからいろんなものが雨あられと飛んできた。准士官はひるみ、インド人兵士はずるずるとあとずさりしはじめる。准士官はドーソンのほうを向いた。そして、ドーソンが口にパイプをくわえたままうなずくと、すぐに大声で一連の命令を発した。それは自分の部下たちに向けてのものであると同時に、群集に向けてのものでもあったのだろうが、まわりは騒然としていたので、その声がそこまで届いたとは思えない。だが、そこから先はちがった。一斉にレバーを引く音がして、ライフルの発射準備が整う。次の命令が発せられる。兵士たちがライフルを構え、群衆に狙いを定める。一瞬、沈黙が垂れこめ、それから手負いの獣《けもの》のような声があがった。これから何が起きようとしているかを理解したのだ。前列にいた者は急に逃げ腰になり、あわててあとずさりしはじめた。

「撃て！」准士官が叫んだ。

銃声が鳴り響く。悲鳴があがる。みな逃げまどっている。数分後、群衆の姿は消え、路上には不気味な沈黙が垂れこめていた。何人もの死傷者が出たにちがいないとわたしは思っていたが、そうではなく、地面に倒れていた者もすぐに立ちあがって逃げていった。最後の瞬間に兵士は銃口を上にあげて、空に向けて発砲したのだ。

空中にはコルダイトの刺激臭が満ちている。わたしはとつぜん一九一五年に引き戻された。耳のなかで、砲声が鳴り響く。目を固く閉じる。次の瞬間には、泥と土が雪崩《なだれ》のように降りかかってくるにちがいない。だが、何も落ちてこなかった。火薬の臭いはパイプ煙草の匂いに変わった。

「よく来てくれましたね、警部」

目を開くと、ドーソン大佐が歩いてくるのが見えた。まさかわれわれがここに来ているとは思わなかっただろうが、そのような表情はまったく顔にあらわれていない。

「違法な集会です。威嚇《いかく》射撃は法律で認められています。でも、われわれにはもっと重要な仕事がある」

わたしは気を引き締めた。

「センですね」

ドーソンはうなずいた。「潜伏場所がわかりました」

よかった。ということは、まだ捕まえてはいないということだ。〝潜伏所がわかった〟は〝捕まえた〟よりいい。〝射殺した〟よりずっといい。

「どこです」

「あの家です」ドーソンは言って、パイプをそこに向けた。

月明かりの下に、陸屋根のずんぐりした平屋が見える。三方を低い塀に囲まれている。裏側は直接運河に面しているようだ。なかは暗く、ドアも窓の鎧戸《よろいど》も閉まっている。

「そこにいるのはたしかですか」

「たぶん間違いありません。なかに入っていくのを見た者がいます。出ていくところを見た者はいません。われわれがここに来るまえに、なんらかの方法で出ていった可能性は、あっても、ごくわずかでしょう。家は完全に包囲されています」ドーソンは兵士の展開場所をひとつずつ順々に指さしていった。「逃げ道はありません」

「仲間は？」

「おそらく二人か三人」

「武装していると思いますか」

「間違いありません」

「突入の準備は？」

「全員位置についています。あなたがここに来たとき、われわれはセンに最後通告を出すところでした」

「なかに市民はいないのですか」

「あなたの言う市民の定義は？　わたしに言わせれば、あそこにいるのはテロリストとその幇助者《ほうじょしゃ》だけです」

「女子供は？　センが最後通告を無視するようなら、逃げたい者には身の安全を保障すべきだと思います。そうすれば、逃げだした者から家の間取りやら何やらの情報を得ることもできます。さらに言うなら、センが実際そこにいるかどうかたしかめることもできる」

ドーソンはわたしをじっと見つめた。その顔にはなんの表情も浮かんでいないが、どうすべきか考えているのはあきらかだった。

「いいでしょう。あなたの言うとおりにしましょう」

家の正面の塀の手前に、拡声器を持ってかがみこんでいる兵士がいた。ドーソンが呼ぶと、腰をかがめたまま走ってきた。そして、ドーソンが命令を伝えると、敬礼して、元の場所に戻っていった。

「さあ、始まるぞ」ドーソンは言った。

兵士は家に向かって呼びかけた。拡声器のせいで声が虚《うつ》ろに響く。家からは何の反応もない。一分後、兵士はまた呼びかけた。このときは銃声がかえってきた。銃弾は兵士のすぐ近くの塀に当たり、煉瓦が割れ、破片と埃が舞いあがった。

「これが答えってことだな」ドーソンは言った。

ドーソンは准士官を呼び、射撃開始の命令を告げた。

すぐに家のまわりに配置されていた兵士たちによる一斉射撃が始まった。家の正面の漆喰や木が飛び散る。家から応射があり、銃弾が塀や車に跳ねかえる。

ドーソンがうなずくと、兵士たちは家のほうへ突進していった。塹壕戦の経験者であれば、それは間違いであるとすぐにわかっただろう。正面突破をはかるためには、まず敵を疲弊《ひへい》させる必要がある。だが、ドーソンは戦争を知らないし、兵士たちは無謀だった。数秒でふたりの兵士が撃たれた。ひとりは地面に倒れて悲鳴をあげている。もうひとりは即死だ。残りの者は塀の後ろまで後退した。

ドーソンはため息をついた。「連中は死ぬまで抵抗をやめないでしょうな」

わたしは答えた。「そのまえに弾丸《たま》が尽きることを祈りましょう」

ドーソンは冷ややかに笑った。「その場合、最後の一発は自分用に残しておくはずです」

バネルジーが電話から戻ってきて、わたしの横にしゃがみこんだ。そのときには銃撃はやんでいた。テロリストたちは弾薬を無駄にしないよう、われわれの側の動きが見えたときにしか発砲してこない。傷ついた兵士は何やら叫んでいる。言葉はわからないが、その必要はない。死をまえにした男が何を叫ぶかは決まっている。神か、でなければ母の名前だ。仲間たちは助けにいこうとするが、そのたびに発砲されるので、すぐに後戻りせざるをえなくなる。しばらくして叫び声はやんだ。その死が今回の攻防に与える影響は大きい。兵士たちは復讐を誓い、仇《かたき》をとろうとする。センを生きたまま捕らえたければ、自分の手でなんとかしなければならない。

わたしはドーソンがいるところから離れて、ディグビーとバネルジーといっしょに前へ進みでた。兵士たちは家の前面と両脇の塀の後ろに配置されている。家の裏側はやはり運河に面していた。そこには窓がふたつあるだけで、どちらにも鎧戸がおりている。そこから銃弾が飛んでくることはない。運河の向こうには、センの逃亡を阻止するために数人の兵士が配置されているだけだ。草の上に身を伏せて、鎧戸のおりた窓にライフルの銃口を向けている。

わたしはディグビーとバネルジーを従えて、運河の土手のほうへゆっくり這い進んでいった。運河の水の悪臭が鼻をつく。兵士のひとりがわれわれに気づいて、ライフルを構えたが、やってくるのが白人であるとわかると、すぐに銃口を下に向けた。われわれ三人は淀んだ生温かい水のなかに入り、向こう岸まで泳いでいった。

土手にあがると、わたしはふたりに兵士たちとともに窓を見張っているよう身ぶりで命じた。そして、兵士のひとりから銃剣を借りうけ、ふたたび運河に戻って、家の窓のひとつのすぐ下まで泳いでいった。そこの土手ぞいに浅い岩場があった。その上に立つと、水の上に頭を出すことができたので、そこで様子を見ることにした。まわりはしんと静まりかえっている。ドーソンが作戦を練り直しているのだろう。数分後に、家の前側でふたたび銃声があがった。兵士たちは再突入をはかろうとしている。顔をあげると、窓は八フィートほどの高さのところにある。家のなかからは話し声がとぎれとぎれに聞こえてくる。それから、くぐもった悲鳴と、ひきつったような叫び声があがった。心拍が激しくなる。いましかない。

銃剣をあげて、頭上の壁に突っこむ。刃は強く、鋭い。簡単に漆喰を突き破り、その下の煉瓦に突き刺さった。それを片手でつかみ、もう一方の手を漆喰の裂け目にかけて、身体を引っぱりあげる。それから銃剣を引き抜き、さらに上の壁に突き刺す。そんなふうにして、窓のほうへあがっていっているとき、鎧戸のひとつが開いた。月の光が金属に反射する。ライフルの銃身だ。わたしは壁に身体を押しつけた。窓から女が顔を出し、下を覗きこむ。そして、わたしを見る。ライフルの銃口が下に向けられる。わたしは目を閉じた。ほかにできることは何もない。銃声が響き……

死ぬ直前には、命が光り輝き、貴重な思い出の映像が目の前をよぎると言われている。だが、わたしの場合には、何も起きなかった。光もなければ、サラの顔も出てこなかった。死を前にして、わたしはなかばおののき、なかばそれを歓迎していた。だが、その瞬間は来なかった。頭上で、女のうめき声が聞こえ、どさっという音がした。顔をあげると、窓の下のコンクリートの出っぱりから手がだらりと垂れているのが見えた。

敷居の出っぱりの上によじのぼると、窓に鉄の手すりがついていることがわかった。それまでは鎧戸がおりていたのでわからなかったのだ。女はそこに倒れかかっていた。わたしは自分の愚かさを呪った。なんの根拠もないのに、その鎧戸の向こうには誰もいないと決めてかかっていたのだ。出っぱりの上でひとしきり思案したが、いまは上にあがること以外何もできない。わたしは立ちあがった。窓の上には、下のよりもう少し薄いコンクリートの出っぱりがある。たぶんモンスーンの豪雨対策用に造作されたものだろう。手をのばして、それをつかむと、その上によじのぼる。そこから屋根までの距離は約六フィート。銃剣と漆喰の裂け目に手をかけながら、さらに上をめざし、ようやく陸屋根のへりに出ることができた。

そこで少し間をとり、息を整え、位置を確認する。銃撃戦はまえより激しくなっている。前方に小さな階段室があり、ドアの輪郭が見える。その向こうには階段があり、そこから家のなかに入れるようになっているのだろう。屋根の奥の壁には、そこに寄りかかって死んでいる男の姿がある。

自分の拳銃を抜いて、ドアの前に走っていき、そっと押して開き、すぐに後ろへさがる。銃声はあがらない。階段を覗きこむ。暗い。ゆっくりと階段をおりると、片側に廊下があった。奥のほうにのびている。もう一方の側には、ふたつのドアがある。両方ともあけっぱなしになっていて、正面の部屋に通じていることがわかる。薄暗がりのなかに、ふたつの人影があった。ひとつは床の上に倒れていて、怪我をしているらしく、ほとんど動かない。もうひとつは窓の近くに立ち、ライフルを外に向けて発射している。外からは一段と大きな叫び声が聞こえてくる。兵士たちは殺気立っている。

　わたしは拳銃を構えて部屋に駆けこみ、武器を捨てろと叫んだ。男は振り向いた。それはセンかもしれない。そのことを知るすべはない。だが、わたしはマコーリー事件の第一容疑者を殺すためにここに来たわけではない。銃口を脚に向けて、引き金をひく。が、何も起きない。運河を泳いでいたときに、水に浸かって不具合が生じたにちがいない。男は一瞬ためらい、それから発砲した。わたしは床に突っ伏したが、そのときには左腕に焼けつくような痛みが走っていた。

　男はいらだたしげにライフルに次弾を装塡しようとしている。時の流れが遅くなる。正面のドアが叩き壊される音が聞こえた。廊下にブーツの音が響く。だが、間にあわない。男は銃弾をこめおえ、ライフルを構えた。チャンスはもう一回だけある。銃剣を素早く右手に持ちかえて、投げつける。男はその動きを見切って、ライフルの銃身で銃剣を払いのけた。それで万策尽きた。わたしにできたことは数秒の時間稼ぎだけだった。だが、それで充分だった。ひとりの兵士が部屋に飛びこんできて、いきなり発砲した。男は胸に銃弾を受けて後ろに倒れた。兵士は振りかえり、床に横たわっている男に銃口を向けた。

「待て！」わたしは叫んだ。

　兵士はこっちを向いた。ライフルの撃鉄は起きている。

わたしは床に倒れている男を指さした。「この男はわたしが逮捕する」

兵士はわたしにライフルの銃口を向けている。だが、部屋はすぐに兵士でいっぱいになり、そのなかにディグビーの姿があった。

ディグビーは前に進みでて言った。「だいじょうぶですか」

わたしはまた床に倒れている男を指さした。「こいつはセンか」

「明かりを持ってきてくれ」

兵士のひとりが風防付きのランプを持ってくると、ディグビーは近くで見るために腰をかがめた。男の顔は汗まみれになり、苦痛に歪んでいる。金属縁の眼鏡の向こうで、目は閉じている。

「たぶんそうでしょう。寄せられている情報と人相はおおむね合致しています」

わたしは手錠を取りだし、男を自分の手首につないだ。このあとH機関に連れ去られないようにするためには、ほかに方法はない。

白いシャツに白いズボン姿の衛生兵がやってきて、男の傷の手当てをした。息は途切れ途切れで、床には血だまりができている。別の当番兵がわたしの腕に包帯を巻いてくれた。かすり傷だ、運がよかった、とのことだった。それでも、耐えがたいほどの痛みだった。三年間フランスで一発の弾丸《たま》も当たらなかったのに、カルカッタでは三週間でこのザマだ。

センは手錠でわたしにつながれたまま、待っていた救急車に担架で運ばれていった。外にいた百人からの兵士のなかでいちばんいい仕事をしたのが衛生兵だ。ドーソン大佐の横にタガート卿が立っているのが見えた。いい兆候だ。センの身柄を確保するには、タガート卿の助けがどうしても必要になる。

ふたりは同時にわたしに気づき、急ぎ足でやってきた。

「総監、この男はアレグザンダー・マコーリーの殺人とダージリン・メールの列車襲撃の容疑で逮捕されました。傷の具合がよくなり次第、尋問するつもりです」

タガートはドーソンのほうを向いた。

「この男は？　センか？」

ドーソンは腰をかがめて見て、うなずいた。

「素晴らしい。よくやった、警部。きみのおかげで――」

「申しわけありませんが、タガート卿」ドーソンが割ってはいった。「センの身柄はわれわれが預からせていただきます。ほかの襲撃事件についても尋問する必要があります」

一呼吸おいて、タガートは言った。「いいかね、大佐。この男は副総督が最重要と位置づけた事件の容疑者として、わたしの部下のひとりによって正式に逮捕されたんだ。それに異議を唱えるなら、書面でその旨をわたしに伝えたまえ。それまではわれわれが身柄を預かる。もちろん、きみたちが容疑者の逮捕のために力を貸してくれたことには心から感謝している。尋問で得られた情報は、すべてきみたちと共有するつもりでいる」

ドーソンは苦々しげにうなずくと、振り向いて、つかつかと歩き去った。

タガートはわたしのほうを向いた。「ありがとう、警部。久しぶりに言いたかったことが言えたよ。センを病院に連れていったら、監視をつけたほうがいい。できるだけ早く取調べと起訴手続きをすませてくれ。どれくらいのあいだ、ドーソンとその上司の要求を撥ねつけつづけられるかわからない」

「わかりました」答えたとき、衛生兵が担架を持ちあげ、腕に激痛が走った。わたしは顔をしかめた。

「いいか、サム」タガートはわたしの腕に顎をしゃくった。「きちんと傷の手当をしてもらうんだぞ」

そして、振りかえり、待たせていた車のほうに戻っていった。運転手が敬礼をして、後部座席のドアをあける。

ディグビーとバネルジーがやってきた。三人ともずぶ濡れになって、服から水を滴らせている。

「ひどいなりです」ディグビーは明るく言った。「でも、われわれはこれで一躍ヒーローです」

「三銃士ってわけだ」わたしは言った。

ディグビーは笑った。「気にいりました。アトスとポルトスとサレンダーノット。語呂《ごろ》がいいと思わないか、部長刑事」

バネルジーは答えなかった。

20

救急車の後部には窓がない。センは担架に横たわり、目を閉じて、ときどきうめいている。血の気はないが、息遣いは先ほどより落ち着いてきている。いいことだ。絞首刑になるまえに死なれたら困る。

インド人の衛生兵は無言のまま懸命にセンの傷の手当てをしている。わたしは邪魔にならないように黙って腕の傷の痛みに耐えていた。頭がくらくらする。血を失ったことと、この間ほとんど食事をとっていないことの両方のせいだろう。いまならテビット夫人の手料理でもありがたく思うかもしれない、阿片の一服ほどではないが。

途中で現在地がわからなくなった。だが、しばらく行ったところで、車の振動が規則的になったので、フーグリー川にかかる橋を渡っていることがわかった。

大学病院に到着したのは、十時少し過ぎだった。事前に連絡がいっていたらしく、建物の前には人だかりができていた。そのなかには病院のスタッフもいれば武装警官もいる。ふたりの衛生兵がセンの身体をそっと車輪付きの担架に移した。白人の医師が手際よく脈をとり、親指と人さし指で瞼《まぶた》を開き、そこに光を当てる。看護師がクリップボードを持って、医師の所見を書きとめている。

医師がわたしのほうを向いて、手をさしだした。おそらく失血のせいだろう、それが何を意味するのか理解できない。心づけがほしいということか。それがこの習わしなのか。わたしはポケットに手を入れて、濡れた十ルピー札を取りだした。運河を泳いだせいで、紙幣は原形をとどめていない。それを恐縮のていで医師に渡す。

医師は馬鹿かといった顔でわたしを見た。

「鍵をください。まだ手錠をかけたままです。いっしょに手術室へ行くつもりがないなら、鍵を渡してください。手錠をはずさなきゃなりません」

わたしは言われたとおりにした。医師はすぐに手錠をはずして、センの手首を自由にした。それから、手錠を十ルピー札といっしょにわたしにかえした。白衣の一団が素早く前に進みでて、担架を建物のなかに押していく。武装警官がそのあとに続く。一行が行ってしまうと、とつぜんわたしはひとりになった。センの追跡と逮捕の高揚感はいつのまにかきれいに引いていた。わたしの身体は濡れねずみで、腕からは血が流れている。英雄の凱旋《がいせん》のあとには空虚感しか残っていなかった。

周囲を見まわす。先ほどの衛生兵が建物の壁にもたれかかって煙草を喫っている。そこへ歩いていくと、冷ややかな目で見つめられた。

「腕の傷を診《み》てもらいたいんだが」

衛生兵は煙草の火を揉み消して、吸い殻を地面に捨てた。

「いっしょに来てください」

衛生兵のあとについて病院の待合室に入り、スウィングドアを抜けて、薄暗い廊下を進む。タイル張りの床に靴音が鳴る。消毒剤の刺激臭が喉にまとわりつく。牧師が病を防ぐために聖水を撒いたかのように、院内はどこも消毒液びたしだ。

しばらく行ったところに、片側に古びた木の椅子が並んだ狭い廊下があった。衛生兵は医者を呼んでくるから待っているようにと言った。そして数分後に、白衣を着た中年のインド人を連れて戻ってきた。ラオと名乗る医師で、インド人にしては背が高く、五フィート十インチくらいある。卵のようにつるつるに頭を剃《そ》っている。

「こちらにどうぞ」と言って、廊下の先へ手をやる。

その廊下の先の部屋に入る。そこにも化学薬品の異臭が充満している。医師は電灯のスイッチを入れた。部屋は大型の食器棚と変わらないくらいの広さで、窓はない。

わたしが長椅子にすわると、ドクター・ラオはコナで衛生兵に巻いてもらった包帯を取った。

「上着を脱いでください」

わたしは苦労して上着を脱いだ。水に濡れているので、一トン以上あるように感じる。ドクター・ラオはメスを取りだして、血にまみれたシャツの袖を切りとった。

「これでいい。残りも脱いでください」

簡単な視診のあと、部屋の奥の流しの前に連れていかれ、傷口に水をかけられた。わたしは顔をしかめた。水は氷のように鋭い。

ドクター・ラオは笑った。「しっかりしてください。情けないですよ。大《だい》の男がご婦人のようにして」

乱暴な医師だ。言葉もフェアとは思えない。わたしはお尋ね者の逃亡者を捕らえて、テロ行為を未然に防いだのだ。だが、恨みは長くは続かなかった。

「痛みどめの薬をうちます」ドクター・ラオは言って、わたしを長椅子に戻した。「横になってください」

「薬というと?」

「モルヒネです」

それはその日聞いたすべての言葉のなかで最良ものだった。

そのあとのことはほとんど覚えていない。ドクター・ラオは部屋の隅のスチール・キャビネットの錠をあけて、注射器を取りだした。消毒剤の強い臭いがした。そして、何もなくなった。

長椅子の上で目を覚ましたとき、腕が三角巾で吊られていることに気づいた。傷は縫合されたらしく、その上から包帯を巻かれている。ドクター・ラオは机に向かって書きものをしている。

わたしが上体を起こすと、ドクター・ラオは言った。

「お目覚めですか。けっこう、けっこう」わたしのほうへ歩いてきて、チューブ入りの軟膏をさしだした。「シャワーを浴びるときは、包帯を取ってください。そのあと、このクリームを塗り、包帯を巻きなおせばいい。三角巾は一日か二日で必要なくなるでしょう」

ドクター・ラオは好人物だ。このときには、わたしのいちばんのお気にいりのインド人の座をバネルジーから奪いとっていた。モルヒネのプレゼントをくれる人間に心を惹《ひ》かれないわけはない。そんな親切な者はめったにいない。戦争から学んだことがあるとしたら、そのような人間に出会ったら、どんなことがあってもすがりつくべしということだ。そのような幸運にはめったに巡りあえない。

「痛みどめをもらえないでしょうか」

少し思案してから、ドクター・ラオはスチール・キャビネットの前へ行って、錠をあけた。

「錠剤をさしあげます。でも、気をつけてくださいよ。一回に一錠。どうしても必要なときだけです。これにはモルヒネが入っています。どういうことかわかりますね」

　わたしはうなずいたが、本当は抱きつきたいくらいで、相好《そうごう》を崩さないようにするのは容易ではなかった。

「モルヒネには強い中毒性があります」

　わかっている。良いものはみなそうだ。

　礼を言うと、ドクター・ラオはわたしの肩に上着をかけてくれた。待合室に戻ると、受付に行って、先ほど武装警官に付き添われてかつぎこまれた患者はどこにいるのかと尋ねた。受付係は記録簿を調べて、二階の病室への行き方を告げた。

　センの病室はすぐにわかった。部屋の外に、大柄な武装警官が立っていた。わたしを見ると、敬礼をして、ドアをあけた。ひどい格好だが、制服にはちがいないので、それが身分証明書がわりになったようだ。部屋には一台のベッドがあり、カーテンで隠されている。ベッドの脇には、もうひとりの武装警官が立っている。その横に、運河の水で濡れた制服姿のままのバネルジーの姿があった。

「新しい動きは？」

「ちょうどいま手術室から運ばれてきたところです。脚と背中から銃弾を摘出したそうです。出血がひどかったようですが、なんとか一命はとりとめたとのことでした」

「取調べはできるだろうか」

「朝まで待たなければなりません。夜通し様子を見て、明日の午前八時に容体を報告すると医師は言っていました」

　それはあまりうまくない。「朝までに何か起きるかわからない。ドーソン大佐がマドラス軽歩兵の分遣隊を率いてやってきて、病院を包囲し、センの身柄の引き渡しを要求しないともかぎらない」

バネルジーは額に皺を寄せた。「マドラス軽歩兵がカルカッタに駐屯しているとは思えません。たぶんベンガル州のどこにもいない。マドラス軽歩兵がいるのはマドラス州です」

「わたしが言いたいのは、明日の朝までに、ドーソン大佐が副総督からセンの身柄の引き渡し命令を受けとるかもしれないということだ」

「としたら、タガート卿に事情を説明して、H機関にセンの身柄を引き渡すまえに、われわれが取調べる時間をできるだけ多くとってもらえるよう頼んでみたらどうでしょうか」

それがいい。その上で、できることなら、センを病院から出して、もっと安全な場所に移したい。いくら警備の警官がいても、H機関がここからセンを連れ去るのはそんなにむずかしいことではないはずだ。

ベッドの前のカーテンが開き、白衣を着た白人の男が出てきた。医師にしては若すぎるような気がするが、最近はどんな人間でも若すぎるか年をとりすぎているように見える。青白い顔。髭はきれいに剃られているが、元々そんなに濃くはなく、顔をあたるのは月に一回でいいにちがいない。包帯を巻かれたわたしの腕に目をこらし、それからあらたまってドクター・バードだと自己紹介をした。

「あなたが担当の刑事さんですね」

「ウィンダム警部です」わたしは言って、握手をした。握った手は柔らかく、湿っていた。魚と握手をしているようだ。

「お会いできて光栄です、警部」ドクター・バードはうやうやしく言い、それからカーテンの向こうでうつぶせに横たわっている男を指さした。「聞いたところによりますと、あなたはこの男の命を救ったそうですね」

それはちがう。そんなことはしていない。わたしはただ単に執行猶予の時間を与えただけだ。センの命が救われることはない。起訴手続きをすませるだけの時間の余裕があれば、わたしはみずからの手でセンを死刑台に送りこむ。そうならない場合には、H機関が手を下すだろう。いずれにせよ、センは死ぬ。もちろん、なんの抵抗もせずにセンの身柄をあっさり引き渡すつもりはない。だが、できることなら争いごとは避けたい。としたら、この若い医師の力を借りる必要がある。

「でも、まだ安心はできません」

「えっ、どういうことでしょう、警部。差し迫った危機はすでに脱しました。あとは回復を待つだけです」

「わたしが言いたいのは、ドクター、この男をここに置いておくのは危険だということです。仲間たちが奪還のためにやってくるかもしれません」

青白い顔からさらに血の気が引いた。「でも、ここには武装した警官がいます。手出しはできないと思いますが」

「そうであればいいんですが、絶対とは言えません。相手も必死なんです、ドクター。わたしがいちばん恐れているのは病院での銃撃戦です。身柄をラル・バザールに移したほうがいい。あそこなら安全です。ほかの患者たちのことを心配する必要もなくなります」

ドクター・バードはいらだたしげに手をこすりあわせた。医師としては、センをここにとどめておきたいにちがいない。医師には患者の命と健康を守る義務がある。だが、患者はテロリストであり、その存在はほかの患者たちの生命を危険にさらしている。そして、言うまでもなく医師自身の生命も。最終的には、わが身の安全が勝利をおさめたみたいだった。

「あと一時間か二時間で、動かせるようになると思います。でも、その際には病院のスタッフのひとりを同行させてください。予後の治療のために必要なものも揃えておかねばなりません」

「必要なものはなんでも用意しますよ、ドクター」

一時間後、わたしはふたたびセンといっしょに救急車のなかにいた。このときはラル・バザールの地下室までの短い移動だった。センにはインド人の医師が警備の警官とともに付き添い、三十分おきに容体を診ることになっていた。わたしはセンが監房に収容されるのを見届け、警備態勢を確認してから、帰宅することにした。

警察の車がゲストハウスの前でとまったとき、わたしの腕時計は一時半の位置にあった。ということは、いまは午前四時過ぎということになる。家は暗いままで、車のエンジン音が住人を起こすことはなかったようだ。だが、広場の隅の人力車の車夫たちは起こしてしまった。サルマンがマットから起きあがろうとしたので、わたしはゆっくり休むよう身ぶりで伝えた。

家のなかに入って、静かにドアに錠をおろし、二階へあがる。暗がりのなかで濡れた制服を脱ぎ捨てる。傷ついていないほうの腕で、コップにウィスキーをたっぷり注いで、ストレートで飲む。これは自分へのご褒美《ほうび》だ。と、もう片方の腕がまた痛みはじめた。痛みを鈍らせるためにもう一杯飲もうとしたとき、もっといいものがあることを思いだした。ドクター・ラオにもらったガラスの小瓶の蓋をあけて、白い錠剤を二錠そっと取りだす。それを口に入れかけたが、思いなおして、一錠は瓶に戻す。瓶には全部で五錠しか入っていない。ドクター・ラオは故意に数を少なくしたにちがいない。貴重なものだ。できるだけ長く持たさなければならない。近いうちに、別の仕入れ先が見つかればいいのだが。なんなら、またドクター・ラオに頼みこんでもいい。わたしは一錠を口に放りこみ、残りのウィスキーで喉に流しこんだ。

21

一九一九年四月十二日　土曜日

鳥のさえずりで目が覚めたといえば聞こえはいい。だが、実際は一羽の鳥の音頭に九羽の鳥が金切り声で応えるという騒々しさだ。イギリスでは、払暁《ふつぎょう》の鳥の声は優雅で耳に心地よく、詩人たちは空高く舞うスズメやヒバリを叙情豊かに詠《うた》う。鳴いている時間も短い。湿気と寒さに気を滅入らせ、自分たちが生きていることを証明するために数小節だけ歌って、早々と引っこんでしまう。カルカッタでは事情がちがう。ここにヒバリはいない。太って黒光りするカラスが、夜明けとともに大声を張りあげ、途切れることなく何時間も鳴き続ける。彼らのことを詩に書こうとする者はいない。

全身に痛みを感じる。ほんの少し動いただけでも、あちこちに激痛が走る。床のウィスキーのボトルに手をのばしたが、つかみそこねて、倒してしまう。ボトルはベッドの奥のほうへと転がっていき、わたしは悪態をついた。ふたたびベッドに身を横たえ、ため息をつき、目を閉じる。誰かがわたしの頭を打撃練習に使っている。この日は一日ここに横になって、動かないでいたらどうか。カラスが静かにしていてくれるなら、それも悪くないだろう。

だが、センのことがある。センはいまラル・バザールの監房に身を横たえている。わたしは身体を起こし、よろめきながら流しの前へ行って、頭に生ぬるい水をかけた。鏡には、くたびれた顔をして浮浪者のように見える男が映っている。

シャワーを浴びたあと、傷口に軟膏を塗り、苦労して包帯を巻きなおす。床には、制服の残骸が脱ぎ捨てられたままになっている。替えは持っていない。パーク通りに警官の制服専門の仕立屋があるそうだが、値段は安くないだろう。仕方がないから、スコットランド・ヤードの犯罪捜査部にいたころのように私服にすることにし、ズボンをはき、洗いたてのシャツを着る。ぎこちない手つきで三角巾を着け、腕の痛みが少しでもましになるように長さを調節する。

下におりると、メイドがすでに忙しげに立ち働いていた。テビット夫人が起きてくるまえに、しなければならないことがいくつもあるのだろう。

「おはよう」わたしは言った。

メイドは小さな驚きの声をあげた。わたしが階段をおりてくる音が聞こえなかったのかもしれない。いや、そうではなく、たぶんわたしの変わりように驚いたのだろう。

「ごめんなさい。朝食は六時半からなんです」メイドは言ったが、わたしの哀れなありさまに同情の念を覚えたらしい。マントルピースの上の置き時計をちらっと見てから、食事室のドアのほうを向いた。「お入りください。トーストと紅茶をお出ししますわ」

「ミセス・テビットはまだおりてこないのかい」

「あと三十分ほどしないと、おりていらっしゃいません」

「だったら、トーストと紅茶をいただこうか」

わたしはがつがつ食べた。ひとつは空腹だったからだが、もうひとつはテビット夫人がやってくるまえにここから出ていきたかったからだ。大急ぎで食事を終え、家を出たとき、テビット夫人が二階からおりてくる音が聞こえた。

広場の隅で、サルマンは人力車仲間と安煙草《ビディ》を分けあっていた。声をかけると、うなずいて、最後に煙草を一喫いしてから、人力車を引いてやってきた。わたしが腕を吊っていることに気づいて何か言おうとしたが、考えなおしてやめた。そのかわり人力車を置いて、わたしが乗るのを手伝ってくれた。

「ラル・バザールまでですね、サーヒブ」

通りは静かで、ヨーロッパ人の姿はほとんどない。この時間帯に外にいるのは、溝《どぶ》さらいをしたり、歩道を掃いたりしている市の清掃人だけだ。われわれは無言のうちに通りを進んだ。人力車の車夫と会話をすることは期待できない。当然だろう。体重の二倍の重さのものを引きながら世間話をするのは簡単なことではない。

ラル・バザールに着くと、わたしはまっすぐ留置場に向かった。驚いたことに、その手前の廊下のベンチで、バネルジーがいびきをかいて寝ていた。薄い木綿のランニングシャツとパンツ姿で、丸めたシャツを頭の下に敷いている。肩には、バラモンの出であることを示す〝聖なる糸〟と呼ばれる細い木綿の紐がかかっている。一晩中ここにいたのだろう。下着姿で寝ているところを上司に起こされたときの顔を見てみたいという気もしたが、ショック死されたら困る。それで、わたしは寛容を優先させ、バネルジーをもう少し寝かせておくことにして、ひとりで留置場へ入った。

監房は縦十五フィート横十フィートの広さで、長い通路の両側に鉄格子の扉が並んでいる。リッツ・ホテルなみとは言えないが、部屋の隅にはバケツ式のトイレもついている。センはいちばん奥の監房で寝台の上に横たわり、顎まで毛布をかぶっていた。そこの扉の手前には、付き添いの医師が椅子にすわって居眠りをしている。そこからそう遠くないところに看守の机があり、その向こうに太鼓腹のインド人がすわっている。太い腕を腹の上で組み、顎を胸につけて、やはり眠っている。そこへ行って、机をごつんと叩き、ふたりを起こした。看守はびくっとして立ちあがり、それから流れるような一連の動きで、太い腕をあげ、顎のよだれを拭い、敬礼をした。体型の割りには、驚くほどしなやかな身のこなしだ。

わたしが監房に近づき、身振りで指示を与えると、看守はすぐに大きな鉄の鍵束を持ってやってきた。それで錠をあけると、扉は大きな金属音を立てて開いた。センが顔をわたしのほうに向ける。口の隅に小さな笑みが浮かぶ。上体を起こそうとしたが、それは容易なことではないみたいだった。顔の筋肉が突っぱっている。わたしの後ろについてきていた医師が、センの身体を元に戻した。

「容体は？」と、わたしは尋ねた。

「外科手術の数時間後、独房で一夜を明かしたんです。安静が必要です」非難がましい口調だった。

「少し質問をしたいんだが」

医師は目を尖《とが》らせた。「昨夜はもうちょっとで死ぬところだったんですよ。とても取調べを受けられるような状態ではありません」

センが手招きをした。わたしと医師は会話を中断した。

「水をもらえないだろうか」

ささやくような声だった。わたしがうなずくと、看守は監房を出て、水差しと傷だらけの琺瑯《ほうろう》のマグを持って戻ってきた。医師はセンの身体を支えて起こすと、看守からマグを受けとって、口もとにゆっくり持っていった。センはそれをほんの一口だけ飲み、感謝の意を示すようにうなずいた。

そして訊いた。「ここがどこか教えてくれないか」

「ラル・バザールの留置場だ」わたしは答えた。

「なんだ。ウィリアム要塞じゃないのか。それは残念だ。あの要塞の内側を見てみたかったのに」センはくすっと笑ったが、笑いはすぐに咳の発作に変わり、医師が急いでその身体を支えた。

「心配しなくていい」わたしは言った。「すぐに見られるようになる」

医師は忌々しげにわたしを睨みつけた。「まだ質問に答えられる状態じゃないと言ったはずです。いい加減にしてください」

　医師が患者を守ろうとする気持ちは称賛に値するが、相手はインドのテロリストであり、イギリス人を殺害した容疑で裁かれる男なのだ。取調べをするなと言われても困る。それでも、わたしはディグビーとバネルジーがやってくるのを待つことにした。不必要に医師の神経を逆撫でするのは賢明でない。

「あと数時間待ちます、ドクター。でも、午前中には取調べをさせてもらいますよ」

　わたしは留置場から廊下に出た。バネルジーの姿はもうベンチになかったが、すぐに戻ってきた。髪が水に濡れている。まだ下着姿のままだ。

「今日は制服じゃないのか、バネルジー」

　同じ質問をわたしにかえせたはずだが、バネルジーは顔からランニングシャツに水を滴らせながら、泡を食ったような顔をして立っていた。

「すみません、警部。顔を洗っていたんです」

「一晩中ここにいたのか」

「はい。そうしたほうがいいと思いまして。センの容体が悪化した場合のために」

「きみは医者だったのか」

「いざというときのために近くにいたほうがいいと思っただけです。尋問を急ぎたいとのことでもありましたし」

「わかった。とにかく、きみがセンの容体を気にする必要はない。昨夜の病院や今日の留置場の医者の態度を見ていると、われわれが捕まえたのはテロリストじゃなくてダライ・ラマじゃないかと思えるようになってきたよ。センがいくつもの犯罪をおかし、イギリス人の官吏を殺害した容疑を受けていることを忘れたんじゃあるまいな」

　バネルジーは気を悪くしたみたいだった。「忘れてはいません、警部」

わたしの言い方は刺々《とげとげ》しくて、しかも不当だということはすぐにわかった。バネルジーに当たるつもりはなかったが、わたしはへとへとに疲れていた。阿片窟に行った夜以来、ほとんど眠っていない。それがわたしの精神状態に影響を与えているにちがいない。モルヒネの注射も役に立たなかったようだ。

そのとき、ふとあることを思いだした。

「昨夜、わたしが家の裏手の壁をよじのぼったときのことを覚えているな、部長刑事。センの仲間の女が窓からわたしを撃とうとしたときのことだ」

「もちろんです、警部」

「そのときその女を撃ったのはきみだったのか。それともディグビーだったのか」

バネルジーは肩にかかっている木綿の紐を指でいじった。

「ぼくです。ライフルを持っていましたから。警部補は拳銃しか持っていませんでした。拳銃だと的をはずす確率が高くなります」

「なるほど」わたしはそっけなく言った。「きみがまじめに射撃訓練を受けていてくれてよかったよ。少し休憩しよう。センの取調べまでに数時間ある」

わたしはとまどいを感じた。バネルジーは命の恩人だが、なぜか〝ありがとう〟とは言えなかった。これがインドの厄介なところなのだ。イギリス人がインド人に礼を言うのはむずかしい。もちろん、飲み物を持ってきてもらったり、靴を磨いてもらったりといった些事に対しては簡単に礼を言える。だが、命を助けられたりといった大ごととなると、話はちがってくる。そこまで考えたとき、口に何やら苦いものを感じた。

重い足どりで階段をあがって、オフィスに入り、椅子に倒れこむ。痛みがぶりかえしてきている。モルヒネの錠剤の瓶を取りだして机の上に置き、苦渋の二者択一について思案をめぐらせる。腕の痛みはひどいが、頭は澄んでいなければならない。ラル・バザールはスコットランド・ヤードではないが、だからといって、モルヒネで朦朧《もうろう》とした頭で容疑者の取調べをしていいということにはならない。結局、瓶はポケットに戻した。そして、総監と会う段取りを整えるために秘書室に電話をかけた。二度目の呼びだし音で電話に出ると、ダニエルズはいつになく愛想がよく、番号を間違えたのかと思ったくらい親切だった。

「タガート卿は八時に登庁予定です、ウィンダム警部。忘れないようスケジュール帳に書いておきます。お会いできる時間がわかり次第お知らせします」

わたしは礼を言い、受話器を置いた。わたしの株は間違いなくあがっている。昨夜の逮捕劇のニュースはダニエルズの耳にも届いているにちがいない。わたしはほくそ笑んだ。運がよければ、センから自供を引きだし、それをもって一件落着とすることができる。たとえ自供が得られなくても、ディグビーの情報提供者の供述があれば、逮捕時にセンが抵抗したことと合わせて、起訴することは充分に可能だろう。イギリスでは陪審員がそれを認めるかどうかわからないが、ローラット法のもとでは、そのようなことを気にする必要はない。センのようなテロリストに対して、司法の容赦のなさは徹底している。合理的な疑いを超えるまでの犯罪事実を立証することすら求められない。

起訴されたら、この一件はわたしの手を離れる。その後に起こることは、わたしの知ったことではない。タガート卿はたぶんセンの身柄をH機関に引き渡すだろう。H機関はセンを尋問し、レモンの汁をしぼるように情報を引きだしたあと、陪審員なしで裁判を行ない、すみやかに死刑を執行するだろう。少なくとも、効率のよさは抜群だ。

椅子にもたれかかって、目を閉じる。睡眠不足のせいで、いつのまにか眠ってしまったのだろう。気がついたときには、ディグビーに身体を揺すられていた。

「起きてください。行かなきゃなりません。タガート卿が待っています」

「いま何時だ」わたしは寝ぼけまなこで訊いた。

「八時半になったところです」

頭には靄《もや》がかかっている。「ダニエルズから電話がかかってくることになっていたんだが」

「かかってきたはずです。でも、出ないので、わたしに電話をかけてきたんです。ところで、あなたは自分がどんな服を着ているかわかってますか」

「制服は一着しかないんだ。しかも、その一着は見るも無残な状態になっている。新しいのをつくってもらう時間もなかった」

「だったら、わたしのをお貸ししましょう。オフィスに置いてあるので、持ってきます。新しいのを買うのなら、パーク通りにいい仕立屋がありますよ」

　われわれは部屋を出て、廊下を進んだ。その途中、ディグビーは自分のオフィスに寄り、替えの上着を持ってでてきて、それを三角巾の上からかけてくれた。

　ダニエルズは秘書室の前の廊下で待っていた。そして、われわれが近づくと、丁寧に会釈をした。

「総監がお待ちです」

　われわれは総監室に通された。タガート卿はこちらに背を向けて、フランス窓から外を見ていた。だが、振りかえったときには、口もとに大きな笑みが浮かんでおり、このときはわたしにソファーを勧めた。

「傷の具合はどうだね、サム」

「そんなに悪くありません」

「それはなによりだ。でも、いいか。ゆうべは幸運だったんだ。あんなことをこれからもちょくちょくやろうなんて思うんじゃないぞ」

「思っていません」

「そのほうがいい。身のためだ。ここはイギリスじゃない。ここにはもっと多くの銃がある。警察も、軍隊も、テロリストも、みな銃を持っている。昨夜のようなことを繰りかえしていたら、命がいくらあっても足りん。テロリストだけじゃなく、Ｈ機関も敵にまわすことになる。はっきり言って、きみはＨ機関のお気にいりの人物じゃない」

「注意します」

「そうしたまえ、警部。きみをインドに呼んだのは、きみを二週間で死なせるためじゃない。死んだら、なんの意味もない」

「わかりました。総監にご迷惑をおかけするのは本意ではありません」

　タガートはわたしを見つめただけでコメントは控えた。

「よろしい。では、本題に入ろう。昨日はふたりともご苦労だった」タガートはディグビーのほうを向いた。

「最初にセンの消息をつかんだのは、きみの情報提供者だったな。お手柄だ」

「ありがとうございます」ディグビーは言った。

「ドーソン大佐に尾行をつけるなどということは普通じゃ思いつきもしない」

「うまくいったのは単に運がよかったからです」わたしは言った。

「運の価値を甘く見ちゃいかん、サム。わたしは腕のいい部下より運のいい部下を持ちたいと思っている。運のいい者は生きのびることができる。だが、だとしても、きみがＨ機関の士官に尾行をつけたことは公言しないほうがいい。副総督はそのことを快く思わないだろう。きみたちがいちはやく現場に駆けつけられたことについては、もっと受けいれられやすい説明をひねりだす必要がある」

「われわれの独自の情報源から潜伏場所を見つけだしたということにしたらどうでしょう。結局のところ、Ｈ機関も同じようにしてセンを見つけたはずです。そうしておけば、これからは警察の情報網に一目《いちもく》置くようになるでしょう」

タガートはポケットからハンカチを取りだし、ゆっくり眼鏡を拭いた。

「わかった。それでなんとかなるだろう。だが、次に軍の高官に尾行をつけようと思うときは、まえもってわたしに知らせるように」

わたしはうなずいた。

「ところで、センはどうなっているんだ」

ディグビーが答えた。「昨夜、大学病院に運ばれ、そこで傷の手当てを受けました」

「いつこっちに移せそうだ」

「すでにここにいます」わたしは答えた。タガートとディグビーは驚いて、わたしを見つめた。「いまは地下の留置場に収監されています。昨夜、移動させたんです」

「どうやってそんなことができたんだ」タガートが訊いた。「医師から何も言われなかったのか。手術したばかりの者を留置場に移すのは殺人行為に等しいとかなんとか」

「意を尽くして医師の理性に訴えかけたんです」

「なるほど。まあいい。とにかく、病院でH機関と睨みあわずにすんでよかった。これで、連中がセンの身柄を確保するためには、副総督を通さなければならなくなった」

「時間はどのくらいあるとお考えです」

タガートは首を振った。「さあ、どうだろう。ドーソン大佐は昨夜のうちに上官にその旨を報告したにちがいない。としたら、副総督には今朝いちばんに連絡がいくはずだ。副総督はどうするかを補佐官たちと相談しなきゃならない。センの身柄をH機関に移すべしということになれば、命令が出るのは今日の午後だ。そのあと少しは時間を稼ぐこともできる。ダニエルズに頼んで、今日一日わたしと〝連絡のつかない〟状態にする。が、遅くとも明日の朝までには引き渡さなければならないだろう。きみたちに与えられる時間は最長で二十四時間だ」

「この話が終わり次第、取調べを始めるつもりです」

「よろしい。夜までに起訴手続きをすませてくれ。センの協力を得ることができたら、それに越したことはない。協力しないなら、即刻H機関に引き渡すと言えばいい。もちろん、いずれにしてもそうなるわけだが、そのことを伝える必要はない。ほかに何かあるか」

　ディグビーが言った。「報道機関にはどう伝えたらいいでしょう。いまごろは昨夜の騒動のことを嗅ぎつけているはずです。警察発表を求められると思います」

「求められたら、現在捜査中であり、可及的すみやかに全容をあきらかにすると言っておけばいい。起訴手続きがすむまで、余計なことは口外無用だ」タガートは椅子から立ちあがった。「では、諸君、ほかにないようなら、わたしはこれから行方をくらます準備をする。急用の際はダニエルズに連絡してくれ。何もないようなら、午後六時ちょうどに、こちらからきみたちに連絡をとる。そのときに取調べの進捗状況を聞かせてもらう」


〝一九一九年四月十二日午前十時、取調べ開始〟

　部屋は狭くて、風通しが悪く、気温は外より五度ほど高い。ふたりぐらいがちょうどいい広さのところに五人もいるので、ひどく汗臭い。医師の横で、センはじっと床を見つめている。わたしの横にはディグビーがいる。中央には、傷だらけの金属のテーブルがある。バネルジーは黄色い用箋と万年筆を持って部屋の隅の椅子にすわっている。

　供述書の前文は以下のとおり――〝取調官サミュエル・ウィンダム警部。補佐官ジョン・ディグビー警部補およびS・バネルジー部長刑事〟

　睡眠不足と腕の傷のせいで、わたしは万全の状態ではない。慰めがあるとしたら、センのほうがもっとひどい状態にあるということだ。いまは標準の囚人服を着ている。カーキ地に黒のマークが入った、だぶだぶのシャツとズボン。腰には紐がついている。膝の上に置いた手には手錠がかかっている。

「記録のために名前を言ってくれないか」

「セン。ベノイ・セン」声を出すのもつらそうだった。

「なぜ逮捕されたかわかっているな」

「理由が必要なのか」

「きみは殺人の容疑で逮捕された」

動じる気配はない。

「いつカルカッタに戻ってきたんだ」

黙秘。

「四月八日の夜、何があったか説明してくれ」

やはり黙秘。

センを甘やかしている時間もなければ、その気もない。

「どうやらきみは自分の運気がわかっていないようだな。軍ではなく警察に連れてこられたのは、幸運としか言いようがない。ここでは、医師をはべらせて、快適に取調べを受けることができる。そして、すべてが記録に残る。それでも協力しないと言うなら、ウィリアム要塞の友人にきみの身柄を引き渡すことになる。言っておくが、軍はわれわれほどルールを重視しない」

センは床から目をあげて、嘲るように鼻を鳴らした。

「ルールを語るんなら、警部、なぜそのルールを軍に適用しないんだね」

「ここはきみが質問する場所じゃない、セン」

センは微笑んだ。

「あらためて訊く。いつカルカッタに戻ってきたんだ」

センは品定めをするようにわたしを見つめ、それから両手をあげて、テーブルの上に置いた。金属と金属が当たり、それからこすれる音がした。「先週の月曜日だ」

　わたしはうなずいた。

「戻ってきた理由は？」

「わたしはベンガル人だ。カルカッタで生まれ育った。ここはわたしの故郷だ。故郷に戻ってくるのにどうして理由がいるんだ」

　議論をするつもりはない。「いいから答えろ。なぜいま戻ってきたのか」

「呼ばれたからだよ」

「誰に？　なんのために？」

「悪いが、警部、仲間を売るつもりはない」

「きみがアマーナス・ダッタの自宅で一席ぶったことはわかっているんだ」

　その顔に動揺の色が浮かぶ。「スパイのお手柄ってわけだな。まあいい。そこで話をしたことは認めよう。その場には、インドの独立を願う愛国者たちが集まっていた」

「そういった集会が違法であることは知っているはずだ」

「現在の法律の下では、そのような集会が違法で、そこで人々に話をすることが扇動行為だと見なされることは知っている。インド人は自宅で集会をして、自国の自由への願いを話しあうことすら許されていない。それはイギリス人が適用対象であるインド人の同意なしに勝手に決めたことだ。そんな法律が公平なものだと言うのか。インド人はヨーロッパ人とちがって自分の将来を決定する権利を持つべきではないと言うのか」

「われわれは政治談義をしているんじゃない。質問に答えるだけでいい」

　センは両手を机に叩きつけながら笑った。「いいや、ちがう。まったくちがう。あんたは警察官であり、わたしはインド人だ。あんたはインド人を服従させるシステムの番人であり、わたしは自由を求める人間だ。われわれがする話は必然的に政治的なものになる」

やれやれ。これだから政治犯はいやなのだ。変質者や大量殺人者のほうがまだましだ。政治犯に比べたら、そういった連中の取調べは愉快なくらい単純だ。犯した罪をすすんで告白する者も多い。それとは逆に、政治犯はみな犯行を正当化したり、論点をずらしたりする。自分たちは正義やもっと大きな善のために動いていると言い張り、犠牲を払わなければ目的を達することはできないと強弁する。

「政治制度の是非に興味はない、セン。わたしの仕事は殺人事件を捜査することだ。それにしか関心がない。ダッタの家でどんな話をしたのか教えてくれ」

少し考えたあと、センは答えた。「団結の必要性を説いた。そして、新しい行動方針について話した」

「新しい行動方針というのは？」

「本当に聞きたいのか、警部。それは政治談義になると思うんだが、かまわないのか」

「いい加減にしろ、セン！」ディグビーが口をはさんだ。「テロリストの講習を受けるつもりはない」

センは無視して、視線をわたしに固定している。

「続けろ、セン」わたしは言った。

「知っていると思うが、警部、カルカッタに戻るまで、わたしは数年間身を潜めていた。そのあいだに、いろいろなことを考えた。われわれはすべてのインド人の自由のために必死で闘ってきたのに、この二十五年間ほとんどなんの成果もあげることができなかった。失敗の原因はいったいなんなのか。

原因は明白だ。農民たちは貧困に打ちひしがれ、生きていくのがやっとで、政治に関心を持つ余裕などまったくない。われわれは内輪揉めを繰りかえし、あんたたちにそれを利用されてきた。スパイに潜入され、いくつもの計画を頓挫《とんざ》させられてきた。けれども、真の問題はもっと根本的なところにあり、わたしは毎回そこに立ちかえらざるをえなかった。われわれの理念が正当なものであるとすれば、どうして人々はわれわれの元に参集しないのか。われわれの闘いが自分たちのためだけでなく、イギリス人の利益のためでもあることを、イギリス人の手先になって動いている者たちはどうして理解しないのか。わたしはこの疑問に向きあい、毎日何時間も考えつづけた。

潜伏していると、時間だけはたっぷりある。その間、わたしはいろいろなことを学んだ。本や新聞から。世界中の自由のための闘いについて。アメリカの奴隷制度の廃止のための闘いとか、南アフリカのインド人の権利を獲得するための闘いとか。マハトマ・ガンジーの著作には特に丁寧に目を通した。ガンジーはわたしとはちがう問題の立て方をしていた。〝われわれの理念が正当なものであるとすれば、どうして迫害者たちはみずからの過ちに気づかないのか〟。迫害者が自分たちの過ちに気づき、そのことに心の底から思いを致したら、迫害を続ける気は消え失せるだろうというわけだ。

最初、わたしはこの考えを嗤《わら》っていた。その理屈だと、われわれはあんたたちの行動の卑劣さを指摘するだけでいい。そうすれば、あんたたちはたじろぎ、おじけづき、悔い改め、イギリスに帰っていくということになる。ひねくれ者のわたしの目には、それは度しがたいお人好しの妄想としか映らなかった。ひたすら良心に訴えるだけで、あんたたちが自分で自分のやり方の間違いに気づくなんてことがあるか。そもそも良心を持っているかどうかさえわからないというのに」

センは苦々しげに笑った。

「わたしはイギリス兵がインド人を虐殺するところを何度も見てきた。わたしの目には、あんたたちはみな恐ろしい悪魔のようにしか映っていなかった。だが、時間と孤独はひとを理性的にする。潜伏期間が長引くにつれて、怒りは徐々におさまっていった。そして、ガンジーたちが唱道する思想に強い関心を抱くようになっていった。そして、ある日とつぜん閃《ひらめ》いた。そのときのことはいまもよく覚えている。井戸の水を汲みあげていたときのことだ。仕事は単調で、わたしはずっと考えごとをしていた。そのときに悟ったんだ。自分はイギリス人と同じことをしていると。イギリス人がインド人を下に見ていることを是《ぜ》としないのであれば、インド人がイギリス人より上だと考えることもできないはずだ。われわれは平等であらねばならない。としたら、われわれはインド人に対して抱くのと同じ敬意をイギリス人にも払わなければならない。インド人の多くが良心と道徳的指針を持っていると思うのであれば、イギリス人の多くも同様なのだという考えを受けいれなければならない。そうすれば、イギリス人のなかにも、誤りを指摘されたら、それを認める者がかならず出てくるはずだ。

それで、わたしは気がついた。これまでのわれわれの行動――ジュガントルをはじめとする多くの組織の行動は、イギリス人の抑圧を正当化するものでしかなかった。爆弾や銃弾はイギリス人のインド支配を強める口実を与えただけだった。イギリスのインド支配を終わらせる唯一の方法は、そのような口実を与えないようにすることであり、あんたたちに他国の占領の真の意味を知らしめることだ。われわれは団結し、非暴力非服従の旗を高く掲げ、抑圧者の良心を目覚めさせることによってのみ、自由を獲得することができる。これがわたしがここに戻ってきて伝えようとしていたメッセージだ」

ディグビーは椅子の背にもたれかかり、鼻で笑った。

「名演説だったよ、セン。この国に足りているものがひとつあるとしたら、それはベンガル人の演説だ。立て板に水のごとく言葉が出てくる。黒を白と言いくるめ、昼を夜と思わせるために」それからわたしのほうを向いて、「警部、この地方にはこういう格言があります。〝アフガニスタン人の憤怒《ふんぬ》とベンガル人の雄弁に勝てる者なし〟」

センはまたディグビーを無視して、わたしに向かって言った。「この男はアフガニスタン人とベンガル人のどちらがより悪いと思っているんだろう」

ディグビーは顔を真っ赤にした。センはわたしにだけ話しかけることで、ディグビーを巧みに煽っている。

「これは論争の場じゃない、セン」ディグビーは声を荒らげた。「でも、訊かれたから、答えてやる。高慢ちきなベンガル人のほうがずっと悪い！」

センは微笑んだ。「わたしの経験から言うと、警部、あんたの仲間の大半は、インド人のなかでもとりわけベンガル人を嫌っている。正直言って、理由はわからない。ここにいる警部補に訊けば、教えてもらえるだろうか」

「その理由は、おまえたちがしゃべりすぎるからだよ」ディグビーは言った。

「だとしたら、ちょっと面倒なことになる。ベンガル人はインドでいちばん最初に英語を教えてもらったり、西洋式の教育を受けさせてもらったりして、とても恵まれていると一世紀にわたって言われつづけてきた。ところが、そういった恩恵にあずかった結果、ベンガル人がその能力を発揮しだすと、考えすぎだとかしゃべりすぎだとか言われるようになった。ここにいる警部補も、身の程をわきまえないインド人はろくな人間じゃないと考えている。としたら、西洋式の教育は結局のところそんなに良いものじゃなかったということになる。それが分をわきまえない〝高慢ちきなベンガル人〟を生みだす原因となったということになる」

わたしはディグビーが有効な反論を思いつくまえに割ってはいることにした。時間はまたたく間に過ぎていく。いま求められているのは、センからできるだけ多くの答えを引きだすことだ。

「非暴力の思想を説くために帰ってきたと言うのなら、

昨夜包囲されているとわかったときに、どうして降伏しなかったんだ」

「そうしようと思った。そうするために同志たちを説得しようとした。でも、わたしは少数派だった」

「きみはリーダーじゃないか、セン。なのに、言うことを聞いてもらえなかったのか。きみが類まれな説得力の持ち主であることはわかっている。そんな人間が非暴力の思想を説くために帰ってきたのに、自分の部下を説得することすらできなかったと言うのか」

「あんたは軍情報部の襲撃の現場に居あわせたことがあるか。あるとすれば、連中がやたらと銃をぶっぱなしたがることは知っていると思う。襲撃はたいてい夜の闇のなかで行なわれる。降伏しようとした者が射殺されるのは珍しいことでもなんでもない。同志たちは犬のようにではなく人として死ぬことを決めた」

「そんな話を信じろというのか」

センは椅子に深くすわりなおし、ため息をついた。そして、わたしの目をじっと見つめた。「信じさせるための材料は、あいにく持ちあわせていない」

「きみは嘘をついている。きみの〝新しい行動方針〟というのは、イギリス人の政府高官を暗殺して、テロ活動を開始することじゃないのか」

「なぜこんな茶番を続けるんだ、警部。あんたたちのスパイはダッタ宅での集会に潜入していたはずだ。その場でわたしが何を言ったか、そいつに訊けばわかる」

「その集会がどんなだったかは聞いている」ディグビーが言った。「だが、おまえが潜伏地で奇跡のような転向をしたという話は一言も出なかった」

「集会が終わった時間は？」わたしは訊いた。

「十二時をちょっとまわったころかな」

「そのあと、きみはどうした？」

「三十分ほどミスター・ダッタと話をし、それからコナに向けて出発した」

「同行者は？」

「同志のひとりが付き添ってくれた。その男は昨夜あんたたちに撃ち殺された」

「コナの隠れ家に直行したということか」

「そうだ」

わたしは拳《こぶし》を机に叩きつけたが、それはあきらかに愚行だった。傷ついた腕に刺すような痛みが走る。

「ひとを馬鹿にしているのか。何もかもわかっているんだぞ。きみは仲間のひとりといっしょにダッタ宅を出た。そして、通りでマコーリーを見つけ、殺害し、口にメモを押しこんだ。わたしが知りたいのは、どうしてマコーリーだったのかということだ。最初から付け狙っていたのか、それとも、たまたま行きあっただけなのか」

医師がとつぜん立ちあがった。「抗議します、警部！　手術後まだいくらの時間もたっていないんですよ。いまも危険な状態にあるんですよ。取調べはいますぐ中止してください」

センは手を振って医師をすわらせた。「ありがとう、ドクター。でも、わたしは話を続けるつもりだ」それからわたしのほうを向いて微笑んだ。「わたしは少しナイーブすぎたかもしれない。どうやらあんたは真実になんの興味もないようだな。あんたはただ政府の役人を殺したテロリストを捕まえて、善良な市民のために、もっと言うなら白人たちのために、カルカッタはふたたび安全な街になったと宣言したいだけだ。本物の殺人者を見つけることにはなんの関心もない。ただスケープゴートがほしいだけだ。生贄にするのは自由の戦士がうってつけだ。抑圧を続けるための格好の言いわけになる」

わたしはバネルジーのほうを向いた。「証拠物Aを出してくれ、部長刑事」

バネルジーは床の上に置かれた黄褐色のファイル・ボックスに手をのばし、そこからマコーリーの口に突っこまれていた血まみれの紙切れを取りだし、平らにのばした。

インクが滲み、赤茶色の染みがついているが、文字は読める。わたしはそれをセンの前に置いた。

「これが何かわかるか。死体の口に突っこまれていたものだ」

センはメモを見て、苦々しげに笑った。「これがあんたの言う証拠か、警部。この紙切れ一枚か。あんたの部下はこれを見たのか」

このときはじめて、バネルジーにはまだ見せていなかったことに気づいた。それは完全にわたしのミスだが、このメモを見つけたとき、バネルジーは近くにいなかった。そして、そのあといろいろなことがあったので、結局そのままになっていたのだ。

センはそのことをわたしの表情から読みとった。

「見せていないのか。そんな馬鹿な。どうして見せないんだ。この男なら、わたしが書いたものじゃないとわかるはずだ。まさか上司の前では本当のことが言えないような臆病者じゃあるまい」

わたしの後ろで、バネルジーが大きく息を吸う音が聞こえた。挑発に乗せられるまえに助け舟を出してやらなければならない。センに取調べの主導権を握らせるつもりはないし、バネルジーにメモを見せていなかったことを認めるつもりもない。

わたしは言った。「どうしてきみはこんなものを書いたんだ、セン」

「知らないと言っただろ。ベンガル人が書いたものとは思えない。それはあんたたちの仲間がわたしをはめるためにでっちあげたものだ」

「それはちがう。わたしがそのメモを見つけたんだから」

センはため息をついた。「そこが問題なんだ、警部。わたしは書いていないと言った。そのことをあんたは信じようとしない。あんたは警察が無実のインド人に罪を着せるために書いたことを否定している。わたしはそれを信じない。ここでわれわれはまた根本的な問題に戻ってきた。おたがいに信じあっていないということだ。おたがいに相手が嘘をついていると思っている。たぶん、どちらかが嘘をついているのだろう。でも、両方が真実を語っているということもありえる。それは相手の良心を信じるかどうかにかかっている。ひとつ質問させてくれ、警部。わたしがそのメモをイギリス人への警告として書いたとすれば、どうしてベンガル語を使わなきゃならなかったんだ」センは言って、ディグビーを指さした。「この男をいらつかせているように、わたしはイギリス式の教育の恩恵を受けている。なのに、どうして英語で書かなかったんだ」ディグビーが口をはさんだ。「決まってるじゃないか。捕まったときに逃げ口上に使うためだ」

センはできの悪い子供に失望したように首を振り、それからわたしのほうを向いた。「そんなことが可能だと思うか。捕まったときのためにそんな小細工をして、警察の目をあざむくことができると思うか。そもそもそんなことをしてなんの役に立つんだ。イギリス人の偉大なるフェアプレー精神に訴えるのか。陪審員の前で、無罪を主張できるというのか。もちろんそんなことはできない。かたちばかりの裁判で銃殺刑か絞首刑になることはわかっている。でも、死を恐れているわけじゃない。ずっとまえから、わたしは死を覚悟している。スケープゴートとしてではなく、殉教者として死ぬのは、わたしの本望だ」

わたしは椅子の背にもたれかかった。取調べはまだなんの成果もあげていない。簡単に自白に追いこめると思っていたが、それは少しばかり甘かったようだ。

「ダージリン・メールの列車襲撃について聞かせてくれ。何が目的だったんだ」

センは大きく目を見開いた。「なんのことを言ってるんだ」

「木曜日の未明に起きた列車襲撃事件のことだ。知らないと言うのか」

「あんたは未解決の事件を全部わたしになすりつけるつもりなのか。さっきも言ったように、わたしは非暴力主義を訴えるためにここに戻ってきたんだ。わたしもわたしの仲間も、あんたが言うイギリス人の殺害や列車の襲撃にはまったくなんの関係もない」

わたしは腕時計に目をやった。取調べを始めてから一時間近くたっている。このあたりでなんとか潮目を変えなければならない。わたしはキャプスタンを取りだして勧めた。センは震える手でそれを受けとった。バネルジーがマッチを取りだして火をつけた。だが、センは目にさげすみの色を浮かべて、煙草を持っている手をさげた。火は燃え、バネルジーの親指を焦がしそうになった。バネルジーは手を振って火を消した。

センはわたしのほうを向いた。「悪いが、同胞を裏切る者から施しを受けるつもりはない」

「でも、わたしからは煙草を受けとるのか」

「あんたは敵陣営にいる。おたがいの立場はまったくちがう。でも、あんたには自分の職業倫理を守る権利がある。わたしに自分の信念を貫く権利があるように。だが、この男は――」センは言って、バネルジーを指さした。「同胞の奴隷化のために使い走りをしているだけだ。そんな者から何かを受けとるつもりはない」

バネルジーは身をこわばらせ、両手を固く握りしめた。口は閉ざしているが、その目には怒りの焔《ほむら》がある。

「本当に？」わたしは言った。「寛容と理解の新境地をもってするなら、そのようなレッテル張りをするまえに、なぜ彼が警察に入ったかを問うべきじゃないのか。ついでに言っておくなら、もし彼がいなかったら、昨夜きみもわたしもあの場所で死んでいたはずなんだぞ」

一瞬の間があった。それから、センは煙草をあげて、バネルジーのほうに手をのばした。「失礼を許してくれ、部長刑事。古い癖はなかなか治らないものだ。証拠もなくきみのことを悪く言ったのは間違いだった。きみの上司もわたしと同じ轍《てつ》を踏まなければいいんだが」

センは煙草を一服ずつ味わうようにゆっくり喫っている。ひとは残された命が少なくなったとき、与えられた少しの愉しみにたっぷり時間を使うものだ。かまうことはない。立場が逆なら、わたしも同じことをしただろう。センが煙草を喫いおわると、われわれは取調べを再開した。同じ質問、同じ答え。センはマコーリーの殺害やダージリン・メールの列車襲撃をあらためて否定した。新しく見つけた平和的な変革の必要性を説き、路線転換の正しさを熱く語った。その言い分は魅力的で、心に響くものがあった。わたしは一再ならず自分に言い聞かせなければならなかった。ここにいるのは、自他ともに認めるテロリストであり、その組織はこれまで軍民を問わず多くのイギリス人とインド人を死傷させてきたのだ。ここに来て急に平和主義者になりましたでは、あまりにも虫が良すぎる。

センは巧みに嘘をつき、人心を惑わす能力を持っている。なんといっても、わたしはセンの敵なのだ。センが命がけで打倒しようとしていたものの権化《ごんげ》なのだ。なのに、わたしはいま迷いはじめている。センの話の真偽の程がどうであれ、合点がいかないことはいくつもある。特にひっかかるのは、マコーリーの口に突っこまれていたメモのことだ。センは英語を流暢《りゅうちょう》に話せるし、書くこともできる。だとしたら、なぜベンガル語でメモを書いたのか。それに、なぜセンはメモをバネルジーに見せるようにと言い張ったのか。

用紙のこともある。この数日間は気にもとめなかったが、いまあらためて見てみると、やはりおかしい。紙の質のことをいままですっかり忘れていた。良質な紙で、厚みがあり、表面が艶々している。高級ホテルの部屋に置いてあるような種類のものだ。わたしが知るかぎり、カルカッタではそのような紙は一般的ではない。インド人が使っている紙は、たいてい薄く、ざらざらしている。警察で使用されている紙ですら、イギリスのものに比べたら質がずっと落ちる。四年にわたって逃亡生活を続けていた者が、どこでそんな紙を手に入れたのか。そして、それをどうして被害者の口に突っこんだのか。

　わたしは取調べの中断を命じた。警官はセンと医師を連れて留置場へ戻っていった。彼らがいなくなると、わたしはすぐにディグビーとバネルジーのほうを向いた。ディグビーは首を振り、バネルジーは困惑しているときの常としておどおどしているように見える。

「さて、どう思う」わたしは言った。

　ディグビーが立ちあがって言った。「ひとつ言えるのは、センは弁が立つってことです。非暴力がどうのこうと、よくあれだけの戯言が口をついて出てくるものです。捕まえたのは、テロの首謀者じゃなく、聖人だったんじゃないかと思うくらいです」

「きみはどうだ」わたしはバネルジーに訊いた。

　バネルジーは考えこんでいるみたいだった。顔をあげて、「どう考えたらいいかわかりません」と答えた。

「疑問の余地はない」ディグビーが言った。「ああいう手合いはこれまで何度も見たことがある。いいか、部長刑事。機会さえあれば、やつは白人だけでなく、おまえの喉も楽しげに掻き切るはずだ」

　バネルジーは返事をしなかった。何を考えているにせよ、それを自分の胸にとどめておけるくらいの分別は持ちあわせているということだ。先ほどのファイル・ボックスは、いまテーブルの上に置かれている。それをあけて、血まみれのメモを取りだし、バネルジーに渡す。

「もっと早くに見せておくべきだった、部長刑事。ディグビーが言うには、それはインドから出ていけというイギリス人への脅迫文らしい。読んで、どう思うか教えてくれ」

　バネルジーはメモをじっと見つめた。

「警部補のおっしゃったとおりです」

「あたりまえだ」と、ディグビー。

「でも、少し変です」

「何がどう変なんだ」

「そうですね。一から説明するのは簡単じゃありません。ベンガル語は二種類ありましてね。ひとつは口語のベンガル語。もうひとつは文語のベンガル語です。それはキングズ・イングリッシュ以上に格式ばり、ばかばかしいほどもったいぶっています。このメモに書かれているのは、日常で使われているベンガル語じゃありません。文語のベンガル語です」

「それは重要なことなのか」

　少し間があった。「どう言えばいいのか……それは〝あなた〟のかわりに〝汝《なんじ》〟を使うようなものです。意味はあっていますが、いかにも不自然です。それが脅迫文であれば、なおさらのことです」

　ディグビーは部屋のなかを行ったり来たりしはじめた。「センは教養のある男だ。格調高いベンガル語が好みだってことじゃないか。そんなことがどうして問題なのか、まったくわけがわからないね」

「ぼくの説明が言葉足らずだったのかもしれません。もし、それが脅迫文であるとしたら、この上なく礼儀正しい脅迫文ということになります。逐語的に訳すと、〝最後のご忠告になることをお許しあれ。町筋には、国外からいらした方々の血があふれることになりますでしょう。どうかインドから出ていかれますようお願い申しあげます〟といった感じになります。どうしてセンがそんな丁寧語で書いたか、ぼくにはわかりません」

　ディグビーがわたしのほうを向いて、念を押すように言った。「いいですか。センは名うてのテロリストであり、数多くの襲撃事件の首謀者です。四年間の潜伏期間のあと街に戻ってきて、その日の夜、イギリス人との闘いを呼びかける演説をしました。そして、同じ夜、そこから歩いて十分のところで、マコーリーが殺害された。その次の日の夜には、列車の襲撃事件が起きている。それはご自身が指摘したようにテロリストによるものと思われる。そういったことがすべて偶然であるとはとても思えません。センは奇妙なメモを書き残していました。それは何か。さらなる暴力事件の発生を予告した脅迫文です。センはそれに人生を賭けてきたのです。間違いなく有罪です。本人が認めるかどうかは関係ありません」

　たしかに一理ある。本人が認めるかどうかは関係ない。センが有罪を宣告され、絞首刑になるのは間違いない。これは誰もが有罪であると思っている事案であり、それ以外の評決が下ることはありえない。報道機関の鼻息も荒い。マコーリーの殺害はインドにおけるイギリスの権威に対する真っ向からの攻撃だ。だとすれば、副総督も黙ってはいない。鉄の意志をはっきりと示さなければならない。そんなことをしたら厳罰を受けるということをインド人たちに知らしめなければならない。犯人の迅速な逮捕と処刑ほど、イギリスの権威を誇示できる方法はない。H機関はセンの死を望んでいる。一九一五年にジュガントルの幹部を一網打尽にしたとき、センを取り逃がした悔しさをいまここでようやく晴らそうとしている。インド帝国警察としても、なんとしてもセンを有罪にしたいという思いは強い。事件の早期解決への圧力は大きいし、ほかに容疑者はいない。

　だが、ひとつだけ問題がある。センが犯人であるという確信が持てないのだ。

　メモのことだけではない。マコーリーがブラック・タウンの売春宿の近くで何をしていたのかもまだわかっていない。副総督からマコーリーの友人のバカンまで、誰も何も知らないし、気にしているようにも見えない。考えてみれば、最初からどこか変だった。いつも誰かが撒いたパン屑のあとを追って、その二歩後ろを歩いているような気がしてならない。残念だが、ディグビーの言うとおりだ。マコーリーが殺された夜、センは犯行現場のすぐ近くにいた。そこに奇妙なメモが残っていたというだけで、わたしが指名手配中のテロリストによる犯行と断定することに疑問を抱いていることを、いったいどうやってタガートに説明すればいいのか。鼻で笑われて、オフィスから追い払われるのがおちだ。

気になることはほかにもある。それが心の奥に不安の念を生んでいる。今回の一連の事件がセンの仕業でないとしたら、犯人はいまも野放しのままということになる。としたら、テロリストの本格的な攻勢はこれからで、時間の余裕はいくらもない。が、そういったことはとりあえず考えないでおこう。センは有罪だ。それを証明しなければならない。

バネルジーが言った。「指示を出していただけるでしょうか、警部」

わたしは供述書をタイプするように命じた。タガート卿に捜査の進捗状況を報告するまえに、それを読んで、問題点を整理しておかなければならない。

「センはどうします」ディグビーが訊いた。「取調べを再開しますか」

「そんなことをしてどれだけの意味があると思う」

「自分なら、今日中にH機関に身柄を引き渡しますがね。あそこでなら別の話を聞きだせるかもしれません。その気になれば、連中は容赦しませんからね」

「放っておいても、H機関はすぐに身柄の引き渡しを求めてくる。わたしはできるだけ長くセンをここに引きとめておくつもりだ」

22

オフィスに戻って、ドアに錠をかけ、椅子に倒れこむ。取調べのあいだ、腕の痛みはひどくなるばかりで、そのせいで適切な判断ができなくなってしまうのではないかと思ったくらいだった。最初は自信満々だったが、終わってみれば、謎が残っただけだった。結果的には二時間を無駄に過ごしたことになる。

集中しなければならない。残されたわずかな時間が刻一刻と過ぎていく。ポケットに手を入れ、モルヒネの錠剤が入った瓶を取りだす。てのひらに二錠落とし、そのまま呑みこむと、椅子に背にもたれかかって、目を閉じる。数分のうちに痛みが和らぎはじめる。だが、二錠にしたのは間違いだった。それで痛みがなくなり、集中できると思っていたが、そうはならなかった。モルヒネの効果は思った以上で、意識は次第に遠のいていった。

わたしの身体はフーグリー川に静かに浮かび、ゆっくりと流されている。川岸にはヤシの木が生え、稲田が広がっている。オレンジ色の陽は肌に暖かい。心と身体は切り離されている。いい気分だ。土手には人々がたたずみ、川のなかのわたしを見ている。サラもいる。若く、みずみずしく、美しい。はじめて会ったころのサラだ。何も言わず、気づかわしげにわたしを見つめている。そこへ行きたいが、身体が言うことをきかない。手も届かない。声をあげることさえできない。やがてサラの姿は見えなくなり、わたしはさらに流されていく。茶畑のまんなかで列車が停車している。タガート卿がいる。テビット夫人がいる。バネルジーとバーンがいる。そしてアニー・グラントがいる。浮かぬ顔をしているが、なぜかはわからない。その横には、ベノイ・センが立っている。囚人服を着て、手錠をかけられた手を前に突きだし、てのひらを上に向けている。わたしは川から出ようとしたが、身体がまったく動かない。やがてセンとアニーの姿も見えなくなる。わたしはさらに流され、洞窟のなかに入っていく。涼しい。天井から水滴が滴り落ちている。そこにマコーリーが立っている。タキシードと血まみれのシャツを着て、無表情な目をまっすぐ前方に向けている。わたしは苦労して首を曲げ、その視線の先にあるものに目をやった。薄暗がりのなかにいくつもの黒い人影が浮かびあがっている。もっとよく見ようと目をこらしたが、それが誰かはわからない。薄暗がりは真っ暗になり、わたしは自分の身体が沈んでいくのを感じた。

　わたしは泳いでいる。そこは水のなかだ。どこからか音が聞こえてくる。何かを繰りかえし叩いている音だ。水面の上で光が輝いている。そこに向かって泳いでいく。音が次第に大きく、はっきりと聞こえるようになってくる。水面から顔を出したとき、自分が椅子にすわったまま眠っていたことがわかった。誰かがドアをノックしている。ふらつきながら立ちあがり、ゆっくりドアの前に行き、錠をあける。目の前にバネルジーが立っていた。わたしの様子を見て、ぎょっとしたみたいだった。

「すまない、部長刑事。昨夜、医者にもらった薬のせいで意識を失っていたようだ」

　バネルジーは困惑し耳まで赤くなっている。びっしりとタイプされた数枚の用紙をさしだした。

「センの供述調書です」

　わたしは礼を言って受けとり、机に戻った。バネルジーは戸口に立ったまま、例によって例のごとくおどおどしている。

「まだ何か用があるのか」

バネルジーはいらだたしげに顎をこすりはじめた。

「今朝がたの取調べについて、ふたりだけで話したいことがあるんですが」

「ディグビー警部補には聞かせたくないということか」

バネルジーはうなずいた。

わたしは手振りで椅子を勧めた。

バネルジーはドアを閉め、机の前の椅子に腰をおろした。

「話したいことというと？」

バネルジーは居ずまいを正した。

「マコーリーの一件です。ちょっと引っかかることがあるんです」

「センのことか」

「センの話が本当だったとしたら、どうします」

「事件当夜、たまたま現場の近くにいて、そこで演説し、そのあとまっすぐコナに向かったという話か。やつにはアリバイがないんだぞ、部長刑事」

「それを証明できる人物は、昨晩われわれに殺されたと言っています」

「当然そう言うだろう」

「メモについてはどうです。どうしてあんなふうに書いたのか」

それにはわたしも答えることができなかった。「おそらくはディグビーの言ったとおりなんだろう。捜査を攪乱《こうらん》するための小細工だ」

バネルジーは身をこわばらせた。「ぼくはそう思いません。お言葉をかえすようですが、あなたも本当はそんなふうには考えておられないんじゃありませんか」

勇を鼓しての発言だろうが、それにしても言葉が過ぎる。

「分をわきまえろ、部長刑事。いずれにしろ、あの男は死刑になるんだ。たとえ今回の事件がなくても、ほかに多くの罪をおかしている。これ以上話すことはない」

バネルジーは黙っていたが、その目は何か言いたげだった。立ちあがり、敬礼をすると、足早に部屋を出ていった。

わたしはすぐにきつい言葉を使ったことを後悔した。バネルジーの言うことは的《まと》を射ている。われわれがつかんでいるのは、あくまでも状況証拠でしかない。センをマコーリー殺しや列車襲撃に結びつけるたしかな証拠は何もないのだ。容疑者がイギリス人なら、どんな裁判所も有罪にすることはできないだろう。だが、ローラット法のもとでは、悪名だけで絞首台送りになる。そう考えると、心穏やかではいられない。センは有罪かどうかもわからないのに絞首台に送られようとしている。インドに来るまでは、そのようなことは想像もしなかった。だが、いまはあたりまえのことのように考えている。それはなぜか。無実を証明するより、有罪だと決めつけるほうが簡単だからだ。そうすれば、新しい赴任地で自分の地歩を固めることができるからだ。結局のところ、インド人の命はイギリス人の命ほどの価値がないということだ。

バネルジーはわたしの忸怩《じくじ》たる思いをあえて指摘した。本当なら、自分自身がその良心に従って認めなければならないことなのだ。なのに、わたしはバネルジーを叱りとばした。相手がインド人ではなく白人の部下であったとしても、同じことをしただろうか。おそらく、しなかっただろう。特に、考えていることが同じときには。けれども、バネルジーはインド人だ。わたしはインドに来たばかりだが、それでもイギリス人が現地の人間の前で自信のなさをあらわにするのはまずいということはわかっている。それは弱さと見なされる。誰かに教えられたわけではない。知らず知らずのうちに意識のなかに染みこんでいたのだ。だが、バネルジーの意見に同意することがなぜ弱さの証しになるのか。

それは少し考えればわかることだ。問題は、わたし個人が過ちをおかすことではなく、国家が過ちをおかすことなのだ。われわれがインド支配を正当化できるのは、イギリスが公平な正義と法による統治という原理原則をたてまえとして掲げているからだ。もし、われわれが正義をねじ曲げ、確たる証拠もなしにセンを絞首台に送るようなことをすれば、イギリス人の支配の正当性や道徳的な優位性は確実にその根拠を失うことになる。

道徳的な優位性――アイルランド人のバーンが言った言葉だ。まったくもってそのとおりだと思う。われわれがこの国を支配できるのは、道徳的な優位性のせいなのだ。大きな声で語られることはあまりないが、いかなる場合においても、そのことは明白だ。みなそう思っている。大英帝国は善をなすための力だ。そうでなければならない。そうでなければ、われわれがここにいる理由はない。手前勝手な都合だけでセンを処刑すれば、大義は根本から崩れてしまう。それはわれわれが根本的な価値感を放棄し、偽善者になることを意味する。わたしがバネルジーを叱ったのは偽善を指摘されたからであり、その瞬間、バネルジーはわたしへの敬意をなくし、ひいてはわたしが仕える帝国への敬意をもなくしたにちがいない。わたしはそれでもかまわないが、帝国にとってはゆゆしき問題だ。

どちらかを選択しなければならない。現状を受けいれて、センが処刑されるのを黙って見ているのか。それとも、みずからの職務をまっとうし、センの有罪を立証するか、センが無実なら真犯人を見つけだすか。

わたしは立ちあがって、ディグビーの上着を肩にかけると、部屋を出て、留置場に向かった。


留置場は食事の時間のようで、あたりには炊《た》いた米の匂いが漂っているが、そこに染みついた異臭を隠すまでには至っていない。センは先ほどと同じ監房にいた。このときは、寝台の横の床にすわっていた。かたわらには、米と黄色いレンズマメのダールが入った、ひしゃげた金属の皿が置かれている。先ほどセンに付き添っていた医者の姿はない。センは米とダールを指で器用につまみとり、口に運んでいる。看守が監房の錠をあけると、センは顔をあげ、口のなかのものを呑みこみ、それから微笑んだ。

「ウィンダム警部、軍情報部に移送する時間が来たのか。それなら、これを食べおえるまで、少し待ってもらえないだろうか。ウィリアム要塞の食事はここほど期待できないだろうから」

わたしは苦笑いした。「ずいぶん落ち着いているじゃないか、セン。とても死刑囚とは思えない」

「死刑囚？　裁判も受けていないのに？　でも、考えたら、それはむしろ当然のことかもしれんな。わたしは死刑になる。もちろん裁判は行なわれるだろうが、結果は最初から決まっている。そのことはわたしもあんたと同様よくわかっている。でも、まえにも言ったとおり、運命を受けいれる用意はできている。死を恐れてはいない」

わたしは寝台に腰をおろした。「悔いはないのか。死ぬまえに言うことはないのか」

センはまた米とダールを一つまみし、しばらく思案していた。そして、ため息を漏らした。「悔いなら山ほどある。生まれたときの状況がちがっていたら、わたしの人生はどうなっていただろうと考えることがよくある。おまえは悪い星の下に生まれてきた、と父は口癖のように言っていた。父は善人だった。工兵としてアフガン戦争に参加し、イギリス人の覚えめでたきを得ていた。勲章までもらっている。二等級のインド・メリット勲章だ。父はイギリス人を畏《おそ》れあがめていた。わたしにインド高等文官への道を歩ませたのも父だ。当時は、わたしもそれがインド人にとっての最高の栄誉だと思っていた」

「何がどう変わったんだ」

「大人になったからだ。政治に目覚めたんだ。当然だろう。ベンガル人なんだから。それは民族の趣味のようなものだ。あんたたちがガーデニングを愛しているように、われわれは政治を愛している。やがてパールやティラクの著作に興味を持つようになり、それであんたたちのインド支配の実態を知った。でも、まあいい。前途有望な若者が革命家になったいきさつなど、あんたにとっちゃどうでもいいことだろう」

「さっき悔いがあると言ったな」

　センは皿に残っていたわずかな米とダールをつまんで、それを口に運んだ。そしてうなずいた。「ああ、悔いはある。わたしは暴力によって自由を勝ちとれると信じていた。銃弾に対して銃弾で闘えると信じていた。その闘いによって多くの命が失われた。そのすべての命に対して申しわけなく思っている。同志や無辜《むこ》の民だけでなく、敵の死に対しても。そういった死によってもたらされたものを疎《うと》ましく思っている。それによって、わたしは慈悲の心を失ってしまった。そういったことは、人間性の一部を麻痺させなければ、とても耐えられるものじゃない。でも、あえてそうすれば、ひとは間違いなく魂の一部を失う。わたしが死を覚悟していると言うわけは、これでわかったと思う。自分のなかでいちばん大切なものを失った者には、死を恐れる理由なんてこれっぽっちもないんだ」

　わたしはセンの目を見つめた。

「きみはマコーリーを殺したのか」

「いいや。そんなことはしていない。列車襲撃の件に関しても同様だ」

「いずれにしても、きみは死刑になる。それはわかっているな」

「わかっているよ、警部。ひとはカルマから逃《の》がれえない。そこに死刑という言葉が刻まれていれば、わたしは死刑になる。それは避けて通ることができない。覚悟はできている」

これまでの経験から、わたしは自分の直感が信頼に足るものであることを知っていた。過去どのような犯罪にかかわってきたかは知らないが、少なくともマコーリーや鉄道保安員の死に関しては、この男はなんのかかわりもない。

わたしは立ちあがって、看守を呼んだ。看守は鍵束を持ってやってきて、扉の錠をあけた。わたしは床の上にすわっていたセンの手を取って、寝台に腰をおろすのを手伝ってやった。

「ひとつ教えてもらいたい、警部。わたしはいつ軍に身柄を移されることになるんだろう」

「さあ、それはわからない。でも、そう遠くないのはたしかだ」

センは少し考えてから言った。「正直に答えてくれたことに感謝する」

重い気分でオフィスに戻ると、机の上にダニエルズからのメモが置かれていた。五時に総監の自宅に出向くようにとのことだった。それまでにまだ時間があったので、これからどうすればいいのかを考えながら、バネルジーがまとめた供述調書を読みはじめた。数ページ読みすすんだところで、電話が鳴った。ライターズ館からの電話を取りつぐとのことだった。一瞬の間のあと、アニー・グラントとつながった。その声を聞くなり、無性に嬉しくなった。たとえて言うなら、戦争中、前線でいつもより余分に食料を支給されたときのような気分だ。だが、それは翌日の朝に塹壕を出て突撃することを意味していた。

アニーの声は上ずっていた。「サム？　ついさっき話を聞いたんだけど、だいじょうぶ？　こっちは大変な騒ぎになってるわ」

「何を聞いたんだい」

「あなたがマコーリー殺しの犯人を捕まえたってこと。その男は有名なテロリストなんだけど、あなたはその身柄をH機関に引き渡すのを拒んでいるってこと」

「どこでそんな話を聞いたんだい」

「副総督も軍への身柄の引き渡しを求めている。官邸で働いている友人がその命令書をタイプしたの。それで、わたしに電話で教えてくれたのよ。あなたが怪我をしたって話も聞いたわ」

「たいした怪我じゃない」

「本当に？ なんとなく元気がなさそうだけど」

「寝不足なんだ」

「じゃ、本当なのね。あなたが犯人を捕まえたのね」

できればあまり詳しい話はしたくない。アニーがステイツマン社から出てきたことが、いまも頭のどこかに引っかかっている。「われわれは容疑者を捕まえた。いま言えるのはそれだけだ」

「どうかしたの、サム。ずいぶんよそよそしいじゃない」

「ちょっと忙しくてね。しなきゃならないことが山ほどあるんだ」

　間があった。

「わかりました」しばらくしてからアニーは言ったが、その口調には言葉とは反対の響きがあった。

「すまない。とにかく、いまは忙しいんだ。もしよかったら、今夜いっしょに食事をしないか」

　明るい声がかえってきた。「そうね、ウィンダム警部。なんとか都合をつけるわ」

　電話を切り、またマコーリーのことを考えはじめた。考えれば考えるほど、センにつながる道筋は最初からできていたように思えてきてならない。さらに悪いことには、みずからも率先してそっちの方向へ進んでいる。ディグビーのおかかえ情報屋に会ったときから、捜査の対象をセンひとりに絞り、そのほかのことは何もしなかった。犯行現場の継続的な捜査さえ怠《おこた》っていた。わたしの捜査はほかの誰かのゲームの補完物にしかなっていなかったような気がする。

下級刑事の詰め所に電話をかけ、当直官が出ると、バネルジーにオフィスに来るよう伝えてくれと頼んだ。数分後、ドアがノックされ、バネルジーがドアの向こうから顔を出した。表情は固い。

「お呼びになりましたか、警部」

まだ腹の虫がおさまっていないようだ。

「そうだ、部長刑事、きみを呼んだんだ。突っ立ってないで入りたまえ。しなきゃならないことがある」

バネルジーは部屋に入り、後ろ手にドアを閉めた。そして、机の前にすわると、胸ポケットから手帳と鉛筆を取りだした。

「先ほどの話なんだが、あれから少し考えてみた。この一件に関しては、答えられていないことがまだいくつも残っている。センの有罪をたしかなものにするためには、その答えを見つけだす必要がある」

「あるいは、無罪をたしかなものにするために」

「ディグビーのおかかえ情報屋の話を聞くまえの時点に立ち戻り、そこからあらためて捜査をしなおさなきゃならない。問題はいくつもある。火曜日の夜、マコーリーはコッシポールで何をしていたのか。まずはそれを突きとめなきゃならない。きみが見た売春宿の娘から話を聞く必要もある。犯行現場の再検分も必要になるだろう。できることなら、殺害に使われた凶器も見つけたい。マコーリーの補佐官だったスティーヴンズのこともある。なんらかの利権に絡んでいないかどうか」

「その点については、いま企業登記局に問いあわせ中です」

「わかった。あとはマコーリーの友人関係だ。もう一度ジェームズ・バカンから話を聞きたい。それから、マコーリーの友人の牧師とも」

「グン牧師は今日カルカッタに戻ってくることになっ

ています」

「よかろう。じゃ、明日会いにいこう」

「ディグビー警部補はどうします。あのひとはセンがやったと信じています」

「ディグビーのことはわたしにまかせてくれ」

バネルジーはメモをとりおえ、顔をあげた。「ほかには何か？」

「いまのところはそれだけだ」

バネルジーが部屋から出ていくと、ディグビーとどう向きあえばいいか考えた。サヴォイ・ホテルのドアマンなみに尊大な男だが、かといって無視するわけにもいかない。実際のところマコーリーの身に何が起こったのかを突きとめるためには、現地の事情に通じたディグビーの助けがどうしても必要になる。ただ、センが犯人ではないかもしれないということを納得させるのは簡単ではないだろう。それに、センがカルカッタに戻ったという情報はディグビーのおかかえ情報屋からもたらされたものだ。センの有罪がすみやかに確定すれば、ディグビーには昇進が約束される。少なくとも、H機関の友人たちからは大いに感謝されるだろう。それに、わたしがディグビーを説得するための根拠はみずからの直感以外には何もない。奇跡が必要だ。勝目のない者の守護神、聖ユダなら助けてくれるかもしれないが、残念ながら電話番号を聞いてはいない。仕方がないから、そのかわりに受話器を取って、ディグビーのオフィスに電話をつないでもらった。

「いまさらこんな話をしなきゃならないなんて信じられませんよ」ディグビーはわたしの机の前を行ったり来たりしている。「あいつがやったのは間違いないんです」

「疑わしいというだけで、たしかな証拠はない」

「疑わしければ、それで充分じゃないですか。ローラット法はなんのためにあるんです。多少詰めが甘くても、センのようなテロリストを有罪にできるようにするためです。そもそも、あの男は破壊活動から殺人まで山ほどの罪をおかした指名手配犯なんです。そんなことは関係ないとおっしゃるんですか」

「そうじゃない。これは詰めが甘いとかなんとかいう話じゃないんだ。センをマコーリー殺しに結びつけるたしかな証拠は何もない。それに、われわれが間違っていて、真犯人が野放しになっていたらどうする。われわれは別のテロ攻撃の脅威にさらされているということになるんだぞ」

ディグビーはため息をついた。「これはあなたが自分で言ったことですが、ダージリン・メールの列車襲撃がテロリストの仕業だったとしたら、狙っていた金の強奪には失敗したということになります。ここ数日、同種の列車の襲撃事件が起きていないのは、それがセンの一味の仕業であり、その組織が機能しなくなったからです。でなければ、それは地元のドジな盗賊の仕業ということになります」そして、髪を指で梳《す》きながら続けた。「ここはイギリスじゃないってことをそろそろ受けいれたほうがいいと思いますよ。センは日曜日にハイドパークで箱の上に立って演説をぶつ弁士とはちがうんです。センとその一味はインドの合法的な政府の転覆をもくろんでいるんです。それは食うか食われるかの戦いです。官吏の殺害でも病院の爆破でも、やつらはなんでもします。目的のためには手段を選びません」

「わたしはセンの有罪を立証するための確たる証拠を見つけるまで捜査を続けると言っているだけだ。そのためにきみの力が必要なんだ」

その言葉を聞いて、ディグビーは少し冷静さを取り戻したみたいだった。

「いいですか、警部殿。そんなことをしても無駄骨にしかなりません。センはこの国でもっとも重要な指名手配犯のひとりなんです。新聞はすでに何が起きたのかを嗅ぎつけています。彼らも馬鹿じゃありません。昨夜のH機関による襲撃の噂はすでにハウラー中に広がっています。新聞記者がそれを聞き逃すと思いますか。明日の朝には、センが捕まったという記事が第一面を大々的に飾っているはずです。あなたがセンの有罪について疑問を持っていると言ったら、タガート卿はどんな反応を示すと思います。怒りにまかせて壁を蹴飛ばすくらいのことはするはずです。いずれにせよ、あなたがそんなことをしても、なんの意味もありません。どのみち、センの身柄はH機関に引き渡されることになるんです。そうしたら、今週末までには判決が下り、死刑が執行されます」

「わかった。これ以上の議論は必要ない。ここにはひとりの人間の命がかかっているんだ。首に縄をかけるまえに、わたしはその男が間違いなく有罪であるかどうかをたしかめたい。捜査は続行する。これは命令だ」

ディグビーはわたしを見つめた。

「わかりました。でも、これだけは覚えておいてください。いずれにせよ、最終的には死刑判決が下ります。それはセンに対するものであると同時に、場合によっては、あなたのキャリアに対するものになるかもしれませんよ」

23

南カルカッタ――ホワイト・タウンの中心部。

車は緑したたる郊外を通りすぎていく。広い通り、高い生け垣の向こうに見え隠れする漆喰塗りの邸宅。そこへの人の出入りを厳重にチェックしている仏頂面の門番と、鉄扉の向こうで青々とした芝生の手入れをしている庭師以外、インド人の姿はほとんど見受けられない。

南カルカッタ――ギルドフォードやクロイドンといったイギリスの二級都市から来た一級市民の居留地。植民地政府の行政官や軍将校や財を成した商人の街。ゴルフとガーデン・パーティー、馬術とベランダで飲むジン。豊かな生活。間違いなくギルドフォードやクロイドンでの暮らしよりはいいはずだ。

わたしはアリポールにあるタガート卿の自宅に向かっていた。車が速度を落として、砂利敷きの私道に入ると、その奥に、花壇と芝地に囲まれた三階建ての大きな屋敷があった。カルカッタでは、このような邸宅はなぜかバンガローと呼ばれている。

車は屋敷の前の屋根つきのポーチの下に静かにとまった。白い漆喰の柱に緑のツタが絡まっている。制服巡査が走ってきて、車のドアをあけた。

「ウィンダム警部だ。総監に呼ばれてきた」

「ようこそお越しくださいました。閣下は南側の庭でお待ちです。そちらのほうにまわっていただきたいとのことです。ご案内いたします」

巡査は一礼すると、向きを変えて、手入れの行き届いた芝地を横切りはじめた。空中には、イギリスの花の香りが漂っている。バラとか、ジギタリスとか。異邦の地の一角に、本物のイギリスが再現されている。

もっとも、一角と言っても、その広さは数エーカーはあるだろう。歩いているあいだに、あちこちに武装警官が立っていることに気がついた。全員が外の道路からも家のなかからも見えない位置に配置されている。

陽差しは穏やかで、心地いい。タガートはシャツの第一ボタンをはずし、小さな籐のテーブルに向かって書類に目を通している。わたしに気づくと、顔をあげて、笑みを浮かべた。

「やあ、サム。よく来てくれたね」タガートは午後の空気のよう温かい口調で言い、椅子を勧めた。「かけたまえ。何がいい？　ジン？　ウィスキー？」

「ウィスキーをいただきます」

タガートは手を振って、下僕を呼んだ。「警部にウィスキーを」それからわたしのほうを向いて、「飲み方は？」

「水割りで」

「わたしにはソーダ割りを」

下僕は歩き去り、それからすぐに飲み物を持って戻ってきた。

おたがいの健康を祈って乾杯する。

ウィスキーは芳醇《ほうじゅん》で、まろやかだった。わたしがいつも買って飲んでいるものとはずいぶんちがう。

「何か進展はあったか、サム。副総督とH機関はセンの引き渡しを執拗に求めてきている。これ以上の引きのばしはむずかしい。何かわかったか。できることなら、それをもって、この一件にケリをつけたい」

すぐには答えられなかった。ラル・バザールからここへ来る途中、タガートに言うべきかどうか、ずっと考えていたのだ。それを言えば、その瞬間カルカッタでのわたしの短い滞在は終わりを告げる。もしかすると、それはそんなに悪いことではないかもしれない。

わたしはもう一口ウィスキーを飲んで、臍《ほぞ》を固めた。

「センはマコーリーを殺していないと思います」

わたしの言葉は宙にとどまった。さらに一口ウィスキーを飲む。今度はさっきよりも時間をかけて。追い払われるまえに、飲みほしてしまったほうがいい。

「列車の襲撃事件のほうは？」

わたしは首を振った。「やはりセンとのつながりは見つけられませんでした」

時間が過ぎていく。遠くの菩提樹《ぼだいじゅ》の上で、緑色のインコが大きな声で鳴いている。

タガートの返事は予想外のものだった。「そうだろうと思っていたよ」

それだけだった。怒るわけでもなければ、怒鳴りつけるわけでもなく、説教を垂れるわけでもない。タガートがどんなふうに反応するかはいくつか考えていたが、わたしの意見に同意するとは夢にも思っていなかった。

「あなたもセンが無罪だとお考えになっていたんでしょうか」

「いいや、ちがう。マコーリーを殺していないかもしれないが、無罪とは言えない。センはこれまでにおかした罪によって絞首台に送られることになる。マコーリーの一件はおまけだ。ただ列車の襲撃事件については、わからないことがあまりにも多すぎる。あれがセンの一味の仕業でないとしたら、いったい誰の仕業なんだ」

わたしは混乱していた。

「ほかの者の仕業かもしれないのに、それでもセンを起訴しろとおっしゃるんですか」

「賢く立ちまわれと言っているんだ、サム。そもそもの話、ふたつの事件が同一人物によるものと断定できる証拠はあったのかね」

そんなものはひとつもなかった。自分が勝手にそう決めてかかっていただけだ。一枚岩的な単一組織による犯行だという仮説にしても、裏づけとなるものはほとんど何もなかった。タガートはそのこともよくわかっていたにちがいない。

「ふたつの犯罪を関連づけるものは何もない。センはマコーリー殺しの一件だけで起訴し、H機関に身柄を引き渡せばいい。そうすれば、連中は満足し、もう何も言ってこなくなる。列車の襲撃事件についてはセンの仕業じゃないと思っていると言えばいい。犯人捜しは彼らにまかせよう。その種の捜査に関しては、連中のほうが一枚も二枚も上だ。そうやって、そこにおおかたの注意が集まっているあいだに、きみはマコーリー殺しの捜査を進めたらいい。わたしもその一件に関してはどことなく腑《ふ》に落ちないものを感じている。それが何なのかを突きとめたい」

「H機関が無実の罪でセンを死刑にしても、何も気にならないということですか」

タガートはため息をついた。「われわれは勝てる戦《いくさ》しかしない。きみをカルカッタに呼んだのはもちろん理由があってのことだ。警察は腐敗し、情報は笊《ざる》のように漏れている。インド人の大半は賄賂《わいろ》でなんとでもなり、イギリス人の半分も似たり寄ったりときている。このていたらくを打破するために、信頼できる者の手を借りたいんだ。有能で、なおかつなんのしがらみもない者。今回のことできみの経歴に傷をつけたくない。わたしにはきみが必要なんだ、サム」

むずかしい注文ではない。無実の者を絞首台に送るのは本意ではないが、現時点ではそれ以外の選択肢はなく、タガートの要請に応じるほかない。少なくとも、そうすれば捜査を続けることができる。

わたしは苦い思いを呑みこんだ。「わかりました。おっしゃるとおりにします」

「それでいい。でも、これだけは忘れないように、サム。カルカッタは危険な街だ。警戒しなければならないのはテロリストだけじゃない。街の有力者のなかには、自分の利益にならないと思えば、警察官のひとりやふたり叩きつぶすことなどなんとも思わない者が大勢いる。きみが仕事を続けていくためには、わたしの保護が必要になる。でも、わたしができることにも限度というものがある。だから、賢く立ちまわれと言っているんだ。きみはすでに軍のなかに手ごわい敵をつくってしまった。ドーソン大佐はきみの寝首を掻く機会をうかがっているにちがいない。昨夜、コナでやったようなことは二度とするな」

「わたしの部下はどうでしょう。ディグビーは信用できるでしょうか」

タガートはウィスキーを一口飲んだ。「信用できると思いたい。ディグビーはドーソンに恨みを持っている。このまえの戦争中のことだ。ディグビーはドーソンが北部のどこかで行なった治安活動を非難する報告書を書いたんだが、どういうわけかそれがH機関の手に渡ってしまった。おそらく警察にまでスパイを送りこんでいたんだろう。ドーソンはその報告書を副総督のところに持っていき、それは対戦国を利する行為であると訴えた。副総督は訴えを聞きいれ、前の警視総監を譴責《けんせき》し、ディグビーを窓際に追いやった。以来、昇級はしていない。あれだけの経験があれば、いまごろは警視になっていてもおかしくないはずなのに」

興味深い話だった。センが無実かもしれないという可能性をディグビーが決して認めようとしないのは、インド人全体に対する憎悪や嫌悪の念からだけではないのかもしれない。H機関の怒りを買って煮え湯を飲まされたことがあるというのであれば、同じ轍は踏みたくないと思うのも当然だろう。〝一度嚙みつかれたら、二度目は臆病になる〟という諺《ことわざ》もある。そして、それはわたしにとっての教訓でもある。先ほどの言葉どおり、タガートは勝てる戦しかしない。

「もうひとつお知らせしておかねばならないことがあります。センは暴力を放棄したと明言しました」

タガートは口もとに持っていきかけていたグラスを途中でとめた。「本当に？」

「潜伏中にいろいろ考えたようです。結局、武装闘争は自滅への道でしかないという結論に達したそうです」

「それを信じるのか」

「嘘をつくような男には見えません。カルカッタに戻ってきたのもそのためだと言っていました。いまは平和的な非服従を訴えているそうです。ダマスカスで啓示を受けたあとの聖パウロもかくやと思うほど真剣な口調でした」

タガートは思案顔でウィスキーを口に含んだ。

「H機関のきみの友人はそのことを知っているのか」

「たぶん知らないと思います。でも、身柄を引き渡したら、すぐに知ることになるはずです」

「じつに興味深い」

七時半、わたしはグレート・イースタン・ホテルの柱廊《ポルチコ》玄関に立ち、ディーゼル機関の排ガスの臭いにむせながら、路面電車が通りすぎるのを見ていた。このときは正装だった。タキシード、黒い蝶ネクタイ、そして三角巾。夜のとばりはすでに降りていたが、空気はまだじっとり肌にまとわりついている。タガートの屋敷を辞したあと、わたしはオフィスに戻って、ディグビーを呼びだした。そして、詳細は伏せたまま、タガートからセンを起訴し、その身柄をH機関に引き渡すよう命じられたことを伝え、そのために必要な書類を作成するよう命じた。ディグビーはほっとしたみたいで、これで問題は何もないと請けあった。わたしが捜査を継続するつもりでいることは黙っていた。明日は日曜日で、ディグビーは非番だ。ゆっくり休めばいい。知らせるのは月曜日だ。それまでの二十四時間、ディグビーがいなくても困ることはない。

バネルジーにはいてもらわなければならない。話をすると、休日を返上することを快く承諾してくれた。べつに驚くべきことではない。それに、以前聞いた話では、ヒンドゥー教徒にとって、日曜日は特別な日でもなんでもないらしい。それで、翌朝の十時に会うことにした。センの身柄の引き渡しをすませたあと、グン牧師に会いにダムダムまで行くのだ。だが、いまはそんなことはどうだっていい。いま、アニー・グラントは行き交う車のあいだを縫って道路を横切ろうとしている。飾り気のない青いドレスは膝までの長さしかなく、ふくらはぎがまぶしい。

通りは混みあっていた。大勢のカップルが土曜日の夜の街へ繰りだしている。赤毛と赤ら顔からして、その多くがダンディー出身にちがいない。アニーはわたしの姿を探してきょろきょろしている。わたしが手を振ると、大きな笑みを浮かべたが、三角巾に吊るされた腕に気づいて、とまどったような表情になった。

「サム！　どうしたの、その腕？　電話で言ってたこととずいぶんちがうじゃない」

「本当になんでもない。任務を遂行しただけだよ。カルカッタの善良な女性たちを危険から守るために」

アニーはわたしの頬に優しくキスをした。「カルカッタの善良な女性を代表して、ささやかな感謝のしるしよ」そして、わたしの傷ついていないほうの腕を取って、ホテルのほうへ歩きだした。

ホテルの前ではイギリス人の警官が交通整理をしていた。

「変だな。どうして白人の警官が交通整理をしているんだろう」

アニーはにっこり笑った。「ここはグレート・イースタン・ホテルよ、サム。スエズのこちら側でいちばんの格式を誇るホテルなのよ。白人社会のなかでも最上流の人士が集まってくる。へべれけになって通りに出てきて、インド人の警官に注意されたりしたら、格好がつかないでしょ。へたをしたら、スキャンダルになりかねない」

ロビーは大聖堂なみの広さがあった。タージマハル以上の大理石とクリスタルのシャンデリアとで、部屋全体が輝いているように見える。アニーが言ったとおり、ここに来ているのは、カルカッタの上流社会の紳士淑女ばかりだ。礼服姿の将校、ビジネスマン、シルクやサテンのきらびやかなドレスに身を包んだ令嬢たち。あちこちから笑いさんざめきが聞こえてくる。ホテルのスタッフは全員インド人で、十数人いる。糊のきいた白い制服姿で、鮫《さめ》についてまわる小さな魚のように賓客のあいだをせかせかと歩きまわっている者もいれば、後ろにさがって、酒のおかわりや料理の追加の注文を待っている者もいる。どこかで弦楽四重奏団がウィンナ・ワルツを演奏している。

「食事のまえに何か飲みましょ」

「いいね。それで喉に残っている排ガスの味を消せるかもしれない」

アニーのあとについてきらびやかな廊下を進む。廊下の両側には、ブティックや理髪店、そしてハロッズ百貨店の入口を小さくして送ってきたようなつくりの店がずらりと並んでいる。その突きあたりにスウィングドアがあった。壁には、〝ウィルソンズ〟と打刻された真鍮のプレートがかかっている。なかに入ると、レッド・エレファント同様、地下室のように暗く、落ち着いた感じの店だということがわかった。片隅でタキシード姿のインド人がグランドピアノに向かって静かに曲を弾いている。そして、店の幅いっぱいの長いカウンターの向こうの端には、痩せたバーテンダーが数サイズ上のぶかぶかの制服を着て立っている。そこには、常連らしき客が数人いるだけで、そんなに忙しくはなさそうだ。近くのビロード張りの暗いボックス席では、若いカップルが甘い言葉をささやきあっている。わたしたちはカウンターに向かったが、バーテンダーは知らんぷりをして、市松模様の布でわざとらしくグラスを拭きはじめた。

アニーがスツールに腰かけると、わたしはカウンターを指で軽く叩いてバーテンダーを呼んだ。だが、すぐには来ない。わざと時間をかけてグラスを拭いてから、ようやくやってきた。シャツにとめられた真鍮のバッジには〝アジズ〟とある。

「ご注文は？」

わたしはアニーのほうを向いた。「きみは？」

アニーは鏡張りの棚に並んだボトルを見ながら考え、それから言った。「ジン・スリングを」

わたしはジン・スリングと自分のためにラフロイグを注文した。

バーテンダーは不愛想にうなずき、グラスにウィスキーを注ぐと、渋々といった感じでカクテルをつくりはじめた。

「あまり歓迎されていないみたいだね」

「本当にそう思う？　デートの相手は全員ここに連れてきてるのよ。アジズのお眼鏡にかなったら、二度目のデートができる」

「わからないものだ。まさかきみの友人だとは思わなかったよ。だったら、一杯おごったほうがいいのかな」

「名案とは思えないわ。宗教の戒律があるから」

「なのにバーで働くなんて、どういう料簡《りょうけん》なんだろう」

「誰でも不本意な選択をしなきゃならないときはあるわ。たいていはお金のためだけど」

アジズがジン・スリングを持ってきて、何も言わずにカウンターの上に置いた。わたしが礼を言うと、ようやく口もとに小さな笑みが浮かんだ。

わたしたちはグラスを合わせ、それから空いたボックス席に移動した。

アニーは三角巾を指さして言った。「何があったか教えてちょうだい」

「象から落っこちたと言ったら信じるかい」

アニーは赤い唇を尖らせ、可愛らしい〝O〟の字を描いた。「かわいそうに。帝国警察は自動車を使わせてくれないの？」

「なにしろ新入りだからね。お偉方にならないと、その種の待遇は受けられない。ロバを使えと言われなかっただけましだよ」

「それはどうかしら。ロバから落ちるほうがダメージは少なかったと思うけど」

わたしはウィスキーを一口飲んだ。

「本当のところどうなの、サム。撃たれたって話を聞いたけど」

「別の男の話と聞き間違えたんだよ。そいつはいまカレッジ通りの死体安置所に横たわっている」

目が大きく見開かれる。「あなたが殺したの？」

「いいや、ちがう。幸い昨夜は誰も殺さずにすんだ。実際のところ、発砲さえしていない」

「よかった」アニーは言って、わたしの手に自分の手を重ねた。「あなたは無闇やたらに銃をぶっぱなすようなひとじゃない」

それだけはたしかだ。わたしはこれまでの人生ですでに充分すぎるほどの死を見てきた。これからも誰も撃たずにすむなら、それに越したことはない。急に喉の渇きを覚え、わたしは残りのウィスキーを飲みほした。

「怪我したひとはほかにもいるの？　仲間の刑事さんは？」

「ディグビーのことかい。だったらだいじょうぶだ。かすり傷ひとつ負っていないよ。でも、ディグビーを知っているとは思わなかったな」

アニーはマニキュアをした指でグラスの縁を撫でた。

「知ってるってほどのことでもないわ。友人を通して、そういうひとがいるって話を聞いただけよ」

アニーも酒を飲みほし、わたしたちはレストランに向かった。

レストランはイギリス人が設計したサルタンの宮殿の宴会場みたいだった。白い大理石と金箔《きんぱく》仕様で、舞踏会場として使えるくらい広い。店内はメインのフロアと少し高いところにあるテラス席に分かれ、意匠を凝らした金色の手すりで仕切られている。その広さにもかかわらず、席はほとんど埋まっている。客のざわめきごしに、弦楽四重奏団が奏でるウィンナ・ワルツが聞こえてくる。給仕長に案内されて店のまんなかあたりの席に向かう途中、何人かの客が振り向いた。その視線の先にあるのがわたしでないことはあきらかだ。給仕長はアニーのために丁寧に椅子を引いた。アニーは礼を言って、メニューを広げた。

　わたしはワインを注文した。戦争中によく飲んでいた南アフリカ産の白だ。当時はそれが大量に出回っていて、たいていの場合、手に入れられるワインのなかでいちばん安かったのだ。アニーはヒルサという名前の魚の料理を勧めた。

「ベンガル人はお魚が好きなの。ヒルサはこの地方でしか食べられない」

　わたしはそれを断わり、ステーキを注文した。そのときは食べ慣れたものを食べたかったのだ。

「勇気があるのね」アニーは言った。

　なんとなく嫌な予感がする。

「ステーキは牛じゃなくて、たいていは水牛なのよ。ヒンドゥー教徒にとって、牛は神聖な動物だから、料理人のなかにだって、手を触れるのもいやだと言うひとが大勢いる。近ごろは、あちこちで牛を保護しようという運動も起きているし。だから、たいていは水牛で間にあわせてるみたい。でも、ここはグレート・イースタンだから、もしかしたら牛肉かも」

　アニーは微笑み、それで、ステーキが水牛の肉であろうとヒヒの肉であろうと、そんなことはどうでもよくなった。

　ワインが運ばれてきて、わたしたちは乾杯した。

　アニーはグラスをあげた。「門出を祝して。ところで、新しい住まいは見つかった？」

「探している時間がなくてね。それに、いまのところゲストハウスで満足している。これで食事がおいしかったら、申し分ないんだが。とにかく、住むところなんてどこだってかまわない」

「駄目よ、それじゃ。ここはロンドンじゃないんだから。それは体裁の問題なのよ。帝国警察に勤務する白人の紳士がゲストハウス住まいなんてありえない。もっとちゃんとしたところに住まなきゃ。たとえば、パーク通りの高級アパートメントとか。もちろん召使い付きの」

「召使いは何人くらいいればいいんだい」

「多ければ多いほどいい。多ければ多いほど快適に暮らせる」

「ちょっと大層な感じがするけど」

「たしかに。でも、そこが大事なところなのよ」

「ぼくの給料じゃ、そう何人も雇えない」

「カルカッタじゃそんな言い分は通用しないわ、サム。召使いをひとり減らすくらいなら、自分の祖母を売りとばせと言われるところなのよ。誰々さんが経済的な理由でメイドを解雇したなんてことがひとに知れたら、どんなことになるか。間違いなくスキャンダルの嵐よ。とにかく、それがインドってところなの。人間の値段は動物より安い。下僕と料理人とメイドをひとりずつ雇っても、馬一頭を飼う程度のお金もかからない」

「それなら、明日の朝いちばんで三人の使用人を募集することにするよ。どんな高級アパートメントでも、馬を飼うスペースはないだろうからね」

　その夜はいい感じに過ぎていった。音楽、ワイン、食事、そして会話。わたしたちはイギリスや戦争やインドやインド人のことを話した。会話が途切れたとき、わたしは周囲を見まわした。若い女性と中年男性のカップルがやたらと目につく。わたしはそのことをアニーに話した。

アニーは笑いながら答えた。「〝漁船団〟って言葉を知ってる？　毎年、若い女性たちが結婚相手を探しに大挙して船でインドにやってくるの。いまに始まったことじゃないけど、先の戦争以来その数はずいぶん増えてるらしいわ」

「そうなる理由はよくわかる」

「結果的にはそれでうまくいってるのよ」アニーはワインを一口飲み、グラスをゆっくり揺らしながら話を続けた。「イギリスの若い女性は二十五歳が転換点のようね。そろそろ売れ残りが気になるお年頃ってわけ。それで、船に乗ってインドにやってくる。そこには家庭の温もりに飢え、誰でもいいから早く結婚したいと思っている同郷の男が何千人もいる。器量や性格は関係ない。イギリス人の血が流れてさえいれば、かならず良人を見つけられる。それにしても、この国にいる男性には同情の念を禁じえないわ。公務員とかは特にそう。長いこと修道僧のように暮らさなきゃならないんだから。ここでは、三十前に結婚すると、いまだに世間から白い目で見られる。しかも、白人以外の女性と結婚することはできない。それはキャリアの終わりを意味する」ワインのせいで口が滑らかになっているようだが、その口調は刺々しく、苦々しい思いがこもっているように感じられる。「戯《たわむ》れに恋をするのはいい。でも、結婚は別」空中で指を左右に振りながら、「結婚はまったくの別問題よ」

「それは誰のことなんだい。名前は？」

アニーはびっくりしたような顔をしていた。「名前って？」

「わかってるだろ」

「名前なんかどうだっていいでしょ。もうとっくに終わったことよ」アニーは言って、またワインを飲んだ。

わたしは黙っていた。アニーはこれまで抱えてきた心の重荷をおろそうとしている。そんなとき、男は聞き役に徹するのが最善手であることが多い。

「相手はライターズ館の役人よ。わたしが二十一のときに出会ったの。そのひとはイギリスからやってきたばかりだった。わたしは夢中になり、一年ほど付きあったあと、結婚の約束をした」

「それでどうなったんだい」

「なるようにしかならなかった。ここはインドだから。インド帝国だから。それはイギリス人の男を変える。いびつに変える。来たばかりのころはおおらかで、善意に満ちているのに、しばらくすると、斜に構え、料簡が狭くなる。以前からここにいる者に感化されて、イギリス人の優越性を信じ、劣等民族と親しくしちゃいけないと思いはじめる。そして、現地の人間をさげすむようになる。白人以外のすべての者を見下すようになる。インド帝国は善良な男たちの人格を破壊するのよ、サム」アニーはさらに一口ワインを飲んだ。「いま言ったことを忘れないで。あなたの身にもいずれ起きることだから」

「そうは思わないね。イギリス人の優越性はすでに充分すぎるほど味わっている」

アニーは苦々しげに笑った。「半年後にはどう思ってるかしら」

アニーの言ったとおりかもしれない。いま口にしたばかりの言葉が自分でも空々《そらぞら》しく感じられる。すべてが差別の上に成りたっているこの国では、ふとしたことでその陥穽《かんせい》にはまってしまう。それはわたし自身がつい数時間まえに経験したことでもある。油断も隙もあったものではない。けれども、ひとはもう少し利口になれる。アニーから学ぶこともできる。この美しく知的な女性は、すべての虚飾と偽善を見抜く力を持っている。

「そうは思わないというのは本心からだ」それはアニーだけでなく、自分自身にも言い聞かせるための言葉だった。

「そうかしら、サム。あなたはほかのひとと同じじゃないの？　あなただけはちがうの？」アニーは言って、ワインを飲みほした。

　なんと言えばいいのか。本当にちがうと抗議するのか。もしかしたら、わたしもほかの者たちと同じなのかもしれないのだ。言うべき言葉が見つからず、わたしは黙ってアニーのグラスにワインを注いだ。

「ごめんなさい。あなたを責めるつもりはないのよ。わたしはただ自分の目で見たことを言ってるだけ。イギリスの中産階級の男たちは、ここに来て、権力と栄位を手に入れ、のぼせあがる。ふと気がつくと、召使いにかしずかれ、服まで着せてもらえる身分になっている。それを当然の権利のように思いはじめるのは時間の問題よ」

「もしかすると、召使いを雇うのは諦めて、馬を飼うほうがいいのかもしれないね」

　アニーは微笑んだ。その美しく、屈託のない笑顔を見ていると、このような女性より自分のキャリアを優先する男がいるとは思えなくなってくる。

「ところで、昨日のことをそろそろ話してくれてもいいんじゃない」

「さっきも言ったように、話せることはあまりないんだ。容疑者を追いつめ、抵抗されたので、やるべきことをやった。それだけのことだよ」

「あなたはそのひとがマコーリーを殺したと思ってるの？」

　わたしはためらい、それから首を振った。「これ以上は何も言えないんだ、アニー。言えたらいいんだが」

　アニーは微笑み、優しくわたしの手を握った。「ごめんなさい。ちょっとしつこすぎたわね」

　そのとき、レストランの入口のあたりが急に騒がしくなった。客は話をやめ、目をドアのほうに向けた。

　四人の客が店に入ってきた。先頭にいるのは副総督だ。タキシードに糊のきいた白いシャツを着ている。その後ろにいるのは、軍服姿の太った男で、襟章から判断すると、将官のようだ。そのあとから、ふたりの年配の女性が続いている。給仕長があわてて出迎えにいき、お辞儀をした。二度と元の姿勢に戻れないのではないかと思うくらい、深くて、長いお辞儀だった。やっとのことで頭をあげると、今度は大きな身振り手振りを交えての挨拶が始まった。遠いので、何を言っているのかはわからないが、愛想笑いと平身低頭ぶりから、副総督の政策に抗議しているのでないのはたしかだ。

　給仕長に案内されて、一行はテーブルのあいだを縫い、わたしたちのほうへ向かってきた。奥の隅に、ほかのテーブルとは離れていて、充分なプライバシーを確保できるようになった席がある。そこへ行こうとしているのだろう。あちこちのテーブルで客が立ちあがって挨拶をするので、そのたびに副総督は立ちどまって、二言三言ことばを交わしたり、握手をしたりしている。しばらくしてアニーの姿に目をとめると、それが誰かすぐにわかったらしく、まっすぐこっちへ向かってきた。ほかのテーブルの客と同じように、わたしたちは立ちあがって挨拶をした。

「ミス・グラント」副総督はエジンバラの株式仲買人を思い起こさせる鼻声で言った。

「閣下」

「マコーリーの身に起きたことには本当に心を痛めている。でも、安心したまえ。犯人にはすぐに法の裁きが下る」

　アニーは視線を落とした。「お心遣いに感謝します、閣下。お話を聞いてほっとしました」

「きみも大変だっただろうね」

　アニーは口もとをわずかに緩めた。「もうだいじょうぶです。ありがとうございます。少し時間がかかりましたが、なんとかショックから立ち直ることができました」

「それは何よりだ。気を強く持つように」

アニーはわたしのほうを向いた。「こちらはサム・ウィンダム警部です、閣下。つい最近この地に——」

「いや。彼とは初対面じゃない」副総督はアニーの言葉を遮《さえぎ》り、わたしに手をさしだした。「やあ、警部。きみは英雄だ。きみのおかげで、われわれは年来の友ベノイ・センを逮捕することができた。感謝するよ」

「わたしの力だけじゃありません。軍情報部の大がかりなオペレーションのおかげです」

「ああ。報告は受けている。自白を引きだすことはできたかね」

「いまのところはまだ」

眉間に皺が寄った。「まあそうだろうな。あとのことは軍情報部にまかせておけばいい。あのような男の扱い方は心得ている」

わたしはうなずき、明日の朝にはセンの身柄を引き渡すつもりでいることを告げた。

それを聞いて、副総督は満足したみたいだった。

「ということであれば、これ以上きみたちの時間を奪うのはよすとしよう」

副総督はわたしたちに軽く会釈をして立ち去り、自分たちのテーブルへ向かっていった。わたしは椅子にすわり、ワインを一口飲んでからアニーのほうを向いた。

「副総督と懇意にしているとは思わなかったよ。アジズはどんな評価を下したんだろう」

「べつに懇意にしているわけじゃないわ、サム。マコーリーのお供をして官邸に行ったときに二、三度顔をあわせただけよ。それより、本当なの、あなたがセンを逮捕したってこと」

わたしは微笑んだだけで、何も言わなかった。そう思っているのなら、そう思わせておけばいい。本当のことを話して、がっかりさせることはない。

「すごい！　何年も逃げまわっていた男なのよ」

「捜査のことは話せないって言っただろ」

「もういいんじゃない、サム。副総督が自分からその話をしたんだから。あなたが話して悪いわけがないでしょ」

わたしは考えた。酒はいつも決意を鈍らせる。そして、いまはすでにかなりの量を飲んでいる。いまここでアニーに話をして聞かせても、どれほどの害もない。あと何時間かすれば、ステイツマン紙の第一面を飾ることなのだ。それにもちろん、アニーを感心させたいという思いもある。わたしは手をあげて降参の意を示した。

「わかったよ。それで、何を知りたいんだい」

「すべてよ。どうやって追いつめ、どうやって捕まえたのか。センとはどういう人物なのか。何もかも」

「たいして面白い話じゃないよ」

「面白くないはずがないでしょ。勇猛果敢なウィンダム警部。あなたはカルカッタに来て二週間もたたないのに、この国でもっとも凶悪な指名手配犯のひとりを捕まえたのよ」

「きみの友人の副総督にも言ったように、自分ひとりでやったことじゃない。それには大勢の人間がかかわっている」

「でも、副総督はあなたのことを英雄だって言ってたわ」

わたしは首を振った。「逮捕の瞬間たまたまそこにいあわせただけだよ」

「そのときに怪我をしたのね」

「これかい」わたしは三角巾を指して言った。「さっきも言っただろ。象から落っこちたんだって」

わたしはシガレット・ケースを取りだし、アニーに煙草を勧めた。それをアニーが受けとると、自分の分を取りだして、両方の煙草に火をつけた。

「それで、マコーリーを殺した動機はなんだったの」

「問題はそこなんだ。本当にセンが殺したのかどうか確信が持てないんだ」

アニーは目を大きく見開いた。「本当に？　でも、それならそうと、どうして副総督に言わないの」

「言っても何も変わらない。どっちにしても処刑は免れない。結局のところ、センはもっと大きなゲームの捨て駒にすぎないんだ」

ひょっとしたら、わたしもそうかもしれない。

アニーは怒ると思っていた。どうして冤罪《えんざい》かもしれない者を絞首台に送るのかと非難すると思っていた。そうすることを心のどこかで願ってもいた。わたしがそれに異を唱えないことを咎《とが》めだててほしかった。わたしを責め、わたしの良心が途中で投げだした役割を担ってほしかった。だが、アニーは何も言い立てなかった。それは意外であり、同時に少しばかり残念だった。

わたしの頭のなかを見透かしたように、アニーは言った。「そのことであなたが後ろめたさを感じる必要は何もない。噂では、センという男はとんでもない悪党よ。マコーリーを殺したかどうかにかかわらず、どんな刑が下されるにせよ、罰を受けるのは当然のことよ」

「そんなふうに割りきることができたらいいんだが」

少し間を置いてから、アニーは言った。「でも、センがやったのじゃないとしたら、誰がやったの？」

「それをこれから見つけようと思ってる」

「でも、副総督がセンを起訴すると言ったら、捜査はそこで打ちきりになるんじゃないの」

「そんなことは関係ない。仕事は仕事だ。捜査は続ける。誰かの操《あやつ》り人形になるためにカルカッタに来たわけじゃない」

「だったら、なんのためにここに来たの、サム」

「もちろん、きみに会うためさ」

アニーは微笑み、わたしは恋に胸を焦がす少年のような気分になった。

「この忌まわしい場所からわたしを救いだそうとして

いるのなら、先に言っておくわ。そんな必要はない」
アニーは身を乗りだして煙草を喫った。「もしかしたら、あなたがここに来たのは、自分自身が救いを必要としているからじゃないの」

十一時ごろ、レストランから吐きだされる大勢の客といっしょに、わたしたちは外に出た。歩道のあちこちに人だかりができ、男たちは酔って騒ぎ、女たちはくすくす笑っている。〝漁船団〟の釣果《ちょうか》は上々だったようだ。

白人の警官はまだ同じところにいる。その態度や仕草は控えめで、その顔には、〝自分がここに立っているときには、お願いだからトラブルを起こさないでくれよ〟と書かれている。それは土曜日の夜、地球の裏側のメイフェアやチェルシーで交通整理にあたっている巡査の顔に浮かんでいるのと同じ表情だ。要するに、労働者階級出身の巡査が上流階級の酔っぱらいどもを指図するようなことはできないというわけだ。

わたしとアニーが通りに出ると、まわりにいた者の多くが振り向くのがわかった。べつに驚くべきことではない。それだけの美女のお通りなのだ。男たちは食いいるようにアニーを見つめている。べつに気にはならない。もちろん、腹も立たない。そんなことで気を揉むのは、自分に自信がないからであり、そうでなければ、そんなことは笑いとばせる。このとき、わたしはむしろ満足感のようなものを覚えていた。連れの女性に周囲の男たちの視線が釘づけになるのを見るのは、生きる喜びのひとつだ。一方で、女たちは渋い顔をして、悪意のこもった視線をアニーに向けている。その頭のなかには、どんな思いがよぎっているのだろう。白人の男が混血の娘といっしょにいるのを恥ずべきことと思っているのか。それとも、連れの男が混血の娘に見とれているのに腹を立てているのか。あるいは、単に嫉妬しているだけなのか。おそらくは、そのすべてがないまぜになっているのだろう。わたしは心のなかでほくそ笑んだ。ほかの男たちは純血のイギリス人女性を連れて歩けばいい。自分はアニーといっしょにいられることに至上の幸せを感じている。

夜は涼しかった。心地よい川風が吹き、空の低いところに黄色い月が出ている。わたしの腕にアニーの腕が絡みつく。客待ちをしている馬車は無視して、ウィリアム要塞とチョーロンギー通りのあいだにある広場《マイダーン》の方向にあてもなく歩きだす。しばらく行ったところで、政府庁舎のアーチ門の前に出た。アーチ門の上には、一頭の大きなライオン像が据えつけられている。やや太り気味の身体を四本の太い脚のうちの三本で支えていて、心なしか疲れているように見える。何年も立ちっぱなしなので、すわりたいと思っているのかもしれない。建物のいくつかの窓からは明かりが漏れているが、夜のこの時間まで働いているのが、植民地政府の官僚たちなのか、それとも下働きのインド人たちなのかはわからない。

前方には街灯の明かりがともり、真珠を連ねたように人けのない広場を横切っている。空中にはマリーゴールドの麝香《じゃこう》のような香りが漂っている。遠くのほうに、ヴィクトリア記念堂の白亜の殿宇が十数基の強烈なアーク灯に照らしだされているのが見える。巨大なウェディング・ケーキのようなかたちをしているが、それを食べたいと思う気になる者がいるとは思えない。

「この時間のカルカッタがいちばん好き。美しいと思えるくらい」

「宮殿都市。そう呼ばれているようだね」

アニーは笑った。「そんなことを言うのは、ここに住んでいないひとか、実際に宮殿に住んでるひとだけよ。バカンとか副総督のような。ときどき思うんだけど、わたしは一生カルカッタから離れられないかもしれないけど、それって、そんなに悪いことじゃないかもしれない。ここには人生のすべてがある」

「いまふと思ったんだが、ぼくは少しずつこの街が好きになっていくような気がする。でも、それはいっしょにいるひとのせいかもしれない」

「あるいは、お酒のせいかも」

「それはちがう。ロンドンでもずいぶん酒を飲んだが、あの街を好きになったことは一度もない」

アニーは足をとめて振り向き、何かを探すようにわたしの目を見つめた。「あなたって不思議なひとね、サム。これまでいろんなことを経験してきたはずなのに、いまもって純粋さを失っていない。ちがう？　もしかしたら、あなたは救われるためにここに来たのかもしれない。わたしは——」

その先を言うまえに、わたしはアニーを抱き寄せてキスをした。ぎこちないが、素晴らしい、秋の雨の最初の一滴のようなキスだ。髪の香りがする。口の味がする。

アルコールのせいで、カルカッタに対するわたしの見方が変わったわけではないが、それがほかのところで役に立っているのは間違いない。イギリスの男は、思いきって何かをしようとするとき、酒の力を借りることが多い。わたしははじめて見るかのようにアニーを見つめた。アニーは両手でわたしの顔を包んでキスをかえした。そこには力があった。強さがあった。呼吸が穏やかになる。このときのキスは最初のとはちがっていた。そこにはもっと重要なものがあった。このときには何かが吹っ切れていた。

わたしは馬車を呼びとめた。

「どちらまでです、サーヒブ」

わたしはアニーを見た。一瞬、ゲストハウスの住所を告げようかと思ったが、自制心がすぐに歯止めをかけた。どんなに進歩的な女性ではあっても、そこまでのことが許されるとは思えない。

「ボウ・バラックスへ」わたしは御者に告げ、アニーが馬車に乗るのを手伝った。

アニーは黙ってわたしの手を握り、肩に頭をもたせかけた。わたしは目をつむり、アニーの匂いを嗅いだ。馬車は古びた二階建ての下宿屋の玄関の前でとまり、わたしはアニーが馬車から降りるのを手伝った。アニーはわたしを見つめ、それから頬にキスをすると、何も言わずに踵《きびす》をかえした。それがどういう意味なのかはわからなかったが、そのときは疲れすぎていたので、あえて何も考えずに、わたしは馬車に戻り、御者にゲストハウスの住所を告げた。

24

一九一九年四月十三日　日曜日

朝の目覚めは久しぶりによかった。頭はすっきりしていたし、腕の痛みも和らいでいた。ほっこりとして、いい気分だった。窓の外のカラスですら美しい旋律を奏でている。不思議なことに、キスは人のものの見方を変える。

しばらくのあいだそこに横たわったまま、前夜の余韻にふけっていた。それからセンのことを考えはじめた。浮かれた気分は雲散霧消《うんさんむしょう》した。二十四時間前には、マコーリー殺しの犯人を捕らえ、テロを事前に食いとめることができたと有頂天《うちょうてん》になっていた。二十四時間前には、わたしは英雄だった。副総督を含め、ほとんどの者はいまもそう思っている。だが、事実はちがう。実際は何も解決していない。時間の余裕はもういくらもない。どちらを優先するかを決めなければならない。無実の男の命を救うか、本当のテロリストを見つけだすか。

　起きあがり、シャワーを浴び、髭を剃る。傷口に軟膏を塗り、包帯を巻きなおす。三角巾はつけないことにした。痛みは和らいでいる。この程度なら、なんとか我慢できる。我慢できなくなったら、モルヒネの錠剤がある。

　食事室はこみあい、会話がはずんでいた。朝食の席には一度も顔を出したことのないテビット大佐の姿もあった。糊のきいた襟にネクタイを結び、二重顎を締めつけている。その向かいには、日曜礼拝用のドレス姿のテビット夫人がすわっている。そして、そのあいだには、バーンと初顔の若者の姿がある。

　わたしが部屋に入っていくと、テビット夫人は大声を張りあげた。「ようやくいらしたわ！　わたしたちのウィンダム警部！」

　わたしたちのウィンダム警部？　わたしを養子にしようと考えているのか。

「どうぞ、おかけになって。わたしの隣の席があいていますわ」

　言われたとおり、わたしはテビット夫人とドアのあいだにすわった。

「わたしたち、今朝の新聞であなたのお手柄を読んでいましたのよ」

　テビット夫人は誇らしげにステイツマン紙を振りまわした。第一面の見出しがちらっと見えた。

マコーリー殺し　テロリストの仕業
セン　逮捕される

「きみの武勇談が事細かに記されている」今度はテビット大佐が言った。「凶悪犯を撃ったことも、逮捕したことも。きみはあのならず者に礼儀作法を教えてやろうとしたわけだな」

「わたしは誰も撃っていませんよ、大佐」

テビット大佐は笑った。「目にものを見せてやりゃいい。きみはやるべきことをやったってことだ」

わたしは記事を読んだ。たしかにわたしの名前が出ている。

メイドがわたしの朝食を持ってやってきたが、ゲストハウスの住人の詮索は続いた。

「教えてください、警部」テビット夫人は言った。

「センは自白したんですか」

「その話はできないことになっています、ミセス・テビット」

「たぶんしていないでしょうね。あの連中は決して自白しません。罪を認め、正義と向かいあおうという気持ちなどこれっぽちも持っていません。あの男は許しを乞うているはずです。でも、聞く耳を持っちゃいけませんよ、警部。毅然《きぜん》とした態度をとらないと、あの連中は何もわからないんです。一インチでも譲歩したら、一マイルを奪いとられることになる。それは主人がいつも言っていることです」テビット夫人は言って、夫のほうを向いた。「そうよね、あなた」

テビット大佐は聞いていないみたいだった。

わたしはオムレツに取りかかった。それは冷たく、ゴムのように粘っこく、テビット夫人の厨房《ちゅうぼう》という煉獄から出てきたこれまでの料理に輪をかけてまずい。最後の審判の日のカルヴァン主義者の食欲がわかるような気がする。このときふと気がついたのだが、バーンはわたしが席に着いたときから一言も口をきいていなかった。食事を喉に通すのに悪戦苦闘しているのかもしれない。あるいは、テビット夫妻の饒舌《じょうぜつ》のせいで口をはさむことができないのかもしれない。

「ピーターズはどこにいるんです」わたしはバーンに訊いた。

「昨日ラクナウに戻りました」バーンは口のなかのものをもぐもぐと嚙みながら答えた。「担当していた審議は金曜日に終わったそうです」それから、紅茶を一口飲んだ。「それで、あなたはゴーストを捕まえたってわけですね、警部。たいしたものです。何年も逃げまわっていた男なんでしょ」

「四年よ」テビット夫人は言った。「四年も逃亡していたのに、誰も捕まえることができなかった。でも、ウィンダム警部は二週間でそれをやってのけた。こんなとき、頼りになるのはやっぱりイギリス人ですわ。インド人を上級職に採用するようになってから、警察は機能不全に陥っています」

「ほかのすべての組織と同様に」と、テビット大佐が付け加えた。


　食事がすむと、わたしは席を立たせてもらっていいかと訊いた。

「どうぞどうぞ、警部。お忙しいことはわかってますから」テビット夫人は言って、夫のほうを向いた。「ウィンダム警部が卑劣なテロリストを捕まえたことを早く牧師さまにお伝えしなきゃ」

　おしゃべりはテビット夫妻にまかせて、わたしは外に出た。空気は息苦しいほど湿っていた。一雨くるかもしれない。広場の隅で、サルマンは人力車仲間といっしょに地べたにすわっていた。声をかけると、仲間たちと二言三言ことばを交わしてから、こっちにやってきた。

「おはようございます、サーヒブ」サルマンは言って、いらだたしげに空を見あげた。やはり空気の変化に気づいたようだ。人力車をさげ、額に手をあてた。

　わたしはうなずいて、人力車に乗った。

「ラル・バザールへ」

オフィスの前には、バネルジーがいた。壁にもたれかかり、竹の警棒で床を叩きながら、思案にふけっている。

「おはよう、部長刑事」

バネルジーはすぐに身体を起こし、敬礼をした。

「おはようございます、警部」

バネルジーはわたしに続いて部屋に入り、ドアの横に立った。机の上には、新しい黄色いメモ用紙が置かれている。このときのはディグビーからだった。わたしは椅子にすわって、それを読んだ。前日の夜のもので、センの身柄をH機関に引き渡す段取りが整ったとのことだった。午前九時に向こうから引きとりにやってくるという。わたしはメモを丸めて、屑かごに投げ捨てた。それは屑かごの縁に当たって、床に落ちた。

「何か問題でも？」バネルジーが訊いた。

「いいや、べつに」このときが来るのは最初からわかっていたことだ。H機関はずっと喉から手が出るほどセンをほしがっていたのだ。だが、だからといって、それを歓迎しなければならないということにはならない。「今朝、センの身柄が軍情報部に引き渡されることになった。そのことをセンに伝えにいかなきゃならない」

われわれは地下におりていった。留置場は一夜にして国際色豊かになっていた。インド人に加えて、外国人の船員が大勢いる。監房は混みあい、ゲロや糞尿の臭いが満ちている。カルカッタは港湾都市であり、陸《おか》にあがった船員は前払い金を酒や売春婦に湯水のごとく注ぎこむ。ヨーロッパ人、アフリカ人、それに数人の東洋人もいる。みなへべれけになり、石の床の上に横たわっている。

だが、センは特別扱いだ。政治犯として、独房に隔離されている。このときは、寝台の上に横たわっていたが、前日よりは元気そうに見える。肌には血の気が戻ってきている。身体を起こすのはつらそうだったが、なんとか肘をつくことはできた。

痩せこけた顔に笑みが浮かぶ。「おはよう。今日のご用件は？」

「今日の午前中に軍情報部に身柄を移されることになった。たしかきみはウィリアム要塞の内部を見たいと言っていたな」

センはその知らせを平然と受けいれた。「どうしてもってわけじゃない。わたしはマコーリー殺しの罪に問われるのだろうか」

「最終的に決まるのは、H機関の取調べを受けたあとになる。でも、この時点でも、それが罪状のひとつになることは事実上決まっている」

センはわたしの目を見つめた。「了解した、警部」

わたしはバネルジーと看守をそこに残して、センの身柄の引き渡しの準備をさせ、それからコーヒーを飲みにいった。

コーヒーを飲むことはできなかった。

そのまえに署内の用務員に呼びとめられた。ドーソンとその部下が予定より一時間早くやってきたのだ。彼らのことをどう思っているかは別にして、その意気ごみのほどを咎めることはできない。ロビーに行くと、ドーソンは一個小隊に相当するくらいの兵士といっしょに待っていた。

「水も漏らさないといった感じですね。でも、どうか信じていただきたい。センは思ったほど危険な人物じゃありません。気をつけなければならないのは演説だけです」

ドーソンは無視して、タイプ用紙をさしだした。

「ベノイ・セン容疑者の身柄移送の承認書です」

書類の不備を疑っていたわけではないが、それでもわたしはわざと念入りに目を通した。

「けっこうです。センは地下の留置場にいます」わたしは巡査を呼んで、一行を地下に案内するよう命じた。

「申しわけないんですが、大佐、少しお時間をいただけないでしょうか」

「えっ？」その目には、もしかしたら獲物を奪いとられるのではないかという疑いの表情があった。部下に先に地下に行っているよう命じ、まわりに誰もいなくなると、ドーソンは言った。「なんでしょう」

「先日お話しした列車の襲撃事件ですが、センの一味の仕業ではないように思えます」

「地元の盗賊の仕業だということでしょうか」

「いいえ。センの一味の仕業だとは思わないと言っているだけです」

ドーソンは値踏みをするようにわたしを見つめた。

「ひとつお知らせしておかなければならないことがあります。昨夜ベンガル・ビルマ銀行の支店が襲撃されました。手口は巧妙です。支店長の妻を誘拐して、金庫をあけさせたんです」

「奪われた金額は？」

「二十万ルピー超です」

「大量の武器を購入できる金額ですね」

「使い道はほかにもいろいろあります。訓練、印刷機、徴募……成りゆき次第では、革命騒ぎに発展するかもしれません」

その言葉の重みに、わたしはごくりと唾を呑みこんだ。連中がその金で武器を調達し、テロが頻発するようになるのは時間の問題だ。なんとか先手を打って、その動きを封じこめなければならない。だが、ドーソンの顔の表情を見たかぎり、さすがのH機関もどこからどう手をつけていいかわかりかねているように思える。手がかりがなければ、真っ暗な部屋で影を探すのとどこも変わらない。

だが、ひとつだけはっきりしていることがある。それはジュガントルの仕業ではないということだ。リーダーが捕まり、その盟友がみな命を失ったあと、そのようなことを実行できる余力はない。

「誰の仕業か見当はついているんでしょうか」

ドーソンは肩をすくめた。「容疑者は共産主義者から愛国主義者まで多岐にわたっています。そのどれかです。でも、ご心配なく。すぐに見つけだします」

けれども、その口調に力強さは感じられなかった。

「何かお手伝いできることはないでしょうか」

わたしのその言葉が癇《かん》にさわったらしく、ドーソンはむきになって言った。「なんですって。いいですか、警部。わたしはあなたに助けてもらいたくて言ったんじゃありませんよ。余計なことに首を突っこんでもらいたくないから言ったんです。これは軍の案件です。このことをよく覚えておいてください。くれぐれも言っておきますが、軽はずみなことはなさらないように」

三十分後、バネルジーがドアをノックした。

「終わったか」わたしは訊いた。

「はい。五分ほどまえにここを出ていきました」

「かけたまえ、部長刑事」

わたしはいくつかの項目を箇条書きにした用紙を手渡した。

マコーリー
セン
デーヴィー
ボース夫人
バカン
スティーヴンズ
ダージリン・メールの列車襲撃事件
ベンガル・ビルマ銀行の強盗事件

「共通項はなんだと思う」

バネルジーは用紙を見つめ、しばらくしてから顔をあげた。

「すみません。わかりません」

「残念だが、わたしにもわからない。どうやら昔ながらのやり方で答えを見つけだすしかなさそうだ。自動車の用意はできているか」

「運転手は下で待っています」

「じゃ、行こう」

わたしは立ちあがって、ディグビーから借りた上着をつかみ、ドアのほうへ歩いていった。

ダムダムはカルカッタの中心部から北西に六マイル離れたところにある。なんの変哲もない、みすぼらしい町のはずれの、なんの変哲もない、みすぼらしい片田舎だ。ラル・バザールからは一時間の行程で、車は混雑したシャンバザールの通りを抜け、運河を横切り、ベルガチアから鉄道線路ぞいにしばらく進み、それから腰布一枚の人夫が飛行場への新しい道をつくっているジェッソール街道に入った。

空はどんよりと淀んでいる。わたしの気分を反映しているようだ。まったく何も成しとげられていないのに、時間は刻々と過ぎていく。ベンガル・ビルマ銀行の襲撃事件は、大がかりなテロの脅威が差し迫りつつあることを明示している。センの身柄はH機関に奪いとられてしまった。マコーリー殺しの犯人はいまも大手を振って通りを歩いている。が、同時に、わたしは強い力の感覚を覚えている。これからは自分の思いどおりに捜査を続けることができる。解決の糸口が見つかるかもしれないという予感もある。

聖アンドリュー教会が見えた。白い漆喰塗りの礼拝堂、八角形の尖塔、そして鐘楼《しょうろう》。隣に緑豊かな公園があり、ここからそれほど遠くないところにセントラル刑務所がある。運転手が歩道わきに車をとめると、礼拝堂の前の階段で遊んでいた子供たちがいっせいに振り向いた。自動車を見たことがあまりないのだろう。

すぐに遊ぶのやめて、物見高げに集まってくる。わたしは運転手をその場に残して、バネルジーといっしょに礼拝堂に向かった。

建物のなかから日曜日の朝の礼拝の音が聞こえてくる。日曜日ごとに世界中で奏でられている賛美歌だ。それにしても、下手すぎる。それはオークランドからバンクーバーまで大英帝国のすべての前哨基地に共通することかもしれない。平板で不協和な歌声とピアノやパイプ・オルガンの下手な伴奏。残念ではあるが、ほのぼのとした気分にはなる。

われわれは大きな木の扉を抜けて、なかに入り、会衆席のいちばん後ろに腰をおろした。久しぶりの教会だ。葬儀以外では、わたしの結婚式以来ということになる。数人が振りかえったが、すぐまた前を向き、〝見よや十字架の〟に戻った。

わたしは周囲を見まわした。スコットランド人は華美な教会を好まない。むきだしの壁にアーチ形の窓が切られ、中央の通路の両側に十数列の木の会衆席が並んでいる。左側に、小さな木の階段があり、その上の説教壇に牧師が立っている。太い首、赤ら顔、灰白色の髪。黒いガウンを着て、首に糊のきいた白い垂れ襟を巻いている。

音楽が終わり、一同は着席した。説教壇の上で牧師は前かがみになり、木の書見台の上の大判の聖書を開いて読みはじめた。それは神が寛容より復讐を重視していた旧約聖書の一節だった。その口調には強いスコットランド訛《なま》りがまじり、声は野太く、教会内に雷雨のように響きわたっている。

「……彼らは別神《あだしがみ》をもて、これが妬みを起こし、憎むべき者をもて、これが怒りを招く。彼らが生贄《いけにえ》を捧ぐる者は悪魔にして、神にあらず……」

「あれがグン牧師だろうか」わたしは小声でバネルジーに訊いた。

「わかりません。地元の警察署の刑事の話だと、いつも日曜日の朝の説教をしているとのことでした」

「……我、禍《わざわい》を彼らの上に積み重ねぬ。我が矢を彼らに向かいて射ちつくさん。彼らは飢えて痩せ衰え、熱の患《わずら》いと悪しき疫《えやみ》とによりて滅びん……」

地獄の業火を語らせるならスコットランド人に限る。それは十八番《おはこ》とさえいえる。実際のところ、スコットランド人の聖職者のなかには、地獄について特別のこだわりを持っている者が多い。もしかしたら、それは羨望のせいかもしれない。地獄はスコットランドよりずっと暖かい。

聖書の朗読が終わると、牧師はもったいをつけるように一息ついてから、岸辺に打ちつける波のような声で説教を始めた。その声は次第に大きく、さらに野太くなっていく。まわりの空気は焼けるように熱い。わたしもかつては日曜礼拝を欠かさなかった。最近は神への時間をほとんどとっていない。わたしの妻が神を必要としていたとき、その枕もとにやってくる労をとらなかったのだから、わたしが日曜日ごとに教会に通わなければならない理由はない。

説教は聞かなくても、要旨は容易に推測できる。われわれは堕落した生き物であり、慈悲深い神の救いによってのみ地獄の業火から逃れることができる、云々。

窓から風は入ってこない。礼拝用のあらたまった拵《こしら》えの会衆はみなぐったりしている。ようやく説教が終わりに近づき、牧師が祈りを捧げるために起立を促すと、会衆席に安堵の波が起きるのがわかった。そして、説教が〝心安らかに歩まれんことを〟という結びの言葉で締めくくられると、一同は振り向いて、足早に出口に向かいはじめた。牧師が会衆に別れの挨拶をするために説教壇からおりてくる。わたしは全員が立ち去るのを待って、そこに歩いていった。

牧師は大きな笑みを浮かべた。「はじめまして。新しい方にお会いできるのは、いつだって嬉しいものです」

わたしは自己紹介をした。

牧師はわたしの手を握った。「よろしくお願いします。わたしの名前はグンと言います。今朝の説教はいかがでしたか」

「とても印象的でした」

「それはよかった。あなたはカルカッタに赴任なされたばかりのようですね、警部。小さなカークですが、ここではとても有意義な時間を過ごせると思います」

わたしは怪訝そうな顔をしていたにちがいない。

「会衆の規模という意味です。小さな集まりなので、新しい方はいつでも大歓迎です」

「すみません。今日は仕事で来たんです」

「おや。それは残念です。でも、もしよかったら、いつでもご参加ください」グン牧師はちょっと残念そうな顔をして、バネルジーのほうに手をやった。「お連れの方もやはり同様でしょうか」

「残念ながら」

「そうですか。われわれは現地の人々をあまり取りこめてはいません。みなカトリックのほうになびくんです。彼らのはったりと甘言《かんげん》が受けるんでしょう。迷信的な異教徒の魂を本物の教会に帰依《きえ》させるのは容易なことではありません。われわれには神の恩寵《おんちょう》と欽定《きんてい》訳聖書しか訴えるものがないのに、カトリックはフランシスコ・ザビエルの遺骨を見せたり、聖母マリアの目撃談を説いてまわったりしているんです」

〝本物の教会〟というのは、プロテスタント一般のことか、それともスコットランド教会だけを意味しているのか。先の説教から判断すると、おそらく後者だろう。としたら、天国に住む人々の九十九パーセントはスコットランド人ということになる。だったら、地獄もそんなに悪い選択ではないかもしれない。

「申しわけありませんが、よろしいでしょうか」

「おっと失礼。ご用件をうけたまわりましょう」

「いくつかお訊きしたいことがあるんです」

「わかりました。歩きながら話してもかまわないでしょうか。この先に孤児院がありましてね。三十分後にそこへ行ってなきゃならないんです」

反対する理由はない。

「子供たちのお昼の支度のためです」

グン牧師は教会の敷地の奥のほうへ大股で歩きはじめた。そこには、埃っぽい中庭があり、その先には、みすぼらしい小さな裏庭があった。草はみな黄ばみ、灌木《かんぼく》はみな火がつくくらいに乾燥している。

「どういうことでしょう、警部」

「アレグザンダー・マコーリーに関することです。あなたの友人ですね」

「そうです。親しい友人です」

「最後に会ったのはいつのことです」

「数週間前です。どうしてです。何かあったんですか」

「五日前に殺害されたんです」

グン牧師は歩みをとめた。

そして地面をじっと見つめた。「知りませんでした。主よ、アレクの魂にご慈悲を」

25

孤児院は形態も規模もさまざまだが、陰気な感じがするのはどこも同じだ。ここの建物は風雨にさらされ、朽ちかけていて、廃屋《はいおく》の感を強く漂わせていた。外壁は元々ピンクだったように見える。このような施設は明るい色に塗装されていることが多いが、それも昔の話だ。

　グン牧師は建物の前の階段をあがって、明かりのついていない廊下に入った。近くの部屋の閉じたドアの向こうから、子供たちの声が聞こえてくる。われわれが通されたのは、庭に面した小さなオフィスだった。そこには、白カビと、おそらくは善意のにおいがこもっている。片側の壁には、大きなマホガニーの十字架がかけられ、机と椅子と本棚が詰めこまれた狭い部屋を睥睨《へいげい》している。

　グン牧師は机の脇を通り抜けて、その向こうの窓に歩み寄った。そして、しばらくのあいだ、そこに立ったまま、庭の草をじっと見つめていた。

「だいじょうぶですか」

　それで思案から覚めた。「すみません」グン牧師は言って、机の向こうの椅子に腰をおろしかけたが、とつぜん途中で動きをとめた。「椅子が一脚足りないようです」

　バネルジーは立っていると申しでたが、グン牧師は受けいれなかった。

　腕を振りながら言った。「駄目です。全員すわるか、でなきゃ、全員立っているかのどちらかです」

　部屋を出ると、傷だらけの小さな木の椅子を持って戻ってきた。学童用のものだろう。それを床の上に置くと、そこにすわって、元々あった椅子にはわたしとバネルジーをすわらせた。太った牧師が小さな椅子にちょこんと腰かけているさまは、極彩色の球の上で器用にバランスをとっているサーカスの象を思わせる。理屈から言えば、痩せたバネルジーをその椅子にすわらせるべきだっただろうが、宗教家の身体には殉教《じゅんきょう》の血が流れていることが間々ある。

「それで、どんなことをお知りになりたいんでしょう」

「マコーリーと親しくなったいきさつを教えてください」

　グン牧師は両手をあわせ、それを口もとに持っていった。「長い話になります、警部。はじめて会ったのはグラスゴーです。いまから二十五年ほどまえのことです。そのときは、どちらも若かった。アレクは海運会社の社員でした。出会ったのは、イソベルという女性を通じてです。のちにマコーリー夫人となる女性ですが、そのときはまだ結婚していませんでした。そのときはわたしの友人だったのです。とても美しい女性でした。知りあったのは何年もまえのことです」ここで一呼吸おき、口もとに笑みを浮かべた。「好きだったんです。でも、片思いでした。なんでも、背の高い男が好みだそうでして。わたしはちょっと背が足りなかったんです。ある日、わたしはイソベルからひとりの男を紹介されました。それがアレク・マコーリーです。あえて言いますが、最初はいやなやつだと思っていました。でも、付きあうにつれて、見方は変わっていきました。アレクは剃刀《かみそり》のように頭が切れ、同時に理想主義者でもありました」

「理想主義者？」

　グン牧師は遠い目をしていた。

「そうです。理想主義者でした。そして、無神論者でした。ことあるごとに労働者階級の権利を説き、ケア・ハーディの演説を引用していました。グラスゴーは急進派の拠点であり、アレクは水を得た魚でした。イソベルはどうかと言うと、崇拝していたと言っていいくらいでした。アレクは背が高くて、見てくれもよく、頭もよかった。そして、イソベルを心から愛していた。ふたりは一年後に結婚し、イソベルはすぐに妊娠しました。アレクにとっては、我が世の春だったにちがいありません。当時は稼ぎが悪く、生活は苦しかったようですが、ふたりは幸せでした。問題は神をないがしろにしたことです。政治には熱心で、週に何度も集会に参加していましたが、日曜日に教会へ行くことは一度もありませんでした。

さらに悪いことに、教会を公然と非難し、それは労働者階級を抑圧するための道具にすぎないと主張していました。わたしは心得違いをするなと警告しました。聖書にもあるように、たとえ全世界を手に入れようと、みずからの魂を失えば、なんの益があるというのか。悔い改めなければ、天罰が下るだろう。そうわたしは言いました。そして、それは現実のものとなりました。

出産予定日の二カ月ほどまえに、イソベルは病気にかかりました。チフスです。打つ手はありませんでした。お腹の子ともども身罷《みまか》ってしまったのです。アレクは打ちのめされました。世間との接触を断ち、以降、事態は悪化の一途をたどりつづけました。酒浸りになり、仕事を失い、家賃も払えなくなり、ついには路上に放りだされてしまいました。神の怒りを買ったのです」

グン牧師は窓の外に目をやった。遠雷の音が聞こえてくる。

「嵐が近づきつつあるようです。これで暑さが少しでも緩んでくれたらいいんですが」

「話を続けてください。そのあと、マコーリーはどうなったんです」

「わかりました、警部。神は慈悲深くもあります。わたしはアレクを自分の家に住まわせてやりました。しばらくして酒は断ちましたが、アレクはまったくの別人になってしまいました。妻と赤ん坊の死によって、抜け殻のようになってしまったのです。政治にも何にも興味を失いました。ただすわって、ぼうっとしているだけでした。わたしはこの際思いきってスコットランドを離れ、新天地で再起をはかったほうがいいのではないかと言いました。当時、インド政府はベンガル勤務の独身者を大量に募集していました。アレクはそれに応募し、採用されました。最初のうち、われわれは密に連絡をとりあっていたのですが、徐々にその回数は少なくなっていき、最終的に音信は途絶えてしまいました。その後、わたしもスコットランドを離れ、異教徒のなかで神に仕える決意をし、まず南アフリカのナタールへ赴き、それから六カ月前にここへやってきました」

「そして、マコーリーに連絡をとったんですね」

「正確に言うと、ちょっとちがいます。神のご意志によりベンガル行きが決まったとき、以前からここにいる同僚のミッチェル牧師に手紙を書いて、昔の友人のアレク・マコーリーの消息を調べてもらったんです。すると、驚いたことに、インドの高級官僚になっていることがわかりました。神のお導きは本当に謎に満ちています。とにかく、わたしはアレクに手紙を書き、カルカッタに行くことを伝えました。アレクはわたしの到着を桟橋で待ってくれていました」

「そのとき、マコーリーはどんなふうに見えましたか」

グン牧師は微笑んだ。「昔のままでした。二十年ぶりの再会でしたが、相変わらず強情っぱりで、不信心で……わたしの住まい探しや何やらの手伝いをすると申しでてくれ、わたしがそのへんのことはミッチェル牧師にまかせてあると言うと、気分を害したみたいでした。たぶん、自分のいまの暮らしぶりを見せたかったんでしょう。最初の数週間、街を案内してくれたり、社交クラブへ連れていってくれたり、地元の名士を紹介してくれたりしました。でも……」ここで少し間があった。「わたしはうそ寒さを感じました。副総督のような人物に媚びているのを見るのは、あまり気分のいいものではありません。請けあってもいい。副総督は間違いなく地獄へ落ちるべき人間です。あの男は古代ペルシアの大守のように振るまい、アレクを奴隷のように扱っていました」

「友人のジェームズ・バカンについてはどう思われます」

グン牧師は鼻を鳴らした。「あれはヘビです。友人ではありません。あのような人間に友人ができるわけがありません。他人を評価する尺度は、どれくらい自分のためになるかということだけです。ジュートや天然ゴムのような商品と同じです。バカンのいちばんの長所は、現地の人々に対して分け隔てがないということです。人使いの荒さは、スコットランドの労働者に対してとまったく変わりません」

「バカンはマコーリーと親しかったと言っていました。その死を心から悔やんでいるように見えました」

グン牧師は顔を歪めた。「あなたはそれを信じたのですか、警部。あの男がアレクを友人と言うのは、狼《おおかみ》が子羊を友人と言うのと同じです。バカンも副総督もアレクを利用していただけです。バカンのほうがほんの少し口当たりがよかっただけです」

「バカンはマコーリーをなんのために利用していたんでしょう」

グン牧師は指で髪を梳いた。「そこなんです、警部。それを見つけだすのに三カ月かかったんです」

グン牧師は立ちあがって、窓のほうに歩いていった。これから言おうとしているのがどんなことであれ、それは長いこと心に重くのしかかっていたにちがいない。カトリック教徒であれば、〝臨終の秘跡を執《と》り行なうときのような〟という表現がぴったりくる表情だ。

振り向いて、窓枠に寄りかかり、ため息をついた。

「最初から順々にお話ししたほうがいいと思います。

さっき言ったように、カルカッタに到着してから二週間、わたしたちは長い時間をいっしょに過ごし、でもそれ以降はしばらく音信不通になっていました。わたしにはいろいろとやることがあり、アレクのほうも多忙をきわめていたのでしょう。そうやって一カ月ほど過ぎ、ある夜、アレクがとつぜんわたしの宿舎にやってきました。興奮し、混乱していましたが、どうしてなのかはさっぱりわかりませんでした。あんまりだ、とかなんとか繰りかえすばかりです。相当飲んでいたようです。そんな状態でよくここまで来られたなと思ったくらいです。

　とりあえず落ち着かせようと思って、なかに入れると、すぐに前後不覚になり、眠りこんでしまいました。翌朝、目を覚ますと、何を言おうとしていたのかと尋ねましたが、何も答えてくれません。酔っぱらいの戯言なので忘れてくれの一点張りです。とにかく、ひどくうろたえていました。それで、アレクが去るまえに、わたしはこう言いました。わたしはきみの友人であり、イソベルの年来の友人でもあった。話す気になったら、いつでも言ってくれ。そんなふうにイソベルの名前を持ちだすのは本意ではありませんでしたが、理由はわかっていただけると思います」

「どういう返事がかえってきましたか」

「返事はありませんでした。わたしの目を見つめ、手を握っただけです。でも、それから一週間ほどあとの日曜日にまたここにやってきました。それで、礼拝のあと、近くの公園へ散歩にいったのですが、そのときアレクはこう言いました。あれからずっと考えていた。自分は恥ずべきことをしてしまった。イソベルとの美しい思い出を傷つけるようなことをしてしまった。

　深追いはしませんでした。わたしはきみを裁こうとしているのではないと言いました。神の御もとに戻り、赦しを請えば、思い悩むことはなくなると言ってきかせました。その後、アレクは教会に定期的に通うようになりました。あのような一方《ひとかた》ならぬ人物が会衆に加わることはとても喜ばしいことです。ときには孤児院の仕事を手伝ってくれさえしました。その間、ひとりでなんらかの心の準備をしているみたいでした。そして、二週間前にそのときが来ました。

それは火曜日の夜のことです。アレクは子供たちの夕食の支度を手伝うために孤児院にやってきました。食事がすむと、わたしたちは煙草を喫うためにベランダに出ました。アレクは気もそぞろでした。煙草に火をつけたときに手が震えていたことを覚えています。あきらかに何かを打ちあけたいみたいでした。それで、わたしはこちらから話を切りだすことにして、何を悩んでいるのかと尋ねました。そのときにようやく打ちあけてくれたのです」

そこで間があった。グン牧師はわれわれに背中を向けて、また窓の外に目をやった。大きな雨粒が落ちてきて、埃っぽい庭にあばたをつくりはじめた。

わたしは控えめに促した。「それはどんな話だったんでしょう」

「マコーリーはバカンに売春婦を調達させられていたんです。商売を円滑に進めるための一押しが必要なときや、この街に来た顧客を接待しなければならないときには、いつも地元の娼婦をあてがっていたそうです」

「マコーリーが売春婦の斡旋《あっせん》をしていたということですか」

グン牧師の顔は外の雲と同じくらい暗くなった。

「そういうことです」

筋が通らない。

「あのような立場にある人間がどうしてそんなことをしなきゃいけないんです。そんなことはいくらでも撥ねつけることができたはずです」

「わたしも同じ質問をしました。なんでも、それはいまに始まったことじゃないそうです。下っ端の官吏だったころからやっていたとのことでした。最初は金のためです。バカンのような有力者の後ろ盾があれば、キャリアに差が出るのは当然の話です。あのようにとんとん拍子に出世したのは、バカンの後押しがあったからです。だから、身動きがとれなくなってしまったのです。拒めば、後ろ盾を失うことになります。そして、そのことを表沙汰にしたら、バカンより多くのものを失うことになります。結局のところ、バカンは億万長者です。スキャンダルを乗り切るのはそんなにむずかしいことじゃない。でも、アレクはすべてを失う。地位も、名声も、何もかも」

「何がきっかけで、もうたくさんだと思うようになったんでしょう」

　グン牧師は手をあげた。「それはわかりません。最初の夜、酔っぱらってここに来たときには、余程のことがあったんだろうと思いました。そして、二週間前にここに来て話をしたときには、また別の何かが起きたような印象を受けました。より醜悪な何かです。でも、そのことは話してくれませんでしたし、わたしもあえて問いつめませんでした。心の準備ができたとき、自分から話してくれると思っていました。でも、その機会は永遠に失われてしまいました」

　ここでバネルジーが口をはさんだ。「バカンとの関係について、マコーリーはほかに何か話していなかったでしょうか」

「これといったことは何も。でも、気持ちはふたつに引き裂かれているみたいでした。一方では、してはいけないことをしたと思っている。でも、腐れ縁を断ち切ることはできない」

　廊下でベルが鳴った。グン牧師は腕時計に目をやった。雨足は強くなりつつある。空中には、湿った土の匂いが漂っている。どこかから野生の孔雀《くじゃく》の悲しげな鳴き声が聞こえてくる。

「申しわけありませんが、子供たちの食事の準備をしなければなりません。この続きはまたあとで、ということでよろしいでしょうか」

マコーリーの死体が見つかって以来、ここではじめて何かが得られたような気がする。グン牧師が知っているすべての情報を聞きだすまで、できれば話を途切らせたくない。そのためなら、子供たちの食事の支度を手伝ってもいい。

「あといくつか訊かせてください。あなたの友人が殺されたんです。何よりもそのことを優先させなければならないはずです」

「ごもっとも。アレクのために、あと十分だけ時間を割きましょう」

「あなたはマコーリーの身にまた別の何かが起きたような印象を受けたと言いました。でも、それが何かは聞いていないんですね」

グン牧師はうなずいた。「ええ」

「何か思いあたる節はないでしょうか」

「ありません。でも、バカンが関係していることであるのは間違いないと思います。本人に訊いてみたらいかがです。わたしが言えるのは、アレク・マコーリーはひじょうに苦しんでいたということだけです。みずからの現状を恥じていました」

「というと？」

口もとに小さな笑みが浮かんだ。「偽善者です」その言葉をしばらく空中にとどめ、それから続けた。

「かつては貧しい者を助けるために心血を注いでいたのに、いまは金満家のお先棒かつぎをしている。それでも、わたしがここに来て学んだことがひとつあるとすれば、インドはすべての者を偽善者にするということです。神はわたしたちにこの地を統《す》べる権利をお与えになりました。それゆえ、わたしたちは神の命令に従い、現地の人々に真の信仰をもたらさなければなりません。でも、実際はどうなのか。わたしたちはその恩恵を独り占めにし、自分たちの目的のために使っているのです。わたしたちはこの土地からすべてのものを奪いとり、自分たちの懐ばかりをうるおしているのです。わたしたちは神にそむきました。わたしたちは神に仕えるのではなく、富に仕えているのです。それなのに、自分たちは略奪者としてではなく、保護者としてここに来ていると、みずからに嘘をついているのです」

「まるでわれわれが救いがたい悪党であるかのような言い方ですね」

グン牧師は首を振った。「いいえ、警部。わたしたちが救いがたい悪党であるなら、偽善の必要はありません。他人の家で主《あるじ》のように振るまっていることを正当化する必要すらありません。わたしたちがここに来ているのは慈善のためだと自分自身に言い聞かせるのは、救済を求めているからです。神はかならずわたしたちに救いの手をさしのべてくれます。神はわたしたちを救済可能なものとしてお造りになりました。わたしたちは良心によって天使たちの側にいるよう求められています。自分がそこにいないとわかったときは、自分を憎むようになります」

グン牧師はわたしの顔を見つめ、表情をうかがった。

「同意できませんか、警部。正直に答えてください。あなたがここで出会ったイギリス人のうち、宣教師以外で幸せそうに見える者が何人います。みな現地の人々と気候を呪い、社交クラブでジン浸りの日々を過ごしています。それはなぜか。自分たちがここにいるのは現地の人々のためだと思いこみたいからです。でも、それは嘘っぱちです。インド人に対してというより、自分自身に対して、嘘をついているのです。そして、教育を受けたインド人がその嘘を見抜いて、自治を要求すると、なんという恩知らずな連中なんだと考えているふりをするのです」

グン牧師は顔を上気させて語っているが、それはわたしの与《あずか》り知るところではないし、そんな話に付きあっている時間もない。にもかかわらず、そこには、わたしがここ数日のあいだに感じていたことと響きあうものが間違いなくあった。わたしは礼を言って、いとま乞いをした。

「わかりました。多少なりともお役に立てたら幸いです。ところで、葬儀はまだでしょうか」

「えっ？」

「アレクの葬儀です。まだでしょうか」

いい質問だ。普通なら、検死がすめば、遺体はすみやかに近親者へ引き渡されることになるが、そういった者がひとりもいない場合は、その限りではない。わたしが知っているかぎり、マコーリーはいまも大学病院の死体安置所の台の上に横たわっている。

「まだ何も決まっていないようでしたら」グン牧師は言った。「わたしが葬儀の手配をしてもかまいませんよ」

わたしはうなずいた。「どうなっているか調べてお知らせます」

26

車で街へ戻る途中、雨は小やみなく降りつづけていた。ジェッソール街道の人夫たちは道路工事用の道具を置いて、ヤシの葉でつくった雨除けの下に避難している。彼らが掘った穴には黒い泥水がたまり、それを見ていると、フランスの塹壕を思いださずにはいられなかった。次の目的地はコッシポール――ボース夫人の娼館だ。

土砂降りの雨は下水道を詰まらせ、道路を運河に変え、ブラック・タウンを貧民のヴェニスに変えていた。ちがいは、ゴンドラのかわりに、溺れ死んだネズミが浮いていることだ。交通渋滞はすさまじく、車はほとんど前に進まない。けれども、地元住民は意に介していない。どちらかといえば、雨によって活気づいているように見える。

マニクトラー小路は狭く、車が入れないので、バネルジーは近くの通りまででいいと運転手に言った。

「そこから先は歩いていきましょう」

歩く分にはなんの問題もない。泳がなければならないのではないかと思っていたのだ。それでも、黒い水は足首の上まである。靴と靴下は水びたしで、ズボンは膝までびしょ濡れになった。ちらっと横を見ると、バネルジーはぜんぜんいやそうな顔をしていない。靴と靴下を手に持ち、ブライトン・ビーチで水遊びをしている子供のように笑いながら歩いている。ズボンが濡れることを心配する必要はない。インド人の警察官は、長ズボンではなく、小学校の児童のように半ズボンの着用を義務づけられている。

四十七番地の前までやってくると、バネルジーは竹の警棒で木のドアを叩いた。しばらくして、足を引きずりながら歩いてくる足音が聞こえた。

「はい？」

「警察だ！　ドアをあけろ」

「ちょっと待ってくださいよ」

老人がドアをあけた。

「何か？」

老人はわれわれのことを覚えていないみたいだった。目も頭もガタがきているにちがいない。バネルジーは現地語で老人に話しかけた。おそらくボース夫人に会いたいと言っているのだろう。

「マダム・バリ・ザネイ」

「夫人は留守だと言っています」

「いつ戻ってくるんだ」

「マダム・ココン・フィルベ？」

老人は耳に手をやった。「キー？」

バネルジーは大きな声で繰りかえし、老人は小さな声で返事をした。

「今夜遅くまで帰らないそうです」

「デーヴィーは？　デーヴィーはここにいるのか」

「やはり出かけているそうです」

「なかで待たせてもらうと言え」

メッセージはうまく伝わらなかったみたいだった。

老人はにやにや笑いながら首を振った。バネルジーは声を荒らげた。脅しつけようとしたのかもしれないし、ただ単に声が聞こえるようにしようとしただけかもしれない。どちらにしても、その甲斐はなかった。

「知らない者をなかに入れないようにと言われているそうです。もうちょっと強く出たほうがいいでしょうか」

そんなことをしても意味はない。無理に入りこんだら、ボース夫人の神経を逆撫でするのは間違いない。警察に協力しようという気はさらに失せてしまうだろう。応接室の床に泥水が滴り落ちているのを見たら、つける薬はなくなる。

「いや、いい。出なおそう」

　われわれは冠水した道路に戻り、ゆっくり車のほうに歩いていった。角を曲がったとき、バネルジーがこっちに向かってくるインド人の娘を指さした。距離が縮まり、顔かたちが次第にはっきりしてくると、それが誰かわかった。デーヴィーだ。淡い色のサリーの片端を袋状にして、そこに何かを入れている。雨を気にしている様子はなく、のんびり歩いているように見えたが、われわれの姿に気づくと、急に下を向いて立ちどまった。それから、逃げ道を探しているみたいに大あわてで周囲を見まわした。だが、方向転換する以外に、進むべき道はない。バネルジーはすばやく前に進みでた。デーヴィーはスポットライトに捉えられたみたいにその場に立ちすくんでいた。

　われわれ三人は通りに面した薄暗い茶店にすわっていた。石の土台の上の床が地面より一段高くなっているので、浸水はしていない。穴だらけの屋根から雨が漏らなかったら、もっとよかったのだが。そこにいるのは、太鼓腹の店主だけだ。虫食いのシャツに青い格子柄の腰布《ルンギ》姿で、スツールに腰かけ、仏頂面で雨を見つめている。こいつらはいつまでいるつもりなんだろうと考えているにちがいない。ふたりの警察官がそこにすわって紅茶を飲んでいるかぎり、客は寄りつかない。

　席に着くと、デーヴィーはサリーに包んでいた野菜を荒削りの木のテーブルに置いた。バネルジーは現地の言葉で優しく話しかけた。最初は曖昧な反応しかかえってこなかったが、赤褐色の小さな素焼きのカップを取って、チャイを一口飲むと、気が少し楽になったみたいだった。わたしは椅子の背にもたれかかり、黙って見ていることにした。バネルジーがどんなことを言ったのかはわからない。だが、説得は功を奏したらしく、デーヴィーはようやく恥ずかしそうに微笑んだ。

バネルジーは話を終え、わたしのほうを向いた。

「質問に答えることに同意してくれました」

「マコーリーが殺された夜、何か見なかったか訊いてくれ」

バネルジーが訊くと、デーヴィーは躊躇《ちゅうちょ》したが、優しくさらに一押しすると、うなずき、テーブルを見つめたまま話しはじめた。

「そのときは客がいなかったので、洗面所へ行ったあと、窓べに立っていたそうです。一部始終を見たと言っています」

「そこで何があったんだ」

バネルジーは訊いた。

「マコーリーが娼館から出てくるのを見たと言っています。そのとき、もうひとりのサーヒブに呼ばれて、路地に入っていったそうです」

「サーヒブ？　白人ってことか」

「そのようです」

「間違いないか」

バネルジーは再度訊いた。

「ええ、間違いありません。その男はそこで行ったり来たりしていた。だから、マコーリーを待っているのだろうと思っていたそうです。ふたりはしばらく話をしていたが、そのうちに言い争いになったと言っています」

その夜、マコーリーは売春宿にいた。娘の話だと、そこから出てきたとき、誰かがその前で待っていて、マコーリーを殺害した。娘の言葉どおりだとすれば、それは白人であり、センへの容疑は晴れる。たとえ絞首刑になったとしても、センにとっては朗報だ。

「ふたりは何を話していたんだろう」

「それはわかりません。〝外国語〟で話していたと言っています。五分ほど言い争っていたそうです」

「それで、どうなったんだ」

訊くと、デーヴィーはまたためらった。しばらくして答えたとき、その目には涙が浮かんでいた。

バネルジーは聞いたことを通訳した。「マコーリーは話を打ち切り、男を突き飛ばして、歩き去ろうとした。すると、男は何かを取りだした。たぶんナイフだと思うとのことです。そして、マコーリーを後ろから羽交《はが》いじめにして、ナイフと思われるもので喉を切り裂いた」

「それがナイフだというのは間違いないか」

バネルジーは訊き、デーヴィーはうなずいた。

「それをどこから取りだしたんだ」

「上着のポケットだそうです」

「それで？」

バネルジーは話を聞いて通訳した。「マコーリーは抵抗するのをやめ、男が手を離すと、地面に倒れた。男はナイフをしまい、ズボンで手を拭いて、すぐに走り去った」

「すぐに走り去った？　マコーリーの胸を刺さなかったのか。口のなかに突っこまれていたメモについては？」

バネルジーが訊くと、デーヴィーは一瞬とまどい、それから答えた。

「メモを書いたり、身体に手をのばしたりしているところは見ていない。すぐに走り去ったと言っています」

「間違いないか」

「そのようです」

頭がくらくらしてきた。真相にたどりつくための唯一の頼みの綱と思っていたのに、話を聞いてみると、事実とまったくちがう答えがかえってきたのだ。壁に頭を叩きつけたくなったが、屋根の状態からすると、そんなことをしたら、建物全体が崩壊しかねない。

それで、わたしは自分を抑えつけて言った。「マコーリーは店の常連だったかどうか訊いてくれ」

デーヴィーは首を振った。

「一度会っただけだそうです。でも、デーヴィーは新入りです。マコーリーが殺されたときには、ここに来て数週間しかたっていなかったとのことです」

「犯人については？　顔を見たのか。もう一度会えば、わかるだろうか」

「暗かったので、顔は見えなかったそうです。でも、ふたりは顔見知りだという印象を受けたようです」

「このことをほかの誰かに話したかどうか訊いてくれ」

デーヴィーは不安そうな顔をし、ゆっくりと答えた。

バネルジーは答えを通訳した。「ひとりだけに話したそうです」

「ボース夫人？」

デーヴィーは首を振った。

「仲間の娘のひとりか」

また首を振った。

「じゃ、誰なんだ」

「答えたくないようです」

「もう一度訊いてくれ」

バネルジーがあらためて訊きなおすと、デーヴィーの涙に頬が伝いはじめた。

「相手の了承を得る必要があると言っています。その男には、いつも親切にしてもらっているとのことです」

「男？　下働きの老人か？」だとしたら、それは驚きだ。娘から秘密を打ちあけられた人物、そして娘の話を裏づけることができる唯一の人物、それが耳の遠い耄碌《もうろく》した老人というのか。

「そうじゃないと言っています。事件の翌朝、われわれが行ったときにも、そこにいたそうです。でも、部屋にはいなかったので、てっきり事情聴取を受けているんだろうと思っていたそうです」

「その男も事件を目撃したんだろうか」

デーヴィーはとつぜんぶるぶる震えだした。それから素早く立ちあがり、バネルジーに何か言うと、引きとめる間もなく、野菜をまたサリーで包んで通りへ駆けだしていった。

売春宿の娘のひとりが遠くのほうからこっちへ向かってくる。デーヴィーは涙を拭い、急ぎ足でそっちのほうへ歩いていった。

バネルジーは言った。「いつまでも帰ってこないので、仲間の娘が探しにきたそうです。われわれと話をしているところを見られたくないようです」

わたしは冷たくなった紅茶を一口飲んだ。

「あの娘は本当のことを話していると思うか」

「どうして嘘をつかなきゃならないんです」

「わからない。でも、彼女の話は事実と一致しない」

「胸の刺し傷と口に突っこまれたメモのことですね。でも、そんなものは見ていないとはっきり言っていました。犯人はあとでそこに戻ってきたのかもしれません」

「でも、なぜ？　捕まる危険があるのに、なぜ犯行現場に戻ってこなきゃならなかったんだ。マコーリーはすでに死んでいたのに、なぜ胸を刺さなきゃならなかったんだ」

バネルジーは肩をすくめた。

いずれも筋が通らない。

「娘が事件のことを話したという男については？　誰のことか心当たりはないか」

部長刑事の顔にバツの悪そうな表情が浮かんだ。

「すみません。もう少し強く押すべきでした」

「気にすることはない。女性と話すのが苦手な者にしては、よくやったほうだ」

三十分後、ボース夫人が戻ってきたかどうかたしかめるため、バネルジーを四十七番地へ向かわせた。バネルジーは首を振りながら戻ってきた。われわれはもう一杯チャイを飲んで、気をとりなおし、しかるのちに、マニクトラー小路で気乗りのしない監視をするために車に戻った。とはいえ、そもそも自分が何を見たいと思っているのかすらよくわかっていなかった。デーヴィーが言っていた男といっしょに二人乗りのタンデム自転車を漕いで娼館に戻ってくるボース夫人？　残念ながら、ここはカルカッタだ。そのような自転車はどこにも走っていない。結局のところ、二時間手持ち無沙汰にひたすら待ち、ようやく諦めた。ボース夫人が姿を現わす兆候はまったくなく、娼館は二階の窓のひとつに薄明かりがともっているだけで、死んだように静まりかえっている。かてて加えて、腕は痛み、足はびしょ濡れだ。ボース夫人に会うのは明日でいい。

　わたしが撤収を命じたときも、雨はまだ降りつづいていた。

　車はベンガル人の選良たちの居住地であるシャイアンバザールに向かった。ボース家、バネルジー家、チャテジー家、チュケルブッティ家。イギリス人の耳には、高位カーストになればなるほど、その姓は安っぽくなるように聞こえる。けれども、その住まいはいかなる意味においても安っぽくない。ホワイト・タウンの豪邸と比べても、決して見劣りしない。そのなかでも、バネルジー家の邸宅は四階建てで、横幅は数百ヤードあり、ひときわ威容を誇っている。わたしの部下のサレンダーノット・バネルジーはそのことにとまどいを隠せなかった。わたしの経験では、極端に豊かな者と極端に貧しい者は、自分たちの住まいに気恥ずかしさを覚えることが多い。おそらくそれだけが両者の共通項だろう。バネルジーは恐縮のていで、ここにはいとこや叔母や叔父といった大勢の家族が住んでいると説明した。それでも、それはわたしの〝ハウス・シェアリング〟という概念からはほど遠いものだった。

「同情するよ」わたしは言った。「ひとりであの建物の一翼を維持管理するのは簡単なことじゃない」

　バネルジーは微笑んで、車から降り、正面のゲートのほうへ歩いていった。そして、制服姿の門番が敬礼をしてゲートをあけると、靴と靴下を手に持ったまま、その向こうに姿を消した。

　わたしがゲストハウスの前で車を降りたときには七時をまわっていた。雨はやんでいたが、空中にはその名残《なごり》の涼しさが残っている。広場はがらんとしていて、いつもそこにいる人力車の車夫の姿もない。ゲストハウスの居間には明かりがともっていたが、ありがたいことにそこのドアは閉まっていた。それで、わたしは誰にも呼びとめられず、足もとのことを尋ねられもせずに階段をあがり、自分の部屋に入ることができた。部屋のドアを閉めると、濡れた服を脱ぎ、身支度を整え、気を引き締めて階段をおりていった。

　その夜の食事室には祝賀ムードが漂っていたが、料理の味が改善されたようには見えなかった。それはいつもどおり〝まずい〟と〝食えたものじゃない〟のあいだくらいで、この日の献立は、日曜日ということもあり、さらには新聞がわたしを英雄扱いしてくれたせいもあるようで、本物の牛肉のローストだったが、それをおいしいと思える日が来る可能性は、カエルが美女のキスによって王子になる可能性より低いはずだ。肉は黒焦げになる一歩手前で、ヨークシャー・プディングはヨークシャーからはるばるインドまで船便で運ばれてきたもののように思える。だが、少なくともワインは美味だった。さらに嬉しいことに、量も充分にあった。わたしの英雄的行動と、それによって帝国が救われたことを祝して、乾杯が繰りかえされた。

　二十四時間後に同じような欺瞞により、別のイギリス人に祝杯をあげることになるということを、このときに知るすべはなかった。

　食事のあとは、居間で葉巻とブランデーの宴《うたげ》になった。その場を仕切ったのはテビット大佐で、第二次アフガン戦争の話に花が咲くことになった。なんでも、七八年のアリ・マスジッドから八〇年のカンダハルまで主だったすべての戦場で、さらに言うなら、所属部隊の全員が二百マイル離れたところにいたはずの戦場でも、すべて最前線にいたらしい。驚くべき獅子《しし》奮迅《ふんじん》ぶりだ。もしその話が本当だったとすれば、テビット大佐がわれわれの側にいたのは幸運としか言いようがない。最初のうちは、立て板に水のようだったが、しばらくしてつっかえはじめた。ファテーハバードの戦いはシール・アリー・ハーンだったか、アユーブ・ハーンだったか、シェルプールの包囲攻撃はムハメド・ヤクブ・ハーンだったか、ガジ・ムハマド・ジャン・ハーンだったか。話は次第に辻褄《つじつま》があわなくなり、ほどなく椅子にすわったまま安らかにいびきをかきはじめた。

　そのとき、テビット夫人はその日の朝食時にはじめて見た若い男にねちねち説教を垂れていた。マンダレーから来たばかりで、名前はホレス・ミークというらしい。つい先ほど床の敷物にワインをこぼすという大失態を演じてしまったのだ。テビット夫人は夫が居眠りしているのに気づくと、女性が殺人者かネズミに出会ったときに発する甲高い声をあげて、立ちあがり、夫を寝室に連れていった。

　青い顔をしていたミークに、バーンが慰めの声をかけた。

「気にすることはないさ。夫人はペルシャ絨毯だと言ってるが、実際はビハール人がハウラーの工場でつくったものだよ。ペルシャとは縁もゆかりもない。ホッグ・マーケットのアフガニスタン人から買ったそうだが、そいつはベンガル生まれの、ベンガル育ちでね。パシュトゥ語を話すことさえできない」

　それでも、ミークは用心深かった。ワインを飲みほすと、テビット夫人が戻ってきて、またねちねち言いだすといけないと思って、あわてて自分の部屋に引きあげた。

　あとにはわたしとバーンだけが残された。バーンは愉快な男であり、織物の話以外は退屈しない。途中で葉巻の火が消えたので、わたしは自分の葉巻の火を移してやった。

朝方よりいまのほうがずっと機嫌がよさそうだった。ワインのせいかもしれない。

わたしは訊いた。「ビジネスのほうは順調ですか」

「おかげさまで」バーンは微笑んだ。「水曜日にはここを出なきゃなりません。それより、どうなんです。センは白状しましたか」

わたしは少しばかり話に付きあうことにした。

「いいえ。少なくとも、マコーリーの一件については否定しています。それ以外のことはおおむね認めました」

「それはちょっと変じゃありませんか。ほかのことは認めているのに、マコーリーの一件だけ否定しているなんて」

わたしはふたつのグラスにブランデーのおかわりを注いだ。

「つまり、マコーリーの件については、嘘をついているってことでしょうか」

「ええ、たぶん」わたしは嘘をついた。「いずれにせよ、センの身柄は軍に引き渡されました。あとのことは連中にまかせておけばいい。きっと真実を見つけだしてくれるでしょう」

「期待しています。それで、これまでの四年間センは何をしていたんです」

「逃げまわっていたんです。チッタゴンからシロンまで東部を転々としていたようです。そのあいだに、いろいろ考え、非暴力路線に舵《かじ》を切ったと言っていました。これは本人のためにどうしても言っておきたいのですが、センはなかなかの人物です。狂信的な人間にはまえにも何度か会ったことがあります。でも、センはちがいます。冷静沈着で、かつ腹がすわっている。いろいろなものがよく見えているのでしょう。自分が何をしなければならないかよくわかっています」

「それはなんでしょう」

「大義のために死ぬことです」

「ずいぶんな自負心ですね。あまりに利口すぎるというのも考えものです」


葉巻を喫いおわると、わたしは失礼すると言って、自分の部屋に向かった。ドアに錠をかけて、ベッドに腰かけると、すぐにモルヒネの錠剤が頭に浮かんだ。惹かれはする。でも、そのまえに考えなければならないことがある。モルヒネはあとにしよう。いまは酒のほうがいい。床にはウィスキーのボトルが転がっている。中身はもういくらも残っていない。それでも、ボトルを手に取って、歯磨き用のコップに注いだ。一口飲み、ベッドに横になって、胸の上にコップを置く。筋道を立てて考えなければならない。そのためにはウィスキーのほうがいい。

デーヴィーの話が信じられるとしたら、マコーリーは娼館の前を通りすぎただけではなく、そのなかにいた。しかも、はじめてではなかった。グン牧師の話もそのことを裏づけている。だが、その夜、マコーリーがそこに行ったのは、自分のためだったのか、それともバカンのためだったのかは定かでない。わかっているのは、そこに行くまえに、ベンガル・クラブでバカンと言い争っていたということだ。マコーリーがそこへ行ったのは、バカンのパーティーのために娼婦を集めるためだったとしたら、クラブにその種の娘がいなかったのはなぜなのか。また、それなら、デーヴィーはそのことを知っていたはずだ。お呼びの声は当然デーヴィーにもかかっていたはずだ。としたら、マコーリーは自分自身の欲求を満たすためにそこへ行ったのか。だが、だとすれば、マコーリーは心を入れかえたというグン牧師の話と矛盾する。パーティーのあと束の間の快楽のために娼館を訪れるのは、神を見つけたばかりの者がすることではない。
だが、謎はそれだけではない。マコーリー殺しの犯人についても疑問が残る。デーヴィーは〝サーヒブ〟を見たと言っていた。それならセンに対する容疑は晴れ、マコーリー殺しはダージリン・メールの列車襲撃と関連しているという説も否定した。だが、どうして白人がブラック・タウンの真ん中でもうひとりの白人を殺さなければならなかったのか。それに、そもそも若い売春婦が見たと言っていることに、どれほどの信《しん》憑性《ぴょうせい》があるというのか。一部始終を見ていたとすれば、なぜメモのことを口にしなかったのか。もしかしたら、虚言癖があるのかもしれない。ただ、その可能性はそんなに高くないはずだ。そういった輩《ともがら》は概して他人の注目を集めたがる。けれども、デーヴィーはわれわれと話をすることを恐れていた。ひとつの疑問に答えを出そうとすると、すぐに別のふたつの疑問が湧いてでてくる。

次はグン牧師の話について考えることにした。なんでも、マコーリーはもうひとつの厄介ごとを抱えていたらしい。それはバカンに関係する、より醜悪なことであるという。それはいったい何なのか。

だんだん頭が痛くなってきた。

怪しい人物はふたりしかいない。バカンとマコーリーの後任のスティーヴンズだ。だが、これまでのところ、どちらの動機もそんなに強いようには思えない。バカンは娼婦を調達するためにマコーリーを使っていた。グン牧師がどう思うかはわからないが、わたしに言わせるなら、そういった事実を隠すために、ひとを殺すとはちょっと考えにくい。

では、スティーヴンズはどうか。マコーリーの使用人のサンデシュの話によれば、マコーリーはスティーヴンズが何かをたくらんでいると思っていたらしい。アニー・グラントの話だと、ふたりはビルマからの輸入品にかかる関税をめぐって口論していた。スティーヴンズは以前ラングーンに駐在していたので、そこになんらかの利害関係がある可能性は否定できない。たいしたことではないかもしれないが、スティーヴンズのような官僚の心にどのような瞋恚《しんい》のほむらが燃えあがっているかを窺《うかが》い知るすべはない。人間は奇妙な生き物だ。わたしが手がけた事件のなかに、こういうのがある。ある会計士が二十年連れそった妻を殺害した。十代の娘に恋をしたからだ。その娘は店の売り子で、そこに行くと、いつもにっこり微笑んでくれたらしい。それだけで、のぼせあがってしまったのだ。

　わたしはため息をつき、ウィスキーをまた一口飲んだ。ウィスキーの助けを借りても、何もあきらかにならず、気分は落ちこむばかりだった。ダージリン・メールの列車襲撃事件のこともある。マコーリーの殺害事件との関連はないかもしれないが、ベンガル・ビルマ銀行の襲撃事件との関連はおそらくある。両事件にテロリストがかかわっているとすれば、充分すぎるほどの活動資金を手に入れたことになる。あとは武器を入手するだけでいい。

　それについてわたしができることはいくらもない。ドーソン大佐からあからさまな警告を受けてもいる。だが、おかしな臭いが漂っていたら、あえてそこに鼻を突っこむというのが、わたしの厄介なところだ。恫《どう》喝《かつ》に屈するのは潔《いさぎよ》しとしない。

27

一九一九年四月十四日　月曜日

朝になると、事態は一変していた。

夜はぐっすり眠ることができた。ウィスキーとモルヒネのカクテルは、痛みと悪夢のどちらにも効くようだ。商魂たくましいアメリカ人が、いつか健康酒として売りだすかもしれない。そのときには、もちろん買う。

まわりはしんと静まりかえっていた。往来の音も、礼拝を呼びかける声も聞こえない。カラスの合唱すら聞こえない。シャワーを浴び、服を着替え、食事室を通らずそのまま通りに出た。サルマンはいつもの場所にいなかった。ほかの車夫もいない。これは困った。しなければならないことは山ほどあり、残された時間はいくらもない。ようやく手がかりのようなものが見つかったのだ。ボース夫人とデーヴィーからあらためて話を聞き、セランポールへ行ってバカンと向かいあわなければならない。もちろん、街はこれまで以上に大きな問題を抱えている。わたしの見立てどおりだとすれば、テロリストたちは充分な活動資金を手に入れることができた。騒動を起こすのを未然に防がなければならない。だが、それはわたしの仕事ではない。少なくとも正式には。

仕方がないので、ラル・バザールまで一マイルの距離を歩くことにした。そのあいだ、通りは奇妙に静かだった。まったくなんの動きもないというわけではない。車の行き来もあるし、路面電車も走っている。ただいつもよりインド人の姿が少ないように見える。ときどきコーヒーを買うセントラル大通りの売店には誰もいないし、カレッジ通りに立ち並ぶ店の多くも閉まっている。もしかしたら、祭日なのかもしれない。ヒンドゥー教徒にも仏教徒にもシク教徒にもイスラム教徒にも、少なくとも週に一度はそのような日があってもおかしくない。

　だが、ラル・バザールは蜂の巣を突ついたような騒ぎになっていた。刑事たちは警棒を持って一列に並んだ巡査に大声で命令を発し、下働きの男たちは青い顔をして、急ぎ足で机から机へメモを置いてまわっている。わたしはディグビーのオフィスに駆けこんだ。

「いったい何があったんだ」

「ご無事で何よりです」ディグビーは大袈裟《おおげさ》に言って、椅子の背にもたれかかった。「外で何かあったんじゃないかと心配していたんですよ」

「どういうことだ」

「厳戒態勢が敷かれているんです。昨日、もう少しで暴動になるところだったんです」

　背筋に冷たいものが走った。いよいよ始まった。もっとも恐れていたことが現実のものとなりつつある。

「場所は？」

「アムリットサルです。ここから一千マイル離れたパンジャブ州にある街です。でも、ご心配なく。暴動は軍によって蕾《つぼみ》のうちに摘《つ》みとられました。それで、州全体に戒厳令が出されているんです」

「でも、どうしてこの街に厳戒態勢が敷かれなきゃならないんだ」

「ベンガルは扇動家の温床です。噂はあっという間に広まります。国民会議派の連中はイギリスの残虐行為を非難して、人々を通りへ駆りだそうとしています。すでにバラナガルの近くで小競りあいが起きたという報告も入っています。副総督は不測の事態に備えて万全の態勢で臨みたいとお考えです」

「きみにも伝えておいたほうがいいと思う。昨日ドーソンと話をした。なんでも、市内で銀行が襲われ、二十万ルピーからの現金を奪われたらしい。ダージリン・メールの列車襲撃事件と関係があるかもしれないとのことだった」

ディグビーの顔が曇った。「ひじょうに憂慮すべき事態です。ここはすべて軍にまかせたほうがいいかもしれません。帝国警察はインド人の一斉蜂起《ほうき》を鎮圧するだけの装備を有していません」

たしかにそれはそのとおりだ。「コッシポールはどうだろう。いまでも近づけそうか」

ディグビーは頬を膨らませた。「いまそこへ行くのはどうかと思います。ほとぼりが冷めるまで待つべきです。副総督はウィリアム要塞の守備隊の出動を要請しました。イギリスの軍服を着ていようがいまいが、武装したインド人が通りにいるというのは、あまり気持ちのいいものじゃない。インド人は所詮インド人ですから。故意にであれ、衝動的にであれ、われわれに銃を向ける者が出てきてもおかしくありません」

わたしは話を打ち切り、自分のオフィスに向かった。このときは、机にメモはなく、バネルジーも待っていなかった。下級刑事の詰め所に電話をかけたが、つながらない。それで、最上階の通信室に向かった。その部屋はわれわれの目であり耳であり、テレグラフと電話と無線によって、ラル・バザールをインドのほかの地域やさらにその向こうの世界とつないでいる。

室内は暑く、狭苦しく、電気回路が発熱しているような臭いが充満していた。片側の壁際には、無数のスイッチやバルブやゲージや光り輝くダイヤルが取りつけられた巨大なマルコーニ式の無線機が設置されている。その隣には、電話や電信機やダイヤルつきの木箱が所狭しと並べられた数脚の机がある。機器のあいだを結ぶ電話線やコードが、巨大なバニヤンの樹の気根のように床に垂れている。

担当官は三人、ひとりは若いイギリス人で、あとのふたりはインド人だ。インド人のひとりは鉄灰色の大きなマイクが置かれた机の前で、大きな黒いヘッドセットを着け、受信内容をメモ用紙に懸命に書きとっている。もうひとりのインド人はそのメモ用紙を受け取ると、タイプして、閲覧用の報告書を作成している。作業はたっぷり油をさした機械のように進んでいる。

わたしはメモ書きに目を通した。漠然とではあるが、それで少しずつわかってきた。ディグビーが言ったとおりのようだ。昨日の午後、ダイヤーという名前の准将に率いられたグルカ兵の分遣隊が、アムリットサルのジャリヤーンワーラー・バーグで、数千名の暴徒に向けて発砲した。パンジャブの副総督はそれによって暴動を未然に防ぐことができたと考えている。州に戒厳令を敷く許可を総督に求め、すぐさま認められた。

だが、読みすすむにつれて、首をかしげずにはいられない箇所が出てきた。額面どおりではないかもしれないと最初に思ったのは、総督が報道管制を命じたという一報が入ったときだ。そのあとに死傷者の報告が続いている。

現時点での見積もりだと、死者三百名、負傷者千名以上で、そのなかには女性や子供も含まれている。わたしの経験からいって、暴動を起こそうとしている者が、物見遊山気分で妻子を連れてくるとは思えない。一方、兵士の側は誰もかすり傷ひとつ負っていない。わずか七十五名で数千の敵意に満ちた群衆を制圧したという。

胃に恐怖が湧きあがった。頭に大虐殺の光景が浮かぶ。それが事実だとすれば、報道管制が必要なわけも理解できる。だが、だからといって、そういったことを隠しおおせるとは思えない。特に最近では。なんといっても情報化の時代なのだ。われわれは千マイル離れたところの情報を数時間で入手できるが、それはインド人も同様だ。新聞やラジオを規制しても、インド人どうしの電話をやめさせることはできない。電話を不通にしたら、行政の機能はたちどころに麻痺する。

どのみちもう手遅れだ。バラナガルで小競りあいが起きたという話が本当だとすると、アムリットサルの騒動の噂はすでにカルカッタに届いている。カルカッタに届いているなら、デリーにも、ボンベイにも、カラチにも、マドラスにも、そのほかの街にもすぐに届く。

　してみれば、副総督が軍の出動を要請したのももっともなことと言える。わたしの理解が正しければ、パンジャブの悲劇の全容は早晩あきらかになる。その影響がインド全土、さらにはその先にまで及ぶのは間違いない。ダイヤーという男がつけた火は、インドに革命の炎を燃えあがらせ、イギリスによる支配体制を焼きつくしてしまうかもしれない。だが、わたしにできることは何もない。ときとして、ひとにはみずからを律し、歴史の荒波にさらわれないよう祈るしかないこともある。

　オフィスに戻ったとき、廊下の椅子にバネルジーがすわっていた。なにやら思いつめたような顔をしている。ディグビーを呼んでくるから部屋に入って待っているようにと、わたしは言った。バネルジーは何か言いかけたが、考えなおしたらしく、黙って部屋に入って、椅子に腰をおろした。

　しばらくして三人が揃ったとき、ディグビーはどことなく興奮ぎみで、逆にバネルジーは飼い犬を撃ち殺したばかりのような顔をしていた。

　今回のアムリットサルの騒動や市内の混乱についてここで話しあっても意味はないので、すぐに本題に入ることにした。「ボース夫人とデーヴィーに同行を求めて話を聞きたいと思っているんだが」

「なんのためにです」ディグビーは言った。

　わたしは昨日グン牧師から聞いた話を伝えた。マコーリーがバカンに娼婦を斡旋していたこと。殺害されるまえに、そういったことにほとほと嫌気がさすようになっていたこと。そして、デーヴィーから聞いた話も伝えた。マコーリーが娼館を出たとき、白人の男と口論になり、その直後に殺されるのを見たこと。デーヴィーが信頼できるかどうか疑わしく思っていることは言わずにおいた。ディグビーは納得がいっていないようだった。

「イギリスの高級官僚がバカンに娼婦を斡旋していたとおっしゃるんですか。それをやめようとしたから殺されたってわけですか。ばかばかしい。こじつけもいいところです」

たしかにそうかもしれない。穴だらけという点では、ヘイグ将軍の戦闘計画以下だろう。何かを見落としているのは間違いない。それを突きとめなければならない。

「無理があることはわかっている。だからこそもう一度デーヴィーとボース夫人から話を聞く必要がある。あのふたりが謎を解く鍵を握っているのは間違いない」

ディグビーはため息をついた。「わかりました。そのように決めたということなら、わたしが行って、ふたりを連れてきます」

「いや、みんなで行こう」

これまでずっと黙っていたバネルジーが、ここでようやく口を開いた。「ちょっとお話ししたいことがあるんですが、警部。少し時間がかかるかもしれません」

「あとにすることはできないのか」のんびりおしゃべりをしている場合ではない。インド全土がいまにも炎に包まれようとしているのだ。

バネルジーは青い顔をしている。「できません」

「いいじゃないですか」ディグビーが言った。「コッシポールへはわたしが行ってきます。巡査をふたり連れていくので、どうかご心配なく。そのあいだに話をしておいてください」

わたしはうなずいた。「わかった」

「じゃ、行ってきます」ディグビーは言って、席を立ち、部屋から出ていき、ドアを閉めた。

わたしはバネルジーのほうを向いた。「話というと、部長刑事?」

バネルジーは鉛筆をもてあそんでいる。顔には汗が浮かんでいて、いまにも朝食を戻しそうに見える。それから、ごくりと唾を呑みこんだ。

「昨日、アムリットサルで軍がやったことは、あきらかに過剰警備です。軍やパンジャブ州政府はどれほどの脅威にさらされていたわけでもありません。法的にも道徳的にも正当なものではなく――」

そんな話に付きあっている時間はない。「ちょっと待て。要するに何が言いたいんだ」

「申しわけありません。警察を辞めたいんです」

バネルジーはポケットから封筒を取りだし、机の上に置いた。封筒は汗で湿り、皺だらけになっている。

「辞表です」

「昨日のアムリットサルの一件のせいで、というのか」

「そうです」

「報告書によると、暴動を鎮圧するためだったそうだが……」

「はばかりながら、警部、その報告書は間違っています。口伝えに聞いた話とはまったくちがっています」

「口伝えに聞いた話というと?」

バネルジーは身をよじった。「集会は平和的なもので、誰もなんの武器も持っていませんでした。なのに、軍隊はなんの警告もなくいきなり発砲し、人々は逃げることもできなかったとのことです」

「ローラット法の下では、そのような集会は違法だということはわかっていたはずだ。参加すべきじゃなかったんだ」

「この国の現在の法体系の是非について議論するつもりはありません」バネルジーの声には、これまでに見られなかった強さがあった。「自分はこの国の人々に——自分の同胞にこのような扱いをするシステムの一翼をこれ以上は担いたくないというだけのことです」

当然だろう。立場が逆であれば、わたしも同じことをしただろう。それどころか、自分も暴徒のひとりとなって、敵対する者を撃ち殺していたかもしれない。とんでもない朝になってしまった。パンジャブの大虐殺、カルカッタの騒乱、そして、もっとも有能な部下の辞意の表明。朝食もまだだというのに。

「それで、これからどうするつもりなんだ」

それは意外な質問のようだった。「考えていません」

それはいい兆候だ。そこまで考えていないということは、考えなおすよう説得できる余地があるということだ。とはいえ、いまここで机をはさんで、イギリスのインド統治の是非について議論しても、得るものは多くないだろう。辞表を撤回する気にさせるには、心の琴線《きんせん》に触れる言葉が必要になる。

われわれはラル・バザールの近くの小路のコーヒー・ショップに入った。昔はいい店だったにちがいない。あるいは、今日という日のせいで、すべてのものが悪く見えているのかもしれない。そこは普段からインド人の客の多い店で、白人はあまり来ないが、今朝はインド人の客の姿もまばらだった。実際のところ、店内はひっそり閑《かん》としていて、棺《ひつぎ》が墓地に運ばれたあとの葬儀場のような空気が流れていた。隅のほうにかたまって立っている数人の給仕は、わざと客と目をあわせないようにしている。

われわれは小さなテーブル席に着いた。テーブルの脚の一本がほかより短いせいで、その上に置かれたものはみな微妙に傾いている。

バネルジーはコーヒーを一口すすって、顔をしかめた。

「熱すぎるのか」

「苦すぎるんです」バネルジーは言って、大量の砂糖を加えた。

「わたしとはじめて会った日のことを覚えているか。わたしはきみに警察に入った理由を尋ねた」

「ええ」

「きみはこう答えた。いつかインド人による自治が実現する日が来る。そのときには、国を統治するための有能な裁判官や軍人や技術者、そして警察官が必要になる」

「そのとおりです」

「気持ちが変わったわけは？」

　バネルジーは静かに語りはじめた。「これまではイギリス人の正義とフェアプレイの精神を信じていました。もちろん、イギリス人のなかにも悪人はいます。インド人のなかに悪人がいるのと同じように。それでも、そのシステムは公正なものだとずっと信じていたんです。それは悪事を働く者を罰し、世に正義をもたらすもののはずでした。いまは父が言ったとおりだと思うようになりました。ひとりのイギリス人女性が襲われると、インド人の男たちはみなその女性の前を這いつくばって進まなければなりません。一方で、女子供を含む数百人、もしかしたら数千人の非武装のインド人が虐殺されたとしても、犯人は英雄扱いです。イギリスの正義はイギリス人のためだけということなんでしょうか」

　どう答えたらいいのか。そんなことはない、それはデマだ、プロパガンダだと？　そのような行為をイギリス人の将官が指示するわけはないと？　そう答えることもできる。そう答えるべきかもしれない。だが、わたしはアイルランドでどんなことが行なわれていたかよく知っている。信じたくないことではあるが、イギリス軍はときとしてとんでもない残虐行為に手を染める。

もちろん、別の答え方もある。たとえば、そのような虐殺が実際にあったとしたら、それは狂気の沙汰であり、首謀者には正義の鉄槌《てっつい》が下されるだろうとか。このほうがまだましだ。少なくとも一部は正しい。非武装の民間人の群れに発砲命令を下すのは、たしかに狂気の沙汰だ。けれども、わたしが知っているかぎり、狂気が軍隊で出世の妨げになることはない。ましてやいまは、先の戦争によって多くの狂人が世にはばかっている。ダイヤーもそのひとりにちがいない。インド人を人間としてではなく、解決すべき問題としてしか見ていなかったにちがいない。

正義に関して言うなら、何が起きても、おおやけにされないことは多い。バーンが言っていたとおりだ。統治の正当性は、被支配者より支配者のほうが道徳的に優れている証しを示せるかどうかにかかっている。何百人もの女子供への発砲を是とするなら、そんなことができるわけはない。

だが、バネルジーに嘘をつくつもりはない。だませるような相手でもない。

おたがいに。

問題は、捜査がドイツの潜水艦に沈められたルシタニア号と同じ運命をたどろうとしていることであり、そうならないためにはバネルジーの助けが必要だということだ。

「アムリットサルで起きたことがきみの言うとおりだったとすれば、それは間違いなく犯罪だ。だからと言って、きみが警察を辞めたところで、世に正義がもたらされることはない。きみが辞めなければ、われわれは少なくともひとりのインド人を救済できるかもしれない」

「センのことですか」バネルジーは苦々しげに笑って、コーヒーを一口飲んだ。「もう救いようはありません。何をどうしたところで絞首刑は免《まぬか》れません」

「それで、きみは良心の咎めを感じないのか。きみは無罪だとわかっている者を見捨てることになるんだぞ。何をどうあがいてもどうにもならないことに非を鳴らすためだけに」

返事がないので、もう一押ししてみることにした。

「センに残されている時間はいくらもない。せいぜいあと二、三日だろう。センは無罪かもしれないと最初に言ったのはきみだ。いまでもそう思っているのなら、きみには捜査を続ける義務がある」

バネルジーの心は揺れている。目を見ればわかる。そろそろ受けいれ可能な提案をすべきときだ。「きみの助けが必要なんだ、サレンダーノット。わたしひとりではどうにもならない。ディグビーはセンが絞首刑になることしか望んでいない。そうなったら昇進もできる。わたしがきみに頼みたいのは、事件の真相にたどりつくまで結論を先のばしにしてもらいたいということだけだ」

バネルジーはコーヒーを飲みほした。

「わかりました。それまで結論は保留することにします」

「それでいい。よかった」

バネルジーは微笑んだ。「あなたがおっしゃったとおりです。いま辞めるのは良心が許しません」

「立派だ。センもきみの尽力に感謝するだろう」

「センのことを言ってるんじゃありません。いま辞めるわけにはいかないと思ったのは、ディグビー警部補が昇進して、あなたの上司になる可能性があるとわかったからです、警部」

ラル・バザールへ戻る途中、通りにはあわただしい動きがあった。大勢の兵士を乗せたオリーブ色のトラックが、排気管から黒い煙を吐きだしながら、北に向かって走っていく。ダルハウジー広場の周辺には、大勢のインド人兵士の姿がある。若いイギリス人の士官の指示を受けて、検問所を設けたり、ライターズ館や郵便局や電話局の前に砂嚢《さのう》を積んだりして、忙しげに立ち働いている。ラル・バザール自体はもぬけの殻状態になっていた。制服警官は要警戒地区に派遣され、残っているのは事務員とインド人の使い走り、そして刑事だけだった。刑事の出番は、衝突が起き、死傷者が出はじめたあとだ。わたしはバネルジーをオフィスに残して、ひとりで通信室に向かった。インド各地で起きている異常事態の最新情報を得るためだが、バネルジーを同行させるのは、その精神状態を考えると、賢明な策とは思えない。いまもまだ辞表をどうするか決めかねているのだ。入ってきたばかりの生々しい報告書を読んで、辞職の決意が動かしがたいものになるとまずい。

結果的には、事態が悪化していることは、報告書を読まなくてもわかった。四階の窓から外を見るだけでよかった。北と東の方角に黒煙があがり、モンスーンの分厚い雨雲のように空を暗くしている。

時間は正午に近い。部屋は通信機器のせいで溶鉱炉のようになっている。シフトが変わったらしく、別の白人とふたりのインド人がそれぞれの持ち場についている。直近の報告をいくつか読むと、主要都市のほとんどで小競りあいが起きていることがわかった。デリーからは統治機関の混乱のありさまが伝わってくる。軍部はダイヤーを帝国の救世主と持ちあげて気勢をあげているが、文官はそれほどでもない。こういった見解の相違はパニックの兆《きざ》しと考えていい。パンジャブからの報告は何もない。州そのものが消えてしまったかのように思える。

ボンベイからの状況報告に目を通していたとき、バネルジーが部屋に駆けこんできた。息を切らし、汗が頬を伝っている。

「コッシポール署から連絡が入っています。ディグビー警部補からです。悪い知らせです」

28

　駐車場にウーズレーはなかった。帝国警察の数少ない自動車はすべて出払っていた。市内のあちこちで発生している暴動の鎮圧に向かっているのだ。幸いなことに、厩舎には馬が数頭残っていたので、わたしはそれに乗っていこうと言った。バネルジーは熊を組み敷けと命じられたような顔をしていた。

「訓練された警察の馬だ。野生の暴れ馬じゃない」

「馬の能力を疑っているわけではありません。神はベンガル人を馬に乗るようには造られなかったようです」

　無理強いはできない。首の骨を折るかもしれないし、やっぱり辞めると言いだされても困る。

「何かいい考えはないか」

　あった。十分後、われわれは北に向かう軍用トラックをヒッチハイクして、コッシポールへ向かっていた。

　コッシポール署の前でトラックから降りると、そこから人けのない通りを歩きはじめた。家々の窓には鎧戸がおり、ドアには錠がかかっている。マニクトラー小路四十七番地の前には、竹の警棒を持った制服巡査が立っていた。玄関の前の階段に、年老いた下男のラタンがすわっている。いつものようにシャツに腰布姿で、巡査に向かってひとしきり悪態を投げつけていたが、見ていると、しばらくして言いたいことを忘れてしまったかのように急に黙りこんでしまった。巡査は意に介さず、バッキンガム宮殿の前の歩哨の真似をしているように直立不動の姿勢をとり、そっぽを向いている。

　家のなかでは、怒鳴り声が飛び交っていた。廊下の突きあたりの部屋から、大声で命令する声が聞こえてくる。階段の下にインド人の巡査が立っていて、われわれが入っていくと、気をつけの姿勢をとった。わたしはディグビーに用があると伝えた。

「警部補は二階にいます」巡査は言って、指を上に向けた。

ディグビーは階段をあがったところでインド人巡査と話をしていた。

「お待ちしていました、警部殿。こちらへどうぞ」

われわれは廊下を進み、突きあたりの部屋の前まで行った。そこには、別の巡査が立っている。ディグビーはその部屋のほうに手を振り向けた。

「お入りください」

これといった特徴のない狭い部屋だった。がらんとしていて、そこにあるのは一台のベッドだけだった。天井からは死体がぶらさがっている。たとえもっと多くの家具があったとしても、それを見逃すようなことはなかっただろう。若い娘だ。天井のフックに結わえた紐で首を吊っている。その数フィート下の床の上には、椅子が転がっている。頭は首が折れた人形のように不自然な方向に曲がり、顔は乱れた長い黒髪に隠れている。けれども、顔を見るまでもなく、それが誰なのかは一目でわかった。着ている淡い色のサリーは昨日と同じものだ。

手をさわると、冷たく、湿っぽい。死後硬直の徴候はまだない。

「何かわかったことは？」わたしはディグビーに訊いた。

「自殺のようです。われわれが到着したときには死んでいました。正確な死亡時刻は不明です」

「死体を見つけたのは？」

「メイドです。ここの女主人が呼びにいかせたそうです」

「それはいつのことだ」

「われわれが到着したあとですから、時間は十一時ごろだと思います」

「十一時まで誰も様子を見にいかなかったのか」

「夜の仕事がありますからね。寝坊するのは珍しいことじゃないんでしょう」

「ボース夫人はどこにいる」

「下です。応接室で待たせています」

わたしはうなずき、それからデーヴィーの死体を指さした。「紐を切って、下に降ろしてくれ。それから死体を搬送する車の手配を頼む」

ディグビーは敬礼して、部屋から出ていった。わたしは力なく垂れさがった死体をじっと見つめ、それから床に転がっている椅子に視線を向けた。どうもおかしい。バネルジーを見ると、やはり食いいるように死体を見つめている。

「どう思う、部長刑事」

バネルジーは戸惑っているように見えた。「断定的なことは言えません。自殺者を見るのははじめてですから。でも、思っていたのとはちょっとちがうような気がします。セントラル刑務所の処刑室で見た死体とよく似ているんです。あれは絞首刑で、身体に重りがつけられていました。刑が執行されたときには、頭がもぎとれそうになっていました」

そのとおりだ。たしかに絞首刑のように見える。問題はここが絞首台ではないということだ。

「検死を急がせてくれ。必要とあらば、監察医を脅してもいい。正確な死因を知りたい」

「わかりました」バネルジーは言って、立ち去りかけた。

「それからもうひとつ。デーヴィーが事件のことを話した男を見つけだす必要がある。こうなってしまったからには、その男だけが頼りだ。全部の部屋を見てまわってくれ。見落としのないように」

それだけ言って、わたしは下におりた。応接室にはむっとした空気がこもっていて、息苦しいほど暑かった。ボース夫人はマハラジャの妻のようにメイドと三人の娘を近くにはべらせて、長椅子に腰かけていた。

　そして、わたしが部屋に入ると、顔をあげて言った。

「ウィンダム警部、またお会いできて嬉しいと言いたいところですが、この状況では……」

　落ち着いた口ぶりだった。店の娘の死を悼《いた》んでいたとしても、そういった感情はまったく表に出ていない。

「なんのおかまいできなくてごめんなさいね。逮捕されるかもしれないというときに、そんな気分にはなれませんので」

「逮捕するつもりはありませんよ、ミセス・ボース。少なくともいまのところはね。署までご同行いただき、いくつかの質問に答えていただきたいだけです。残念ながら、上の階であのような惨事が起きてしまったので、話は少しややこしくなってしまったかもしれませんが」

　返事はなかった。

「さしつかえなければ、ここで何があったかということだけ、いまお聞かせ願えないでしょうか」

　ボース夫人は微笑んだ。「聞きたいのはこちらのほうですわ、警部。昨日あなたはあの子と話をなさったそうですね。感じやすい年頃の娘にいったい何をおっしゃったんです。その直後に、デーヴィーは命を絶ってしまったんですよ。ご家族にどう説明したらいいんです」

「昨日、わたしと話をしたと本人が言ったんですか」

「そのとおりです」ボース夫人は強い口調で言い、バングルをつけた腕をあげ、ほつれた前髪を払いのけた。「うちの子たちはわたしに隠しごとをしませんから」

「話の続きはラル・バザールでうかがいます」わたしは言い、ボース夫人を連行するようディグビーに命じた。

　家を出て、煙草に火をつける。ラタンは路地の向かい側の木陰に静かにすわっている。居眠りをしているように見える。近くには、糞にたかるハエのように小さな人だかりができている。警察官の姿を見て集まってきたのだろう。例によって例のごとく浮浪者とか、通りがかりの野次馬とか、単なるゴシップ好きとか。見たような顔もある。マコーリーの死体が見つかった日にも来ていたのだろう。しばらくしてバネルジーがやってきたので、煙草を勧めた。

「どうだった」

「応接室以外どの部屋にも誰もいませんでした。お手あげです」

　バネルジーは煙草に火をつけ、物憂げな顔で喫った。

「そうでもない。いまは少なくとも三つのことがわかっている。マコーリーがバカンに娼婦を斡旋していたこと。殺害された夜、この家にいたこと。その直前にバカンと口論していたこと」

「犯人が白人で、マコーリーの知りあいだった可能性も出てきました」

　デーヴィーが死んだことにより、昨日の話が本当なのかどうかをたしかめることはできなくなった。ここから先はボース夫人の供述に頼るしかない。彼女がわれわれに話したことよりずっと多くのことを間違いなく知っている。だが、それを聞きだすのは簡単なことではない。わたしは煙草を消し、吸い殻を溝《どぶ》に投げ捨てた。

29

ラル・バザールに戻ったわれわれは、センの取調べに使った狭い部屋にいた。このときはボース夫人がテーブルの向かい側にすわっていた。いつもどおり、部屋には熱気がこもっている。天井でゆっくり回っていた扇風機は、数分で動かなくなり、結局とまってしまった。わたしの隣で、ディグビーは炭鉱夫のように大汗をかいている。わたし自身も汗臭くないとは言えない。阿片がほしい。もちろんモルヒネでもいい。だが、そんなものはもうとっくになくなっている。ポケットには空瓶がお守りのように入っているだけだ。バネルジーはメモをとるのに使うノートで自分をあおいでいる。注意をするつもりはない。風がこっちまで来るのはありがたい。そんななかで、ボース夫人だけがどこ吹く風で、まるでついさっきまで総督とお茶を飲んでいたかのような顔をしている。

わたしは言った。「デーヴィーの身に何があったのか教えてください」

「悪いけど、先にお水を一杯いただけないかしら、警部。喉がからからなので。お訊きになりたいことがたくさんおありなんでしょ。あとでご迷惑をおかけしたくありません」

わたしがうなずくと、バネルジーは席を立ち、水差しとグラスを持って戻ってきた。ボース夫人は礼を言って、グラスを品よく口もとに運び、ほんの一口だけ飲んだ。

わたしはあらためてデーヴィーのことを尋ねた。

ボース夫人は肩をすくめた。「何をお話しすればいいんでしょう。ゆうべは帰りが遅くなってしまいましてね。家に着いたときには、デーヴィーもほかの子たちもお客さまの相手をしていました。わたしは先に休みましたからはっきりしたことはわかりませんが、仕事が終わったのはたぶん夜の三時か四時頃だと思います。あとは身体を洗い、食事をし、ベッドに入るだけです」

「いつもみんなが仕事をしているときにお休みになるんですか」

「そうすることもときどきあります。出かけていて、夜遅く帰ってきたときは特に。わたしがいなくても、お店のことはメイドのミーナが全部やってくれます。どうしてもわたしが必要なときは、起こしにくるようにと言ってあります」

「それで、昨日はどこに行っていたんです」

ボース夫人は微笑み、両手を組みあわせて、傷だらけの金属のテーブルの上に置いた。

「常連のお客さまには、それ相応のおもてなしをしなきゃなりません。なかには、特別のサービスを希望される方もいらっしゃいます」

「客の家まで行くということですか」

「特定のお客さまだけです。お金を積めば、どんなことだって可能です。ちがいますか、警部」

わたしは無視した。

「昨夜、ベッドに入るまえにデーヴィーを見た者はいませんか」

「サラスワティーが自分の部屋に入るまえに見ていると思います」

「全員に自分の部屋があるんですか。ずいぶん好待遇ですね」

ボース夫人は微笑んだ。「たしかに普通のお店じゃ、こうはいかないでしょうね。でも、うちはカルカッタの貴顕紳士のための高級店です。女の子は粒よりで、お手当もたっぷりはずんでいます。二ルピーの女郎屋とはわけがちがうんです。個室をあてがうくらいわけはありません」

「高給優遇ってわけですね。では、なぜデーヴィーは首を吊ろうと思ったんでしょう」

ボース夫人は顔をしかめた。「さっきも言ったように、わたしが最後に見たときは、なんの問題もなさそうでした。ただ、それはあの子があなた方と話をするまえのことです」

「マコーリーの一件となんらかの関係があるとお考えでしょうか」

ボース夫人はまた肩をすくめた。「どういう関係があるというんです」

「まったくの偶然だということでしょうか」

「どう考えたらいいかわからないんです、警部。もしかしたら、あの子が命を絶ったのは、あなたに何か言われたからじゃないんですか」

「請けあってもいい。わたしは何も言っていません。言ったのは彼女のほうです」

なんらかの反応を期待していたが、ボース夫人は石の女神のごとくだった。

「彼女が何を言ったか気になりませんか」

ボース夫人はグラスを取って、また水を一口飲んだ。

「あのような痛ましい出来事を推理ゲームの対象にするのは不謹慎じゃありませんか、警部。もったいぶらずに話してください」

「彼女はこう言ったんです。マコーリーは殺害された夜あなたの店にいた。そして、そこを出た直後に殺された。この話は本当ですか。それとも、彼女は嘘をついていたということですか」

「あの方がうちにいらっしゃっていたのは事実です」

「そのことをわれわれに話すつもりはなかったようですね」

ボース夫人はくすっと笑った。「わかっていただけると思いますが、警部、わたしたちはお客さまのプライバシーを尊重しなければなりません。わたしの家や敷地のなかで殺されたわけじゃないので、名誉を重んじるべきだと考えたんです」

「警察が必要とする情報を秘《ひ》匿《とく》するのは犯罪だということはご存じですか」

ボース夫人はため息をついた。「最近のインドでは、何が違法で何が違法ではないのかわからなくなってきています。パンジャブでの出来事を聞いたかぎりでは、平和な集会でも重罪になるようですし」

「火曜日の夜、マコーリーはあなたの店で何をしていたんです」

「いつもと同じだと思います。あの方の趣味はごく普通でした。羽目をはずすことも、無茶な要求をすることもありませんでした。でも、わたしの知るかぎりでは、スコットランド人とはそういうものだと思います。それは最初は気候のせいだろうと考えていました。一年のうち十カ月は不快で、二カ月は耐えがたいそうですから。でも、この数年で考えは変わり、楽しいものはなんでも罪と考えるキリスト教原理主義のせいだと思うようになりました」

「じゃ、バカンのパーティーに娘を集めるためじゃなかったんですね」

ボース夫人は首を振った。「もちろんです」

「以前そのようなことはありましたか」

夫人は冷ややかに笑った。「そのようなことをわたしが話すと本気で思ってらっしゃるの」

我慢の限界が近づきつつある。壁に頭を打ちつけているような気がする。この暑さもこたえる。モルヒネがほしい。

「これが殺人事件の取調べだということをお忘れではないでしょうね。あなたの店のすぐ近くでイギリス人が殺され、店の娘のひとりが首を吊って死んだんです。もう少し協力的になってもらわないと、不愉快な思いをすることになるかもしれませんよ」

「仰せのとおり、警部、あの方は家のなかでなく、外で殺されたんです。デーヴィーを悼む気持ちは、あなたに言われるまでもなく、もちろんあります」

肝がすわっていることは認めざるをえない。状況がちがえば、好感を持っていただろう。一目も二目も置いていただろう。けれども、いまは現実問題として殺人事件の捜査を妨害し、事態を望ましくない方向に向かわせている。わたしも手ごわい人間になれるということをこのあたりで示しておかねばならない。留置場で一晩すごしたら、性根が少しは変わるかもしれない。

「続きは明日にしましょう。そのときにはもう少し協力的になってくれていることを祈っています。でないと、警察の捜査妨害やら何やらの罪に問われることになるかもしれません」

　ボース夫人は地下の監房へ連れていかれた。わたしはオフィスに戻りかけたが、途中でバネルジーに身体を引っぱられた。その顔には戸惑いの表情がある。

「どうしたんだ、部長刑事」

「ひとつわからないことがあるんです。ボース夫人はわれわれが昨日デーヴィーと話をしたことを知っていました。店では、そのことをデーヴィーから聞いたと言っていました。そして、さっきは客の家から帰ってきてからはデーヴィーを見ていないという話をしていました。なのに、どうしてデーヴィーがわれわれと話をしたことを知っているんでしょう」

　たしかにそうだ。ボース夫人は嘘をついている。

「尋問しなおしますか」

　わたしは考え、やめておくことにした。どうせ何も言いはしまい。時間の無駄だ。

「いや、それは隠し玉として取っておこう」

30

机の上にメモが置いてあった。タガート卿のお呼びだ。そこへ行くと、ダニエルズから秘書室で待つように言われた。

「閣下はいまブラック・タウンの状況についての説明を受けておられます。もうすぐ終わると思います」

机の上の電話が鳴った。ダニエルズは受話器を取ると、目をつむって話を聞いた。よく見ると、眼鏡は汚れ、脂ぎった細い髪が頭にべったり張りついている。一週間一睡もしていないような感じだ。電話の相手はほとんど一方的にしゃべっている。ダニエルズは何度か口をはさもうとしたが、そのたびに遮られている。しばらくしてため息をつくと、今度は自分が一方的にまくしたてはじめた。

「申しわけありませんが、無理です。みな出払っているんです。たとえ残っていたとしても、南カルカッタに派遣することはできません。ブラック・タウンはいまとんでもないことになっているんです」

総監室のドアが勢いよく開き、軍服姿の男たちが出てきた。わたしにもダニエルズにも一瞥《いちべつ》もくれずに廊下のほうへ歩いていく。ダニエルズが電話を終えるのを待たずに、わたしはドアの向こうに顔を突きだした。タガート卿は机の向こう側に立って、目の前に広げた地図を凝視していた。わたしが咳払いをすると、地図から顔をあげた。

「入りたまえ。いい知らせを持ってきてくれたのならいいんだが。これまでのところはろくでもない知らせしか入ってきていない」

マコーリーの殺害事件の唯一の目撃者が死亡したというのは、どう考えてもいい知らせとはいえない。その話はいま持ちださないほうがいい。

わたしは部屋に入った。「ブラック・タウンはいまどんな状態になっているんでしょう。インド人が言っていることは本当なんでしょうか」

「連中がどんなことを言ってるというんだ」

「先ほどインド人の部下が辞職したいと言ってきました。思いとどまるよう説得しましたが、ひどく動揺しています。パンジャブの事件を大虐殺だと言っています」

タガートの顔が険しくなった。「そのとおりかもしれん。あの馬鹿ったれ将軍は、どんな閉ざされた場所でも、銃を乱射すれば、群衆はちりぢりばらばらになって逃げると思っていたらしい。どんなに言い繕おうが、あれはまぎれもない虐殺行為だ。愚かにも、力でインド人に教訓を与えようと考えたのだろう。だが実際は、国全体を混乱に陥れただけだ。あの大馬鹿野郎のせいで、インド在住の白人はみな報復の対象になりかねない。わかるな。この街はいま一触即発の状態にある。それをテロリストが利用しない手はない。これ以上血を流すことなく平和裏に事態を収拾するのは至難のわざと言っていいだろう」

「それに関連することで、ほかにも悪い知らせがあります」わたしは言って、ドーソンから聞いたベンガル・ビルマ銀行の襲撃事件の話を伝えた。「犯人が奪った金額は二十万ルピー以上になります」

苦虫を嚙みつぶしたような顔になった。「問題はそれが何を意味しているのかということだな」そして、地図を手に取ると、半分に折って机の片側に置き、それから椅子に腰をおろした。「きみをここに呼んだのは、マコーリー事件の捜査の進捗状況を聞くためだ」

わたしは話した。グン牧師に会ったこと。マコーリーがバカンに娼婦を斡旋していたこと。マコーリーには一線を越えずにはいられなかったような暗い秘密があったらしいこと。マコーリーは娼館にいて、そこから出てきた直後に殺害された、犯人は白人だったとデーヴィーが話したこと。いい知らせと言っていいかどうかはわからないが、いまではセンの無罪を確信していること。マコーリーの死とダージリン・メールの列車襲撃とはなんの関係もないと思っていること。H機関は記録的な速さでセンの居所を突きとめたが、列車襲撃事件や今回の銀行襲撃事件が誰の仕業なのかという点については、まったくなんの手がかりもつかんでいないと思われること。

「センの一件については進展があった。今朝、非公開で裁判が行なわれた。判決は死刑だ。刑は明後日の夜明けに執行されることになっている」

「ずいぶん早いですね。カルカッタの半分が騒然とし、テロリストが野放しになっているいま、H機関にはでっちあげ裁判よりもっと大事なことがあると思うんですが」

「たしかに。でも、そうなってしまったんだから仕方がない。真相を究明したいというなら、とにかく急ぐことだ。死刑が執行されたら、捜査の意味はなくなってしまう」

「そのためにも、もう一度センと話をしたいんです。許可をとっていただけるでしょうか」

　タガート卿は少し考えてからうなずいた。「刑が執行されるまで、ウィリアム要塞にいるはずだ。ダニエルズに書類をつくらせよう。残された時間を有効に使え、サム」タガートは言って、椅子から立ちあがった。「きみのことだから何かをつかんでいると思うが、時間は限られている。何をするにせよ、とにかく急げ」

　顔になんの表情もないインド人兵士の数歩あとから、わたしはバネルジーといっしょにウィリアム要塞の地下深くにある廊下を歩いていった。丸石が敷かれた床と湿った壁に足音が響く。片側に鉄格子のはまった監房の扉が並んでいる。湿気は多いが、空気はひんやりとしている。一時的な収容施設につきものの吐物や小便の臭いはこびりついていない。消毒薬の臭いがする。清掃は定期的にきちんとやっているようだ。興味深い。監房をここまできれいにするということは、隠したいものがあるということだ。

　センの監房は、壁のくぼみ以上のものではなかった。センはベッドがわりにしつらえられた石の棚に横になっていたが、インド人兵士が扉の錠をあけると、ゆっくりと起きあがった。顔には痣ができていて、目は腫《は》れあがって開かなくなっている。

「ウィリアム要塞の宿泊施設に関しては、あんたが正しかったようだ、ウィンダム警部。とても五つ星とは言えない」

「その顔のありさまからして、ここの係の者と馬があわなかったようだな」

　センは苦々しげに笑った。「やはりここには長くいるべきじゃないようだ」

「裁判の話は聞いている」

「ああ。驚くべき手際のよさだった。ものの数分で一丁あがりだ。司法の歯車はもっとゆっくり動くものだとばかり思っていたがね。何が悲しくてあそこまで急がなきゃならないんだろう」

「弁護人はついたのか」

　裂けた唇に笑みが浮かぶ。「ああ。国選弁護人をつけてもらったよ。イギリス人の。悪い人間じゃないが、いかんせん弁護が下手すぎた。時間を無駄にして申しわけないと裁判官に謝罪するんじゃないかと途中で思ったくらいだ。とはいえ、弁護人にできることは最初からいくらもなかった。この国の司法制度を考えると、インド一優秀な法廷弁護士でも、あれよりうまくやれたとは思えない。ところで、煙草を持っていないかい」センは言って、監房の扉の前に立っている強面《こわもて》のインド人兵士を指さした。「軍の堅物《かたぶつ》は一本の煙草も恵んでくれないんだ」

わたしはキャプスタンを取りだして、箱ごとセンに渡した。

「ありがとう」センは煙草を一本抜きとった。「お心遣いに感謝する。あんたが帰ったあと、連中が煙草の火を貸してくれたらいいんだが」

わたしはマッチに火をつけて、さしだした。炎がセンの唇の傷と血を照らしだす。

「その顔はどうしたんだ」

「これか?」センは開かなくなった目を指さした。「ここにいるあんたのお友達に、供述書にサインしろとしつこくせがまれてな」

「サインしたのか」

センは首を振った。「いいや。連中は一時間ほどで諦めた。いま考えたら、最初から是が非でもといった感じじゃなかった。そんなものはかならずしも必要ないということかもしれない。いや、実際に必要ないんだろう」

「いくつか悪い知らせがある。刑は水曜日の朝六時に執行される」わたしは言って、その言葉がセンの心に染みこむのを待った。「弁護士に頼んで上訴したほうがいい」

「素晴らしい考えだ、警部。弁護士に連絡をとることができればの話だが」

とつぜんバネルジーが口をはさんだ。「弁護士をかえればいい。インド人の弁護士だっている。弁護を引き受けてくれる一流の法廷弁護士は何人もいるはずだ。なんといっても、昨日あんなことがあったあとだから」

センは訝しげにバネルジーを見つめた。どうやらウィリアム要塞の監房は政府の報道管制が機能している場所のひとつらしい。わたしはアムリットサルで何が起きたかを説明した。努めて穏やかな言い方をするようにしたが、それでも当局の公式見解のような隠蔽や取り繕いはしなかった。もっとも、隣にいるバネルジーは物足りなく思っているにちがいないが。

センは訊いた。「武装していない民間人を？」

「おそらく」

「それに対する国民の反応は？」

「国中のいたるところから暴動の報告が届いている。きみが望んでいる非暴力運動はすぐには実現しそうもない」

センは首を振った。「悲劇だ。インド人にとっても、イギリス人にとっても。それは非暴力主義の必要性をさらに高めることになる。ダイヤー将軍の行動は弱さの証しだ。恐怖に衝き動かされたんだ。われわれはそのような人物と正面から向かいあい、変化を恐れることはないということを示さなければならない」

沈黙が垂れこめ、センは煙草を喫った。

わたしは言った。「ほかにも訊いておかねばならないことがある」

「というと？」

「土曜日の夜に銀行襲撃事件があった。ダージリン・メールの列車襲撃と関連があるんじゃないかとわたしは考えている。犯人は奪った金で武器を購入し、テロを起こそうとしているのかもしれない。アムリットサルであのようなことがあったからには、ひとつのテロ攻撃でも、国全体が混乱に巻きこまれ、手に負えない事態になる可能性がある。そうなったら、何千人という無辜の民が命を落とすことになる。きみが非暴力について語ったことを本当に信じているなら、事件にかかわっている可能性のある人物について知っていることを何でもいいから教えてもらいたい。わたしのためじゃなく、きみ自身の良心のために」

センはくすっと笑った。

「わたしの良心？　あんたはわたしの罪を許しにきた司祭なのか。お忘れのようだが、わたしはキリスト教徒じゃない。わたしの罪はカルマの一部であり、カルマの掟《おきて》は赦免を認めていない。決められた定めから逃れることはできい」

「わたしはただ流血の惨事を避けるために力を貸してもらいたいと言っているだけだ。いまも武装闘争を標榜している者の名前とか」

センは首を振った。「すまない、警部。それはできない。連中が公正な裁判を受けられるのであれば話は別だが、いかんせんこの状況では……」手を傷だらけの自分の顔に向けて、「無理なことはおたがいよくわかっているはずだ。わたしがここで何か言えば、彼らはそのせいで死刑になる。主義主張に隔たりができたからといって、以前の同志をそのような目にあわせるのは許されないことだ」

「外国人ならどうだ。外国人が自分たちの政治的な目的のためにこのような暴力行為を煽っているとしたら」

センは学生に講義している教授のような口調で言った。「以前はあんたたちの新聞によく叩かれたものだよ。われわれはそのときどきの外国の敵対勢力に金で雇われているってな。あるときはドイツ皇帝であったり、またあるときはボルシェビキだったり。これだけははっきりと言っておくが、わたしも、ほかの愛国者も、母なるインド以外の国のために行動したことは一度もない。外国からの支援を受けたことはあるかもしれないが、彼らの手先となって動いたことは一度もない。立場が逆なら、あんたたちも同じことをしていたはずだ。あんたたちイギリス人がよく言うように、結局のところ敵の敵は友なんだから」

そこまで言うと、センはいたずらっぽく微笑み、それから手をさしだした。面会は終わりということだ。センは運命を受けいれている。じつのところ、殉教者として死ぬことをひそかに得たり賢しと考えているのかもしれない。いまようやくわかりかけてきたことだが、これがベンガル魂というものかもしれない。理不尽ではあるが栄光に満ちた殉教以上に、不正と闘ってきた人生の締めくくりにふさわしいものはないということだろう。その死は故人の遺志を継ぐ者を多く生みだすにちがいない。

わたしはセンの手を取り、固く握った。

ラル・バザールへはすんなり帰ることができた。また軍の車をヒッチハイクしたのだが、このときとまってくれたのは士官用の車両だった。通りは驚くほど静かで、日曜日と思ってもおかしくないくらいだった。そう思わなかったのは、通りの角ごとに砂嚢が積みあげられ、重武装の兵士が立っていたからだ。

車に乗りこんでからは、ほとんど何もしゃべらなかった。わたしは思案にふけっていたし、バネルジーは普段から口数が少ない。

先に口を開いたのはわたしだった。「もう一度バカンに会う必要がある」

バネルジーは意外そうな顔をした。「あらためて話を聞くということですか」

「問いつめると言ったほうがいいかもしれない」

「何を問いつめるんです。証拠は何もありません。あるのは仮説だけです。唯一の目撃者は死んでしまいました」

たしかにそのとおりだ。証拠は何もない。年老いた牧師がかかわりを指摘し、軽蔑の念をあらわにしただけだ。けれども、わたしの手元には、それ以外のカードはない。カードを切るしかない。

「いまどこにいるか調べてくれ。できるだけ早く会いたい」

一時間後、バネルジーがオフィスのドアをノックした。その顔を見るかぎり、どうやらまた悪い知らせのようだ。もちろん、それは単なる思いすごしかもしれない。いつもそのような顔をしているので、いつもそう思うのだ。

「バカンと連絡がつきません」

「セランポールにいないのか」

「ええ。いまどこにいるか秘書も知らないそうです。今日セランポールに戻ってくることになっていたんですが、どこかで足止めを食っているようです。なにしろ国全体がこのような状態ですので。明日の朝までには戻ってくるだろうと言っていました。でも、明日も北へ向かう道路は封鎖されているし、列車も動いていないはずです。セランポールに行く手段は船しかありません」

「厄介な話だ。イギリスなら、どこにでも数時間で行ける。戦時下のフランスでも、もっと簡単にどこへでも行けた。たとえ三百万のドイツ兵に邪魔だてされたとしても。

「いいだろう。明日の朝そこへ行こう。船の手配をしておいてくれ」

「わかりました」

「ほかには？」

「もうひとつあります。企業登記局から連絡がありました。カルカッタとラングーンで登録されている企業の株主リストのなかに、スティーヴンズの名前はありませんでした……でも、妻の名前はありました」

「続けてくれ」

「ビルマのマンダレーの近くのゴム農園の大株主です。そのことがあきらかになったのは、スティーヴンズが総務部長として登録されていたからです。収支報告書を調べてみたところ、経営状態はかんばしくないようです。複数の銀行に大きな負債を抱えています。筆頭はベンガル・ビルマ銀行です」

背筋がぴんと伸びた。

俄然スティーヴンズに興味が湧いてきた。妻はゴム農園を所有し、銀行に大きな負債を抱えている。アニーの話だと、ビルマからの輸入品にかかる関税をめぐってマコーリーと口論をしていた。これで動機があきらかになった。金――犯罪の三大動機のうちのひとつだ。残りは性と権力。今回の事件には三つの動機のすべてが絡んでいる。最初は権力、それも最大規模の権力が絡んでいると思っていた。国を統治する者を変えるための殺人というわけだ。だが、センはほどなく容疑者のリストから消え、焦点は性に移った。バカンが娼婦を斡旋していた疑いが持ちあがったからだ。そして、いまは新たな動機が俎上《そじょう》に乗った。スティーヴンズの金銭問題だ。事態は混迷の度をますます深めつつある。

わたしは立ちあがり、帽子を取った。「行こう。ライターズ館へ」

31

「忙しいことはわかっている、ミス・グラント。どうしても会いたいんだ」

わたしの口調はことさらぶっきら棒になっていた。ひとつにはバネルジーの手前があったからであり、もうひとつには人力車の車夫の履き物のようにくたびれきっていたからだ。

アニー・グラントも疲れているように見えた。この日のライターズ館にはラル・バザールと同じくらいわさわさした空気が漂っていた。

「承知しました。訊いてきます、警部」アニーは立ちあがって部屋から出ていき、数分後に戻ってきた。

「お会いになるそうです」アニーはバネルジーに向か

って言った。なんだかあてつけられているようで、わたしは胸がきりきり痛むのを感じた。理由はよくわからないが、心理分析はいまでなくてもいい。

　執務室に入ると、このときは完全にスティーヴンズの部屋になっていた。マコーリーの痕跡はもうどこにもない。

「手早くすませてください、警部」スティーヴンズは机の向こうから言った。「なにかと大変なんです。午前中はずっと副総督の側近たちと鳩首《きゅうしゅ》協議で、二十分後には――」

「マコーリーを殺したのはあなたですか」

ペンが机に落ち、床に転がった。

「なんですって」

「アレグザンダー・マコーリーを殺したのはあなたかと訊いたんです」

「ふざけないでください」スティーヴンズは椅子から立ちあがっていた。「昇進のために殺したというんですか」

「いいえ。金のためだと思っています」

　スティーヴンズは笑った。「本気ですか、警部。昇進して給料をあげてもらうために殺したというんですか」

「ビルマでのあなたの事業のことも、財政状況がおもわしくないこともわかっているんです」

　顔を引っぱたかれたように急に笑みが消えた。

「あなたは天然ゴムの輸入関税を撤廃させたかったんじゃありませんか。このままでは、あなたたちのゴム農園は早晩立ちゆかなくなる。でも、マコーリーは聞きいれなかった。それで、コッシポールまであとをつけていき、殺害した。あなたはすでに関税法の見直しを検討しはじめているはずです」

　スティーヴンズはふたたび椅子に腰をおろした。

「アレクザンダー・マコーリーのことを少し話させてください。あの男は悪党です。わたしへの面《つら》当てのためにあのような関税をかけることを決めたんです。ラングーンからここにやってきたとき、あの男には気をつけるようにと多くのひとから言われていました。でも、わたしは愚かにも聞く耳を持たなかった。あのときは妻がゴム農園を相続したばかりでしてね。折りからの戦争特需で、経営状態はひじょうによく、金に不自由はしていませんでした。カルカッタでの生活は楽しく、マコーリーはとても気さくな人物のように見えた。それになんといっても、わたしの上司です。親しくなっても損はなかろうと思って、個人的に付きあうようになったんです。ところが、ある夜、クラブに誘われたときのことです。わたしが酔っぱらうと、マコーリーは急に歯の浮くようなお世辞を並べはじめました。そして、公務員の給料でよくあれだけの暮らしができるなと水を向けた。それで、つい口が滑って、ゴム農園のことを話し、金のなる木と結婚したようなものだという話をしたんです。マコーリーがあの忌々しい輸入関税法の策定に取りかかったのは、それから半年後のことです。通常の関税法の理屈から言っても、まったくおかしな話です。インドには生産量を遥かに上まわる天然ゴムの需要がある。ビルマはそもそも外国じゃない。大英帝国の一州です。もちろん、それによって痛手をこうむった業者は大勢います。でも、それがわたしを標的にしたものであることは間違いありません」

　指摘はしなかったが、マコーリーがそういった差配をした理由はほかにもある。それはインドにゴム農園を所有しているバカンの要請があったからだ。ビルマの天然ゴムに課せられた関税のおかげで、インド産の天然ゴムは莫大な利益をあげることができたにちがいない。スティーヴンズに対する意趣返しというより、そっちのほうが可能性は高い。マコーリーは普段からバカンにその種の便宜をはかっていたのだ。だが、そういったことは、ここでは論点とはならない。問題は、スティーヴンズが関税法を変えるためにマコーリーを殺したかどうかだ。

「先週の火曜日の午後十一時から水曜日の午前七時にかけて、あなたはどこにいましたか」

「自宅です」

「そのことを裏づけてくれる者は？」

「妻と数人の使用人がいます」スティーヴンズは白いハンカチで額の汗を拭った。「いいですか。あなたが言ったとおり、わたしはあの男の死を悼んでいないし、あの噴飯《ふんぱん》ものの関税は可及的すみやかに撤廃しなきゃならないと思っています。でも、誓ってもいい。わたしはマコーリーを殺していない」

「いいでしょう、ミスター・スティーヴンズ。われわれはあなたの話の裏をとらなければなりません。そのあいだ、どこにも行かないようにしてください」

32

アムリットサルでの出来事がその日の夕刊紙を賑わせることはなかったが、それはそんなに大きな問題ではない。ニュースはウイルスのように広まり、確たる事実はなくても、空白は噂や憶測によってすぐに埋められる。それはカルカッタの市民を等しく震撼させた。白人もインド人も、さらにはロイヤル・ベルヴェデーレ・ゲストハウスの住人も例外ではない。その夜のゲストハウスの食事室には、試合のあとのボクシング会場に似て、称賛の念と敵意に満ちた熱気があった。パンジャブの救世主であり、イギリスのインド支配の守護神である勇敢なダイヤー将軍を讃えるために、祝杯があげられた。

わたしは話の輪に加わる気になれず、食欲も起きなかった。あいにくなことに、モルヒネの錠剤はもうない。言わずもがなのことが口をついて出てくるまえに、席を離れたほうがいい。それで、挨拶もそこそこに食事室を出て、廊下を進み、階段の下まで行ったとき、そこでつと足がとまった。テビット夫人の手料理を食べる気はしないが、腹はすいている。アニーを誘って軽い食事をとるというのも悪くない。そう思って、踵《きびす》をかえし、玄関のドアのほうへ向かいかけた。

「お出かけですか、警部」背後から声をかけられた。バーンだった。階段をおりてきつつある。「気持ちはわかりますよ。食事室でのおしゃべりにはうんざりさせられることがしばしばあります」

バーンはにやにや笑っている。

「ずいぶん上機嫌のようですね、ミスター・バーン」

「ええ。よく気がつきましたね。お話ししていた大口の商談がまとまったんですよ。あとは細かい事務手続きが残っているだけです。明日には全部片づけて、新天地へ向かう予定です。カルカッタは好きな街なんですが、ひとところに長居すると、無性にどこかへ行きたくて、うずうずしてくるんです。あなたはどうです。夜のこんな時間にどこへお出かけなんです」

「仕事が残ってましてね」わたしは口から出まかせを言った。

「なるほど。センの一件ですね。自白を引きだせそうですか」

「たぶん無理でしょう」

「それは意外だな。新聞で読んだかぎりでは、ああいった連中は自分のやったことを自慢げに語るものです。自分の行為を気高いものと思っているのだから。でも、それがベンガル人というものです。骨の髄《ずい》まで革命家なんです。センも例外ではありません。金属縁の眼鏡をかけ、ヤギ髭をたくわえ、褐色のレオン・トロツキーよろしく通りを闊歩《かっぽ》しているんです」

「そろそろ行かなくては」

「わかっています、警部」バーンは言って、玄関まで見送ってくれた。「では、お気をつけて」

わたしはドアを閉め、通りの角まで歩いていった。ありがたいことに、人力車の車夫は持ち場に戻っていた。声をかけると、サルマンが顔をあげ、一呼吸おいてから渋々といった感じで人力車を引いてきた。

そして、わざと目をあわせないようにして言った。

「なんでしょう、サーヒブ」

「ボウ・バラックスへ行きたいんだ。連れていってくれるか」

サルマンは手洟《てばな》をかみ、腰布を折ったところで手を拭った。それから、ゆっくりうなずくと、人力車を下におろした。

静まりかえった通りを黙々と走る人力車のなかで、わたしはセンのことを考えた。たしかにセンはレオン・トロツキーによく似ている――

「とめてくれ、サルマン！」わたしは叫んだ。「行先を変える。ラル・バザールへ。急いでくれ！」

サルマンに待っているよう言って、建物のなかに入り、オフィスに駆けあがる。そこで電話をかけ、交換手が出ると、ウィリアム要塞へつないでもらう。

「ドーソン大佐に話したいことがある」

返事をしたのはミス・ブレイスウェイトだった。

「大佐はただいま席をはずしております」

むかっとして、つい品のない言葉を口走ってしまった。品のいいミス・ブレイスウェイトはそのような言葉をこれまで一度も聞いたことがないにちがいない。たとえ聞いたことがあったとしても、聞いたとは決して認めないだろう。もしかしたらショックを受けたかもしれないが、声にはなんの変化もない。心の内をひとにあかさないのは、秘密警察の秘書が真っ先に身につけるスキルにちがいない。

「ほかに何かございますか、警部」

「大佐はいまどこにいるか教えてもらいたい」

「申しわけありませんが、そのような情報を開示することは許されていませんので」

「どうしても話したいことがあるんだ」

「おわかりいただけると思いますが、警部、今夜は特に多忙をきわめておりまして」

　言い争っても無駄だ。「わたしから電話があったと大佐に伝えてくれ。できるだけ早く連絡をもらいたい。急を要する問題なんだ」

　電話を切ると、床板のニスを擦り減らしながら、ドーソンからの連絡を待った。だが、四十五分たっても、電話はかかってこない。何もしないで突っ立っているのは、わたしの得意とするところではない。空腹のせいもあって、待ち疲れはすでに極点に達している。この調子だと、ドーソンから連絡があったときには、眠りこんでいて、電話に出られなくなる恐れもある。それであえて小休止をとることにした。アニーと軽い食事をとり、空腹を満たし、一時間ほどでここに戻ってきて、それから連絡を待てばいい。

　わたしはサルマンが待っている中庭へ戻った。

「ゲストハウスまでですか、サーヒブ」

「いや、ボウ・バラックスへ」

　通りにはほとんど人影がなく、時間はいくらもかからなかった。人力車はアニーの住まいがある古びた灰色の建物の前でとまった。二階には外階段からあがれるようになっていて、どちらの階にも、分厚い木のドアがいくつも並んでいる。

　わたしは階段をあがり、先日アニーが入っていった部屋のドアをノックした。いまになって思えば、花束か何かを持ってくるべきだった。それが紳士たる者の嗜《たしな》みというものだ。けれども、今回は幸いなことに言いわけがきく。こんな時間に開いている花屋はいくらもない。ましてやいまは暴動のさなかだ。店が開くのは、そのあと花輪の注文が増えはじめてからだろう。

二十歳くらいの痩せた娘がドアをあけた。イギリス人とインド人の混血で、黒い髪をカーラーで巻きあげている。

「何かご用かしら」

「アニー・グラントはいますか」

娘は魚の鮮度を見定めるようにわたしを上から下まで睨《ね》めまわした。「あなたは？」

わたしは敵兵に捕まって尋問されたときに答えるように名前と職業を告げた。娘は目を大きく見開いた。

「まあ！　じゃ、あなたがウィンダム警部なのね」娘は微笑み、それからまたきりっとした顔つきに戻った。

「あいにくですが、アニーはまだ帰ってきていません」

「街の半分が厳戒態勢下にあるというのに？」

「ご心配なく。二、三時間したら帰ってくるはずです」

その口ぶりからすると、アニーがこの時間に家に帰っていないのは珍しくないようだ。無理もない。アニーはとびきり美しい娘だ。ほかの男たちもそう思っている。自分がアニーを夕食に誘ったはじめての男でないのはたしかだ。今月はちがうと言うこともできない。気になるのは、この街がこんな状態になっているのに、アニーの身を案じることはないと娘が確信を持って言っていることだ。それでも、アニーがどこに誰といっしょにいるのかを訊く気はしない。訊くかわりに、わたしはおやすみの挨拶をした。

今夜は何もかも思いどおりにはいかない。わたしのために時間を割いてくれる者は誰もいない。ラル・バザールに引きかえして、再度ドーソンに連絡をとってみようと一瞬思ったが、無駄骨に終わることはわかっている。向こうから連絡が入るのを待つしかない。

わたしは振り向いて、お菓子を横取りされた子供のような気分でゆっくり階段をおりた。サルマンはわたしがすぐ戻ってきたので、おやっという顔をしていた。

「ゲストハウスに戻りますか、サーヒブ」

「ああ」わたしは言い、それからふと思いついた。「いや、待ってくれ。ティレッタ・バザールに連れていってくれ」

　阿片窟は暴動の煽りを受けていないみたいだった。このまえの小太りの中国人がドアをあけ、さげすむような一瞥をくれてから、なかに入れてくれた。それでも、それはその夜わたしが受けたいちばんの厚遇だった。男のあとについて階段をおり、そこで少し待ってから、このまえの娘に案内され、寝台の上でパイプに火をつけてもらった。目をつむって、煙を吸いこむ。種々の映像が頭をよぎりはじめる。がらんとした通りのどこかにいるアニー、ウィリアム要塞の地下の監房に収容されているセン、コッシポールで首を吊って死んでいるデーヴィー、遠く離れた街で起きた無辜の人々の大虐殺、川の上流の宮殿で、アメリカ人の顧客にインド人娼婦をあてがう白いマハラジャ。

　数時間して目が覚めた。腕時計は夜の十二時をさしているが、時間はわからない。身体を起こす。まわりには誰もいない。よろけながら立ちあがり、階段をあがって、裏通りに出た。息を深く一吸いし、それからサルマンの姿を探す。見あたらない。後ろから物音が聞こえたので、振り向くと、男がふたり近づいてくる。インド人だ。労務者風の服装。インド人はたいてい痩せているが、このふたりはがっしりとした身体つきをしていて、いかにも腕っぷしが強そうに見える。わたしがじっと見つめると、ふたりはすぐに目をそらした。無理やり素知らぬふりをしているようだ。どこかで見たことがあるような気がするが、思いだせない。

　わたしは向きを変え、反対方向へ歩きはじめた。あと数ヤード進めば、裏通りを抜け、比較的安全な表通りに出られる。背後から男たちが駆けはじめる音が聞こえた。振りかえったとき、ふたりが襲いかかってくるのが見えた。一対二だが、関係ない。実際のところ、誰かを殴りたくて仕方がない気分だった。まずは男のひとりの側頭部へ右フックを見舞った。鬱憤を晴らすために渾身《こんしん》の力をこめたつもりだが、結果的には壁を殴ったようなものだった。だが、次の瞬間には手の痛みを忘れていた。もうひとりの男のパンチがわたしの傷ついた左腕を直撃したのだ。涙が出た。まぐれかもしれないが、わざとそこを狙ったのかもしれない。だが、そんなことをそれ以上考えている暇はなかった。今度は腹をしたたか殴られ、息ができなくなった。あえぎながら身体をふたつに折ったとき、頭を狙われた。鈍い音がし、世界が半回転する。身体が地面に叩きつけられる。血の味がする。脇腹にブーツの蹴りが入る。目をつむり、なんとか気を失わないようにしようと努めたが、そんなことをしても意味がないことは自分でもよくわかっていた。と、どこからか鈴の音が聞こえた。小さな鈴の音だ。チリン。最初にひとつ鳴り、それからいくつも鳴った。そして、声。大きな怒鳴り声。顔をあげたとき、暴漢たちが振り向いて走り去るのが見えた。

　身体を引っぱりあげられる。ふたりの男が肩に腕をまわして運び、人力車の横にそっとおろしてくれる。顔をあげると、サルマンがいた。わたしは血を吐きだし、シャツの袖で口もとを拭った。だが、言葉は出てこない。サルマンはどこからかブリキの小さな酒瓶を取りだすと、蓋をはずして、中身を口に含ませてくれた。エチルアルコールのようなひどい味の安酒だ。むせて、吐きだしそうになった。喉が焼けそうだ。

「だいじょうぶですか、サーヒブ」

　サルマンも酒を一口飲み、それからわたしを抱え起こしてくれた。残念ながら脚が言うことを聞かず、また倒れそうになった。サルマンはその身体を抱きとめ、人力車の席にすわらせてくれたが、そのとき脇腹に鋭い痛みが走り、また目をつむることになった。

気がついたとき、人力車はしんと静まりかえった通りを走っていた。この街並みには見覚えがある。

「どこへ行こうとしているんだ」

「病院です、サーヒブ」サルマンは猛スピードで人力車を引きながら言った。

「いや、病院はまずい」

病院に行けば、善良すぎるほど善良な医師にいろいろ厄介なことを訊かれる。こんな時間にティレッタ・バザールで何をしていたんですか。よりにもよってこんな日の夜に。どんな言いわけをしても、信じてはもらえない。阿片窟にいたことぐらい誰だってわかる。どんな話がどこの誰に伝わらないともかぎらない。帝国警察の阿片に対する取り組み方はよく知らないが、少なくとも積極的に活用を薦めていないのはたしかだ。

「ゲストハウスに戻りますか」サルマンは訊いた。

病院よりもっとひどい場所があるとしたら、それはゲストハウスだ。貴重なペルシャ絨毯を血で汚したときのテビット夫人の顔が頭に浮かぶ。それなら、先ほどの暴漢といっしょにいたほうがまだいい。

わたしは答えた。「いいや」

「では、どちらへ、サーヒブ」

「さあ……」

目を閉じると、すぐまた意識を失った。気がつくと、人力車はとまっていて、サルマンに身体を揺さぶられていた。そこはアニーの家の前だった。二階に明かりがひとつ灯り、戸口に人影が見えた。

「着きましたよ、サーヒブ」

わたしはサルマンの手を借りて人力車からおり、階段をあがった。

「まあ、サム。いったい何があったの？」アニーは言って、わたしの顔にそっと手を触れた。

「また象から落ちたんだ」

「象があなたの上に落っこちてきたみたいだけど」

「そうだったかもしれない」

「入ってちょうだい。怪我の手当てをしなきゃ」


廊下には、先ほどの同居人もいた。やはり気むずかしげな顔で、若き日のテビット夫人よろしく腕組みをし、唇を固く引き結んでいる。髪を巻いたカーラーのひとつが緩んでいて、そこから逃げだそうとしているように見える。だとしたら、気持ちはわかる。

アニーはわたしを小さなバスルームに連れていき、そこでシャツを脱がしてくれた。そのとき、腕の傷口にあやまって手が当たったので、わたしは顔をしかめた。


アニーは憐《あわ》れむような目をした。「怪我をしていないところがどこかにある？」

「唇」


アニーは笑って、大きな琺瑯の水差しから水を洗面器に注ぐと、頭についた血をタオルで拭きとりはじめた。それからバスルームを出て、にわかづくりの包帯を持って戻ってきた。

「そこまですることはないと思うんだけど」

「今夜はわたしの言うとおりにしてちょうだい、ウィンダム警部。どうしてもというなら、明日の朝取ればいい」

「そんなにゆっくりしていられない。戻らなくちゃいけないんだ」

「駄目よ。わたしがいいと言うまでここにいて」


言い争う気がふいに失せた。アニーはわたしの手を取り、自分の部屋に連れていった。

「さあ。何があったか本当のことを話してちょうだい」

「たまたま出くわした男たちと一揉めしたんだ」わたしは言って、ベッドに倒れこんだ。「詳しい話は明日の朝する」

33

一九一九年四月十五日　火曜日

目を覚ましたとき、目の奥に激痛を感じた。アニーは隣で眠っている。その姿を見ていると、痛みが心なしか和らいでくる。

　鎧戸の隙間から暁光《ぎょうこう》がさしこんでいる。アニーを起こさないよう、そして自分自身の傷だらけの身体に痛みが走らないよう、ゆっくり起きあがる。部屋の隅に置かれた木の化粧台の上に、楕円形の大きな鏡が置かれている。よろけながらそこまで歩いていき、怪我の具合をチェックする。頭の包帯はターバンのように何重にも巻かれ、シク教徒のように見える。ゆっくり包帯を取る。右のこめかみは紫色になり、赤黒い切れ目が走っている。脇腹には、ブーツのかたちをした大きな痣ができている。恐る恐る後頭部に手をやる。痛い。そこにはクリケットの球ほどの大きさのコブができている。あまりいい朝ではないが、もっと悪い朝はいくらでもある。ベッドに腰かけたとき、アニーが目を覚ました。

「なんとか夜を乗りきることができたみたいね」

　わたしはアニーの顔にかかった髪をゆっくり払いのけた。「きみのおかげだよ」

「お礼を言うのは、わたしじゃなくて、人力車の車夫よ。あなたをここまで連れてきてくれたんだから。ゆうべ何があったか話す気になった？」

「襲われたんだ。二人組の男に殴る蹴るの暴行を受けたことは覚えている。それから先のことははっきりしない。おかしな話かもしれないけど、鈴の音が聞こえたような気がする。そのあと、サルマンと仲間の車夫に肩を抱えられて、人力車まで連れていかれた」

アニーは笑った。「それは実際に鈴の音だったのよ。人力車の車夫はみんな持っている。あなたも見たことがあるはずよ。行く手を遮るひとがいるとき、それを鳴らすの。要するに、自転車のベルのようなものね。厄介ごとが起きたとき、仲間を呼び寄せるために鳴らすこともある」

「警官の呼び子のようなものだね」

「そう言ってもいい。人力車の車夫は、その身に何かあっても、誰にも助けてもらえない。だから、おたがいに気をつけあってるのよ。あなたのそのありさまからすると、サルマンと仲間の車夫はぎりぎりのところで間にあったみたいね。誰に襲われたか心当たりはある？」

街のチンピラだろうとわたしは答えた。たしかにそうかもしれない。アムリットサルでの出来事のあと、街には怒りが渦を巻いている。たぶん運が悪かっただけだろう。まずいときにまずい場所にいあわせたというだけのことだろう。だが、別の可能性もある。相手は誰でもよかったわけではないかもしれない。インド人はたいてい痩せているが、あのふたりは立派な体格をしていた。でなかったら、こんなにひどいやられ方はしていなかっただろう。それに、あの靴。靴底に鋲《びょう》が打ちつけられたブーツを履いて歩いている者が、カルカッタの街にいったい何人いるだろう。あの栄養状態とあの靴を考えたら、市井《しせい》の徒のようには見えない。もしあれがわたしと知っての襲撃だったとしたら、誰が、なんの目的で？

センの逮捕に憤りを覚えている分離独立派の仕業か。なんといっても、わたしは新聞に名前が出た警察官なのだ。それとも、マコーリーを殺した者の仕業か。わたしが真実に近づきつつあることを恐れてのことかもしれない。だが、その仮説には難がある。昨夜、わたしが阿片窟に行くことを知っていた者は誰もいない。

以前から決めていたことでもない。その場でふと思いついて行ったのだ。ということは、昨夜ゲストハウスを出たときから、誰かに尾《つ》けられていたということか。だが、そんな気配はまったくなかった。少なくとも筋骨隆々のふたりのインド人には尾けられていない。としたら、それはしかるべき訓練を受けた者の仕業ということになる。そのようなことができる組織は、わたしが知るかぎりひとつしかない。H機関だ。

わたしはH機関にことさらに好かれているわけではない。もしかしたら、それはドーソン大佐からのメッセージかもしれない。あのふたりの身体つきはいかにも軍人然としている。わたしの腕の傷のことも知っていたにちがいない。そして、いまは阿片窟のことも知っている。報告書はすでにドーソンの机の上に置かれているかもしれない。だが、誰がやったにせよ、動機がなんであろうと、アニーのベッドの上で答えを見つけだすことはできない。残念なことに。

ドーソンのことを考えているうちに、思いだした。一刻も早くドーソンと会って話をしなければならない。わたしは立ちあがり、痛いところを刺激しないよう気をつけながら、できるだけ早くシャツを着た。

「まさか行くんじゃないでしょうね。まだ五時半にもなってないのに」

「行かなきゃならないんだ」

「朝食をつくるから、それまで待ってちょうだい」

「ありがとう。でも、時間がないんだ」

五分後、アニーが用意してくれたロールパン二個を持って、おぼつかない足どりで階段をおりた。サルマンは人力車の横に敷いたマットの上で眠っていたが、わたしが近づいていくと、目を覚まし、欠伸《あくび》と伸びをして、立ちあがった。わたしはその肩に手をかけ、ロールパンをひとつさしだした。サルマンは礼を言って、それを人力車の座席の下にある箱にしまった。そして、そこからガラスの瓶を取りだすと、蓋をあけ、瓶から唇を少し離して水を口に流しこんだ。その水でうがいをして、道端の溝《どぶ》に吐きだし、それからようやく振りかえって、微笑んだ。

「どちらまで、サーヒブ」

「ラル・バザールへ」

通りは静かだった。検問所はいまもあちこちに設けられているが、そこに立っているインド人兵士はみな寝ぼけまなこだ。ラル・バザールも同様で、前日のあわただしさは消え失せ、亜大陸の半分を管轄《かんかつ》する警察業務の中心地というより、片田舎の出先機関のような雰囲気に包まれている。

机の上にメモはなかった。わたしがドーソン大佐の秘書に電話をしてから十時間のうちに連絡があったかどうかはわからない。気にしても仕方がない。いずれにせよ、まだ朝の六時なのだ。とはいえ、ドーソンはオフィスになんの連絡もとらずに何時間も外出しているようなタイプの人間ではない。

自分はいま何をしようとしているのか。昨夜はいろいろなことがあったが、いいことはあまりなかった。そのなかには、いまも自分の心と身体に深い爪あとを残しているものもある。ドーソンとその部下がそこにどのようなかかわり方をしたかはわからない。それでも、わたしは帝国警察の一員であり、個人的な感情がどうであれ、自分には果たすべき義務がある。

受話器を取り、ウィリアム要塞にもう一度電話をかけると、このときは別の秘書が出た。それからドーソンにつながるまでに少し時間がかかった。自宅のほうにまわされたにちがいない。

「ご用件は、ウィンダム警部？　お手伝いできることがあれば、なんなりとおっしゃってください」ドーソンは言った。構えてはいるが、わたしの声を聞いても驚きの色は表にあらわれていない。昨夜のわたしのメッセージを受けとったかどうかという点についても、なんの言及もない。いまとなってはどうでもいいことだが。

「至急、監視要員を派遣していただくことは可能でしょうか」

「もちろん」

「としたら、お手伝いできるのはわたしのほうかもしれません」

話は五分ほど続いた。本当ならそんなに時間はかからなかったはずだが、コナでのあのような出来事のあと、どうしてわたしを信用できるのかと、ドーソンにしつこく問いただされたからだ。もちろん、わたしも同じことを問いただすことはできたが、あえて言葉にはしなかった。結局こうなった――ドーソンは必要な捜査をし、わたしはそれに干渉しない。捜査の進捗状況は適時報告する。わたしは期待しないで待つ。

受話器を置くと、ディグビーとバネルジーを探しにいった。ディグビーのオフィスには誰もいなかったので、下級刑事の詰め所へ向かった。こんな時間なので当直の刑事以外に人影はほとんどなく、部屋はがらんとしている。バネルジーの机の脇を通りすぎようとしたとき、その下から茶色い細い二本の脚が突きでていることに気づいた。バネルジーも襲われ、殺されたのかと一瞬あせった。だが、考えたら、笑止の沙汰だ。警察署で刑事を殺して、死体を机の下に隠す者などいるわけがない。昨夜、あの二人組に頭を殴られた影響が出ているのかもしれない。いずれにせよ、ばかげている。いびきをかいて眠っているのに、死んでいると考えるなんて。

「部長刑事」わたしは必要以上に大きな声で言った。

バネルジーはびっくりして目を覚まし、起きあがった拍子に机の下に頭を打ちつけた。通常なら他人の不幸を喜んだりはしないが、このときは頭に傷を負った連れがいることを嬉しく思わずにはいられなかった。

バネルジーはカーキ色の半ズボンにランニングシャツという格好で机の下から這いだし、頭をさすりながら立ちあがると、思いだしたように敬礼をした。わたしの傷だらけの顔を見てショックを受けたようだが、口はばったいと思ったらしく、あえて何も言いはしなかった。苦力《クーリー》のような格好でオフィスをうろつかないようと注意しようかと思ったが、自分だってそんなに褒められた格好をしているわけではない。そのかわり、机の下で何をしていたのかと尋ねた。

「寝ていたんです」

「そんなことはわかっている。どうしてなんだ」

「考えていることが受けいれられなかったということです」

「もうちょっと具体的に、部長刑事」

「警察を辞めないことにしたと言ったので、口論になり、家を出ざるをえなくなったんです」

「両親に家から追いだされたということか」

「まあ、そうです」

「それで、行くあては？」

「思いつくかぎりどこもありません」

「お兄さんのところは？　カルカッタに住んでるんだろ」

「そうですが、ここ数年は口をきいたこともないんです。あまりうまくいってなくて……」

「性格があわないってことか」

「いいえ、そうじゃありません。性格はあうんです。むしろそれが問題なんです」

「まあいい。いずれにせよ、いつまでも机の下で寝泊りするわけにはいかん。何かいい案はないか、あとで考えてみよう。いまはそれどころじゃない。デーヴィーの検死はどうなっているか教えてくれ」

「今日の午後、行なわれる予定になっています」

「ボース夫人は？」

「昨夜、女性用の留置場に収容されました」

「スティーヴンズのアリバイについては？　何かわかったことは？」

「妻もメイドも門番も、事件当夜たしかに家にいたと口を揃えています。必要とあらば、メイドと門番をここに連れてきて、あらためて話を聞くこともできると思います」

「あとでいい。いまはまず身だしなみを整えろ。それから、セランポールに電話をかけて、バカンがいつ戻るか訊いてくれ」

　バネルジーはわたしを見つめた。まるで動物園のトラの檻のなかで茶会を開く段取りを命じられたような顔をしている。

「選択の余地はない。デーヴィーはいないし、デーヴィーが事件のことを話したという男も見つからないとしたら、事件当夜、マコーリーが何に心をわずらわせていたかを知るすべはない。そこにバカンがかかわっていることはわかっている。揺さぶりをかけても損はしない」

「だいじょうぶでしょうか。バカンは財界の大立物です。証拠もなく迂《う》闊《かつ》なことをしたら、とんでもないしっぺ返しを食うことになるかもしれません」

　バカンであれ誰であれ、これ以上どうやって事態を悪化させることができるというのか。

「ここ数日のあいだに、わたしは襲われ、撃たれ、ゲストハウスの女主人に毒殺されそうになったんだ。バカンがそれ以上のことをしようとするのなら、健闘を祈ろうじゃないか」

　バネルジーが指摘したとおり、北へ向かう道路はまだ閉鎖を解かれていなかった。カルカッタからセランポールまで移動するには、船でフーグリー川をさかのぼるしかない。それで、一時間後、急いでゲストハウスへ戻って服を着替えたあと、プリンセップ・ガートの近くにある警察専用の桟橋まで車を走らせた。バネルジーはセランポール署と桟橋《さんばし》にあらかじめ連絡を入れていて、桟橋では警察艇が待機していた。艇長はレムナントという若いイギリス人で、乗員はすべてインド人。船は小さいが、手のかけようは豪華客船なみで、デッキは隅々まで清掃が行き届き、真鍮のベルはぴかぴかに磨かれている。

潮汐《ちょうせき》のおかげで、船足は速かった。途中のニムトラで、レムナントはヒンドゥー教の火葬場《ガート》を指さした。積みあげられた薪から立ちのぼる煙が、銀色の川面にけだるげに漂っている。火葬場の階段の上には、裸の胸に聖紐《せいちゅう》をかけた僧侶が脚を組んですわり、そのまわりでは、白衣に身を包んだ人々が祈りの歌を朗誦している。

街は次第にジャングルに変わっていき、船旅は探検の様相を帯びてくる。それはわたしがかつて夢見たインドだった。キップリングやヘンリー・カニンガム卿が描いた、神秘に満ちた野生の地だった。朝靄が川面に立ちこめ、モスリンの薄衣のように川岸を覆っている。ところどころに、バニヤンの樹や民家がぼんやりと浮かびあがっている。帆かけ舟や丸木舟がのんびり行きかい、船頭が流れに長い棹《さお》をさしている。

川の東岸の靄のなかに、大寺院がぬっと現われた。高さは百フィートからあり、ぎょっとするくらい異様なかたちをしている。二層構造の白い大きな本堂、ドーム状の屋根、そのまわりに林立する尖塔。本堂の向かいには、主《あるじ》に忠誠を誓う家来のように十二の祠《ほこら》が並んでいる。壁は純白で、屋根は血のように赤い。いずれも早朝の光に燦然《さんぜん》と輝いている。

レムナントがガイド役を務めてくれた。「カーリー寺院です。カルカッタにはいくつものカーリー寺院がありますが、わたしはここのがいちばん好きです」

カーリー神への供え物が川岸から流されてくる。無数のマリーゴールド、バラの花弁、信者の祈りを運ぶ小さな灯明《とうみょう》。土手には階段がついていて、川までおりられるようになっている。

「沐浴場です。ヒンドゥー教徒はこの川に浸かることによってすべての罪が洗い流されると信じています」

「変だな」わたしは言った。「昨日、ある者から聞いたんだが、ヒンドゥー教徒は罪の許しを得られない。カルマは変えられないとのことだった」

「それがヒンドゥー教というものです。ややこしいんです。ヒンドゥー教徒でも、そのへんのことはよくわかっていないと思います」

　川の向こうに、数本の煉瓦の煙突が見えてきた。青い空に黒煙が吐きだされている。

「セランポールです」レムナントは言い、警察艇は西岸に舵を切った。ジャングルは少しずつ開けていき、大きな邸宅がぽつりぽつりと姿を現わしてくる。写真で見たサウスカロライナの綿花プランテーションの農園主の庭のように、川の向こうに手入れされた芝生がどこまでも広がっている。

　わたしは言った。「まるで別世界だね」

「たしかに。最初にこの地に入植したのはデンマーク人なんです。フーグリー川のバイキングです。そのころはちょっとした交易場として栄えていたそうですが、東インド会社が上流からの船の航行を禁止したので、使いようがなくなり、結局は捨て値で売り払わざるをえなくなった。それからはスコットランド人がこの地で幅をきかせるようになりました」

　警察艇は川岸に近づき、古びた木の桟橋に着いた。そこには大柄な刑事が立っていて、マクリーン警視と名乗った。変てこな外見の男だった。赤毛で、ヘビー級ボクサーばりの体型なのに、血色のいいピンクの肌に子供のような愛くるしい面相をしていて、顔が身体の成長に追いついていないように見える。その印象は制服によって倍加され、人一倍大柄なので、学内バンドでチューバを演奏することを求められる男子生徒のように見える。

「ようこそセランポールへ」マクリーンはスコットランド訛りで言った。べつに不思議なことではない。ダンディー出身だ。そこそこの金なら賭けてもいい。久しぶりに会う友人のようにわたしと熱のこもった握手をしたあと、続いてバネルジーともその小柄な身体を持ちあげようとしているかのような握手をした。そして、一通りの挨拶がすむと、われわれを道路脇にとめてあったサンビーム16／20に案内した。

でこぼこの未舗装道路を進みながら、マクリーンは言った。「あなたたちは運がいい、警部。ミスター・バカンは今朝カルカッタから帰ったばかりです」

「監視をつけているということでしょうか」

マクリーンは笑った「まさか。この小さくて静かな町は、ミスター・バカンを中心にまわっているんです。町から出ていくときも、帰ってくるときも、みなわさわさするので、すぐにそれとわかるんですよ」

「荘園領主といったところですね」

マクリーンは微笑んだ。「スコットランドでは地主《レアード》と呼んでいます」

車は未舗装道路を離れ、幹線道路に入った。片側には高い壁があり、反対側には鉄道線路が走っている。どこかそんなに遠くないところから、甲高い笛の音が聞こえてきた。マクリーンは腕時計に目をやった。

そして、誰にともなく言った。「勤務の交替時間です」

幹線道路をもう少し行ったところで、壁が途切れた。開け放たれた鉄のゲートから、大勢の白人とインド人が出てくる。ゲートには大きな紋章が付いていて、次のように記されている。

バカン・ジュート産業
ダンケルド工場
セランポール

ゲートの向こうには煉瓦造りの細長い建物があり、なまこ板の屋根の上の煙突からは黒煙が立ちのぼっている。その横には、大きな開口部を持つ倉庫が並び、木箱や黄麻布のリールが積みあげられている。別のところには、朝日を浴びて黄金色に輝く織物の山ができている。

「加工前のジュートです」マクリーンは言った。

数分後、車は幹線道路をはずれ、二本の高い石柱のあいだを通り抜けた。片側の石柱の上には、三頭の黒いライオンの頭が描かれた盾が、もう一方の石柱の上には、ヒマワリと太陽を取り囲む帯が描かれた盾が、それぞれ設置されている。そこから驚くほど長い車まわしを進むと、政府庁舎が炭鉱夫の小屋のように思えるくらい豪奢なバロック様式の建物が見えてきた。

「さあ、着きました。われわれはここをバカン・ハム宮殿と呼んでいます」マクリーンは言って、自分のジョークに自分で笑った。

「砂岩造りですね」

マクリーンはうなずいた。「ベンガルではほとんど採れません。主としてラージプート藩王国から運ばれてきました。でも、なかにはイギリスから船で運ばれてきたものもあります」

しばらく行ったところで、車まわしが驚くほど長かった理由がわかった。そこにある建物は、近くからだと全体が見えないくらい大きい。左右の長い翼は三階建てで、中央棟の正面にはパルテノンを嫉妬させるほど多くの円柱が並んでいる。

車は正面玄関の石段の前にとまった。石段の上にあるふたつの黒い大きなドアは、熱気に向かって開け放たれている。紺と金色の制服を着たふたりのインド人が走ってきて、車のドアをあける。陽光が糊のきいたターバンの扇状の部分に反射している。

「お手数をおかけしました。ありがとうございました」わたしはマクリーンに礼を言って、車から降りた。

「どういたしまして」マクリーンは気を悪くしているみたいだった。「なんなら、なかまでごいっしょしてもかまいませんが」

悪ぎはなさそうだが、信用できるかどうかはまた別問題だ。セランポールはバカンの町であり、誰に忠誠を尽くすつもりでいるかはわからない。ここは敬して遠ざけるに如《し》くはない。

「その必要はありません。用がすめば、こちらから警察署のほうへ連絡を入れます」

「わかりました」マクリーンは固い表情で言うと、敬礼をして、車のほうへ戻っていった。

わたしはバネルジーといっしょに正面玄関の前の石段をあがりはじめた。背後で、車がエンジンをかけ、砂埃を巻きあげながら走り去った。

石段の上では、執事が待っていた。インド人ではなくて、白人だ。現地の労働者の賃金が家畜の値段より低い国では、白人の執事の存在は大きな意味を持つ。頭は後ろのほうに白髪がほんの少し残っているだけで、あとはきれいに禿げあがっている。フロックコート姿で、身なりはりゅうとしているが、年のせいで腰は曲がり、顔は皺だらけで、ボース夫人のところにいた下男のラタンを思い起こさずにはいられない。

「こちらへどうぞ。少しお待ちください。ミスター・バカンはすぐにおいでになります」

われわれは執事に案内されて、画廊としても通用するような廊下を進んだ。壁には、わたしが戦時中にルーブルを訪れたとき以降に見た絵を全部足したものより多くの絵がかかっている。

しばらく行ったところで執事は立ちどまり、そこの部屋にわれわれを通した。どうやら書斎のようで、煙草の匂いがこびりついている。成り金が好みそうな部屋で、オーク材の壁際には書棚が並び、一度も読んだことがないにちがいない本がぎっしり詰まっている。

奥にはフランス窓があり、陽がさしこんでいる。

「お飲み物をお持ちいたしましょうか」と、執事は慇《いん》懃《ぎん》に尋ねた。

わたしは何もいらないと答えた。

執事はバネルジーのほうを向いた。「そちらさまは？」

「では、お水をいただきます。ありがとうございます」

「かしこまりました」執事は会釈をして、部屋から出ていった。

バネルジーは面白がっているように見える。

「何がそんなにおかしいんだ」

「べつに何も」

わたしは高い背もたれのついた革張りの椅子にすわり、バネルジーは書棚の前に歩いていった。天井に取りつけられた大きな扇《パンカー》が動きはじめ、涼しい風が送られてくる。執事が銀のトレーにグラスと水差しを載せて戻ってきた。

「ほかにご用はございませんか」

バネルジーが目で訊いてきたので、わたしは首を振った。

「いいえ、何もありません。ありがとうございます。どうかお構いなく」と、バネルジーは答えた。

一週間前なら、ふざけて、わざと馬鹿丁寧に言っているのだろうと思ったにちがいない。いまはちがう。どんなことでも人種のプリズムを通して見られるこの国では、それが白人に向けられた言葉であるかぎり、よほど気をつけないと政治問題化しかねない。

時間はゆっくりと過ぎていく。手持ち無沙汰なので、わたしはフランス窓のほうへ歩いていった。そこのベランダの向こうには、緑の芝地がフーグリー川の物憂げな流れのふちまで続いている。背後でとつぜんドアが開き、バカンが入ってきた。青いシルクのズボンをはき、白い開襟シャツを着ている。

「お待たせしました、警部。おわかりいただけると思いますが、とつぜんのご来訪ですので」バカンは冷ややかな口調で言った。「それでも、お会いできてよかった。テロリストの逮捕の記事を読みましたよ。何年も捕まらなかったのに、あなたの手にかかったら、なんとも呆気ないものです。警察の仕事に飽きたり、もう少し実入りのいい職場に移りたいと思ったときには、ぜひご一報ください。悪いようにはしませんから」

バカンは小さなガラスのテーブルのそばにある革張りの椅子に手をやった。「おかけになって、ご用件をお聞かせください」

「マコーリーの一件です。あといくつかお訊きしたいことがあるんです」

バカンは眉を吊りあげた。「また？　それはすでに終わったことじゃないんですか」

「たしかめておきたいことがあるんです」

バカンはゆっくりとうなずいた。「わかりました。いいでしょう」

「事件当夜、マコーリーがベンガル・クラブを出るまえに、あなたと言い争っているのを見た者がいます。何を言い争っていたのか教えてもらえませんか」

「どこで聞いたのか知りませんが、警部、それはちがいます。言い争いじゃありません。あのとき、マコーリーはわたしに金の無心をしていたんです」

「マコーリーは高給取りです。なんのために金が必要だったんでしょう」

バカンは肩をすくめた。「それは聞いていません」

「先週お話ししたときには、何もおっしゃいませんでしたね」

「いささかデリケートな問題ですから。それに、警察の捜査とはなんの関係もありません。他人の名誉を傷つけていいとも思いませんでしたし」

「マコーリーに娼婦の斡旋をさせていたことも捜査に関係ないと思いますか」

バカンは顔をこわばらせた。「そういったことが捜査のどことどんな関係があるというのでしょう。はっきりいって、それはプライバシーの侵害以外の何ものでもありません。ひとことご忠告申しあげるが、警部、言葉は慎重にお選びになったほうがいい。なんの証拠や根拠もなく、そんなふうにひとを攻撃するのはいかがなものか。将来に禍根《かこん》を残すことにもなりかねませんぞ」

「これは殺人事件の捜査に関係することなんです」

バカンは憤懣やるかたなげに両手をあげた。「でも、捜査は終了しているんですよ、警部。犯人も捕まっている。あなたが捕まえたんですよ」

「ことはそんなに単純じゃないんです」

バカンは苦々しげに笑った。「じゃ、本当だったんですね。あなたはセンがやったとは思っていないそうじゃありませんか」

「誰から聞いたんです」

「そんなことはどうだっていい。あなたは世間というものをわかっていない。わたしは知る価値のあることならたいていなんでも知っています。あなたが警察を解雇されることになるとしたら、そのことも事前に知っているはずです」

そんなことをここで議論する意味はない。そうなるかどうかは、放っておいてもすぐにわかる。そのかわりに、わたしは先の質問に戻ることにした。

「あなたはマコーリーから娼婦を斡旋してもらっていたんですか」

バカンの顔は真っ赤になっている。「いいでしょう、警部。わたしの忠告に耳を貸すつもりはないということですね。だったら、質問にお答えしましょう。でも、あなたはその結果に自分で責任を負わなければなりません。たしかにマコーリーはわたしが得意先のために開くパーティーの余興をときどき用意してくれていました」

「事件当夜はどのような言い争いをしていたんです」

「さっきも言ったじゃありませんか。あれは言い争いじゃない。金を無心されたので、断わっただけです」

「脅されたのではないということですか」

バカンの目に何かが浮かんで消えた。「そうです」

「あの夜、何があったか、わたしはこんなふうに考えています。あなたはマコーリーに娼婦の斡旋を依頼した。でも、マコーリーはあなたに詰め寄り、手を引きたいと申しでた。あなたはそれを許さなかった」

「それで、殺したというんですか。答えてください、警部。マコーリーが手を引きたいと申しでたとしても、それが何を意味するというんです。娼婦の斡旋をする者はいくらでもいます。指をパチンと鳴らすだけで、かわりの者はすぐに用意できます。それより何よりマコーリーはわたしの友人です。その死を望む理由がどこにあるというんです」

「脅しをかけたからです。金を出さないと、洗いざらいぶちまけると言って」

バカンは笑った。「そうなんですか、警部。それがあなたの結論なんですか。わたしが娼婦を斡旋してもらっていたことを世間に知られるのを恐れていたと言うんですか。まさか。カルカッタでは、珍しいことでもなんでもありません。その程度のことは誰も気にとめませんよ。ほかには何か？」

わたしは黙っていた。主として、かえす言葉がなかったから。

バカンは椅子から立ちあがった。「おたがい時間の無駄でしたね。この数日のカルカッタの状況を考えれば、やるべきことはほかにいくらでもあるでしょうに。今日のおしゃべりのことはタガート総監のお耳に入れておきますので、ご承知おきください。では、申しわけないが、用がありますので。お帰りの準備ができましたら、フレーザーにお見送りさせます」

バカンは振り向いて、部屋から出ていった。沈黙が垂れこめる。わたしは立ちあがって、フランス窓の外を見やった。

「ちょっと期待はずれだったようだな」わたしは乾いた口調で言った。

「そのようですね。本を二、三冊借りていこうと思っていたんですが、これで頼むのはむずかしくなりました」

わたしは振り向いて、バネルジーのほうへ歩いていった。「借りた本をどこで読むつもりだったんだ。忘れたのか。きみには帰る家がないんだぞ。なんならバカンに一晩泊めてくれと頼んでみるか。部屋ならいくらでもあるはずだ」

どっと疲労感が押し寄せるのがわかった。自分が掘った穴の大きさが、いまようやくわかったのだ。馬鹿だった。顧客に娼婦をあてがっていたというだけで、バカンのような有力者のところにねじこみにいくなんて。それは手詰まり感が招いた悪あがきにすぎなかったのだ。わたしは振り向いて、革張りの椅子に力なく腰をおろした。

「それで、ぼくたちはこれから何をどうすればいいんでしょう」

「わからない。バカンが事件に絡んでいるのはたしかだ。でも、これといった動機がない。問題は事件当夜マコーリーが売春宿で何をしていたかだ。ボース夫人は客として来ていたと言ったが、デーヴィーはそうじゃないと言っていた」

「だとしたら、何をしていたんでしょう」

「わからない。ただ、グン牧師が言っていた秘密が絡んでいるのは間違いない。それがすべての謎を解く鍵だ。でも、デーヴィーがいなければ、それが何なのかを知るすべはない」

「デーヴィーが言っていた男がいます。デーヴィーが事件のことを話したと言っていた男です。見つけだすのを諦めたということですか」

わたしは肩をすくめた。「娼館にいる者には全員から話を聞いた。ひとりも漏らしていない」

そして、椅子の背にもたれかかり、両手を頭の後ろに持っていったが、腕から脳に鋭い痛みが伝わり、すぐ下におろした。思わずため息が漏れた。お手あげだ。帰る途中、ペニンシュラ&オリエンタル社のオフィスへ寄って、サウサンプトンに戻る切符を予約したほうがいいかもしれない。先がまったく見えない。前方には沈黙の壁がそびえている。真実を知っている可能性のある人物は、バカンやボース夫人のように、何もしゃべろうとしない。あるいは、デーヴィーのように、もうこの世にはいない。ほかの者は、センが有罪であると繰りかえすばかりで、それ以外のことは何も語ろうとしない。

小さな茶色のヤモリが、書棚の本の後ろから姿を現わし、素早く壁を這いあがり、天井まで行った。それから、ためらいがちに天井を這い進み、扇が通りすぎるのを待ってから、そこの隙間に入った。

そのとき、わかった。

扇だ。

わたしは立ちあがって、扇を見つめた。そこには滑車がついていて、紐で扇を動かすようになっている。紐は天井を横切り、壁の小さな穴を通って、廊下へ出ている。そこへ行って、紐を見ながら廊下を進み、角を曲がると、小柄なインド人が椅子にすわって、紐の端に取りつけられたペダルを漕いでいた。このとき、男がわたしを見たら、きっと驚いたにちがいない。わたしがその男を見て、満面に喜色を浮かべていたからだ。

踵をかえして、書斎へ駆け戻りかけたとき、反対方向からやってきたバネルジーともう少しでぶつかりそうになった。

「扇だ!」わたしは叫んだ。

バネルジーは正気を疑うような目でわたしを見つめ

た。「扇がどうかしたんです」

「最初の日、あの売春宿で、ボース夫人と娘たちから話を聞いていたとき、扇が動いていたんだ」

それで通じた。「なるほど！　扇を動かしていた者がいたということですね。その男は中庭で扇のペダルを漕いでいた。だから、気がつかなかったんですね」

「街に戻らなきゃならない。わたしはコッシポールに向かう。きみはラル・バザールに戻ってくれ。デーヴィーの検死結果を知りたい。それから、ディグビーの居場所を探してくれ」

「見つかったら、何をどんなふうに伝えればいいでしょうか」

「バカンから聞いたことを伝えてくれ。それだけでいい。あとでコッシポール署からきみに電話を入れる」

34

警察艇でカルカッタに戻ると、そこで二手に分かれ、バネルジーは馬車でラル・バザールへ向かい、わたしは自動車と運転手の手配をしてコッシポールへ向かった。

マニクトラー小路に着いたときには、夕方近くになっていた。血管にはアドレナリンがあふれ、成算ありと見こんだときの常として、このときも逸《はや》る気持ちを抑えるのはむずかしかった。四十七番地のドアを大きな音を立てて叩くと、年老いた下男のラタンがこれまでよりずっと早く出てきた。別の誰かの訪問を期待していたみたいだったが、そこにいるのがわたしだとわかると、顔が曇った。

「なんでしょう、サーヒブ」

「扇《パンカー》を動かしている者に用があるんだ」

耳が遠くて、よく聞きとれないみたいだった。

「はあ？　パンカジ？　パンカジなんてひとはいませんよ。ここはミセス・ボースの家です」

「扇を動かしている者がいるはずだ」それから、今度は路地で寝ている野良犬が目を覚ますくらいの大きな声で言った。「扇だ！」

歯のない口がほころんだ。「なんだ。扇ですか。もちろん、いますよ。お入りください、サーヒブ。さあ、どうぞこちらへ」

それで、このまえの応接室へ通された。メイドも娘たちもいないらしく、家のなかはがらんとしていた。ラタンはそこで待つようにと言って、わたしが会いにきた男を呼びにいった。センが処刑されるまえに真実に行きつくための、それは最後の頼みの綱だ。わたしは天井に取りつけられた扇を見あげた。そこから一本の紐が天井を横切り、壁にあけられた小さな穴を通って、その向こうの中庭へのびている。

ドアがあき、若い男が戸口に姿を現わした。その後ろから、ラタンが首をのばして、なかを覗きこもうとしている。若い男は黒い肌に、逞しい体軀の持ち主で、この種の仕事をしている者に特有の汗の臭いがする。どこかで見たことがある。たしか、デーヴィーの死体を運びだしたとき、この家の前にいた男だ。

「英語は話せるか」

男はゆっくりうなずいた。

「名前は？」

「ダス」

「いいか、ダス。きみをどうこうするつもりはない。いくつか訊きたいことがあるだけだ。わかるな」

ダスは黙ったままだ。

「デーヴィーという娘のことだが、きみとは親しかったんだね」

「デーヴィーというのは商売のときの名前です、サーヒブ。本名はアンジャリっていいます」

「亡くなるまえ、きみが何かを知っているという話をしていた。マコーリーのことを教えてもらいたい。先週、ここの路地で殺された白人の男だ。知っているな」

「知ってますよ。何度かここへ来てたから」

「あの日はここへ何をしにきたんだろう」

「金を払うためです。毎月、金を払いにきてました」

「ボース夫人に？ 娘たちと遊ぶ金を？」

ダスは首を振った。「ちがいます、サーヒブ。別の娘の家族に渡すためです。その娘は死にました。死んだのは……」言葉が途切れた。言いたい言葉が見つからないのだろう。「シュジュツのせいです。赤ん坊を産まないためのシュジュツです」

ダスは下手な英語でつっかえつっかえ説明しはじめた。昨年、娼婦のひとりが妊娠した。名前はパールヴァティーといい、孕《はら》ませたのは白人の紳士で、上客中の上客だった。その男を見たことは一度もない。著名人なので、みずから売春宿に足を運ぶことははばかられたのだろう。いつも娘たちのほうが男のところへ出向いていた。そのお膳立《ぜんだ》てをしていたのがマコーリーだ。娘が妊娠したのはショックだった。本来なら、それはあってはならないことだった。ボース夫人は妊娠の可能性がある期間は仕事をさせないようにしていた。でも、客からどうしてもと言われて、それが間違いにつながることもなくはなかった。パールヴァティーは店いちばんの上客のお気にいりであり、特別な存在だったのだ。マコーリーは妊娠の話を聞いて、中絶させるようにと強く迫った。それで、ダスが娘を闇医者のところへ連れていった。それはチットプールの鉄道線路わきにあり、まえにも一度別の娘を連れていったことがある。だが、パールヴァティーの中絶手術は失敗し、母子ともに命を失うことになった。ふたりの遺体を処分したのは、やはりマコーリーだった。そのために何をどうしたかはダスの知るところではなかったが、そのとき以来、マコーリーは月に一度娼館を訪れ、娘の遺族に渡す金を置いていくようになった。

　これですべての謎が解けた。その上客というのはバカンだ。マコーリーは二十年以上もバカンに忠誠を尽くしてきたが、娼婦と赤ん坊の死によって、自分自身が何年もまえに味わった喪失感がよみがえり、罪の意識にさいなまれたにちがいない。さらに古い友人であるグン牧師との再会がそれに拍車をかけた。そのうちに心のなかで何かが折れた。こんなことは続けられないと思うようになった。それで、あの夜ベンガル・クラブでバカンに会ったときに、これ以上は耐えられない、すべてを白日《はくじつ》のもとにさらすつもりだと言った。買春そのものはなんとか大目に見てもらえても、人種意識の強いカルカッタで、混血の私生児を孕ませたとなれば、それはまた別の問題だ。バカンの名声には大きな傷がつく。ましてや、中絶を命じた結果、母子を死なせてしまったことが世間に知れたら、それこそ取りかえしのつかないことになる。だから、マコーリーの口を封じなければならなかった。けれども、バカンにはアリバイがある。事件当夜はベンガル・クラブにいたことがわかっている。

「きみはマコーリーを殺した男を見たか」

　ダスは首を振った。「見たのはアンジャリだけです。ほかに見た者はいないと言ってました」

　気にすることはない。バカンに疑いの目を向けたのは間違いではなかった。これで動機があきらかになった。実行犯についても、そう、おおよその見当はついている。

　わたしはダスに礼を言うと、急いで家を出て、車に戻った。午後五時、すでに宵闇が迫りつつある。コッシポール署へ向かうよう運転手に命じ、そこに着くと、ラル・バザールのバネルジーに電話をかけた。受話器からの混信音を聞きながら取りつぎを待っている時間は永遠に続くように思えた。ようやくバネルジーが電話口に出た。

「何か新たにわかったことは、部長刑事？」

「検死報告書が届いています。死因は頸椎《けいつい》の骨折です。それによって、脊椎《せきつい》が断裂したとのことです」

「ディグビーはどこにいる？」

「ここにはいませんが、伝言があります。バグバザールの情報屋の家へ行っているとのことです。センの無実を証明する情報が得られたので、暗くなり次第、そこへ来てほしいと言っています」

「わかった。これからすぐに行く。きみもできるだけ早く来てくれ。銃を持って」

「もうひとつお伝えすることがあります」

「当ててみよう。ボース夫人の身柄がH機関に移されたんだな」

「どうしてわかるんです。官邸から連絡が来たのは、ついさっきのことなのに」

35

情報屋の家の前まで来たとき、まわりはすっかり暗くなっていた。グレイ通りの手前で車を降り、そこから先は前回と同じ道筋を歩いてきた。肩と頭は、途中の露店で買ったチャドルと呼ばれる分厚いグレイのショールで覆われている。足はサンダル履きだ。

わたしはノックをして待った。通りは人けがなく、不気味なくらい静かだ。ドアがわずかに開き、その向こうの暗闇に人影が現われた。どうやら外の様子をうかがっているらしく、しばらくしてからドアが大きく開いた。

「入ってください。急いで、警部殿」

わたしは言われたとおりにした。ディグビーはドアを閉めて、錠をおろし、木の閂《かんぬき》をかけ、それから通りに面した部屋に入った。テーブルの上で、一本の蠟燭の炎が揺らめいている。

「それで、どんなことがわかったんだ」

ディグビーの顔は心なしか青ざめて見える。「ヴィクラムから聞いてください。もうすぐ来るはずです」

腕時計に目をやって、「少し遅れているようです」

「無事だといいんだが。万が一ってこともある。喉を掻き切られるとか、首をへし折られるとか……」

ディグビーの表情が変わった。薄暗がりのなかでも、目がきらりと光るのがわかった。間違いない。気がついたのだ。

われわれは同時に自分の拳銃に手をのばした。先に拳銃をつかんだのはディグビーだった。昨夜、頭をしたたか殴られていなければ、わたしのほうが早かっただろう。それに、もっと冷静な判断ができていたにちがいない。バネルジーを待たずに、ひとりでここに来るようなことはたぶんなかっただろう。だが、実際のところは、バネルジーとの電話のあと、ディグビーと向かいあう以外のことは何も考えていなかった。我が強すぎるのかもしれない。だが、わたしはひとに虚仮《こけ》にされて黙っているような人間ではない。虚仮にしたのが、信頼できるはずの直属の部下であればなおのことだ。このままでは格好がつかない。だから、なんとか自分ひとりで決着をつけたかったのだ。

　ディグビーは身ぶりで拳銃を捨てるよう命じた。顔面にスミス・アンド・ウェッソンを突きつけられていれば、それに従う以外に手はない。わたしは拳銃を床の上にゆっくりと置いた。

　ディグビーはにやりとした。「それでいい。馬鹿な真似はしないほうが身のためだ。それにしても恐れいったよ。どうしてわかったんだ」

「きみがデーヴィーを殺したことをか」

「それがあの女の名前か。そんなことは覚えちゃいられない。とにかく、あそこにいた娼婦のことだ」

「椅子の高さだ。あれでは足りない」

「たしかに。うかつだったよ。あと二、三フィート上からでなきゃ首の骨は折れない。絞め殺そうとしたら、争った形跡が残るのは避けられなかったからな。だが、それが決め手になるとは思わない」

「それだけじゃ、たしかにならないだろう。わたしも最初はボース夫人の仕業かと思っていた。でも、首をへし折るには男の力でなければ無理だ。理由はほかにもある。バカンはわれわれの捜査について知るはずがないことを知っていたし、われわれの目を最初にセンに向けさせたのはきみの友人のヴィクラムだ。わたしの仮説が正しいと最終的に確信したのは、ボース夫人がＨ機関に連行されたと聞いたときのことだ。それはいったいなんのためか。ボース夫人が何かの役に立つとは思えない。そうじゃない、Ｈ機関がボース夫人を連れていったのは、わたしからあれこれ訊かれないようにするためだ。そもそも、H機関はわれわれがボース夫人を勾留していることをどうやって知ったのか。もちろん連中は多くの情報源を持っている。でも、きみから聞くのがいちばんたしかで、手っとり早い」

「さすがだ。あんたの疑り深さには驚かされるよ、警部殿。あんたはきっと誰も信用していないにちがいない」

それは事実だ。ときには自分自身を信用しないこともある。

「なぜだ。なぜあの娘を殺したんだ」

「命令に従ったまでだよ。あの娘はあんたが聞きだした以上のことを知っている可能性があった」

「マコーリーは？　それも命令か。バカンからいくらもらったんだ。一生遊んで暮らせるだけの金額か」

憎々しげに顔が歪み、ガーゴイルのような面相になった。それからディグビーは急に笑いだした。

「本当にそんなふうに考えているのか。ご自慢の推理能力をフル稼働させて出した答えがそれなのか。やれやれ。どうやらあんたを買いかぶりすぎていたようだ。スコットランド・ヤードきっての敏腕刑事と思っていたが、実際は自分の尻ですら、それが自分のズボンのなかにないかぎり、見つけることはできないだろう。タガートにこのザマを見せてやりたいよ。子飼いの部下は、自信たっぷりだが、いまだになんの手がかりもつかんじゃいない」ディグビーは憐れむような目でわたしを見ながら言った。「今回の一件とバカンはなんの関係もない」

「嘘だ。中絶手術が失敗したことはわかっている。パールヴァティーという娼婦が死んだことも、そのせいでマコーリーの心境にどんな変化が起きたかもわかっている」

「ほかにわかってることは？」嘲るような口調だった。

「マコーリーは何もかも白日のもとにさらすつもりだった。殺害された日の夜、バカンに話したのはそのことだ。隠し子がいるというだけでも大きなスキャンダルなのに、その子が中絶手術で死んだと言いふらされたりしたら、どんなことになるか。だから、きみにマコーリーを殺させた」

ディグビーは笑って首を振った。「あまりにも愚かすぎる。何度も言うが、バカンは一切関係ない」

「嘘をつくな」

「あんたはずっとイギリスにいればよかったんだ。自分はなんでもわかっていると思っているようだが、実際はちがう。カルカッタのことは何もわかっちゃいない。バカンにはすでに半ダースもの隠し子がいるんだ。そのひとりにはジュート工場の経営をまかせているぐらいだ。それがあとひとり増えたところで何が変わるというんだ。バカンはスキャンダルなど恐れちゃいない。そんなものを気にする必要がないほどの力の持ち主なんだ。その程度のことは痛くも痒《かゆ》くもない」

「だったら、誰なんだ。きみは誰のためにやったんだ」

ディグビーは我慢の限界が近づきつつあるようにため息をついた。

「少しは自分で考えたらどうだ。マコーリーは誰に仕えていたのか。色黒の私生児を孕ませたことが明るみに出て、いちばん困るのは誰なのか」

答えが出たとき、腹をしたたか殴られたような気がした。

ディグビーは笑っている。「ようやくわかったようだな」

わかっても、まだ信じられない。

「副総督？」

「そのとおりだ。われらがベンガルの副総督閣下は若いインド娘に目がなくてな。孕ませたのも今回がはじめてじゃない。そのたびにマコーリーが後始末をしていた。あれほど頼りになる男はいない。でも、最後には思っていたほど頼りにならないことがあきらかになった」

吐き気がする。

ディグビーはわたしの表情を読んだみたいだった。

「そんなに落ちこむことはない。当たっていることもある。事件当夜、たしかにマコーリーはバカンにその話をした。新聞社や警察に洗いざらいぶちまけると言ったんだ。バカンはとめようとしたが、マコーリーは聞く耳を持たなかった。それで、マコーリーが出ていったあと、バカンは大あわてで副総督に電話をし、聞いたことを伝えた。すると、副総督はおれに電話をかけてきて、こう言った。マコーリーを見つけだして、道理をわきまえるよう説き伏せろ。聞きわけがないようなら、口封じのためにしかるべき処置を講じろ」

「その見かえりはなんだったんだ」

「決まってるじゃないか。出世さ。本来なら、いまごろは警視になっていてもおかしくなかったんだ。マコーリーがあの売春宿に行っていることは容易に察しがついた。それで、家から出てきたときに、呼びとめて説得を試みた。でも、やはり耳を貸そうとはしなかった。それで言い争いになり、おれはマコーリーに突き飛ばされた。そのときだよ、喉を掻き切ったのは」

「そして、胸を刺したんだな」

「いいや、ちがう。そんなことはしていない。おれは喉を掻き切ると、路地に死体を残して、すぐに逃げた。それから副総督に電話をして、なりゆきを報告すると、こう言われた。心配するな、あとのことはH機関にまかせておけばいい。つまり、テロリストによる犯行に見せかけようってわけだ。それで、マコーリーの胸を刺し、間抜けなメモを口のなかに突っこんだ。インド人なら、たとえ脳みそが半分しかない者でも、芝居がかりすぎているとダメ出しをしただろう。せめて英語で書くべきだった。でも、大学を出てイギリスからやってきたばかりの青二才どもは、現地の言葉をひとかじりしただけで、ロバート・クライヴのような英雄になれると勘違いしていた」

「センのことは？」

「それも連中の思いつきだ。ヴィクラムに金を渡して、あのような話をさせた」

「つまり、Ｈ機関は最初からセンの居場所を知っていたってことだな。だから、あんなに早く手を打つことができたんだな」

「もちろん知っていた。四年前からずっと。バラソールでテロ組織の幹部連中を一網打尽にしたとき、センひとりを取り逃がしたのは、わざとだ。仲間の動向を探るために泳がせたんだ。今回センがカルカッタに舞い戻ったのはまったく偶然だった。そういう偶然がなかったとしたら、別の誰かが槍玉にあがっていたはずだ。実際のところは、もう少しセンを泳がせておきたかったのかもしれない。でも、背に腹はかえられない」

　頭がくらくらする。これでは何をどうすることもできない。副総督はベンガルにおけるイギリスの権力の象徴だ。副総督に敵対するのは、イギリスのインド支配に敵対するに等しい。今回のことの真相をあかるみに出すことはできない。必要とあらば、副総督は帝国の全権力を動員して、わたしをつぶしにかかるだろう。いや、そこまでする必要はない。ディグビーと拳銃一挺で用は足りる。

　このとき、ひとつの疑問が頭に浮かんだ。タガートは知っていたのか。知っていたのなら、なぜ捜査を続けさせたのか。たぶん知らなかったのだろう。だが、疑ってはいた。だから、くれぐれも慎重にと念を押したのだ。疑いが単なる疑いでなかったとすれば、タガートでもわたしを守りきることはできない。わたしの代わりはいくらでもいる。わたしは一介の兵卒《ポーン》にすぎないのだ。

「それでどうするつもりだ。わたしを撃つのか」

「幸いなことにその必要はない。ヴィクラムが喜んでやってくれる。イギリス人を殺すチャンスを逃すはずがない。先日パンジャブであんなことがあったあとだけに、ためらいはしないだろう。あれでも愛国者なんだ。金を払う必要すらないかもしれん。あんたもあの非道な虐殺事件が引き起こした暴力沙汰の犠牲者のひとりになるんだ」ディグビーは拳銃でわたしの胸を突いた。「これはあんたが自分で蒔《ま》いた種だ。わかるな。センを犯人に仕立てあげ、それでよしとすればよかったんだ。そうすれば、なんの問題も起きず、すべて丸くおさまっていたはずだ。なのに、そうしなかった。さすがは偉大なるウィンダム警部だ。その鼻持ちならなさには兜《かぶと》を脱ぐよ。どのみちセンを助けられないとわかっていても、あんたは頑として譲らなかった」

「真実にたどりつきたかっただけだ。そういう意味では古い人間なんだろうな」

ディグビーとの距離は口臭がわかるくらい近い。闇雲な怒りが伝わってくる。チャンスは一度しかない。それに賭けるしかない。ディグビーが身構えるまえに、わたしは首を前に突きだし、ありったけの力で頭突《ずつ》きを食らわせた。あまり紳士的なやり方とは言えないが、位置がずれさえしなければ、効果は抜群だ。このときは運よく鼻柱に命中した。ディグビーは拳銃を床に落とし、両手で顔を覆って、よろめきながら後ずさりした。指のあいだから血がこぼれ落ちる。毒づきながら、手を振りまわしたが、わたしには当たらない。身体がテーブルにぶつかり、蠟燭が床に落ちる。わたしは四つんばいになって、自分の拳銃を必死に探した。頭突きのせいで、昨夜の傷が開き、血が目に入る。ディグビーも自分の拳銃を探している。金属が木の床をこする音が聞こえた。先を越されたということだ。

わたしは立ちあがって、逃げた。廊下に出たとき、銃声が響き、銃弾が背後の漆喰壁のどこかに当たった。ディグビーはすぐに追いかけてくる。わたしの運の強さが次の一発まで続くという保証は何もない。とっさの判断で、家の裏手に向かう。この家の間取りが記憶どおりであればいいのだが。

裏口の朽ちかけたドアの前まで来た。薄暗がりのなかで何かが光っている。掛け金に取りつけられた頑丈な南京錠だ。後ろではディグビーが廊下に出てきている。銃声があがる。銃弾が薄いドアに穴をあけ、木片が飛び散る。それがヒントになった。ドアに体当たりする。それでドアを突き破ることができた。勢い余って、外の地面に倒れこんでしまう。口のなかに土と血の味がする。すばやく起きあがって、敷地のはずれの塀のほうへ走っていく。このまえ塀を乗り越えるために使った木箱は遠くのほうにあり、取りにいっている時間はない。そのまま走りつづけて、ジャンプする。

指先が塀の上端にかかる。塀をつかむ。左の肩に激痛が走る。力を振りしぼって身体を引っぱりあげ、塀を越えると、その向こうの地面に飛びおりる。後ろでディグビーが地面を蹴る音が聞こえた。次の瞬間には塀を越えたと思ったが、どうやら手を滑らせたらしく、手前の地面に転がり落ちていた。悪態をつく大きな声が聞こえた。木箱を取りにいくのに三十秒はかかるだろうと思ったが、読みははずれた。ディグビーはもう一度ジャンプし、今度はしっかり塀の上端につかまった。身体を引っぱりあげているあいだに、わたしは大急ぎで立ちあがり、前方にある家のほうに走りだした。逃げ道はそこにしかない。ディグビーは塀の上にいる。そこで拳銃を構えている。銃声が響く。銃弾が耳をかすめていく。わたしは走りつづけた。ディグビーが塀のこちら側へ飛びおりる音が聞こえた。前方に明かりの細い筋が見えた。と、そこの家のドアが開いた。戸口にシルエットが浮かびあがる。ヴィクラムにちがいない。その手にはライフルが握られている。わたしは足をとめた。もうどこにも逃げ道はない。ゆっくりと両手を頭の上にあげる。後ろでディグビーが立ちあがる。

「手こずらせてくれたな」と、憎々しげな口調で言う。戸口の人影は動かない。ディグビーが歩いてくる。鼻は血まみれになり、目には狂気が宿っている。

「借りはかえさせてもらうぜ」

　拳銃の台尻がわたしの側頭部に飛んでくる。わたしはくずおれて、地面に膝をついた。前方の人影が一歩前へ足を踏みだす。ライフルの撃鉄を起こす音がした。わたしは顔をあげ、そこにいる男に目をやった。わたしの記憶にあるヴィクラムの姿かたちとは少しちがう気がする。男はライフルを構えたまま立ちどまった。脚――細い脚。

「ぐずぐずするな。撃て」ディグビーは言った。そして、次の瞬間気がついた。「おまえは？」

　ディグビーはあわてて拳銃を構えようとした。だが、遅かった。銃声が響き、ディグビーは地面に倒れた。その額には、インドの女性がつける赤い顔料のように見える丸い穴があいていた。


「遅かったじゃないか」わたしはそっけなく言った。

「すみません」バネルジーが答えた。「ライフルの借用許可をとるのに手間どってしまいました。このところ頻発している暴動のせいで、インド人への武器の貸し出しには慎重になっているんです」

「わからないでもない。きみがディグビーにしたことを見るがいい」

エピローグ

わたしはタガート邸の庭の籐椅子にすわって、遅い午後の陽光を浴びていた。下僕がふたつのグラスにシングルモルトをたっぷりと注ぎ、テーブルの上に置く。タガートは別の下僕から葉巻に火をつけてもらっている。葉巻をふかしながら回して、先端にまんべんなく火がついているのをたしかめると、満足げに小さくうなずく。下僕は黙って後ろにさがる。

「まだ信じられないよ」タガートは首を振りながら言った。「まさかあのディグビーがな。あんな大それたことができる男とは思わなかった」

わたしはウィスキーを一口飲んだ。

「このあと、どうなるんでしょう」

「さあ、それはなんとも言えん」

「すべてを闇に葬るおつもりですか」

タガートは葉巻をふかした。先端が赤く輝く。「何が言いたいんだ。副総督を逮捕しろとでも？」

「わたしの知るかぎりでは、殺人、共謀、司法妨害はいずれも重罪です」

タガートは首を振った。「当地でのわれわれの任務はなんだと思う」

そんなことを訊かれたことはこれまで一度もない。なぜなら、それはわたしが警察官であり、警察官の任務が悪党をひっとらえることであるのは万人の知るところであるからだ。たとえインドであろうと、それは尋ねるまでもないことではないか。

「正義の執行でしょうか」

タガートは笑った。「それは司法の仕事だよ、サム。

裁判所には、きみやわたしよりふさわしい人間がいる。われわれの任務は国王陛下のベンガル州の法と秩序の維持だ。われわれは現体制を守るためにここにいる。そのことを考えたら、この地を治める任を負う者を逮捕したりすることなどできるわけがない」

「では、われわれがやったことは何もかも無駄だったということでしょうか」

「そんなことはない。たとえ副総督を罪に問うことはできないとしても、きみの働きのおかげで、われわれはより価値のあるものを手に入れることができた。副総督を牽制《けんせい》する力だ。これからは警察の仕事にくちばしを突っこむのは遠慮するようになるだろう。われわれの助言にも少しは耳を傾けるようになるにちがいない。センがいい例だ。副総督はわたしの提案を受けいれて、死刑判決を破棄し、アンダマン諸島への流刑および投獄が妥当であるという結論をお出しになった。それはイギリス人の寛大さと喧伝《けんでん》される。もしかしたら、アムリットサルでのあの不幸な出来事のあと、われわれから離れてしまったインド人の民心を多少なりとも取り戻せるかもしれない。二、三年たってほとぼりが冷めたら、ひそかに帰国させてもいい。ああいう男は役に立つ」

今度はわたしが笑う番だった。「センはわれわれのために働いてくれませんよ」

タガートはだからどうだという顔をしていた。「働いてくれなくてもいい。本当に非暴力主義へ宗旨替えしたのなら、できるだけ早く帰国して、そのことを信奉者に説いてくれれば、それでいい。問題はどっちのほうが与しやすいかだ。武装した革命組織か、穏便な抵抗集団か。そう。われわれとしては、非暴力というお題目を唱えてもらうのが何よりありがたいんだ」

「それで、センはやはりマコーリー殺害の罪をかぶることになるんでしょうか」

タガートはうなずいた。「命と引きかえなら、悪くはあるまい」

「ディグビーは？」

「殉職扱いで特進させる。本件では目覚ましい活躍をした、情報屋があのようなかたちで裏切るとは残念なことであった、というわけだ」

ディグビーは昇進を喜んだにちがいない。皮肉なことに、昇進に値することをたしかにしたのだ。ディグビーがマコーリーを殺さなかったら、列車が襲撃された夜、ダージリン・メールの金庫には大金が詰まっていたことになり、われわれはいまごろ大規模なテロ攻撃に直面していたにちがいない。だから、そうならなかったのは、ディグビーのおかげでもあったわけだ。そして、そのあとわたしとH機関がしたことは……それで思いだした。

「ウィリアム要塞のドーソンに会いにいかなければなりません」

タガートは微笑んだ。「きみたちは仲良くなりかけているという話を聞いたが」

「まだそこまではいっていません。クリスマスカードを送ってくれるようになるまでには、もう少し時間がかかると思います」

ドーソンとのあいだには微妙な力の均衡が保たれていた。わたしはドーソンがマコーリー事件の隠蔽工作に関与していたことを知っているし、ドーソンはわたしが阿片をやっていることをおそらく知っている。おたがいの弱みを握りつつ、少なくとも当分のあいだはおとなしく様子を見ていようと考えている。あともうひとつ、わたしはあの日の朝ドーソンに電話をかけ、耳寄りな話をして聞かせた。願わくは、それでわたしを抹殺しようという気が薄れることを。もちろん、相手は秘密警察だ。たしかなことは何も言えない。

タガートは葉巻をふかしながら芝生の向こうを見やった。遠くのほうで、武装警官が敷地を巡回している。

「それで、きみはどうする、サム。ここに残るかどうか決めたか」

わたしはグラスを空にした。ウィスキーは舌に苦く感じられた。薬のように喉に流しこむ。

「少し考えさせてください」

呼ばれてもいないのに下僕がやってきて、わたしのグラスにおかわりを注いだ。

タガートはにっこり笑った。「必要なだけ時間をかければいい」

ドーソンとはウィリアム要塞の中央にある教会の前で会うことになった。普通ならこんな場所では会わない。どうやらわたしはいま二〇七号室で歓迎されざる者《ペルソナ・ノン・グラータ》になっているようだ。もしかしたら、そこにはわたしに見られると困る秘密があるのかもしれない。あるいは、わたしがミス・ブレイスウェイトに言い寄るのを警戒しているのかもしれない。

「何か聞きだせましたか」

ドーソンはパイプをふかした。「まだです。時間の問題でしょうが、これまでのところはトラピスト会の修道僧かと思うくらいです」

「話すべきことがないということじゃありませんか」

「そんなことはないと思います。逮捕したのは、武器や爆発物が詰まった倉庫の前です。持っていたスーツケースには、十五万ルピーの現金が入っていました。手持ちの金の世界記録として認定できるくらいの額です」

「ほかに逮捕者は？」

ドーソンは首を振った。「ハウラーの倉庫で、ふたりのインド人と待ちあわせをしていました。われわれはそのふたりを尾《つ》けようとしたんですが、途中で気づかれてしまいましてね。ふたりは走って逃げようとしました。それで射殺しました」

「それは残念なことをしましたね。生きたまま捕らえることができたら、有益な情報が得られたかもしれないのに」と同時に、センに代わる新しい捨て駒を手に入れることもできたかもしれない。だが、それはあえて口にしないことにした。

「金と武器を押収しました。それで充分です」

「押収した武器の量は？」

「木箱三つ分です。小火器にライフルに爆発物。ちょっとした戦争を起こせる量です」

われわれは要塞内の墓地に続く小道を歩いていた。

「面会することはできるでしょうか」

「残念ながら、あなたの管轄外の事案です、警部」

「尋問が熱心に行なわれすぎているのではないかと気になりましてね」

ドーソンは微笑んだ。「それはありません、警部。ここはインドです。ここにはここのルールがあって、われわれはそれを厳格に守っています。たとえば、白人に対しては厳しい尋問を行なわないとか。たとえアイルランド人であったとしてもです。インド人兵士にとっては、納得のいかないルールでしょうが。でも、今回それが大きな障害になっているのはたしかです」

つまり、手ひどく痛めつけることができないから、二日かかっても有用な情報は何も得られていないということだろう。H機関の尋問のテクニックとは、口のかわりに腕にものを言わせることだ。指にブラスナックルをつけなかったら、打つ手はなくなる。

「わたしになら話してくれるかもしれません」

ドーソンはひとしきり思案顔でパイプをふかしていた。

「わかりました。例外を認めましょう。今回だけです」

留置場はやはり消毒剤の臭いがした。わたしはインド人兵士のあとについて長い廊下を進み、いちばん奥の監房の前まで行った。

インド人兵士が監房の扉の錠をあけると、わたしは言った。「やあ、バーン」

「ウィンダム警部！」バーンはびっくりしたみたいだった。「よかった。よく来てくれました。人違いだから出してやれと、どうか頼んでください」

たいしたものだ。無実の織物商を見事に演じている。だが、ゲームが終わったことは自分でもわかっているはずだ。

「ひどい扱いを受けていないかい」

「そりゃもう。なんの説明もなく、弁護士も呼べず、こんなところに四十八時間も閉じこめられているんですからね」

「インド人じゃなくて幸いだった」

「ここから出してもらえるんですか」

「それはむずかしいだろうな。逮捕されたとき、きみは十五万ルピーの現金を持っていたそうじゃないか。銀行強盗でもしたのかい」

口もとにぎこちない笑みが浮かぶ。「まさか。大口の商談がまとまったという話をしたじゃありませんか。あれはその金なんですよ」

「織物の取引で十五万ルピー？　いったい何を売ったんだね。トリノの聖骸布？」

「本当です。誓ってもいい」

すがるような口調になっている。だが、もちろん本当ではない。

「きみの身柄を拘束するように言ったのはわたしなんだよ」

バーンは心底とまどっている。

「あなたが？　どうしてそんなことをしたんです」

もっともな質問だ。わたし自身、何度か自分に問いかけたぐらいなのだ。

「きみは織物商じゃない。じつのところ、バーンという名前だって本名かどうか怪しいものだ」

顎の筋肉がかすかにこわばった。それで充分だった。

「ゲストハウスの階段の下できみと会った夜のことだ。

あのとき、われわれはセンの話をした。きみはセンがレオン・トロツキーに似ていると言った。どうしてそんなことがわかったんだ」

「それは……それは新聞で見たんじゃないかな」

「そうは思わないね。警察のファイルには、写真も似顔絵もない。なのに、きみはセンの容貌を知っていた。これはわたしの推測だが、きみはアイルランドにいるきみの友人がインドの革命家に武器を提供する橋渡し役をしていたんじゃないか。だから、その種のインド人を大勢知っていた。センともどこかで会ったんだろう。たぶん、去年きみがアッサムにいて、センが東ベンガルに潜伏していたときに」

「出《で》鱈目《たらめ》もいいところだ」

そうかもしれない。バーンは本当に新聞でセンの写真を見ただけかもしれない。だが、だからといって、武器の詰まった倉庫の前で十五万ルピーの現金の入ったスーツケースを持っていた理由の説明にはならない。

「ひとつ助言しておく、バーン。さっさと白状したほうがいい。ここで。イギリスに送られるまえに。そのほうが痛手は少ないはずだ」

わたしは振り向いて立ち去りかけた。

「ウィンダム」バーンは後ろから声をかけた。「嵐が近づきつつある。インドにも、アイルランドにも。報いはかならず来る。心ある者は立ちあがって声をあげるべきだ。あんたも早晩どちらの側につくかを選ばなきゃならなくなる」

大きなお世話だと言いたかった。わたしが心ある者かどうかはわからないが、これまで清濁《せいだく》あわせ呑んで生きてきたことはたしかだ。どちらの側につくかは、すでにタガートから言い渡されている。わたしは現体制を守る側にいる。少なくとも、流れる血の量は少なければ少ないほどいい。

インド人兵士に声をかけて外に出て、廊下を歩きはじめたとき、後ろで監房の扉に錠がおろされる音が聞こえた。

その翌日、わたしはロイヤル・ベルヴェデーレ・ゲストハウスを出た。そうするしかなかった。ディグビーの額に穴があいた夜、血まみれになってゲストハウスに戻ったとき以来、テビット夫人のわたしに対する態度は目に見えて冷ややかになっていた。わたしの外見のせいではなく、わたしがバネルジーに部屋を貸してやってほしいと頼んだからだ。テビット夫人は社会の常識を声高に唱えた。〝もちろん個人的にはかまいませんわよ。色が多少黒いからといって、そんなことは問題じゃありません。でも、ほかのお客さまがどう思われるかしら。悪いけど、お断りさせていただきます〟。バネルジーがケンブリッジ大学法学部を優秀な成績で卒業したことを伝えると、やや気勢をそがれたみたいだったが、それでもひとこと言わずにはいられなかった。

「これだからインド人はいやなの。小ざかしすぎて、ちっとも可愛げがない」そして、鼻息を荒らげながら歩き去った。

いま一階の廊下には、荷物を詰めたトランクが置かれている。それがわたしの持ち物のすべてだ。人力車の車夫のサルマンに頼んで、ここからさほど遠くないプレームチャンド・ボラル通りの新しい住まいまで運んでもらうことになっている。安普請《やすぶしん》の陋屋《ろうおく》だが、仕方がない。もう少ししゃれたところとなると、家主がどうやらわたしの選んだ同居人を快く思わないようなのだ。

当初、バネルジーは白人の上司と部屋をシェアすることに抵抗を示していたが、わたしは懸命に説得し、きみの将来のためだとまで言って、なんとか承知させた。もちろん、理由はほかにもある。部下が家を追いだされたことに責任を感じていたのだ。なんといっても、辞表を撤回させたのはわたしなのだから。それに、バネルジーは一週間のうちに二度もわたしの命を救ってくれた。幸運のお守りがわりに近くに置いておいても損はしないだろう。

一週間後、わたしはバネルジーと地酒を飲みながら話をしていた。この部屋の家賃が安いのは、階下も隣も売春宿になっているからだということがあとでわかった。だが、べつにかまうことはない。バネルジーはむしろ喜んでいる。隣の売春宿で働いている娘をときおり愛《いと》しげに見つめているのをわたしは知っている。だが、見つめる以上のことができる男ではない。声をかけることすらできないはずだ。われわれがいま話しているのは、そのことについてだった。わたしは上司という立場を利用し、かつバネルジーを酔っぱらわせるという二本立ての戦術を採用していた。

「しっかりしろ、サレンダーノット。美人をものにしたかったら、もっと強気にならなきゃ」

「ぼくには関係のないことです」バネルジーはインド人特有の仕草で首を振りながら言った。「ぼくの結婚のことでしたら、どうかご心配なく。母は強気のかたまりのようなひとです。どこかから美人を探しだして連れてきてくれるのは間違いありません。嫁として迎える女性は美人じゃないと沽券《こけん》にかかわると考えているんです」

「じゃ、あの娘にはずっと声をかけないつもりか」

「何度も言っているように、異性と話をするのは苦手なんです。でも、問題はありません。インドでは、結婚するまで女性と話をする必要はないんです。それはインドの文化のほうがイギリスの文化より優れている点のひとつだと思います」

そうかもしれない。インド方式のほうが手間も時間もかからない。心を痛めることもない。

「でも、女性に恋をしたことくらいはあるんだろ」アルコールのせいで歯止めがきかなくなっている。「あるいは、女性のほうから思いを寄せられたりとか」

バネルジーは顔を赤らめて首を振った。

「どうしてだ。きみのようなハンサムな若者なら、追い払うのが大変なくらいだったはずだ」

「インドではそんなことはありえません」

「オックスフォードでは？」

「ケンブリッジです」

「だったら、ケンブリッジでいい。どちらでも同じことだ。イギリスには、きみをベッドに誘ってくる開明的な婦人参政権論者が何人もいたはずだ。政治に熱心な女性たちのあいだでは、インド人の恋人を持つことがブームになっているという話を聞いたこともある。そうすることによって、活動家としての経歴に箔がつくらしい」

「残念ながら、女性の経歴に箔をつける栄誉に浴したことは一度もありません。相手が活動家であろうがなかろうが」

そのとき、玄関のドアをノックする音が聞こえた。

「きみの友人が来ることになっているのか」

「そうではなさそうですよ」

サンデシュが玄関のドアをあける音が聞こえた。以前マコーリーに仕えていた男で、いまはわたしのところで働いている。おたがいに好都合だった。サンデシュは職を求めていたし、わたしは制服にアイロンをかけてくれる者を求めていた。それで、いまのところはうまくいっている。

女性の声がした。ドアがあき、部屋に入ってきたのはアニーだった。暴徒に襲われ、アニーの家で一夜を明かしたとき以来だ。その美しさはグレート・イースタン・ホテルで食事をした夜と少しも変わっていない。

バネルジーがにやにや笑いながら立ちあがった。

「散歩に行ってきます。外の空気を吸いたくなったので」

わたしがうなずくと、バネルジーは靴に火がついたのかと思うような勢いで外に出ていった。わたしはボトルを手に取って、身ぶりでアニーに酒を勧めた。

「なんていうお酒？」

「さあ、知っていたら驚きだろうね。バネルジーが酒屋で買ってきたんだ。地元の安酒だよ。ぼくが悪かった。自分で行けばよかったんだ。バネルジーは酒のことを何も知らない」

「それで、あなたが教えてあげているのね」

「まあそんなところかな」

わたしは酒を注いだ。アニーはそれを一気に飲みほして、グラスをテーブルに戻した。恐れいった。酒というより、ガソリンに近い代物だ。わたしは最初の一口で目に涙があふれ、バネルジーなどは椅子から転げ落ちそうになったくらいだ。わたしはおかわりを注いだ。

「一週間以上、連絡をくれなかったわね」

それは事実だった。ディグビーが死んだ夜以来、わたしはアニーを避けつづけていた。

「忙しかったんだよ」

「そのようね。いい部屋が見つかってよかったわ」

「ああ。召使いはひとりにした。彼のことはきみも知っていると思う。ところで、どうやってここがわかったんだい」

「バネルジー部長刑事から聞いたのよ。あなたに会うためにラル・バザールへ行ったの。そうしたら、あなたは非番で、伝言があるならバネルジー部長刑事に頼めばいいと言われた。それで、そこへ行って、あなたの家の住所を訊いたら、すぐに教えてくれたの。同居していることは教えてくれなかったけど」

「友人にはできるだけ近くにいてもらいたくてね」

アニーは銀のシガレット・ケースから二本の煙草を抜きとり、一本をさしだした。わたしはそれを受けとり、両方の煙草に火をつけた。アニーは煙草を喫い、煙を吐きだした。

「教えてちょうだい。わたし、何かいけないことをしたかしら」

　わたしはアニーの目を見つめた。いまでも、やはり惹かれる。

　グラスを持って、バルコニーへ出る。背中を向けているほうが話しやすい。

「なぜ黙っていたんだい」

「なんのこと?」

「バカンのことだ」

　とぼけるのではないかと思ったが、アニーはそういう女性ではなかった。歩いてきて、わたしの横に立った。

「どうしてわかったの」

「バカンは警察の捜査状況を知りすぎていた。わたしがセンのことをどう考えているかも知っていた。誰かから情報を得ていたわけだ。最初はディグビーを疑ったが、そうではなかった。きみだった」

　アニーは何も言わなかった。

「わたしが暴漢に襲われた夜、きみはバカンと会っていたんだね」

「マコーリーはバカンの友人だった。それで、バカンから捜査状況を知らせてくれと頼まれたのよ。悪いことをしたとは思ってないわ」

「それで、見返りは? まさか結婚してもらえると思っていたわけじゃあるまい。愛人くらいにならしてもらえるかもしれないと思ったのかい」

　アニーはわたしの頬を引っぱたいた。

「お金よ。それと、わたしを守ってくれるという約束。そんなことができるのはバカンしかいない。あなたにはまだわからないでしょうけど、混血の女性にとって、カルカッタはかならずしも暮らしやすいところじゃない」

　頬がひりひりする。

「いくらもらったんだ」

「この街を出て、新しい人生を始めることができるだけの額よ」

「それはぼくを裏切ってもいいと思える額でもあったんだな」

アニーは首を振った。「あなたを裏切ったわけじゃないわ」

「バカンと寝たのか」

「あなたには関係ないことよ」

たしかにそのとおりだ。

「どこへ行くつもりだ」

少し間があった。「まだ決めてないわ。ボンベイかもしれないし、ロンドンかもしれない」

「ロンドンはよしたほうがいい。きみがロンドンを好きになるとは思えない。ボンベイは、行ったことはないけど、カルカッタよりいい街だとは思わない。ここには人生のすべてがある」

思わずといった感じで笑みがこぼれた。「たしかにそうかもしれない」

「とにかく慎重に考えたほうがいい、ミス・グラント。今夜はここに泊まって、ゆっくり考えてみたらどうだろう。力になれるかもしれない」

アニーはわたしの顔を見つめて、しばらく考えていた。わたしの頬は赤くなっていたにちがいない。その頬に手をあてて言った。

「いいえ、サム。そうは思わないわ」

覚書

本書が日の目を見ることができたのは、多くのひとたちの支援と励ましのおかげである。各位に感謝の意を捧げたい。まずは、アリスン・ヘネシー、サム・コープランド、ベサン・ジョーンズ、ジョン・ストック、リチャード・レナルズ、そしてデイリー・テレグラフ／ハーヴィル・セッカー犯罪小説賞の選考委員に。とりわけ、わたしを会計士から作家にしてくれた編集者のアリスンの専門的な知識と指導と根気に対して。エージェントのサムの粘り強い激励と鼓舞とユーモアに対して。そして、作家としてやっていくことの苦労を教えてくれたジョンのアドバイスに対して。

ハーヴィル・セッカー／ランダム・ハウス社の諸氏にも謝意を表したい。わけても、ペニー・リヒティ、サイモン・ローズ、クリス・ポッター、ロウィーナ・スケルトン＝ウォレス、ビル・ドナホー、アナ・レッドマン、ヴィキ・ワトソンに。

同様に、妹のエローラ、それからシェリー・ステーンにも礼を言いたい。そのセンスのよさと鋭い目と気のきいた言葉に対して。アラン・サイモンは良き相談相手であり、求めうる最高の英語の先生であった。アミット・ロイはベンガル語に造詣が深く、多くの有益な意見と助言をくださった。また、サムとサレンダーノットのこれからの冒険譚《たん》にも一役買ってくれている。ダレン・シャルマはなんでも知っていて、なんでも答えてくれた。ホートン・ストリート・キャピタル社の共同経営者であるアロック、ハシュ、ニーラジの理解と忍耐にも感謝したい。グレンファークラス蒸留所のみなさんは素晴らしいウィスキーを造ってくれた。特に二十五年物はわたしの創作活動になくてはならないものだった。妻の父《バブ》と母《マ》にも多謝。

母スチトラ・ムカジーはわたしに信頼と常変わらぬ愛情を寄せてくれている。父は昨年亡くなったが、その教えと愛と導きがなかったら、今日のわたしはなかっただろう。仕事ばかりしているのではなく、外見や魅力やウイットも大事にするようにとわたしに言って聞かせたのも父である。

もちろん、誰にもまして妻のソナル。その寛容さと、強い支えと、愛に感謝しない日はない。

訳者あとがき

インド東部最大の都市コルカタは、二〇〇一年まで英語読みでカルカッタと呼びならわされていた。一九一九年四月、そのカルカッタに、生きる望みをなかば失ったひとりのイギリス人がやってくる。サム・ウィンダム。年は三十代前半。かつてはスコットランド・ヤードの犯罪捜査部で鳴らした敏腕刑事である。一九一四年の夏、第一次世界大戦が始まると、志願して、フランス北東部の最前線に赴く。ドイツ軍との熾烈な塹壕戦で、仲間たちが次々に死んでいくなか、なんとか三年半もちこたえたが、終戦直前に被弾して生死のふちをさまようことになった。そして、ようやく死地を脱したとき、最愛の妻が流行《はや》りの病で死亡したことを告げられる。それ以来、モルヒネと阿片にのめりこみ、鬱々として淪落の淵に沈んでいた。

そんな折り、かつての上司からインドの警察で働いてみないかという誘いの電報が入る。故国イギリスですべきことは何もなかった。未練もなかった。それで、新天地をめざした。

そこで知りあった最初のインド人が、若い部長刑事サレンドラナート（イギリス人には発音しにくいとのことで、サレンダーノットと呼ばれている）・バネルジー。カルカッタ屈指の名門の出で、ケンブリッジ大学を出ているが、エリートコースを歩むことを拒否し、法執行機関の一員として働くことを決意する。帝国警察の採用試験ではじめて上位三名に入った秀才である。強い正義感を持ち、女性と話をするのが大の苦手というシャイな好青年でもある。

片や、生きるのに倦み疲れた、経験豊富なイギリス人刑事、片や、理想に燃える、新米のインド人刑事。そのふたりがインド帝国警察の上司と部下としてタッグを組む。

そして、いきなり出くわしたのが、イギリス人高級官僚の惨殺死体である。いまにも崩れ落ちそうな荒屋《あばらや》が立ち並ぶインド人居住区の一角で、その男はタキシード姿で喉を掻き切られ、胸を突き刺され、口に血まみれの紙切れを突っこまれていた。

当時のカルカッタの街は、北のインド人街（ブラック・タウン）と、南のイギリス人街（ホワイト・タウン）に二分されていた。そのブラック・タウンで、イギリス人の政府高官が殺害されたのだ。

時まさに帝国主義の時代である。藍やケシの強制栽培により小麦などの畑が激減し、その結果、農村部では数十万人規模の餓死者が出る大飢饉がしばしば発生している。また、不公平な関税政策によって、インド国内の地場産業は壊滅状態に陥り、都市部の人々もまた貧窮の極みにある。当然ながら、現地には激しい怒りが渦を巻き、いたるところで反英闘争の烽火《のろし》があがりつつある。そんななか、一九一九年、植民地政府は悪名高いローラット法を制定し、危険人物と目された者を令状なしで逮捕し、裁判なしで投獄できるようにした。これに対して、インドの愛国者たちは猛反発し、一部の者は暴力的な手段に訴えるのもやむなしと訴えた。カルカッタを含むインドの主要都市には、いつ反政府暴動やテロが発生してもおかしくない緊迫した空気が流れていた。

そのような状況下での、政府高官の殺害事件である。反政府活動家による政治がらみの犯行という見方が出て、それ以外は考えられないとする空気が警察のなかでも外でも支配的になるのは当然の成りゆきだった。

だが、そうそう話は簡単ではない。調べを進めるにつれて、謎は深まるばかりで、すとんと胃の腑に落ちる答えはどうしても見つからない。そうこうしているうちに、筋の通らない奇妙な事件や出来事が頻発しはじめ、事態は混迷の度を増していく。

政府高官の死。深まる謎。憎悪。偏見。差別。非情。友情。淡い恋情。道徳と腐敗。売春宿。阿片窟……

ときはちょうど百年前の一九一九年、場所は歓喜の街とも宮殿都市とも言われるカルカッタ。案内人はアビール・ムカジー。もちろんX指定やR指定はない。時間制限などという野暮なものもない。心ゆくまでマジカル・ミステリー／ヒストリー・ツアーをご堪能ください。

さて、著者のアビール・ムカジーである。その名前からも察せられるとおり、インド系の移民二世で、ロンドンに生まれ、スコットランド西部で育った。十五歳のとき、友人から薦められたマーティン・クルーズ・スミスの『ゴーリキー・パーク』を読んで、クライム・フィクションの虜になったという。ロンドン・スクール・オブ・エコノミクスを卒業後、二十年間、会計士として財務関係の仕事に従事し、現在は妻とふたりの子供とともにロンドンで暮らしている。

イギリスの書評サイト『インデペンデント・ブック・レビュー』によると、小説を書こうという気になったのは、四十歳になる直前、〝いわゆる中年の危機の初期段階にあり、会計士としての生活に区切りをつけたかった〟からであり、〝自己のアイデンティティを確立するために、イギリスがインドを支配していた時代を理解しなければならないと思った〟からであるらしい。稿を起こした当初は出版の目途はまったく立っていなかった。執筆の途中、たまたまデイリー・テレグラフ／ハーヴィル・セッカー犯罪小説賞のコンペの広告が目にとまった。それがきっかけとなった。自信などは全然なかったが、ダメ元で応募すると、なんと四百二十七作品のなかから選考委員の満場一致で第一席に選ばれた。その知らせを聞いたときには、〝驚きのあまり十分間ショック状態に陥り、妻にその話をすると、やはり同じようにショック状態に陥った〟とのこと。その後、念入りに加筆修正し、ブラッシュアップしたものが、二〇一七年五月にペガサス・ブックス社から刊行される運びとなったのである。

選考委員のひとりは次のように選評を述べている。「応募作品のレベルは思いのほか高かったが、わけても『カルカッタの殺人』は秀逸で、第一席にふさわしい出来ばえだ。美しく綴られ、雰囲気があり、知的である。舞台設定もよく、皮肉たっぷりのセンス・オブ・ユーモアも楽しめる。主人公のウィンダム警部は、ほどなくハーヴィル・セッカー社の書棚で、ヘニング・マンケルのクルト・ヴァランダーやジョー・ネスボのハリー・ホーレらと肩を並べることになるだろう」

ことほどさようにその筋の目利きたちの評価は高く、同年のCWA（英国推理作家協会）賞エンデバー・ヒストリカル・ダガー（歴史ミステリ）賞を受賞。二〇一八年のMWA（アメリカ探偵作家クラブ）賞最優秀長篇賞にノミネートされ、ウォーターストーンズ・スリラー・オブ・ザ・マンス、およびサンデータイムズ・クライムブック・オブ・ザ・マンスにそれぞれ選ばれている。
二作目*A Necessary Evil*（二〇一八年三月）は、ウィルバー・スミス冒険小説賞を受賞。二〇一八年のCWA賞ゴールド・ダガー賞、スティール・ダガー賞、およびヒストリカル・ダガー賞にそれぞれノミネートされた。

そして、最新作の*Smoke and Ashes*（二〇一八年六月）。これも高い評価を受け、CWA賞ゴールド・ダガー賞およびヒストリカル・ダガー賞にノミネート（発表は二〇一九年十月）。さらにはサンデー・タイムズ紙の〝一九四五年以降のクライム&スリラー・ベスト一〇〇〟にアガサ・クリスティーやレイモンド・チャンドラー、フィリップ・カーらとともに選出されるという栄誉にも浴している。

二〇一九年六月

HAYAKAWA POCKET MYSTERY BOOKS No. 1945

田《た》村《むら》義《よし》進《のぶ》

1950年生，英米文学翻訳家
訳書
『帰郷戦線―爆走―』ニコラス・ペトリ
『窓際のスパイ』『死んだライオン』『放たれた虎』
ミック・ヘロン
『ゴルフ場殺人事件』アガサ・クリスティー
『エニグマ奇襲指令』マイケル・バー＝ゾウハー
（以上早川書房刊）他多数

この本の型は，縦18.4センチ，横10.6センチのポケット・ブック判です．

〔カルカッタの殺人《さつじん》〕

2019年7月10日印刷　　2019年7月15日発行

著　　者　アビール・ムカジー
訳　　者　田　村　義　進
発 行 者　早　川　浩
印 刷 所　星野精版印刷株式会社
表紙印刷　株式会社文化カラー印刷
製 本 所　株式会社川島製本所

発行所　株式会社　**早川書房**
東京都千代田区神田多町2－2
電話　03-3252-3111（大代表）
振替　00160-3-47799
http://www.hayakawa-online.co.jp

（乱丁・落丁本は小社制作部宛お送り下さい
送料小社負担にてお取りかえいたします）

ISBN978-4-15-001945-7 C0297
Printed and bound in Japan

ハヤカワ・ミステリ〈話題作〉

1928 **ジェーン・スティールの告白** リンジー・フェイ 川副智子訳

アメリカ探偵作家クラブ賞最優秀長篇賞ノミネート。19世紀英国を舞台に、大胆不敵で気丈なヒロインの活躍を描く傑作歴史ミステリ

1929 **エヴァンズ家の娘** ヘザー・ヤング 宇佐川晶子訳

〈ストランド・マガジン批評家賞最優秀新人賞受賞作〉その家には一族の悲劇が隠されていた。過去と現在から描かれる物語の結末とは

1930 **そして夜は甦る** 原　尞

〈デビュー30周年記念出版〉伝説のデビュー作がポケミスで登場。書下ろし「著者あとがき」を付記し、装画を山野辺進が手がける特別版

1931 **影の子** デイヴィッド・ヤング 北野寿美枝訳

〈英国推理作家協会賞ヒストリカル・ダガー賞受賞作〉東西ベルリンを隔てる〈壁〉で少女の死体が発見された。歴史ミステリの傑作

1932 **虎の宴《うたげ》** リリー・ライト 真崎義博訳

アステカ皇帝の遺体を覆った美しい宝石のマスクをめぐり、混沌の地で繰り広げられる、大胆かつパワフルに展開する争奪サスペンス

ハヤカワ・ミステリ〈話題作〉

1933
あなたを愛してから
デニス・ルヘイン
加賀山卓朗訳

レイチェルは夫を撃ち殺した……実の父を捜し、真実の愛を求め続ける彼女の旅路の果てに待っていたのは？ 巨匠が贈るサスペンス

1934
真夜中の太陽
ジョー・ネスボ
鈴木 恵訳

夜でも太陽が浮かぶ極北の地に一人の男がやってくる。彼には秘めた過去が――『その雪と血を』に続けて放つ、傑作ノワール第二弾

1935
元《がん》年《ねん》春《はる》之《の》祭《まつり》
陸 秋槎
稲村文吾訳

不可能殺人、二度にわたる「読者への挑戦」気鋭の中国人作家が二千年前の前漢時代の中国を舞台に贈る、本格推理小説の新たな傑作

1936
用心棒
デイヴィッド・ゴードン
青木千鶴訳

暗黒街の顔役たちは、ストリップクラブの凄腕用心棒にテロリスト追跡を命じた！ 年末ミステリ三冠『二流小説家』著者の最新長篇

1937
刑事シーハン／紺青の傷痕
オリヴィア・キアナン
北野寿美枝訳

大学講師の首吊り死体が発見された。他殺と見抜いたシーハンだったが事件は不気味な奥深さを……アイルランドに展開する警察小説

ハヤカワ・ミステリ〈話題作〉

1938 **ブルーバード、ブルーバード**
アッティカ・ロック
高山真由美訳
〈エドガー賞最優秀長篇賞ほか三冠受賞〉テキサスで起きた二件の殺人に黒人のレンジャーが挑む。現代アメリカの暗部をえぐる傑作

1939 **拳銃使いの娘**
ジョーダン・ハーパー
鈴木 恵訳
〈エドガー賞最優秀新人賞受賞〉11歳の少女はギャング組織に追われる父親とともに旅に出る。人気TVクリエイターのデビュー小説

1940 **種の起源**
チョン・ユジョン
カン・バンファ訳
家の中で母の死体を見つけた主人公。昨夜の記憶なし。殺したのは自分なのか。「韓国のスティーヴン・キング」によるベストセラー

1941 **私のイサベル**
エリーサベト・ノウレベック
奥村章子訳
二人の母と、ひとりの娘。二十年の時を越えて三人が出会うとき、恐るべき真実が明らかになる……スウェーデン発・毒親サスペンス

1942 **ディオゲネス変奏曲**
陳 浩基
稲村文吾訳
〈著者デビュー10周年作品〉華文ミステリの第一人者・陳浩基による自選短篇集。ミステリからSFまで、様々な味わいの17篇を収録